白眉大侠

贰

单田芳　单子惠◎著

中国工人出版社

图书在版编目（CIP）数据

白眉大侠. 贰 / 单田芳, 单子惠著. —北京：中国工人出版社，2017.6
ISBN 978-7-5008-6656-5

Ⅰ.①白… Ⅱ.①单… ②单… Ⅲ.①长篇小说—中国—当代 Ⅳ.①I247.5

中国版本图书馆CIP数据核字（2017）第077918号

白眉大侠. 贰

出 版 人　芮宗金
责任编辑　李　倩
责任校对　董春娜
责任印制　黄　丽
出版发行　中国工人出版社
地　　址　北京市东城区鼓楼外大街45号　　邮编：100120
网　　址　http://www.wp-china.com
电　　话　（010）62005043（总编室）　（010）62005039（出版物流部）
　　　　　（010）62379038（社科文艺分社）
发行热线　（010）62005049　（010）62005042（传真）
经　　销　各地书店
印　　刷　三河市文通印刷包装有限公司
开　　本　710毫米×1000毫米　1/16
印　　张　21.75
字　　数　365千字
版　　次　2017年7月第1版　2019年5月第3次印刷
定　　价　48.00元

目 录

第四十回 闻噩耗群雄齐集王家店 取首级艾虎双上叠云峰

白莲花晏风一剑把徐良的脑袋砍了下来，还没走出几步，亚侠女严英云提宝剑就把他们拦住了。这帮贼一看是个女的，毫不在乎。

白莲花晏风一手提着徐良的脑袋，另一手提着大宝剑，往后一退："呀！我说哥儿们，来个小妞儿，哈哈……小模样长得不错呀！"白莲花晏风乃是色中的魔鬼，花中的魔王。他三十多岁，糟蹋的良家妇女不计其数。他一见严英云长得如花似玉，美若天仙，便魂不守舍，两眼乐得眯成了一条线。回过头，冲他这些兄弟一乐："哈，看没看见，在咱们面前站着一位大美人儿，把她带回去，陪咱们开开心、解解闷儿。"这帮采花贼见着美貌的女人还能不动心？白莲花晏风一乐："今儿是双喜临门，既报仇，又得美人儿，弟兄们，给我抓住她。"

这帮小子都是一路货色，"呼啦啦"往上一闯，就想动手。他们哪知道严英云是巾帼英雄，女中魁首，自幼受过名人传授，高人指教，是一名侠客。

严英云一看他们没安好心，不由得火往上撞，把二刃青钢剑一晃，厉声断喝："呔！杀不尽的淫贼，我看你们哪个敢动手，快把徐良的人头给我送过来！"

小韩信张大连缩着脖子说："唉，美人儿，你非要这脑袋，什么意思？你跟他有什么关系？"严英云觉得没必要跟他们费口舌，往上一纵，就要抢人头，这帮小子把严英云给围住了。这个一刀，那个一剑，打算把严英云给累倒，然后占便宜。哪知道一交手，出乎他们的意料。小美人尉迟善、小粉蝶田环、小蜻蜓张春、白莲花晏风都为之一惊："呀！挺棘手啊。这女子有两下子，咱还得留神注意。”话音未落，就见亚侠女严英云反手一剑，正砍在小蜻蜓张春的脖子上，“噗”人头落地。

这群贼可急了，“哎呀！她是个母夜叉，弟兄们，上！别让她跑了。”

严英云再厉害，跟徐良也没法比，况且还是女人，如今又孤身一人，怎么能打得过这帮人呢？她累得直喘气。这时，白莲花晏风虚晃一剑，拽出一支毒镖来，心说：我给她一下，让她昏迷不醒，我抢回大山，寻欢取乐。他一抖手，直奔严英云，“噗”打上了。虽说不重，但这是毒镖，严英云稍微一愣，觉得半臂发麻，就知道不好：“哎呀，我中了毒药暗器。”严英云心想：留得青山在不怕没柴烧，为了给未婚夫报仇，她转身就跑。

白莲花晏风从地上把那支毒镖捡起来，把镖尖上的血蹭了蹭，插到镖囊之中：“哈——我看你还往哪儿跑？一会儿你就没劲儿了。追！”这帮人在后头紧追不舍。严英云从来没到过这一带，面对大山，往哪儿跑呢？她就瞎跑，有道就钻，有树林子就进。仗着一股急劲儿，一口气就跑出十来里地，但这会儿跑不动了，不仅肩膀麻，而且连腿都麻木了，“扑通”一个跟头摔在地上，宝剑也甩出手去，眼前一黑，失去知觉。这帮贼还在后头追呢。幸亏这个地方地形非常复杂，草深林密，很难发现。

就在这时，从山坡上来了两个道姑，都系着围裙，挽着袖口，一只手拿着镰刀和小铲，另一只手提着篮子，一个劲儿往地上看，看样子是在找药。这两名道姑有说有笑，登上这个山坡，正好看见严英云摔倒在草丛之中，惊呼一声：“啊！无量天尊！看没看见？”

“师兄，看见了，这是怎么回事？”

“快快过去。”两个道姑说着到了出事地点，分开草丛一看，“哟，是个女人，短衣襟，小打扮，旁边放着宝剑。”这女人脸色发青，嘴角吐着白沫。这两个道姑经验还挺丰富，“她中了毒药暗器了，看左肩头还出血呢。”师兄师弟说着话，往严英云来的方向看了看，这阵，那帮贼还没追到，所以她们也没看见。怎么办？别采药了，赶紧把她背到庙里吧。这样，其中一个道姑把严英云背起来，另一个道姑提着她那把宝剑，离开草地回庙了。

庙宇不大，横匾写着“九云庵”三个字，正门关闭，角门开着。道姑把严英云背进去，反手把角门关上，喊道：“师父，师父！我们回来了。”从屋里出来一名老道姑，浑身上下是绛紫色的道服。看年纪在六旬上下。

她向院里一看便一愣：“无量天尊，徒儿，这是怎么回事？”

“师父，我们在山坡救了个人，您看，这人中了毒药暗器，恐怕性命难保。咱们出家人以慈悲为本，善念为怀，焉有见死不救之理呀！因此我们把她背回来，请师父妙手回春，给她医治。”

“噢，待为师看看。”这个女道姑来到严英云近前，哈下腰看了看，先号号脉，再看看伤口，然后把眼闭上，“善哉善哉，造孽，造孽！此女子命不当绝，如果过了午时，此命休矣。来啊，快把她架到床上。”

“是。”小道姑挺热心，把手里的东西放下，一个抱头，另一个抬腿，把严英云架到屋里，往床上一放，老道姑用金盆净了手，把外衣脱掉，然后把小药箱拿来。她打开箱子盖，里面有全套工具：带尖、带刃、带钩，药膏、药瓶子、药罐子，一应俱全。老道姑把严英云的衣服扒开，往伤口一看，只是扎了条口子，有一寸来长，要不是有毒，根本没事。这位老道姑用双手挤住伤口，狠劲往外挤血，黑紫色的，一股腥臭味，直到把黑紫血挤净，露出鲜红色才停止。然后给敷上药，包扎好，又撬开严英云的牙关，给她灌了化毒散、止痛药。时间不长，收拾完了，这老道姑洗手时，严英云苏醒了。她一皱眉，睁开眼睛。两个小道姑一看，乐得直鼓掌：“师父，师父，醒过来了。这位施主，你这是怎么了？谁打的？”严英云明白是怎么回事了，欲待张口之际，庙外一阵大乱，“啪……”

“开门，开门，就在这儿呢。”

把两个小道姑吓得脸都变色了：“师父，你看怎么办？”

“不必惊慌，为师去看看。”这女道姑到底是上了年纪的。她把药箱放到一边，伸手把拂尘拿起来，迈步来到院里，高声喊喝：“什么人？”

“快开门，少说废话。”老道姑过来把角门一开，往外观看，正是白莲花晏风这帮贼。他们发现草丛中有一摊血迹，就找到九云庵。

这帮贼连官府都不怕，何况是庵堂寺庙呢。等角门一开，晏风众人一看，是个女道姑，六十岁左右，往院里一看，没人。晏风把眼珠子一瞪：“喂！老道姑，方才有个受伤的女人，你看见没有？是不是跑到这里来了？”

“嗯，出家人不打诳语，是有一女人被我们救进庙内。”

“嘿，真在这儿呢！老道姑，我们不怪你，因为你不知道她是谁。现在这个女人在何处，赶紧交给我们，好让我们带回山去。”

道姑闻听一乐：“施主，你们是什么人？我为什么非得把她交给你们呢？你们报上名来。”

“哈，哈！哎呀！实不相瞒，离你这儿不远的那座大山是八宝叠云峰青松狼牙涧，我们乃是狼牙涧的寨主爷，那个女的是我们的仇人，我们要把她带回山去，交给总辖寨主发落。快把那个女人交出来。”

这老道姑闻听此言，把脸一沉：“噢，八宝叠云峰，请问，你们的总辖寨主难道是半翅蜂王典不成？”

“嗯，对呀，你认识我们寨主？”

“嗯，倒有一面之缘。你不是说要把这个女人交给总辖寨主发落吗，待贫道同他交涉之后，再作定夺。各位施主，那就请回吧。”

晏风一听：“什么？你去跟总辖寨主交涉，这不是笑话吗？”他把眼珠子一瞪：“少说废话，躲开，躲开！”他用手一推这个老道姑，打算往里闯。

由于他太过失礼，老道姑不由得眼眉倒竖，动怒了：“无量天尊！孽障，你们太野蛮了，庙宇本是佛门静地，绝非你们这样的人能随便出入，赶紧给我走开。不听良言相劝，休怪贫道无情。”

“哇，你还无情，你想干什么？”他们仍往里闯。老道姑实在忍无可忍，把左掌往上一抬，对准小美人尉迟善的脑袋“啪”就是一掌。这一下，就见他“哎呀”一声，退出两丈多远，“咕咚”摔了个仰面朝天，起不来了，“汪——”直学狗叫。

晏风一看：“哎呀，老道姑手上有功夫啊，没想到我们眼皮子底下还有武林高手呢！来来来，我领教领教。”他打算往上闯，因为人多势大。这老道姑一皱眉，眼珠子一转有主意了。庙门外有根旗杆，挺粗，下面有夹杆石，老道姑用手一指旗杆：“尔等住手，你们脑袋再硬，有夹杆石硬吗？”老道姑到了夹杆石前面，用左掌一劈，“咔吧”一声，把青石打成两半。

晏风一看，吓得一缩脖子：哎呀，我的娘呀，这老道姑不是个剑客，也是个侠客，会鹰爪力铁砂掌的功夫，干脆快走。他绰起小美人尉迟善狼狈逃窜。因为他们手里提着徐良的脑袋，要回叠云峰请功受赏。老道姑长叹一声，把角门关上。

严英云已经坐起来了，一见老道姑进来，她赶紧下床，跪倒在地：“多谢恩人救命之恩。”

“起来，姑娘，你是什么人？怎么跟这帮强人相遇？若不是遇上我的弟子相救，你可就危险了。”严英云闻听哭了，首先说了她爹大刀镇陕西严正方，然后说出自己的名字。老道姑一听，大吃一惊：“啊呀，孩子，你是严正方的女儿？”

“正是。”

“哎呀，我跟你爹有交情。谁不知道你爹是赫赫有名的辽东六老啊。我跟他们都不错。第一老铁面金刚沙龙，第二老北侠欧阳春，第三老就是你父亲，第四老铁戟将鲁仲贤，第五老翻江海马尚君义，第六老浪里白条石万奎，对不对？”

“啊，老人家，你说的一点儿都不假。”

“唉，我跟他们都有交情，难道你没听你父亲说过吗，江湖上有一红文女剑客，就是贫道我。”

“哎呀。”严英云真没想到，红文女剑客那是赫赫有名的，竟在这儿遇上了。严英云再次行礼拜过，红文女剑客把她搀起来，告诉小道姑赶紧给准备饭菜。然后两人在屋里细谈，红文女剑客问道：“孩子，你怎么只身一人到了荒山野岭之中？”严英云哭着把经过讲述一遍。

当她说到山西雁徐良死在葵花冈，被方才那帮贼人把脑袋给砍下来时，红文女剑客惊呼一声，就站起来了：“哎呀！无量天尊，有这等事。孩子，你要早说，我焉能放他们走。我只是认为他们不是好人罢了，没想到这里面还有那些事情，便宜了这帮畜生。”她也只好劝说：“孩子，我知道你跟徐良的关系。记得两年前，我见过你父亲一面，他说过，将你许配给白眉大侠徐良。因为徐良公务甚忙，婚期一再拖延，时至今日，你们也未能完婚，看来这也是天意。孩子，你不要太伤心了。人死不能复生，咱们想办法给他报仇就是了。”

“老人家，您说得对。我马上就回去，禀明包大人，召集天下的英雄，攻打青松狼牙涧，替我的未婚夫报仇雪恨。”严英云说到伤心处，泪珠滚滚，痛不欲生。

红文女剑客听了，心中一阵难过，看来人的一生道路坎坷。就拿徐良来说，赫赫有名，威震武林，刚一露头角，就惨遭毒手。老剑客擦了擦眼泪，问道：“孩子，你下一步怎么办？”

严英云口打唉声：“老人家，您能不能派人把我送到葵花冈，我想办法把徐良的尸体成殓起来，给他操办后事。”

“无量天尊，此事就是你不说，贫道也得帮忙。”红文女剑客一点手，把徒弟们叫进来，挑选了六名精明强干的，跟她保护严英云，赶奔葵花冈。

严英云把当地的地方官找到，一问他姓赵。这个人还挺负责，把严英云等人带到出事地点，一看，尸体原封未动，上面盖着席子，周围用草绳子拦着。老百姓交头接耳，指手画脚。这地方官把老百姓分开，把车辆赶到里面，叫几个伙计把徐良的尸体抬到车上。进了葵花冈镇里，找到王家老店，跟店房说："你不要招待别的客人了，这位女子是山西雁徐良的未婚妻，她要把这店房全包下来，不久开封府就来官人，到这儿捕盗抓贼，还要破案捉拿凶手。"掌柜的一听，连说："好好好。"

严英云和红文女剑客来到店里，把这前院临时变作灵堂，命人买了花头棺材，把没脑袋的徐良尸体成殓起来，雇人高搭灵棚，请了几名鼓手，吹吹打打，给徐良超度。同时，严英云写了数封信，飞报开封府，要求众人速到葵花冈会面。

严英云发出书信不久，开封府的玉面专诸白芸生、霹雳鬼韩天锦、粉子都卢珍、小义士艾虎及细脖大头鬼房书安、小侠龙天彪就第一批赶到葵花冈。几个人进了王家老店，严英云往外一走，正好打了个对面。

艾虎像疯了一样："三嫂，我三哥他……"严英云哭了，丫鬟代替说："各位英雄，赶紧进里面吧。"

小哥儿几个到了后院一看，高搭席棚，里面板凳上放着一口棺材，头前有供桌，摆着供品，灵牌上写着徐良的名字。艾虎爬过去："三哥呀……""咚咚咚"用手捶着棺材。哭到伤心之处，他就昏过去了。白芸生、韩天锦、卢珍也全昏过去了。房书安和龙天彪虽然没昏过去，也是跺脚捶胸。严英云止住哭声，挨个儿劝呀，昏过去的赶紧抢救，好不容易才把艾虎等人劝过来。艾虎嗓子都哭哑了，眼泪里都带着血。

艾虎一边哭，一边念叨："三哥，你死得太惨了。当初你我结拜时说，有福同享，有难同当，不求同年同月同日生，但愿同年同月同日死。"他拽出龟灵七星宝刀就要抹脖子，白芸生拽出鱼肠剑，韩天锦拽出匕首，粉子都亮出家伙，都要在棺材前头抹脖子。严英云拦了一个又一个。

房书安急了："我说叔叔大爷撒手，别那样。"他们不听，房书安只好把供桌掀了，"稀里哗啦"，这一下大伙都不抹脖子了。

艾虎一瞪眼："房书安你疯了？！"

"老叔啊，你们这是怎么了？头脑要冷静啊，抹脖子有什么用？我比你们谁都难过，我应当第一个死，可我不能死啊，我得给我干老儿报仇。你们这样做，正称贼人的心愿。人家盼着咱们都死绝了才乐呢！咱们能干这种傻事吗？

要留得一口气在，给我干老儿报仇，这是至关重要的。等我们报完仇，我们在灵前排队一站，大伙儿一块儿死。”

房书安正说在刀刃上，艾虎一听也对：“唉，好吧！给我三哥报完仇，咱们一块儿死。”

“对！”大伙儿都不死了，有人赶紧把供桌扶起来，收拾东西。严英云请大家外面说话，等坐下之后，艾虎说：“我们接到你的信就赶来了。开封府的人把事情料理完了，分批赶赴葵花冈，用不了三五天就都来了。”严英云这才放心了。这些日子，里里外外的事情都由亚侠女出面，毕竟是个女人，多有不便呀！这时，严英云就把一切事情交给他们，自己退归内室，守着灵堂。

大伙儿又问事情的经过，严英云把以往的事情说了，艾虎恨得咬牙切齿，“晏风，好小子，是你杀的我三哥，若让我抓住你，定要扒了你的皮，抽了你的筋！”

房书安问道：“这么说，这棺材里只有我干老儿的身子，脑袋还没了？”严英云点点头。“那可不行，不管怎么说，我干老儿得有个全尸，哪怕把脑袋请回来缝到脖子上，也不能把尸首分两处。”

艾虎点头：“书安，你说得太有道理了。先想办法把我三哥的头请回来，要不，咱太对不起他的在天之灵了。”

白芸生一晃脑袋：“老兄弟，你说这话谈何容易，人头让人家整到八宝叠云峰青松狼牙涧去了，听说人家还要开庆功会，咱们怎么能拿得回来呢？”

艾虎冷笑一声：“大哥，这还用说吗，就是往回抢也得抢回来。你们大家在店房料理后事，等待开封府的老少英雄，我今天晚上就去叠云峰，就是豁出命，也得把我三哥的人头请回来。”艾虎有个倔劲儿，他说出来就要做到。

房书安说：“老叔呀，咱们路上太乏了，你眼窝都塌陷了，好几天没吃东西了，怎么能打仗呢？为我干老儿，你也要好好睡觉，养足了精神，明儿一早，我陪你上山，你看怎么样？”

“书安你跟我一起去？”

“对！我陪着老叔到叠云峰青松狼牙涧。我可不是吹，想当初，我是这座山上的四寨主，这座山当年还是我开辟的，山上的总辖大寨主半翅蜂王典很讲义气，我打算当面跟他交涉，把我干老儿的人头要回来，您看怎么样？”

严英云一听直晃脑袋：“书安啊，此言差矣。当初是当初，现在是现在，那会儿你是绿林人，现在你是开封府的官人啊！你跟他们水火不相容，这样做太危险了！”

“哎呀，我的娘呀，为了我干老儿的事就是赴汤蹈火也没有二话可说，再说，我跟王典交情特殊。当年我要不救他，他早就喂狗了。王典曾经说过，早晚要报恩，我始终没让他报。现在机会来了，我不求别的，他把脑袋给我就行，论真格的，他能驳我的面子吗？退一步说，他即使驳我的面子，不给我，我顶多脑袋掉了。大丈夫宁死阵前，不死阵后。为我干老儿掉脑袋我也心甘情愿。”

“好！”艾虎拍拍房书安的肩头：“好小子，有骨气。明天老叔陪你一块儿去。各位，此事已定，不必多说了。该吃饭吃饭，该睡觉睡觉，养精蓄锐，好跟这帮王八蛋拼命。”

第二天日头升起很高他们才起来，艾虎找到房书安，爷儿俩饱餐一顿，带着应用之物，起身直奔叠云峰青松狼牙涧。白芸生、韩天锦等人送到门外，白芸生拉着艾虎的手说：“老兄弟，此去凶多吉少，你可千万留神，别疏忽了，主要靠书安，他去讲理。如果能把人头要回来，当然好，一旦要不回来，你也不要跟他们动武。因为你人单势孤，咱们另想办法。”

“大哥你放心吧，我不是小孩子，心里有数。”龙天彪、韩天锦也要跟着去。艾虎拦住说：“人多了也没用。另外，家里缺人也不行。”

艾虎和房书安两个人骑着两匹快马赶奔叠云峰青松狼牙涧。艾虎问道：“书安，你觉得有把握吗？”

“八九不离十吧，老叔呀，咱爷儿俩处长了，你就知道你侄子是有能耐的人，别看我武功平常，咱人缘儿好，交了好多朋友。王典这个人，说实在的还不错，他有一个毛病，就是耳软心活。为这事，当年我们俩闹翻了，我一气之下离开叠云峰青松狼牙涧。你别看那样，我们俩的交情始终没断。那二寨主电光侠霍玉贵也不错。我想，要见到他们好好说说，也许有希望。老叔，假如不行你可别出手，咱爷儿俩就回来，我保证咱的生命安全，他不会把咱怎么样，咱们再另想对策。”

“好，书安，我一切都听你的。”

“嗯，听我的。咱们君子动智，可别动手。”他们快马加鞭，往前飞驰。葵花冈离叠云峰十八里地，但都是山道。房书安在这儿当过寨主，对地形相当熟了，他们很快就来到头道山口。房书安抬头一看，戒备得很严，他告诉艾虎，“老叔，到那儿，您听我的。”然后叫艾虎在这儿等着，房书安往前面走，到那儿喊道："哎！哪位值班呢？"

山坡上，木栅栏门后探出个脑袋来，这人有四十多岁，一眼就认出房书安："哎呀，这不是四寨主吗？"

"不错，正是房书安。哎呀，是你老王啊！"

"是啊，我值班。"

"嘿嘿，太好了，遇上老熟人了。老王，劳你的大驾，到里面给我大哥送个信儿，你就说老四回来了，找他有重要的事情相谈。"

"好，房爷你等等，我现在就去送信儿。"老王撒腿如飞送信儿去了。

房书安掉转马头来到艾虎近前："老叔，你看怎么样，人缘儿熟了就是一宝，要不认识的话，你往前一凑合，人家开弓放箭，再往前一凑合，檑木礌石，咱都不能靠近。"

"嗯，书安，你真有两下子，我服了。"

"嘿，等着瞧吧。"他们一直等到晌午，也没有人露面。

"唉？"艾虎就觉得事情有点儿不妙，"书安，从这儿到山里头有多远啊，怎么还没回来？"

房书安一晃脑袋："不远。这里头有缘故，一定是半翅蜂王典听说我要见他，就起了疑心，他得跟手下的狗头军师商议商议再来对付我，所以拖延了时间。老叔，您别着急，大概一会儿就能有信儿。"

这时，就听山坡上有人说话："四寨主，对不起，我回来迟了。总辖大寨主有令，让你里边说话。"木栅栏门开了，喽啰兵往左右一分，把道路闪开。房书安跟着艾虎拉马到了里边，老王过来说："嘿哟，四寨主，你发福了，脑门子锃亮，听说你这两年混得不错，托福托福。"

"嘿，就那么回事儿吧，凑合活着呗。啊呀，我大哥在哪儿呢？"

"大寨主公务甚忙，听说你来了挺高兴，正在聚义厅恭候。"

"那好，这是我带的一个朋友，你们还检查吗？"

"不不，你的朋友就是山上的朋友，这还用检查吗，你里面请。"老王陪着他们往里走。房书安偷眼一看，山里做了准备，树的后面，树上头，瞭望台上，山坡上全站着喽啰兵，一个个手拿利刃，怒目横眉，严阵以待。房书安心说：当初，我跟王典交情多好啊，现在我当了官人，我们无形中成了仇人。看，他们都准备好了。难道说王典还忍心对我下毒手不成，嘿嘿，笑话！姓房的我也不在乎，怕我就不来了。他一边往里走，一边给自己鼓劲儿。他们转过二道山口，越过第三道山口，又转过巡捕寨，来到大厅，往大门一看，左右站着二十名彪形大汉，脸都沉着，见房书安来了，都过来施礼："四寨主，你回来了。"

"各位都挺好吧！"

"托你的福，大伙儿都挺好。"

"我大哥呢？"

"在大厅里都等急了，你赶紧去吧！"

"那好吧，把道闪开，老叔，跟我走。"两个人下了马，肩并肩走进大厅。

房书安一看，还是原来的样子，没什么变化，只是里头的设备比当初豪华了好多。正中央有一座三尺高台，转圈有栏杆，高台上并排两张桌子，有两把虎皮高腿椅，上首坐着总辖大寨主王典，下首坐的是电光侠霍玉贵，身边站着偏副寨主。往他们两旁一看，雁翅形，摆了两溜儿桌案，上首有几位客人，第一个是白胡子老头儿，房书安吓得一缩脖子，这个人是飞剑仙朱亮。挨着他坐的是个秃头和尚，咧着蛤蟆嘴，瞪着怪眼，身后背着一块金棋盘，这人正是三世陈抟陈东坡，他们后面还站着几个生人。下首，头张桌上坐着一个人，房书安越看越像徐良，正是紫面金刚王顺。他背着假牌的金丝大环刀，斜挎镖囊，撇着嘴，盯着他和艾虎。

王顺旁边是白莲花晏风。原来晏风在这儿属于小毛贼，别人坐着，他得在一边站着。因为他杀了徐良，为山上立了大功，这才给他一个座儿。他瞪着两只狼眼，撇着嘴，好像泥胎一样，也盯着房书安和艾虎。大厅里还有一百多人，不必一一介绍。房书安看了一眼，把衣服收拾收拾，往前紧走几步来到台前："二位哥哥，一向可好，小弟房书安礼过去了。"说着躬身下拜。

王典皮笑肉不笑："嘿嘿，老四，自家弟兄，何必客气，免礼。"

"谢大哥、二哥。"

电光侠霍玉贵也点点头："老四你来了，看座。"说着，喽啰兵给房书安搬了把椅子。

房书安一抱拳："二位哥哥，我还带了一位客人呢，大概不认识吧，我介绍介绍，就是开封府的四品带刀御前护卫，小五义之中的老兄弟小义士艾虎，是我老叔，烦劳也给来个座儿吧。"其实有几个不认识艾虎的。

王典点了点头："看座。"真给房书安面子，又给搬了把椅子。小义士一句话也没说，往椅子上一坐，就看房书安的。房书安也坐好了，晃着大脑袋，一句话不讲。大厅里静了半天，王典才说："老四，我得跟你道喜呀！"

"大哥，喜从何来？"

"哈哈，你怎么还跟我装糊涂啊，你现在把贼皮扒了，当了官，吃了开封府的饭，这不是可喜可贺的事吗？等有空的时候，我还得给你送八彩礼物呢。"

"得了，大哥，别拿我取笑了，其实在哪儿不一样吃饭呢！嗯，不过，人呀，所见不同，走的路也不一样，我就觉得当官不错，故此才走到开封府。大哥，这事咱先放在一边，你知道今儿我为什么来见你？"

"不知道，你说吧。"

"大哥，我求你来了，无论如何，你得把这个脸赏给我。前些时候，白莲花晏风在葵花冈把徐良的脑袋给砍下来了，我就是为这事来的，我求大哥能把徐良的脑袋交给我。有道是人死不结仇，不管徐良活着时你们怎么恨他，绿林人跟他有多大仇，可他现在死了。死了，死了，一死百了。"

"你为什么要他的脑袋？"

"我受人之托，来取徐良的人头，不知大哥能不能赏脸。"房书安一言未尽，就见王典把桌子一拍，"啪"的一声勃然大怒。

第四十一回 大头鬼舌战半翅蜂 小义士被困虎狼窝

半翅蜂王典把眼睛一瞪，勃然大怒：“房书安住口！收回你那套吧。我正想找你算账呢，你竟敢在我面前提这种无理要求。徐良是什么人你很清楚。他若是老百姓，要他的人头、尸体都成。唯独这徐良，绿林人提起他来都恨得牙长四指。他真是死有余辜！我实话告诉你，我们要用他的脑袋在叠云峰狼牙涧开个人头大会，把五宗十三派八十一门的高人都请来，凡是跟徐良有仇的人，我是一个都不漏，大伙儿要祝贺三天。每人在他脑袋上砍一刀，拉下块肉来，这才能解我们的心头之恨！你竟跑到这儿来要脑袋，房书安，你真是自讨没趣。告诉你，我王典是交朋友的人，最讲义气二字。念你当年救过我的性命，开创此山出过力，所以才接待你。今天我也不伤你，你马上给我下山，往后咱们一刀两断，你敢再来，我就要你的命！”

艾虎一听，脑袋上的青筋都绷起来了，他想动手，被房书安回手按住了，心说：我的爷，别发火，你得听我的。

房书安一点儿也不着急，听王典说完他倒乐了：“大哥，干吗那么大火气啊，不错，当初我是救过你的命，咱哥儿俩头也磕到地上了，可我不希望你报答我，就算没那回事，可现在呢，你虽无情，我房书安不能无义。我劝大哥千万别开这个人头大会，那样对你没好处。把那些人全聚到山上来，从表面上看，你半翅蜂王典是个江湖人物，但你可要惹大祸了呀！别看以往你占据此山，官兵没动过你，你若真要开这个人头大会，官府岂能置之不理？开封府能善罢甘休吗？大家是要给徐良报仇的，到那时，恐怕你就坐不稳当了。大哥，你是个明白人，我的话是为你好。如果现在你把徐良的人头交给我，我还可以替你在开封府众人面前说几句好话。因为徐良之死并非出自你手，你若能把人头献出来，说明你有悔过之意；再说，开封府肯定要捉拿杀害徐良的凶手，到那时，您再把凶手献出来，从兄弟我来说，就一定不攻打你这叠云峰狼牙洞了，你还当你的自在山大王，何乐而不为呢？倘若不听我良言相劝，你定会越陷越深，将来悔之晚矣。望大哥三思！”

王典站起来，用手指着房书安：“大头鬼，你再多说一句，我就摘你的牙！我的为人你清楚，做了不悔，悔了不做。我什么都不怕，既然当了山大王，就敢对抗朝廷。来人哪，送客！”

房书安见王典听不进去，把大脑袋一晃也站起来了：“姓王的，你别敬酒不吃吃罚酒。今天我来此是兄弟之情，你却蛮横相待，既然我说出来，这事就得办到。徐良的脑袋，给也得给，不给也得给，今儿我是非拿走不可！”

一句话把王典气乐了：“哈哈，你别忘了，这山谁说了算！我就是不给，你能有什么办法？”

“不给就不行！”

“不行又怎样？”霍玉贵气呼呼地说，“大哥，别跟他废话，他是开封府的爪牙，是咱们的仇人，干脆把他撵出去完事！”

这时白莲花晏风站起来说：“大寨主、二寨主，我可不是离间你们，这房书安已经不是绿林人了，他是绿林的叛徒，专跟咱们作对。放虎归山，必要伤人啊！如果他真是念弟兄之情，一个人来就行了，可他把艾虎领来了，艾虎是朝廷四品官，徐良的磕头把兄弟，房书安把他领进山来，分明是没安好心。艾虎连过三道山口，对山上的兵垒部署早已心中有数，将来如攻打叠云峰，对咱们十分不利。依我看，把他俩拉到外面砍首示众算了。”

晏风说完，紫面金刚王顺又站起来了：“二位寨主，方才晏风说得对，您要觉着碍于兄弟情面不忍下手，我愿意当刽子手。”说着就把假的金丝大环刀拽了出来。

群贼一阵骚动叫喊：“不能让他们走了，快把他们剁了！”大厅门被堵上了。

艾虎一看，甩掉衣服，拽出龟灵七星宝刀刚要动手，房书安把他拉住了：“老叔，你先等等，别着急，我的话还没说完呢。”艾虎只好又坐下。

房书安来到王典面前：“大哥，行啊！咱哥儿俩的交情到此就结束了，可话我还得讲明白。”他指着白莲花晏风说：“你们哥俩是人吗？你大哥白菊花晏飞奸盗淫邪，无恶不作；你小子损人丧德，更是顶风臭八百里。我要是在叠云峰，连门都不让你进。咱们绿林之中有不少人是因穷困所累，为了吃饭，铤而走险。唯独你，采花盗柳，尽干坏事。谁家没有姐妹、老少？我房书安就是脑袋掉了，我还是个人呢，你连狗都不如，还不快给我滚！”

他又训王顺：“你说你算什么？你和徐良有仇，就公开定个日子，当场比比武，要能把徐良大卸八块，算徐良没能耐。可你明明不是徐良，硬装徐良，连眼眉也染成白的，冒名顶替，栽赃陷害，你真是不齿于人类的狗屎堆！现在你跑这儿来避风，就老实在狗洞里吃点儿残羹剩饭，对付活着就行了；你还在人前摇头晃脑，挑拨我们弟兄，你要不要脸？干脆片下来，给房爷做双靴子穿得了。”别看房书安没鼻子，却把这两个贼损得面红耳赤，干吧嗒嘴说不出话来。

飞剑仙朱亮说话了：“二位寨主，老朽插两句。要不是房书安吃里爬外，暗中为开封府卖命，阎王寨不能失败，徐良也活不到今天。他的所作所为比徐良有过之而无不及，他是绿林的败类。寨主，你还跟他讲交情？不如把他乱刃分尸算了。”

房书安一听，转身便说：“寿星老儿尿炕，你个老没出息的！朱亮，你身为剑客，真给剑客丢人。你在阎王寨待不住，又跑到这儿来了，我要是你，撒泡尿自己也淹死了。”说得朱亮脸也红了。

王典一看，放了房书安岂不引起公愤，他一拍桌子：“来人，把这两个人全给我拿下！”众寨主和喽啰兵就等着这句话呢，“呼啦”往上就闯。艾虎心里明白，这帮贼哪个都比我强，我在这儿动武白搭，与其打败了再叫人捉住，不如不交手。想到这儿，他瞅瞅房书安，房书安明白了：“老叔，把刀扔了，叫他们捆，要跟他们交手，显得咱爷儿俩不义气。”说着把小片刀扔到地上。喽啰兵刚把他俩捆上，房书安又挣扎着说：“大哥，我再说两句行不？”

“说吧。”

“你真行啊，刚才还张口闭口救命之恩，现在你就这样对待救命恩人？大丈夫受杀不受辱，这是开封府官人的本色，给我们俩来个痛快的吧！”

“可以，我成全你！”

“谢谢！不过杀了我俩你可要小心，会有人为我俩报仇来的。我把底儿交给你吧。我们来这儿之前，就估计到了这种情况，为此，已做了充分准备，你知道我们都请谁来了吗？”

王典一听，马上问道："都请谁了？"

"四川峨眉山八宝云霄观来了几个人，白云剑客夏侯仁、一字蛾眉马风姑、白衣神童小剑摩等，他们就守在叠云峰的东面。金风岛长发道人雪竹莲领着八大弟子也来了，乾坤五老、辽东六老、中山五老、云南三老全部请到了。你可要及早请高人来，否则，后果不堪设想。"

"哈哈！好，我谢谢你。话说完没？"

"说完了。"

"推出去！"

艾虎一听，心说：早知这样不如我自己来探山，跟房书安一起来真后悔。他们刚走到厅门，房书安又不走了，转回身来说："大哥，我还得说两句。"

"有话快说。"

"你真的要杀我？想当初救你时多不易啊，我煎汤熬药，端屎端尿，辛辛苦苦两个多月才把你救活。你就这样对待救命恩人？我脑袋掉了不要紧，你就不怕我的冤魂把你掐死？对你这样的忘恩负义之辈，往后谁还敢与你交往？"

王典红着脸说："房书安，你少废话！我承认你是我的恩人，可这是你自己找死。"

"你真不知好歹，我是为挽救你才来的呀！我看你还是把徐良的脑袋给我为好。"

"不给！"

"不给？那你把我放了，我回去搬兵，你要是好汉就别怕。"

"我早就说过，做事就不怕，怕了就不做。你们谁来都行，不就是放你回去搬兵吗？好，我放你。"

"这才不失为好汉！"王典一琢磨，干脆放他这一回，免得他人指责我。于是，他作了决定："把房书安放了！"

紫面金刚王顺一看不好："大寨主，使不得，放虎归山，必要伤人。他到任何时候都得与你作对，你何必妇人心肠？"

"我话已说出口，不能更改，把他放了，谅他也掀不起多大风浪！"

房书安活动活动筋骨："我说大哥，我们来的是一对儿，放我一个，我老叔怎么办？干脆，把我俩一块儿放了吧。"

王典一乐："这事就由不得你了，留下艾虎，等我们开人头大会那天，也好乱刃分尸助兴。你走吧！"

房书安怎么说也不行，心中后悔不该让艾虎来。他把小片刀背好，到艾虎近前：“老叔，你先受点儿委屈，我去去就回，一定设法救你出虎口。”

事到如今，艾虎只好点点头：“你只管搬兵，不要为我多牵挂。”

“大哥，我可走了，把我老叔交给你了。刚才你说开人头大会时才下手，说话可要算数，你若暗中加害我老叔，你可不是人。我今天晚上就救我老叔出去，你等着吧。”房书安就这样连吵带喊，被人推出了来。

房书安离开叠云峰下了山，他孤零一人一筹莫展，怎么办呢？我大话已说出口，假如来晚了我老叔的命可就没了。他掐着手指一算，现在店房里只有白芸生、韩天锦、卢珍、龙天彪和我五个人，连我干娘才六个人，就凭这几个人能打叠云峰吗？高人是有，可远水不解近渴。房书安低头只顾想心事，结果走错了路，他站住脚往四处一看，就见大山相连，古木成林，怪石横生，噢，这不是走到叠云峰后山来了吗？得赶快往回走。他刚要转身，就听山坡上有人喊：“那个人快躲开，别把你伤着。”山谷的回音把房书安吓得一哆嗦，他揉揉眼睛仔细一瞅：我的娘！这回真要我这条老命啦！

原来从草丛中跑出一只受伤的大黑熊，脖子后面血肉模糊，毛奓着，龇着獠牙，举着双爪。在熊后面不远处，一个年轻人手拎一根大棍，飞快地边追边喊。这只黑熊直奔房书安来了，他吓得魂不附体。他知道，黑熊最野了，有时肠子被打出来了还拼命。这要是把我抱住，我这条命还能保住吗？就见房书安脚尖点地，“噌”就蹿上一棵大树。黑熊一看人上了树，没理他，照样往前跑。这时，追熊的小伙子到了，就见他把大棍一举：“畜生，再叫你伤人！”照着熊就是一下，黑熊转身就扑过来了，一人一兽厮打在一起。

房书安骑在树杈上不敢下来，往下一看，这小伙子武艺真高，蹿高蹦低，敏捷利索，黑熊一次次都扑了空。最后，小伙子一棍子打下来，正打在黑熊背上。奇怪的是，棍子打上去后，闪起一片火光，冒出一股黄烟，再看那熊，浑身上下都是火，转眼间烧了个皮焦肉烂。

那年轻人一侧身，背上大棍，一阵冷笑：“看你再敢伤人，这回老实了吧！”

房书安老远就冲这小伙子一抱拳：“小兄弟，辛苦辛苦。”

小伙子看看房书安的长相装扮，觉得十分可笑，就乐了：“你是谁呀？怎么一个人到这儿来了？幸亏你是遇上我了，不然你早没命了。”

房书安说：“我到这儿办事，慌不择路，把道儿走错了，今天要没你，我的性命就难保了，恩公请受老兄一拜。”

“别客气，其实我不是专为救你，我撵这只熊已经两天了，今天才把它堵住，无意之中把你救了。请问，你是哪儿的人？”

房书安一想，我说实话不？说吧，怕他与叠云峰的贼有瓜葛，再出卖了我；不说吧，觉着对不起人家。他又仔细瞅瞅这小伙子，只见他身高七尺多，细腰宽膀，扇子面的身躯，面似淡金，身穿青缎短靠，犀牛皮板带扎腰，脚蹬一双皮鞋，看上去正义侠气，不像贼盗。房书安略为放心，便说：“小兄弟，我不是本地人，是从东京汴梁来的。”

“哟，那么远，你在东京哪儿发财？”

“你瞧呢？”

“你是走镖的？”

“不对，我是当差的。”

“怎么不穿官服啊？你在哪个衙门？”

房书安大脑袋一晃：“你听说过倒坐南衙开封府吗？我就在那儿混饭吃。”

年轻人一听，睁大双眼：“你在开封府，包大人的衙门？”

“是。”

“我跟你打听个人。”

“谁？”

“此人绰号飞叉太保钟雄，他也在东京。”

“钟太保？我们很熟悉，他是我老哥呀！”其实，房书安在信口开河，他跟钟雄根本不熟悉，只是耳有所闻。另外，从哪方面讲，他跟钟雄也不是弟兄辈。

小伙子信以为真：“是吗？钟雄是我爹，我叫钟林，人送绰号日月飞行小太保。”前面讲过，蒋平七位英雄攻打君山寨时，钟雄起义，保了大宋。他有两个孩子，一男一女，女儿叫亚男，儿子就叫钟林。飞叉太保在朝廷为官，把钟林委托给好朋友南昆仑司马珍，让他传授钟林武艺。司马珍是出家道人，与钟雄交情甚厚，就把钟林带到庙里教他习武。钟林没事时就到山上打猎。没想到今天巧遇房书安，听他说他是开封府的，钟林便想起爹来了。

房书安顺竿儿爬，假亲近：“你就是钟林？好孩子，长大了，那阵儿哄你玩儿的时候，你还在我胳膊上拉青屎呢。”

钟林脸一红：“您老别提过去，那时我还小不懂事。”

“我是说笑话哩。孩子，你怎么在这里呢？”

“老人家，你不清楚，我跟我师父正在学武。”

“你师父是谁？”

“南昆仑司马珍。”

“老剑客呀，他在哪儿住？”

“从这儿翻过两架山梁就是，庙的名字叫火云宫，他是那里的观主，我就住那儿。”

“没想到咱爷儿俩在这儿遇上了，按理说我应当到庙里看望你师父，替你爹爹向他老人家道谢，我跟你爹有交情啊，可现在我公务在身，得赶紧回去，只好改日去拜访。”

钟林还真有点儿舍不得：“您贵姓？”

“我姓房，叫房书安。”

“您住哪儿？”

“葵花冈王家老店。”

“我知道葵花冈。这么办，我先回去见我师父，然后请假，再到店里去看您。”钟林说完便回庙去了。房书安退回原路，奔葵花冈去了。

房书安走错了路，又遇上钟林，一耽误就到了第二天早晨。他一夜没合眼，本来脑袋就大，今日更觉头重脚轻，脑袋昏沉沉的。一进店房，正碰见蒋四爷：“哎哟，我的爷，你什么时候来的？”

“昨天晚上刚到。”说话之间，南侠展熊飞等人都从屋里出来了。房书安这才知道，他陪艾虎上山的时候，蒋平他们也赶到了。房书安心里多少踏实了点儿，但总得把艾虎的事跟大伙儿说说。

来到屋中，房书安打了个唉声：“四爷，坏了，我老叔他……”房书安一咧嘴，可把众人吓坏了。最近接二连三遇到不幸之事，从阎王寨返回东京，头一个就是徐良摊了人命案，好容易把徐良保出来，卢方、韩彰、徐庆又死在王顺之手；徐良不听劝阻，追赶紫面金刚王顺，结果在葵花冈丢了脑袋。现在艾虎再要出事，这打击谁受得了？

“快说，艾虎怎么了？”

“我老叔被扣在山上了。”房书安把山上的经过一五一十讲了一遍之后说：“我回来给大伙儿报个信儿，想办法救艾虎，不然，说不定哪会儿他就要掉脑袋。”大伙儿听后，都为艾虎担心。蒋四爷背着手，晃着小脑袋在屋里转来转去，他能不发愁吗？想起临行之时包大人拉着他的手再三叮咛，让他带着这些人一定要给徐良报仇，把人头找回来，然后剿灭叠云峰狼牙涧的匪徒，否则，不要回开封府。现在什么也没完成，艾虎又出事了，这真是火上浇油。蒋平一筹莫展。

沈明杰过来说："四叔，您别愁，事到如今，不是鱼死，就是网破，您赶快调遣，我们宁愿死在阵前，也不受这窝囊气。"

蒋平晃了晃脑袋："话说起来简单，我们的人在人家手中捏着，这儿一起兵，那儿就开刀，艾虎还能活得了吗？必须先把艾虎救出来，再攻山。"

"那咱就来个夜探叠云峰，先把艾虎救出来。"

"这谈何容易？书安说他们在八宝叠云峰上要召开人头大会，还发了请帖，要把天下八十一门的高人都请来，巨寇飞贼不下千名，你我怎是他们的对手？紫面金刚王顺、飞剑仙朱亮，还有电光侠霍玉贵等，谁能打得过？还有那么多的帮凶，死倒是小事，当今天子和开封府的包相爷都在拭目以待，盼着咱们的好消息呢，咱们重任在肩，一步走错，满盘皆输，必须得有万全之策。"大伙儿想蒋平说得对。可是即使有了万全之策没有人也不行呀！事到如今只好请人了。

蒋平与黑妖狐智化、南侠展熊飞商议之后，一口气写了几十封信。头封信写到云南昆明府三老庄，请三老出头帮忙。他们是古来稀左九耳、梅花千朵苍九公、闹海老龙神苗九西，请三老见信后火速赴奔葵花冈。之后，派专人骑快马以八百里的速度直奔昆明府。第二封信写给辽东六老，派人送到君州卧虎沟，请铁面金刚沙龙、大刀镇陕西严正方、翻江海马尚君义、浪里白条石万奎。另外，到大相国寺聘请北侠欧阳春。第三封信写到山西，请山西二绝金睛好斗梅良祖和神形无影倒骑驴老剑客谷云飞。第四封信下到河南登封嵩山少林寺总院，请少林名僧参加。总之，五路的镖头、各门的门长、三亲六故、知己的朋友全都发了信。信虽发走了，但最近处的往返也得十几天才能到，云南、西北、辽东等远处的，那就不得而知了。

蒋四爷心事重重，反复琢磨怎样才能救出艾虎，这是当务之急。大家正着急呢，有人禀报，有一道姑求见，自称红文，来看望亚侠女严英云。

英云姑娘正在一旁，一听红文剑客来了，满面是笑："四叔，红文女剑客乃当代高人，咱们应当好好接待，我就是她老人家搭救的。"

"孩子，我早就听说过这位剑客。列队迎接。"来到店门外一看，果然有位老道姑。就见她长得慈眉善目，仙风道骨，手拿拂尘，背着宝剑。严英云先过去行了礼，然后把蒋平等请过去，依次作了介绍。

红文老剑客打稽首、诵法号：“无量天尊，四爷，贫道久闻大名，如雷贯耳，今日得见，三生有幸。”

“老剑客，您过奖了，别客气，往里请。”众人犹如众星捧月一般把老剑客接进店房，分宾主落座。

红文女剑客问亚侠女的伤势，严英云说：“让您挂心了，我早已康复。”

“这就好，贫道又给你捎药来了，定能根除。”严英云把药收下，再三称谢。

红文一看，屋里的人都愁眉不展，知道有事，便问蒋平：“四爷，听说近来开封府屡出不幸之事，白眉大侠徐良也为国捐躯了，可恨的是，人头还落在叠云峰贼人手中。贫道敢问一声，你们打算怎么办？”

“老剑客，我们正在商量此事，都是自家人，也无须隐瞒。我们现在是事急力不足啊，要打，又怕他们把人质艾虎杀掉；不打，又难为徐良报仇。老人家，请您给指一条明路。”

“四爷，贫道来此有两件事，第一是看望亚侠女的伤情；第二件事正待同你等商议。”

“老人家，只管讲明。”就见红文剑客从怀里掏出一封信，往桌上一放。蒋平一看，大吃一惊。

第四十二回 男扮女装龙天彪上山 弃暗投明王金玲反正

蒋四爷把信封打开，里边还有一张烫金字的大红请帖，仔细一看，是叠云峰总辖大寨主王典给红文的请柬，请她上山祝贺人头大会。四爷不觉一惊，问老剑客："您跟叠云峰有来往？"

"哈哈，四爷，实不相瞒，我跟王典关系不错，他女儿王金玲是我徒弟，跟贫道学艺五载。每逢年节都给我送礼，山上大事小情都请贫道参加，这次我来就是要把此事说清。当初王典虽占山为王，但他买卖公平，不欺负附近的老百姓，老百姓称他是公道大王，所以贫道才跟他交往，倘若他是现在的王典，我绝不收他女儿为徒，何况他对抗官府，杀死徐良，我更不能跟他同流合污。这次贫道来，就是要把我和王典的关系告诉开封府，以清白自身；另外，你们有什么事要办，贫道可助一臂之力。"蒋平眼睛一亮，心想：可有救星了！

四爷起身施礼道："老剑客，您推心置腹，我们就不推辞了。您准备何时进山？"

"如没有事现在就走，有事耽误两天也可。"

"现在我们的小义士艾虎被押在山上，大伙儿正在为此事着急，想打又怕艾虎出事，不打又怕误了时机。您进山若能设法把艾虎救出虎口，我们就感激不尽了。"

"贫道记住这件事了。"

"还有，倘若您再能把徐良的人头帮我们要回来，当今天子必有重赏。"

"贫道不图赏，只求为民除害。这两件事我都答应，但我可不敢说大话，我将尽力而为，赴汤蹈火，在所不辞。"别看是位道姑，说出话来明理爽快，大伙儿都站起来，谢过老剑客。

红文剑客说："四爷，贫道一人有点儿孤单，最好找个帮手和我一道进山，你看哪位英雄合适？"

蒋平眼睛转了转："您是女剑客，男的显然不便，我找个孩子，叫他装扮成女道姑，就说是您刚收的徒弟，有什么事可叫他跑道送信，您看怎么样？"

"妙哉！但不知谁能胜任？"

"此人就在眼前，龙天彪过来！"龙天彪一听就一咧嘴，心说：四爷不给我派好角色，这又得男扮女装，又得当道姑。"孩子，你别不高兴。"

"我不敢。"

"我告诉你，这可是为了救你的老叔艾虎，你不卖命谁卖命？装扮成道姑随老剑客上山，你看怎么样？"

"孙儿遵命就是。"红文女剑客一看，这小子长得比姑娘都好看，又是徐良的徒弟，老剑客很满意，马上让人赶奔她的庙上取来衣服。龙天彪梳洗打扮后，穿上道姑的衣服，怎么瞅怎么像个俊俏的道姑，就是脚大了点儿，但衣服长，可以盖住。

红文女剑客看后连声称绝："要不说话，连我也看不出来了，太好了！今后咱们就以师徒相称，有人问你，你就说是我的徒弟，叫妙珍，你少说话，免得露马脚。"龙天彪一一记住，暗带利刃，跟红文女剑客即刻起身。为了掩人耳目，由严英云一人把她们送出店房。

红文带着龙天彪改路来到叠云峰狼牙涧。一路上，红文问龙天彪学艺情况，他如实地向女剑客讲述了一遍。红文想：他是徐良的徒弟，功夫肯定错不了，暗喜有了好帮手，红文告诉他："王典的女儿叫王金玲，比你大两岁，你对她以师兄相称，要跟她亲近，我们还要说服金玲给咱们帮忙。"一路上，红文剑客再三叮咛，龙天彪一一牢记在心。

到了山口，就听一阵锣响，闪出一行喽啰兵，为首的手提花枪，他刚要问便认出来了："这不是红文老剑客吗？"

"无量天尊，正是贫道。"

"您来得比别人都早，我们大寨主这两天还念叨您呢，赶紧请吧。"红文女剑客特地把那份请帖拿出来，让大伙儿看看。喽啰兵摆摆手，点着头往里边请。二人没费吹灰之力就过了三道寨门，来到大厅。

喽啰兵先到里边通报，半翅蜂王典、电光侠霍玉贵等亲自列队迎接。王典满面赔笑，躬身施礼：“老剑客，您来了，好，够朋友！我早就等着您呢。”电光侠也过来施礼，两个人一边一个，把红文女剑客请到大厅。

龙天彪低着头，不敢迈大步，但眼睛没闲着。他一看，这山的气势可真不小，不亚于当初的阎王寨，正厅是十五间，里边都通着，又高又宽敞，里边挤满了人，有和尚、道士、尼姑、道姑，三教九流，什么人都有。龙天彪一眼就认出了朱亮和王顺，因为与他俩多次打过交道。龙天彪怕被他们识破，就把头深深地低下。

王典陪着红文步入大厅：“各位，我来介绍一下，这位就是我女儿的授艺恩师，江湖上有名的红文女剑客。”

“老剑客，您好！”众人热情打招呼。红文与众人见过礼，宾主这才落座。龙天彪低头站在她身后。

王典问：“老人家，这位道姑是谁？”

“她是我新收的徒弟，叫妙珍。妙珍啊，还不过去见过大寨主？”龙天彪过去打了稽首，没说话。王典一看，是个女孩子，可能面嫩不敢抬头说话，也没怀疑。龙天彪这才退到椅子后边。

王典又问：“老人家，请帖收到了？”

“收到了。”

“这次您可得帮我的忙。来人，准备素宴，通知小姐，就说她师父来了。”不一会儿，摆上素宴，王典、电光侠陪着吃。女剑客怎能吃得下？只得逢场作戏。

她问王典：“你在信中说，要庆贺什么人头会，但不知这人头会是何意？”

“哈哈，您不知道，这人头并非凡人之头，乃是有名的白眉大侠徐良的。他鬼使神差来到葵花冈，被我的几位弟兄发现，就要了他的性命。如今人头在我山上，您知道，徐良是绿林的叛徒，我打算让朋友们跟我们一起高高兴兴地解解恨，故此，召开这个人头大会。五宗十三派八十一门的高人，凡跟徐良有仇的我都请来了，可谓盛况空前，您不参加怎么行啊！另外，开封府也不会善罢甘休，双方早晚有一场决战，到时候还请老剑客助我一臂之力。”

“无量天尊，大寨主太客气了，你就是给我二指宽的小纸条，我也得来呀！”

“够意思！”说着，把酒一饮而尽。这时，就听门外有脚步声，环佩叮当，随着一阵银铃般的笑声，开门进来八个丫鬟，都是短衣襟，小打扮，佩刀悬剑，进来后往左右一分站定。跟着进来个年轻姑娘，她个头不高不矮，瓜子脸，面如玉脂桃花，柳眉弯弯，杏眼闪闪，樱桃小口，天仙一般。这正是王典的女儿王金玲。

王金玲听说师父来了，便亲自来拜见。她先见过爹爹和二叔电光侠，然后拜见师父："师父一向可好？徒儿迎接来迟，当面赔罪。"

红文把她搀扶起来："孩子，你我师徒还客气什么，近来还好吧？"

"托师父的福，一切都好。爹爹，我和师父到我屋去了。"

"好哇，今后老剑客的食宿全归你管。"

"是，师父跟我来。"王金玲说着，把红文拉出大厅。龙天彪在后面跟着，一转身奔到内宅。这叠云峰气魄可不小，从大厅往后数有九排房子，姑娘住在第七道院，这是内宅。王典没有夫人，父女二人相依为命，王金玲是他的掌上明珠，在王典面前说一不二；此外，姑娘武功还好，王典把她视为命根子。

王金玲把师父请进自己房里，撒了一顿娇，红文非常喜欢她，把她看成自己的孩子："丫头，你还这么顽皮，你已经长大了，快要许配人家了，我还等着喝你的喜酒呢。"

"看师父说的，我没那份心思，我一辈子不嫁人。"姑娘说着脸也红了，一抬头，看见红文身后站着个小道姑："师父，我光顾跟您说话了，忘了问您身后这人是谁了。"说着过来就拉人，龙天彪臊得更抬不起头来了。

红文说："金玲，我给你介绍介绍，这是你的师弟，妙珍啊，这是你师兄，还不过去见礼？"龙天彪红着脸，过去打稽首，没说话。

王金玲一看，这个小师弟长得不错，乐得不得了，就把龙天彪拉到眼前，看看这儿，摸摸那儿，那个亲劲儿就甭提了，龙天彪怕露馅儿，急忙躲闪，金玲以为她是害羞："师父，我这个小师弟怎么这么腼腆，她来多长时间了？"

"不到俩月。"

"哪儿的人？"

"就是山南的人，我看这孩子天资聪颖，就把她留在身边了，正赶上接到你爹的请帖，就把她带来了，也好让你们师兄弟见见面，往后好有个照应。"

"师父，这么办吧，您要有事先回去的话，就把她留在我这儿多住些日子，我自己怪闷的，让她跟我做个伴儿。"龙天彪一听，心说：坏事了，这可怎么办？也罢，到时候我先拉出刀来把你切了。王金玲又叫人准备了一桌素宴，师徒三人归座。龙天彪筷子不动，低着头，逗得王金玲直乐："师父，我师弟可真腼腆啊，这么老实可不行，我告诉你，练武的人不拘小节，我这个人爱说爱笑，你要跟我凑到一块儿可就倒霉了。你倒是吃呀！”龙天彪没办法，点了点头，这才动筷子。他怕大手露出来，赶紧拿衣服盖着。

红文一个劲儿从旁边打岔，唯恐姑娘看出破绽来：“金玲，为师有句话问你，你爹开的这人头大会你可清楚？”

金玲一听，柳眉挑了几下，轻轻唉了一声：“我爹没跟我商议，这么大的举动，谁能不知道呢？”

“金玲，这是咱俩说，你说开这会有必要吗？”

“师父，我爹是越来越糊涂了，他一意孤行，谁的话也听不进去。我从心里不愿意他干这种事。徐良已经死了，还开什么人头大会？听说我爹还请了八十一门的高人参加，这不是招灾惹祸吗？来的人越多，是非就越大。他也不想想，开封府的人能善罢甘休吗？我真担心，不定哪天我们就得走阎王寨的老路，后果不敢想啊。”龙天彪在旁边一听，点点头，心说：没想到王典的女儿看事挺远，还能主持点儿正义，比王典强多了。他心里这么想，可嘴里不敢说。

红文女剑客点点头：“丫头，要真像你说的那样，早晚官兵一来，玉石俱焚哪，你打算怎么办？”

王金玲一听，眼泪就掉下来了：“师父，我怕得很，我是身在五里云雾中啊，请师父给我指条明路吧！”她哭着向两旁丫鬟示意，让她们退出去，然后把门关好。这院子是深宅大院，高房厚墙，说话走不了音。王金玲说：“师父，弟子的苦衷您清楚，我虽是一女子，但对是非曲直还能明白。我反对我爹占山为王，干这违法之事。有时我想：人家良家子女多自在啊，我现在虽说吃喝不愁，但往后一想，真有点儿胆寒。现在我爹疼我爱我，可将来落到哪一步田地谁知道啊？早晚官兵一抄山，我就得陪着他掉脑袋！每逢想到此，我心似油煎。尤其是现在，我已预感到大祸临头，我爹不但把徐良的命要了，还把一个叫艾虎的囚禁在山上，这是自招祸灾。开封府是好惹的吗？人家迟早要攻山，真到那一天，恐怕我爹是以卵击石难能自保了。他若有个三长两短，我岂能独活？师父，无论如何你要给我指条明路。”王金玲边说边哭，句句发自肺腑。

红文放下酒杯：“丫头，你也不必太难过了，这事咱慢慢商议。我已经替你想好了一条道，但不知你敢不敢走？”

金玲急切地说：“师父，您说吧，听您的话我还能有亏吃吗？”

“那好，”红文站起来，往院里看看没人，把声音放得很低，“孩子，为师跟你的想法一样，看你爹的样子，你我三言五语实难劝转，如今他头脑发热，忠言逆耳。你的事可得好好想想了，既不能陪你爹挨刀，还得想法救你爹，当女儿的要尽全力把他拉出来呀！”

“师父，您快说，我该怎么办？”

“只有一个办法，就是帮开封府，助他们一臂之力。只有这样，官府才能开脱你的罪责，你爹爹的罪过也能减免。除此之外，别无良策。”

王金玲一听，眼睛瞪得老大，迟疑半天才说：“师父，我一直在山上，除了跟您学艺，连山都不下，也不认识开封府的人，怎么给官府出力呢？”

“孩子，我什么都不瞒你，开封府的人就在眼前。天彪，不用装扮了，过来。”龙天彪一听，这回可好了，这么长时间，话不敢说，头不敢抬，真憋得难受。听到女剑客吩咐，他把胸脯一挺，头抬起来了：“弟子听命。”他这一声把王金玲吓得差点儿蹦起来，心说：小师弟声音怎么这么粗？这不是大老爷们儿吗？再一看他的眉眼和举止动作，认定他就是男的。

王金玲这心就直跳：“师父，这……这是怎么回事？他是谁？”

“孩子，不必惊慌，我跟你实说了吧。他就是徐良的高徒，小侠龙天彪。为师上山之前，就与官府通好消息，小侠客男扮女装，跟我上山来就是为了找你，你有事尽管说，他可代开封府做主。孩子，你该明白为师的意思了吧！”

王金玲如梦方醒，吓出一身冷汗。闹了半天，他是徐良的高徒龙天彪，似乎有过耳闻；我师父真是浑身是胆，竟敢把开封府的官人领进叠云峰。王金玲瞠目结舌，女剑客一乐：“徒儿不必吃惊，我这全是替你们父女着想。你要能帮助小侠客把艾虎救出来，再设法把徐良的人头弄到手，你就算立了大功。开封府蒋四爷他愿在天子面前保奏你将功折罪，到那时，你爹的罪也能减免，他能立功当然更好。孩子，这么办吧，你要乐意，就帮助为师赶紧救人；若不乐意，为师也不勉强。”

王金玲前思后想，牙关一咬：“师父，我听您的。”

“无量天尊，善哉善哉！为师没白教你。”

龙天彪也冲王金玲一抱拳：“对不起，我不得不乔装打扮，多有得罪。为救我五叔艾虎和请回我师父徐良的人头，请姑娘多多帮助，如果事成，我龙天彪一定在包相爷面前为你陈明曲直，保你无事。”

“小侠客别往下说了，我愿意就是，不过……”王金玲低下头。

红文久经世故，知道王金玲有难言之处，便站起身来，把王金玲拉到里屋：“徒儿，有话尽管说。”

金玲好半天才说：“师父别见笑，徒儿不得不为自己着想，如今我已是二十岁的人了，后半生又当如何？看龙天彪小侠客岁数与我相差无几，他和我已在我房中亲热谈笑，还动过手脚，这男女有别，今后叫我怎么做人……”

红文明白了，心说：好聪明的姑娘，她是要把终身许配给龙天彪，这岂不是一举两得！于是她含蓄地说：“金玲，为师也有此意，不如你俩订下终身……我跟小侠客商量商量，你看如何？”

“一切都由师父做主。”

红文让她在里屋等着，乐呵呵地来到外间屋，问龙天彪：“小侠客今年多大了？”

龙天彪一愣：“我还小呢，一十八岁。”

“很好，贫道打算把金玲许配给你，你可愿意？”

话还没说完，龙天彪就站起来了：“老人家，不可，千万不可！”

红文也愣了：“为什么？难道你瞧不起她绿林出身？”

“没这个意思。实话说吧，我十四岁那年就定了亲，南阳府团城子伏地君王东方亮有两个姑娘，一个叫东方娇，另一个叫东方艳，因我们年岁太小尚未成亲。再说，我师父徐良都没成亲，当徒弟的怎好完婚？”

红文一听，不能强人所难，便赶紧到里屋把这事跟王金玲说了，王金玲一听“哇”的一声哭了，她恨自己命苦，但话已出口，难以收回，便说：“师父，这样吧，您再跟他说说，就是做他的三妻四妾我也乐意。”

红文一想：这也不是不可以，就又跟龙天彪一讲。龙天彪一个劲儿晃脑袋：“这……这可太不好办了，我一个人不能做主，起码得四爷点头才成。”

红文又去跟金玲说，金玲一想，倘若蒋平不同意，我就认命了；如果龙天彪不同意，我也不能再嫁人了。现在只有立功，取得开封府的谅解，亲事还可有望。红文和金玲从里屋出来，龙天彪和王金玲俩人红着脸都有点儿不自在，红文说：“你们也不必拘束，先把那事放在一边。”

金玲点了点头，停了一会儿，她说：“现在天色还亮，待掌灯后，咱再动手。”

红文点点头，三人又回到席边，丫鬟婆子又端来酒菜，可王金玲再也吃不下去了，心想：我只知艾虎押在山上，但押在哪儿还不清楚，要想救人，不摸清楚怎么行呢？于是她把身边的赵妈叫来。赵妈是她的半个奶妈，跟随她多年，非常可靠，什么事也不用背着她。金玲吩咐她："你出去给我办件事，想办法打听到开封府的官人艾虎在什么地方押着，千万别露马脚。"赵妈经验丰富，一听便知是怎么回事，点了点头，退了出去。约莫过了半顿饭的工夫，她回来了。

金玲一看，她喜上眉梢地说："姑娘，我问清楚了，就押在咱们宅后的仙人头山下，八卦石牢三号。"

"确定吗？"

"一点儿不差，我见着石牢总头目李头儿铁拐李了，他今天值班，是他亲口跟我讲的，钥匙就在他手中。"

"他不会往外说吧？"

"我是无意之中跟他搭讪才听来的。"

"好！"王金玲跟师父、龙天彪使了个眼色，二人会意。师徒三人吃完饭，沏壶茶，又接着说闲话。他们表面镇静，心中早已开了锅，盼啊盼啊，好不容易盼到夜幕降临，屋里点了灯。一会儿赵妈来送信儿，说山上开饭了。王金玲一想：吃饭换班，岗哨人少，正是个好机会。于是跟师父商议，开始行动。

红文点了点头："徒儿，一切由你出面，为师在暗中助你。"

"师父放心吧。"王金玲吹灭里屋的灯，换衣服。她一边换一边想：爹呀，不是女儿坏了良心背叛您，这是为您好啊，早晚您会明白女儿的一片苦心。想着想着，眼泪不由得就掉下了来。她换完衣服，披上斗篷，拿把宝剑，斜背着百宝囊，转身出来了。

丫鬟、婆子都过来了："小姐，又练武功？我们跟您去。"

"你们不必跟随，把家看好。"

"是。"王金玲跟师父、龙天彪从屋里出来，转身往后山走，直奔仙人头。

这仙人头是座山名，喽啰兵、头目犯了罪都押在这儿。金玲经常从八封石牢前经过，道路很熟，时间不长过了开阔地，眼前就是仙人头。这山高只有十六七丈，像剑鞘一样，在底下开了山洞，洞口有个铁栅栏，里边的木栅栏用来押人，共有十几个号。他们到这儿一看，有喽啰兵巡逻。

王金玲低声告诉他俩："到了，你们二位先别露面，躲到僻静之处。"两人便闪身躲起来了。王金玲也很紧张，她只好见机行事，就见她迈着大步奔石牢而来。哨兵问："谁呀？"

"我！"

"哟，小姐，到这儿散步？请到里边喝茶。"

"不必了，今天你们谁值班？"

"李头儿。"

"唤来见我。"

"是。"

这李头儿三十多岁，在叠云峰七八年了，也算老熟人，他背刀提灯从后山转过来："谁呀？"

"小姐找你。"

铁拐李过来把灯一举："是小姐来了？"他放下灯笼趴在地上就磕头："小姐，找我有事？"

"有句话想问你。"

"请讲。"

"在这儿讲不方便，跟我到那边去。"李头儿一想：什么事还要到那边去？他摸不清底细，只好点头答应，跟小姐到了僻静之处。

"你把灯熄了。"姓李的一想：什么事啊？他"噗"地一吹，灯刚灭，王金玲就一把揪住他的衣服领子，冷飕飕一把宝剑就横到他脖子上了："别吵，吵就宰了你！"

"小姐，我哪儿惹了您？留命，留命！"

"我问你，开封府的艾虎是押在三号吗？"

"对。"

"人在吗？"

"在，可能正吃晚饭呢。"

"好，我来提艾虎，你不许声张，快把铁门打开，把艾虎交给我！"

"姑娘，大寨主交代过，他不同于一般的罪犯，让我们严加看管，没有大寨主的手谕……"

"什么手谕！他女儿不比手谕好使？不听我宰了你！"姓李的一琢磨，姑娘在大寨主面前说一不二，惹了她真要把我宰了，可没处诉苦去。既然她让我开，那我就开，大寨主追问下来，我就实说，跟我有什么关系。

他说："我这就去。"铁拐李把钥匙拿出来，转身去三号石牢，要提艾虎。

第四十三回 反山寨父女变脸 救艾虎师徒仗义

王金玲抓住铁拐李，要把艾虎提出来。铁拐李知道事情发生了变化，但无论如何也没想到，是大寨主的女儿要放艾虎。铁拐李镇定镇定，转身往里面走，王金玲在后面紧跟，怕这小子有变。来到八卦石牢的第三号，铁拐李看左右没人，就把钥匙拿出来，把大锁打开，拉开栅门回头看看王金玲。姑娘用手一推，把他也推进石牢。王金玲这才说话："铁拐李你今天帮了我的大忙。帮忙就帮到底吧，你先受点儿委屈，不许声张。"

"小姐……"

"再吵我宰了你，趴下！"铁拐李乖乖趴下了。王金玲往百宝囊中一伸手，把飞爪百链锁掏了出来。这百链锁上面有一丈多长的绒绳。王金玲用绒绳抹肩头、拢二臂把铁拐李给捆上，又把他的衬衣撕下来，把他的嘴给堵住了。

王金玲闪目往里边一看，有个人正靠在墙角坐着，五花大绑，头在铁环子上挂着，要没人解救，飞都飞不了。金玲仗着胆子到了近前，哈腰看了看："你是艾虎吗？"

艾虎也早就听见动静了，有点儿吃惊，以为是提审，后来一看眼前发生的事情又不像。是谁救我？还是个女的，他不认识。金玲一问，艾虎才点点头："是我，你是什么人？"

"别说话，我来救你。"说完金玲把宝剑一挥，绑绳全断，她用力把艾虎搀扶起来。艾虎的手脚全都麻木了，仗着年轻，身子骨结实，站起来活动了一会儿，胳膊、腿才有知觉。

王金玲顺手把铁拐李身上的那把刀抽出来递给艾虎："你先将就着用，快跟我走！”艾虎一看这是自己人，也没多问，提刀在后面跟着，出了三号石牢，他们在夜幕的掩护下，一拐弯到了僻静之处。小侠龙天彪、红文女剑客都在这儿等着呢。龙天彪一看，五叔出来了，真乐坏了，往前紧走两步就拉住艾虎的大手："五叔！"

“天彪？你怎么来了？”

“我就是为你来的，五叔快走！”艾虎那高兴劲儿就甭提了，原来他以为非死不可，现在像神话一般被人搭救。老少四人转身就走。王金玲是在山上长大的，道路很熟。她知道前山得过巡捕寨，要走三道寨门，很难过去。唯有后山，虽然有人守着，如果不好过，用武力还可突围，便跟红文女剑客商量，要走后山。他们顺着盘山道飞快地往下跑，时间不长，就到了后山的山口石嘴子。这里用石头垒了座大门。两边是悬崖绝壁，要想过去，必须从门里通过。这儿没有重兵把守，守门的通常只有五六十人。金玲心想：凭着我们四个人的本领，平安通过更好，弄不好，也能杀出一条血路。事到如今也只好铤而走险了。

他们刚到石嘴子，就听前面有人喊话："站住，哪儿来的？"巡逻喽啰兵出来了，大竹竿子上挑着一盏气死风灯，照得四周雪亮，喽啰兵手搭凉棚看了看："谁呀？"

王金玲过来说："是我。"

“哎哟，小姐，深更半夜的，这是上哪儿去呀？”

“我奉父亲之命，要下山办事，把门给我打开。”

“这……小姐，我们说了不算，得禀明巡捕寨的寨主闻华——闻寨主。”喽啰兵说着就给闻华送信儿去了。靠石嘴子不远处搭着三间石头房，亚督鬼闻华在那儿值班。以前他是君山寨巡捕寨的寨主，原属钟雄管辖。飞叉太保钟雄倒戈起义，人马归了大宋，亚督鬼闻华不同意，与钟雄分道扬镳，就领着手下一伙人：削刀将——毛保、铁刀大都督——贺宾等投靠了叠云峰。王典加封他为巡捕寨大寨主，手下管着三千多人，可以说是大权在握。他为了报答王典，任职后兢兢业业，白天巡查，晚上值班。特别是最近一段时间，山上风声吃紧，开封府的人陆续来到葵花冈，离山又不太远，为了徐良人头这件事，非打大仗不可。故此闻华衣不解带，更加防备。今天事儿也凑巧，偏赶上了他值班。

喽啰兵进去单腿点地："报告！"

闻华坐起来："什么事？"

“寨主，小姐要开门下山。”

“王金玲？什么事啊？”

“不敢问，后面还跟着好几个人，离得远，没看清，请寨主示下。”闻华心里纳闷儿，这小姐自来深居简出，别看是山大王的女儿，跟大家闺秀一样文静老实。大寨主深更半夜叫她下山干什么去？这我得问清楚。闻华带着削刀将毛保、铁刀大都督贺宾，从石头房里出来了。来到后寨门一看，真是小姐，可小姐后面是艾虎，这人押在八卦石牢了，大寨主交代得明白，等人头大会开始那天，要宰了他祝贺，他怎么跟小姐凑到一块儿了？再看，还有个出家的道姑，是红文女剑客。他顿感事情不妙，但闻华这人老谋深算，心里慌乱，脸上却不露声色。他冲着王金玲一抱拳：“小姐何事？”

“闻大叔，我奉父亲之命有要事下山，麻烦您把后寨门打开。”

“好，小姐，敢问一声，是什么事？”

“这你就别细问了，将来你会清楚。”

“不过，金玲啊，你别生我的气，我这差事是上指下派，我在这儿守着，是奉你爹的命。你爹爹有话，没有他亲自写的书信，没有山上的号牌，任何人不得随便出入。小姐，咱们公事公办，既然奉你爹爹的命令，什么事我可以不问，号牌有没有？你爹爹的亲笔书信有没有？要有，就放你们出去。”

“这……”王金玲心想：看来这事复杂了，这么倒霉，偏赶上他在这儿。可事到如今，王金玲只好把眼睛一瞪说，“闻大叔，号牌也有，书信也有，因为我走得急，丢到家里了。要回去取又耽误工夫，等回来再给补吧，您赶紧把门打开。”

“哈哈……好，现在我就开门，但是我还有一事不明，想请教小姐：你身后那是艾虎吧？艾虎是咱们山上的仇人，押在八卦石牢，谁把他放出来的？”

姑娘一听坏了，这事露馅儿了，他认识艾虎，看来他是要打破砂锅问到底了。金玲气得粉面通红，柳眉倒挑，一阵冷笑：“哼哼……闻大叔，你管的事也太多点儿了，我看这个事你问不问都没关系，我命令你马上开门！”

闻华一瞅，小姐翻脸了，他还是沉住气：“小姐，你生气也罢，骂我也罢，这事我可不能听你的，我得听你爹的。我现在就派人去请示大寨主，大寨主叫你走，我二话不说！毛保，去请示大寨主！”

“是。”削刀将毛保起身要去大厅。

王金玲一想：跟我爹一说，不就全完了吗？只见王金玲身子往前一纵，把毛保给截住了:“站住！用不着你去！我自己的事情自己做主。我说闻华，看来你成心和我过不去。今天你休怪本小姐翻脸无情，我手里的这把宝剑可不认识你！”

“哈哈……我的好小姐，我全明白了，闹了半天，你要救艾虎出去，不然的话，为什么着急？为什么不让给你爹送信儿？要是这样，我更不能让你出去了！”

王金玲火直往上撞，奔毛保拔剑就砍。毛保这小子也不是东西，奸、损、淫、毒、辣五个字都占全了。他跟闻华是磕头兄弟，闻华叫他干什么他就干什么。他一看小姐跟闻寨主闹翻了，就把掌中的刀一晃，一阵奸笑道:“小姐，别变戏法了，想带人走，没那么容易！我们吃你爹的，就得给你爹办事，既然你变脸，毛保只好得罪了。”一抡刀，跟王金玲战到一处。

王金玲和他打了十几个照面儿，飞身跳出圈外，从镖囊里拿出响铃镖。这是红文女剑客的真传，镖后头有个小铃铛，打出带响，故叫响铃镖。王金玲一扬手，镖出来了，正中毛保咽喉，毛保仰面摔倒。金玲过去手起刀落，把他的人头砍下。这下后寨门就乱了:“了不得了，毛寨主死了……”刹那间闻华全明白了，一面命人赶紧飞报大寨主，叫他快来，一面把掌中的大砍刀举起来，往前一纵，大战王金玲。

正在这时，就见山上灯笼、火把，好儿百人全下来了。为首的两个正是半翅蜂王典、二寨主电光侠霍玉贵，身后跟着飞剑仙朱亮、紫面金刚王顺、白莲花晏风等。王典得了信儿，简直不相信这是真的，我的女儿哪能背叛我呢？但又一想:送信儿的人敢说假话吗？我得亲自到出事地点看看。闻华一见王典，虚晃一招跳出圈外，躬身施礼:“大寨主您来得正好，您看看。”

王典一看，可不是吗？旁边躺着毛保的尸体。王典气得脖筋绷起，晃着脑袋来到王金玲面前:“丫头，你疯了！”

王金玲一看，她爹爹出来了，原来怕出事，现在出事了，她的心反倒平静下来了:“爹爹，女儿有罪，女儿给您施礼了。”

“起来！金玲，这究竟是怎么回事？难道说你要背叛为父不成？”

“爹爹，既然您问，我就实说了吧。”王金玲没有隐瞒，一口气把想的、做的说了一遍，她承认艾虎是自己救的，另外又告诉王典，她要赶奔葵花冈，弃暗投明。最后王金玲说:“爹爹，您可能恨我，认为当女儿的不应当这么做。可您想想，您占了这座山已属违法，官府对您并没征剿，那是因为您没有欺压百姓。可您知恩不报，反而贪得无厌，又让白莲花晏风杀死白眉大侠徐良，把人头搁到咱们这山上，还要开什么人头大会。您这样做下去，官府能答应吗？开封府能跟咱们完得了吗？眼看就是一场大祸，叠云峰就要土崩瓦解。作为您的女儿，我不能不替您考虑，我弃暗投明就是想立功，好减轻爹爹的罪责，您能理解我吗？”

王金玲话没说完，王典就听不下去了：“好哇，金玲，我做梦也没想到你会背叛我！好，既然你不仁，就许为父我不义。从现在起，咱们断绝父女之情，你就是我的仇人！来人哪！抬我的兵刃！”大家一看，大寨主都气疯了，谁也不敢拦。

只见半翅蜂王典手拿短把凤翅鎏金镋，像一头狂怒的野兽扑奔金玲而来。小姐赶紧闪身躲开，王典一翻腕子扑过来，王金玲一低头又躲开了。王典连着砸了七八下，小姐是一招没还，最后扑通跪在她爹爹面前，泪如雨下：“爹爹且慢，我知道您老人家恨我，但我说的话都是出于真心，发自肺腑。您想我是您唯一的女儿，不能不为您从长着想，爹爹，您再看看您身边是些什么人吧，都是些占山为王的杀人强盗，都是十恶不赦的恶淫贼！您把他们都当成好朋友了，供他们吃喝，伙同他们作恶。这样下去官府能放过您吗？难道说，女儿投靠官府，立功赎罪有错吗？爹呀，既然您恶念不改，女儿也没有办法。打吧！我绝不还手。”

“叛孽！你还狡辩！我打死你！”抡起来凤翅鎏金镋往下就砸。他认为这么一砸，金玲还不躲吗？可是他想错了，金玲痛不欲生，一看爹爹打来，她双眼一闭，腰板一挺。凤翅鎏金镋正拍在她的脑袋上，再看姑娘，香魂消散，身体栽倒，脑浆都迸出多远去。王典一看：“哎哟，我的孩子。”立即把兵刃扔了，把女儿的尸体抱住，哭得就要没气了。

这时山上一阵大乱。艾虎、龙天彪、红文他们三个人怎么不过来呢？原来红文认为父女之情比什么都深，要是别人过去，王典反而更恼，局面越发不可收拾。可是红文女剑客也没料到，姑娘会舍命劝父，父亲会杀死亲生女儿。当她发现之时已经晚了。红文女剑客心如刀绞，只觉眼前一黑，身子一栽，差点儿倒下去。艾虎和龙天彪一直在观察动静，伺机动手，王金玲一死，把他们俩也惊呆了。

王典哭得死去活来，蹭得满身是血。

电光侠霍玉贵过来，一边擦泪，一边劝说：“大哥，别太难过了，人死不能复生。都怪你火气太大，眼下还要以大局为重，给丫头准备后事吧。”王典这才止住悲声。一抬头，看见红文、艾虎和龙天彪，这家伙就更疯了，嗷嗷直叫：“红文，你是我女儿的师父，把我女儿领到这一步，你算什么东西。虽然说她死在我的手下，实际责任在你身上。快还我女儿命来！”喊着就向红文猛扑过去。

红文女剑客往旁边一闪，一阵冷笑：“王典，过去我把你看错了，你实在是个人面豺狼。你女儿何罪？你亲手打死她，还把罪责推在别人身上。方才你女儿说的话，字字值千金，可你却不听。像你这种恶人，世人都可诛之，贫道我要给徒儿报仇！”剑客说到这儿，拽出宝剑，就跟王典战到一处。他们都要把对方置于死地，二十个回合，没分输赢。

飞剑仙朱亮和三世陈抟陈东坡一边观阵，一边小声嘀咕。陈东坡对朱亮说：“今晚这事非闹大了不可。”

“怎见得？”

“你看，既然他们敢大胆把艾虎救出，他们一定早有准备。今天晚上开封府不定得来多少人呢，咱们要小心防备才是。这红文可不是善茬儿，总辖大寨主要想赢她还得费点儿劲，你我何不下手帮忙？”

“对，你打算怎么办？”

“偷偷给她来一下。”这陈东坡真不是个东西，他往皮兜子里一伸手，拿出一颗金棋子。这金棋子是钢的，镀了金水，车、马、炮……全有，把棋盘铺开就可以下棋，打仗时就是暗器，一颗金棋子约有一斤重。他抄在手里，等待时机，红文女剑客战中身形转动，一时背对陈东坡。他一看时机来了，抡手一扬喊了一声，像闪电一般，一道金光就扑奔红文。红文女剑客全神贯注大战王典，怎能防备这一手呢？忽听脑后生风，想躲已来不及了，正拍在红文的后背上。就这一下，把红文女剑客打得往前跄了几步，心口发热，眼前发黑，身子一栽，一口血就喷了出来。王典一看，举起凤翅鎏金镋往下就砸，还没等落下来，就听一声响，怎么回事？原来是被小侠龙天彪用刀给架住了，镋没落下去。艾虎趁此机会，背起红文转身就走。龙天彪打了三四个回合，边打边退，压刀在后头掩护，从后山出去就往前跑。王典火往上撞：“我看你们能跑到哪儿去？我已布下天罗地网，你们是插翅难飞！追！”

艾虎本来身上就有伤，又没吃饭，还背着红文，感觉相当吃力，汗滴滴答答直往下淌。他慌中迷路，不知方向，身边又没有援兵，处境非常紧张。女剑客似醒非醒，神志不清，顺着嘴角往下滴血，还一个劲儿地说："放下我，不要管我。"艾虎紧咬牙关，一直奔向东山坡。

龙天彪提刀在后，跑来跑去，跑到绝境：前面的山像大墙一样立在那里，高有数丈，挡住去路，再想转身走，后面的人已经追上来了。艾虎和龙天彪一咬牙，事到如今，不是鱼死，就是网破，就把老剑客放到山根儿底下："咱们俩拼吧！"

"嗯，只好如此了。"人怕急、马怕骑，到了这步，怕也不行了。艾虎和龙天彪俩人提刀迎上去，就听这山头上有人喊："老叔，小兄弟，不必担心，房书安在此！"

房书安？爷儿俩抬头观瞧，就见石砬子上一前一后下来两个人，这俩人比猴儿还快。在前头的正是细脖大头鬼房书安，手里拎着一尺多长的小片刀。后面跟了个小伙子，头梳日月双鬏，末根系着五色头绳，前发齐眉，后发遮颈，散发披肩，周身上下一身青，鹿皮围裙，足蹬一双抓地虎快靴，手中拎着一条五金龙虎棍。往脸上一看，面如姜黄，五官端正，眉目清秀，目若朗星，非常英俊。艾虎、龙天彪不认识他，也不知道房书安是从哪儿来的。

前文说过，自红文女剑客带着小侠龙天彪进了叠云峰狼牙涧后，蒋平、智化、南侠、房书安等人在一起碰头分析过这形势。蒋四爷一皱眉："现在咱们人单势孤，要再来几个帮手咱就踏实多了。虽说请的人不少，可最快的也得五天之后才能赶到。"蒋平这么一提，忽然房书安想起钟林。

"四爷，上次我上叠云峰，走错道儿了，遇到个小伙子。他那根棍带冒烟的，把黑熊都烧焦了。我觉得奇怪，过去一问，你们猜猜他是谁？是钟雄的儿子，日月飞行小太保钟林。"

房书安这么一说，蒋平、智化知道了："钟林在这儿，这孩子也不小了。"

"比我还高，长得一表人才。我和他一谈，才知道他在这儿跟他师父学艺，他的师父就是赫赫有名的南昆仑司马珍——司马道爷，离这儿也不远。要能把司马道爷和钟林请出来，咱们不就多了两个帮手吗？"房书安这么一说，老少英雄都很高兴，那敢情好，且不说钟林，要是南昆仑司马珍肯出头，问题就解决了。那是人中的剑客，世外的高人。可又一想：咱们跟人家没深交，又是个出家人，人家能帮这个忙吗？至于行不行，只有亲自去请才知道。就这样决定，由房书安领道，蒋平、智化、展昭、刘士杰带了八彩礼物、四名仆人，一同起身进山，到火云宫去请南昆仑。

进了山，房书安辨了辨方向，翻过山坡一看，果然在群山怀抱之中有个小庙。这里环境太好了，一般人找不到这儿。时间不长，他们便来到庙前，一看横匾上写着“火云宫”三个字：“你们等着，我去叩门。”

敲了几下，庙门开了，里边出来个小老道。一看来了一伙人，都挺眼生：“无量天尊，各位施主找谁呀？”

“小道士麻烦您了，请禀报火云宫的观主南昆仑司马道爷，就说开封府的蒋平、智化、展昭、房书安、刘士杰等求见。”

“好，你们稍等。”小道士把门关上回去了。

时间不长，庙门打开，钟林从里面跑出来了，眼睛闪着亮光，先看见房书安了：“哟，您来了。”

“小子，你看都谁来了。”

“钟林，还认得我吗？”

“四叔，我怎么能忘呢！智大叔、展大叔！”钟林跪下就挨个儿磕头。故人相见，分外高兴，眼泪都快掉下来了。想起当年没有智化，自己在白云岭怎能得救？哪有今天？他把智化当亲叔叔，也知道眼前这几位老前辈和他爹钟雄关系最好。

寒暄一阵，钟林把眼泪擦擦：“各位叔叔，你们来得正好，刚才我还跟师父提这事呢。我师父说，明后天准备到葵花冈看望大家，没想到你们先来了。师父，您快出来吧！”随着一声咳嗽，走出一位道长——南昆仑司马珍，大个子、宽肩膀，看来这老头儿身子骨还挺硬实。往脸上一看，面如晚霞，一缕花白须髯散满前身，头上戴着柳木道冠，铜簪别顶，身穿酱紫色仙衣，手中拿着拂尘，长得慈眉善目，不过脑门儿上有道竖纹。根据判断，这老头儿脾气不太好。大伙儿正想着，司马珍就来到众人面前：“无量天尊，欢迎各位大驾光临。”

蒋平赶紧过去见礼：“在下蒋平参见老剑客。”

“哎哟，四爷您太客气了。”

“这二位是智化、展昭。”

“久闻大名。”

“这是义侠太保刘士杰、大头鬼房书安。”

“欢迎、欢迎，里边请。”特别热情地把他们让了进去。

蒋四爷把礼物往前一献：“老剑客，初次见面，没有什么好东西，几件薄礼，请笑纳。”司马道爷一看，除了吃喝之外，还有彩缎、现钱。

老剑客就一乐：“四爷，无功受禄，实感不安。你们能来，我就高兴得不得了，这送礼又是何意？”

“道爷，您别多想，我们素知庙上清苦，一点儿薄礼不成敬意，还真让我们拿回去吗？”

“好！那贫道就愧领了。”司马道爷吩咐一声，小道士把礼物拿到后面去了。司马道爷问蒋平：“四爷，你们无事不登三宝殿，大概找我有事吧？”

“道爷，咱们都是绿林中人，我们这是求您来了。”

“求贫道何事？”

“道爷，我们要平灭叠云峰狼牙涧，但是缺兵少将，因此来求道爷助我一臂之力，不知意下如何？”没等司马珍说话，钟林就过来了：“师父，这可是好事。那帮贼没一个好东西，依着我早就把他们铲除了。你一再劝我，我才没有下手。我叔叔他们缺兵少将，您就答应了吧。”

大伙儿听了直乐，认为这老道好说话，你看他对人多和蔼。但是出乎意料，司马珍闻听此言，把脸一沉，说：“蒋四爷，你们来我欢迎，闹了半天是要拿我们爷儿俩当刀使，这简直是岂有此理！”

第四十四回 房书安智激钟林 小太保火烧群寇

司马珍脸往下一沉接着说：“四爷，你想过没有，我们出家人讲的是早晚三朝拜，神前一炷香，慈悲为本、善念为怀，跳出三界外，不在五行中，能帮你们什么忙呢？抄山灭寨是你们官府的责任。王典他们犯了法，他们自己承担，跟贫道毫不相干。因此，我师徒绝不能出头帮忙，请四爷原谅。善哉善哉，无量天尊。”司马道爷说完就把眼闭上了。

四爷真没想到，这老道说话这么噎人。不过蒋平经验丰富，马上付之一笑：“道爷所言是实，不过我蒋平也认识不少出家人，玉泉山三清观主云中鹤魏真、大相国寺北侠欧阳春、少林寺八大名僧等。这些人有的是三清门人，有的是三清弟子，但他们想的做的跟您大不相同。记得道门有这样的话，杀恶人即是善念，本身就是做好事，这与慈悲为本、善念为怀是一个道理。道爷，您是觉着咱们没什么交情，所以才拒绝吧？可钟雄与你、与我们都是莫逆之交。道爷，您不能见恶不管，还是助我们一臂之力吧。”南侠、智化也劝。

就见司马珍面带怒容，霍然站起：“三位，免开尊口。我说话算数，来呀，送客！”司马珍拂袖转身进宅去了，把这老少几个留在这儿了，南侠的脸是红一阵、青一阵，智化也不自然，蒋平气得胡子都撅起来了。日月飞行小太保钟林的脸像大红布一样，迈大步跟师父就出去了。

到了后院，钟林把师父的衣服抓住：“师父，咱不应该这样对待四爷他们。再者我爹爹和他们同殿称臣，交情深厚……”

道爷把袖子一甩说：“大胆！放肆！钟林，你爹把你交给我，就是让你跟我学艺，在这儿得听我的。送他们出去！”

钟林的嘴噘得能拴头驴，进了屋冲几位一抱拳：“今儿不知哪儿阵风不顺，他老人家严词拒绝，几位老前辈看怎么办？”

蒋四爷拍拍钟林的肩膀：“孩子，不要为难，你做不了你师父的主，看来也只好如此。再说，我们是求人家，帮忙是人情，不帮是本分。我们看看你也不白来，孩子，我们告辞了。”

大家都往外走，大脑袋房书安没动地儿，他翻着母狗眼正想主意呢。房书安心说：这个老道是六亲不认、滴水不进。瞅他那模样，不就是南昆仑吗？我姓房的经得多了，我就不信不能把这老道鼓捣出去。走？没那个便宜事。房书安思来想去，把眼光落到钟林身上，心里说：我若把这小子拐走，在山上好好折腾折腾，看你管不管，到时候，看你出头不出头。房书安打定主意，站起来：“我说钟林，我有话和你说说行吗？”

“行啊。”

“找个没人的地方。”

蒋平知道他要冒坏水儿，几个人就等着。

“房爷您有什么话？”

“孩子，我可不是说你师父的坏话，你趁早别在这儿了，跟着这‘杂毛’学下去，没什么好处。他是人情不懂，是非不清，学能耐，不能光学武术，还得练达人情。刚才你全听着了，我四爷爷说的话哪点不对？你瞅他脸都变色了，还把袖子一甩，把我们留这儿了。”

钟林一听有点儿刺耳：“房爷，嘴下留德，您不乐意，别当着我面说我师父。”

“我有什么就说什么，不爱听我也得讲。你爹爹那个人就明辨是非，想当年七雄闹君山，你爹爹那可是要人有人，要势有势。但是他明白，一听这七个人讲得有道理，马上倒戈保了大宋朝。我赞成这样的人物。你是他的儿子，你也应该是这样的人，要做一番惊天动地、轰轰烈烈的大事，眼下救艾虎下山，取回徐良人头这两件大事，你师父他不肯帮忙，可你是将门虎子，能袖手不管吗？有种就跟我走，咱们上叠云峰，你敢不敢？”

“房爷，我现在还没满徒，得听师父的，待我禀明再去。”

“你小子鬼点子还挺多，你哪是禀明你师父，这叫撤梯子逃跑。明知你师父不答应，还去禀他干什么？我认为老子英雄儿好汉，闹了半天，你是饭桶，咱们没得说，算我看错人了。”

房书安一使激将法，钟林就受不了啦，热血沸腾：“房爷，您说我背着师父这么做行吗？”

“有什么不行？你早晚不得在开封府当差吗？现在无非先行一步。到了叠云峰把王典、霍玉贵这帮贼全打趴下，再把徐良的人头取回来，救出艾虎，你在人前显胜，你爹该多高兴！连皇上也得加封你的官职。到那时你紫袍金带，光宗耀祖，该有多好！听你师父的就得老死在庙里。孩子你到底敢不敢？”

“好吧，我宁愿叫我师父生一次气，就跟你们去一趟吧。我想真要办成了，我师父也就不怪我了。”蒋平在这儿全听见了，心想：房书安这小子比我当初还坏。

钟林背着师父，把五金龙虎棍拿了出来：“房爷，咱们什么时候走？”

“现在就走。”

临走的时候，钟林觉着应该给师父留个话，就跟守门的小老道说：“师兄，我去办点儿事，一会儿师父要问，你就说我上葵花冈去了。”

“师弟，你可早点儿回来。”

“我知道。”钟林交代完了，就跟蒋平众人起身。南侠和智化觉着这么做不妥，有心过去拦房书安，被蒋平叫住了：“别，一路酒席对待一路宾朋，这才叫对症下药。你们二位甭管。”

到了葵花冈一打听，红文、龙天彪还没回来。这时已掌灯了。蒋平怎么琢磨也不踏实，替他们捏着把汗。大家一商议，房书安提出来跟钟林冒险上山看个究竟，大家同意。钟林从小在这儿长大，对路径了如指掌，平时师父管得严，眼下如同小鸟出笼，把他乐坏了。他们商量好走百丈崖，这条路近，下去就是前大厅。俩人走在上面正好听到底下有人喊叫，灯笼火把一照就瞅见艾虎、龙天彪，身上背着红文女剑客被诸贼追杀。房书安先喊了一声，给艾虎他们定定神，然后他俩才顺藤出溜下去。他们俩下来与艾虎、龙天彪相见。

把艾虎乐得：“书安，你可来了。这是谁呀？”

“你们都是将门虎子。他是日月飞行小太保钟林，钟雄老元帅的儿子，南昆仑司马珍的徒弟。”彼此见礼。这时候王典他们也追上来了。

钟林剑眉倒竖，虎目圆睁：“我说房爷，各位别怕，今天我全包了。你们几位先休息，等会儿我领你们出去。”艾虎一听，这小子口气不小，且看他的能耐如何。日月飞行小太保钟林一晃五金龙虎棍就飞身过去挡住王典。

王典众人站住，借灯光一瞅，不认识这位年轻小伙子。王典把双镋一分，嗷嗷暴叫：“娃娃，你是什么人？莫非你是开封府的爪牙？！”

“有话好好说，用不着叫唤，小太爷有名有姓。我爹钟雄，现在是洞庭湖水军大帅飞叉太保，我是他的不孝之子，日月飞行小太保钟林是也。我师父就是火云宫观主，南昆仑司马珍。”

王典听后一愣，心说：道爷，咱们有过连山之好，井水不犯河水，你我所管辖的地方相互绝不侵犯。而且每逢年节，我都派人给你送礼，彼此多年相安无事，怎么你把徒弟打发出来帮开封府了？又一想：不能吧，这小孩儿是不是背着他师父来的？王典心里七上八下，想到这儿大喝一声：“钟林我且问你，你师父果真是司马珍？”

“废话，还有拿师父骗人的吗？”

“今天晚上是你自己来的，还是你师父叫你来的？”

“这……”钟林一琢磨，得了，我说个瞎话吧。钟林把眼珠子一瞪，“我是奉师命先来一步，他一会儿就到，今日定要把你们这帮贼寇斩尽杀绝。”

王典明白了，心说：司马珍，原来你是这样的人。早知现在，何必当初，养来养去，养成个仇人。本来王典就疼姑娘，今天晚上发生这些事都要把他气疯了，因此对钟林忍无可忍，晃双镋飞身跳到钟林面前，举兵刃就砸，钟林哈哈大笑：“王典，你是总辖大寨主，揍你一个，等于打你全山。今天我要教训教训你！”说着晃五金龙虎棍便来接战。

房书安在后头看着，见这钟林确有能耐，年轻人火力也旺盛，棍子沉重，动作敏捷，但是跟王典交手就不行了，王典这对凤翅鎏金镋，招准步稳，钟林却显得有点儿毛躁。房书安怕久战不利，就在一旁提醒：“钟林，你脑瓜活点儿，怎么不叫它冒烟呢？费这个劲儿干什么？”钟林这棍子里头有硫黄，是师父司马珍特地为他打造的。这棍子带夹层，大拇指一摁绷簧，棍头一转，上面有小眼儿，里外对到一块儿，就能往外散药粉，药粉出来见风就着火。但钟林这孩子挺有志气，有一线之路，尽量不用这一招数。师父也说过，这一招就是防备万一，遇险、遇难方可使用。这时钟林心里已知不是王典的对手，凭真功夫恐怕难以取胜。房书安一喊，他灵机一动，就像打狗熊似的，用大拇指一摁绷簧，棍头一转个儿，抡棍就砸。王典哪知道其中奥妙，他一看棍子砸下来，单手举起凤翅鎏金镋，往上一架，正碰到棍上，“当啷”一声，棍子里的药撒了半翅蜂王典满头满身，一愣神的工夫，就风卷着烈火着起来了。王典一看不妙，喊声“娘呀”就把凤翅鎏金镋也扔了，双手抱头就地翻滚。幸亏陈东坡、朱亮就在眼前，他们赶紧把大衣脱下来，连头带脚把王典包住，这才把火扑灭。眨眼工夫，把大衣打开再看，王典身上黑一块、紫一块，全身都是大泡。胡子烧没了，上身衣服也几乎烧光，王典已昏迷不醒。

电光侠霍玉贵吩咐："快，抬到前厅抢救。"喽啰兵过来，捡起兵刃就把王典抬走。电光侠这才知道这小孩儿的棍子有来头。一伸手，他拽出七星宝刀跳到钟林面前："娃娃，你小子不够意思！你凭的不是真功夫，这叫暗箭伤人。看某家要你的狗命！"说着话，挥刀就剁，钟林能怕他吗？这就是"小马初行嫌路窄，大鹏展翅恨天低"。

钟林抖擞精神，晃动五金龙虎棍便与霍玉贵战在一处。他还打算用火烧人家，但电光侠霍玉贵经验丰富，方才观战时他看得清楚，他这刀尽量躲避大棍，不跟它磕碰。钟林这招使不上了，就得凭真能耐。两个人打斗到二十几个回合，钟林已无还手之力，只见霍玉贵这把宝刀上下翻飞，身形转动，好像狂风闪电一般。钟林手忙脚乱，汗都出来了，只是无法脱身，心说：坏了。正在这时，就听石崖上面有人高诵法号："无量天尊，钟林不必担心，为师来也。"说话间就见一人手抓藤萝跳了下来。钟林虚晃一招，跳出圈外，回头一看，正是师父南昆仑。

司马道爷有事找钟林，发现徒弟不见了，就知道准要出事。把小道士叫来一问，知道是怎么回事了。心想：钟林还是个孩子，钟雄把独生子托付给我，这进了山若有个三长两短，叫我怎么交代？司马珍一琢磨，现在不出头也得出头了，救我徒弟要紧，然后再找蒋平他们算账。司马道爷想到这儿，背上宝剑流彩虹，挎好百宝囊，换好短衣襟、小打扮，收拾好就起身奔叠云峰。因为庙离叠云峰不远，道路熟悉，他没费什么劲就找到山上。到了山上，人在哪儿不知道，东一头、西一头，把道爷找得晕头转向。走到百丈崖头，发现底下有人动手，拢目光一看，正是钟林。司马道爷这才放下心，孩子没事，得想办法把他救出来。他不敢耽搁，故此喊了一声，顺着藤萝就下来了。钟林一看是师父来了，赶紧跑过来，吁吁带喘："师父！"

道爷当时把眼一瞪，真想过去揍他。但又一想：有话回庙再说，这是战场。所以道爷把火往下压了压："还不给我退在一旁？！"

"是。"钟林知道师父有气，心说：你爱打、爱骂随便，反正我也把半翅蜂王典烧了。

电光侠霍玉贵认识南昆仑司马珍。他单手晃刀，一阵冷笑："司马道爷，您来得太好了！够意思！够朋友！把你徒弟打发出来跟我们叠云峰为仇作对，您可太对得起朋友了！”

道爷知道人家误会了，赶紧解释：“电光侠，不要误会。钟林是个孩子，不懂事，背着我来到山上，多有冒犯，请二寨主千万见谅。请问大寨主现在何处？贫道有话对他说。”

“哼，还找大寨主？钟林已经把大寨主烧坏了！”司马道爷一听，倒吸了一口凉气。他知道，后果已不可收拾了，道爷暗恨钟林，得罪了山寨人，火云宫已难存身，这个畜生！但无论怎么恨，事情已经发生，道爷怎么说也说不通了。

霍玉贵说：“司马道爷，甭演双簧了，你们师徒该收场了，我们山上的人是好欺负的吗？你来了，有能耐把叠云峰给平了，没能耐我灭了你火云宫！今天不拼个你死我活，绝不罢休！”说着话，挥刀就剁。

司马道爷万般无奈，拽出宝剑流彩虹，一道寒光出鞘：“无量天尊，电光侠，贫道念我们有连山之好，不愿意得罪你们才耐心解劝。要这么说，我南昆仑也不是好欺负的，你山大力强、以势压人，贫道也不能受！要分高低我奉陪就是！”说着话，摆宝剑便来大战霍玉贵。

钟林在旁边暗笑，心说：师父您不是脾气好吗？结果也忍不住了，跟贼能讲出道理吗？钟林此刻希望打得越热闹越好。但是这两个人也是势均力敌，三十个回合没分输赢。紫面金刚王顺在旁边看着，就从怀里拽出一支镖来，找好了机会一抖手就是一镖，就听“咔嚓”一声，司马道爷的柳木道冠被打下来了。要不是南昆仑经验丰富，脑袋肯定得钻个眼儿。道爷吓得魂不附体，头发也散落下来。与此同时，三世陈抟陈东坡也趁机扔出一颗金棋子，正好打在老道的肩头上，这下可够重的，打得司马道爷身子一歪，横着出去五六步，就觉着半身发麻。道爷一看，这仗没法打了，耽误得时间长了，这几个人谁也活不了。司马道爷单手握剑，转回身喊道：“钟林，快走！为师掩护。”房书安、艾虎、龙天彪、钟林一看不好，背着红文剑客顺着藤萝拼命往上面爬。他们爬上崖头，又接司马珍上来，群贼在后面紧追不舍。司马道爷告诉钟林：“快，放火。”钟林拿着五金龙虎棍对着山头就磕，药全撒下来了，见风就着，“噗”地一下，浓烟烈火顿起，群贼纷纷四散。老少几人这才平安脱险，回到火云宫来。

道爷把钟林狠狠地责备一顿，非要用家法惩罚。房书安觉得事情是自己引起的，就“扑通”给道爷跪下了：“老剑客，您要教训徒弟，就教训我吧。这个事都由我引起，我和他爹有交情，故此领孩子到了山上。您老人家要怪，就怪罪我吧。”艾虎、龙天彪也跪下了。

艾虎也说：“仙长，您别怪我兄弟，他为了打叠云峰救我。我已感恩不尽，如他违犯道规，您就打我好了。”

龙天彪也来劝说，把道爷弄得没办法了，双手相搀：“几位，这件事实在是欺人太甚，看来火云宫我得舍弃了。”

房书安暗笑，心说：你还想在这儿待呢？你要能坐稳当我就不叫房书安了，你这杂毛老道，快下山和我们一起干吧！司马道爷万般无奈，只得把小徒弟叫来，把东西全都封闭，锁好门，几个人起身赴奔葵花冈公馆暂避风头去了。这里老少英雄得聚，艾虎被救出来，可把大伙儿乐坏了。但也添了一桩心事，红文女剑客和司马道爷都受了伤，现在得好好养伤调治。

半翅蜂王典被火烧了之后，幸亏救治及时才转危为安，把他恨得直咬牙根。他女儿死了，而且死在自己手里，他为此更为难过。他命人准备棺椁，成殓尸体，大哭一场以后，精神似乎不正常了。他在分赃大厅一坐，怒气冲天，撞脑袋、拍桌子、喊着要捉仇人，要扒仇人的皮，点天灯，给女儿报仇！他破口大骂：“我们叠云峰狼牙涧请来的都是饭桶，吃饭卖力气，打仗往后退。都是什么东西！来人！告诉厨房，今天晚上大摆宴席，让他们吃，让他们喝！”他这一折腾，屋里人全傻了。不管是帮忙的，避难的，脸上都很不自然。别人不说，单说飞剑仙朱亮、三世陈抟陈东坡，他们因为阎王寨破了，无处投奔，才到叠云峰来避难。紫面金刚王顺也是来这儿避难的，类似这种人不下百人。一听王典说这话都觉得寄人篱下不是好滋味。有几个人想：这事摊到谁身上也够受的，就那么一个女儿还死了，怎能不伤心呢？再说，山上有这么多高人，瞪着眼睛让艾虎跑了，王典心里能痛快吗？这么一想，也就不生气了。

飞剑仙朱亮迈步过来：“大寨主，老朽有几句话要讲，不知大寨主肯听不？”

王典一看是朱亮，把火往下压了压，擦擦眼泪：“老剑客，方才我说话你可别挑，我是心绪烦乱！”

“大寨主，咱们谁跟谁呀，我能挑这个吗？您说得完全对。可我们不是胆小，开封府的人进山，我们也不是不敢碰他。这儿山规挺严，我们不能随便行动，我们是怕给山上惹麻烦。不然的话，我们早到葵花冈去砸他们的店房，把他们杀个鸡犬不留，现在我就跟您商量这事。您看开封府的人多猖狂，我们为什么就不敢去？老朽不才，我要在您面前讨个话，我想赶奔葵花冈去掏他们，非把跑的这几个人抓回来不可。哪怕只抓来一个，也要把他献到大寨主面前让您出气，给小姐报仇！不知大寨主意下如何？”

“老剑客此话当真？”

“哎呀，我朱亮这把年纪了，能随便放空炮吗？您打听打听，当年在阎王寨为了救我徒弟金镖侠林玉，我单身闯过大同府，何况是一个小小镇店呢！”

“老剑客，若如此我是非常高兴，可以去！”

“遵命！”朱亮是在和王典较劲儿，你说我们是饭桶，在这儿吃闲饭，我露两手让你看看！他转身往外就走。三世陈抟陈东坡过来了：“老剑客，等一等，你一个人去人单势孤，贫僧奉陪。大寨主，让我也跟着去吧。”

“陈老罗汉跟着，我当然求之不得了。”

他刚要走，紫面金刚王顺又过来了：“大寨主，我待着没事，也跟着去一趟怎么样？”

“这样更好，你们三个人都去，肯定是马到成功！”

“借大寨主吉言。”旁边又蹦出一位：“大寨主，既然他们三位都去，在下不才，也跟着帮帮忙。”

王典一看，说话的正是白莲花晏风。王典点头：“既然如此，就劳烦你们四位了，剩下的人留山。”

这四个人奉命之后，先到巡捕寨，吃饱了，喝足了，就更换了衣服，起身赶奔葵花冈。这四个家伙如凶神恶煞一般，别看朱亮没守住阎王寨，可不等于他没能耐，没几个是朱亮的对手。朱亮行走江湖多年，除了王猿还没败给其他人呢。再说陈东坡，一块金棋盘，三十二颗金棋子，也是个中高手。紫面金刚看似只有一口刀，实则浑身都是暗器，又贼又有能耐。白莲花晏风更是比谁都坏。他们下了山，往葵花冈走，一边走一边商议，掐着手指头计算开封府的人，一算计，这些人都不在话下。朱亮盘算一下，就是这些人加在一块儿，也敌不住我这条五金拐杖，只要那个王猿不来，我就不怕。

陈东坡说：“就凭我这块金棋盘，我还没服过谁。到了那儿，咱们一顿猛砸，哪怕只抓两个回来，在大寨主面前也好有个交代！”说话间，就到了第二天了。一早，他们就进了葵花冈。

葵花冈外头没有哨兵，无人拦挡。他们很顺利地找到公馆，到了门口，朱亮就拽出拐杖了：“弟兄们，看见没有？仇人就在眼前，给我往里冲！”

第四十五回 闹祠堂张华寻旧账 战群寇芸瑞卧病床

朱亮、王顺等四人来到葵花冈临时公馆的门外，朱亮一晃拐杖高声呵斥：“开封府的人住在这儿吗？蒋平在不在？都给我滚出来！”

店房里的伙计正往里边端饭，他一探头：是哪儿来的，这么厉害？撒腿如飞去里边送信儿。蒋平他们做梦也没想到朱亮敢来堵门叫阵。四爷听后魂飞天外，手中的饭碗都掉地上了：“快点儿集合！”霎时，开封府的官人全都来了，小七杰、小五义、老一代的英雄展熊飞等，足有三四十位。

蒋平当众宣布：事情有变，有人堵住门来挑战，听意思好像是飞剑仙朱亮，别人不会有这么大的胆子，大伙儿看怎么办？年轻人说：事到如今只有和他们拼了，让他们有来无回！大伙儿一听往外就要闯。蒋平一看：“慢着！现在都得听我的命令，看我的眼色行事。”

蒋平明白，这帮年轻人不管天、不管地，真要交手说不定把命都送了，现在自己是当家人，得对大伙儿的安全负责。蒋平这一强调，众人点点头，蒋平就率领大伙儿直奔门外。蒋平出来一看，把脖子又缩回去了。他一瞅，真是朱亮，后面还跟着陈东坡，还有紫面金刚王顺、白莲花晏风，这都是久打交道的了。四爷恨得牙根发痒，心想：完了，现在援兵未到，光靠我们这点儿人真是以卵击石！但事到如今不豁出去也不行了。

蒋四爷迈着大步来到店门前，手拿峨眉双刺一阵冷笑：“嘿！我当是谁呢，是朱老剑客，几位挺好的吧？”

朱亮一看是蒋平，往他身后一瞅冷笑一声：“蒋平，你没想到吧？知道本剑客干什么来的吗？摘你的脑袋！要识时务，你就把兵刃放下乖乖让我们捆上，交给总辖大寨主任凭发落。如果把本剑客激怒了，今天我踏平店房，杀你们个鸡犬不留！”

陈东坡叫得比谁都凶：“阿弥陀佛！蒋平，你究竟打算怎么办？不服的过来。”他把金棋盘晃得呼呼直响。小弟兄们就想往上冲，但是蒋平有话在先，他不让打，谁也不敢过去。大家横眉怒目在旁边拉着架子。

蒋平真有经验，什么场面他没见过？四爷尽量控制紧张的心情，脸上还强装笑脸：“朱亮，你真是贼胆，这是什么地方？是开封府的临时公馆，你竟敢跑到这儿来叫号，好！够英雄，有胆量。不过，咱们把话先说清楚，你想干什么？”

“干什么！第一，这儿是属于叠云峰狼牙涧的地盘，没有你们的立足之地；第二，你们当头头的必须跟我们到山上认罪；第三，艾虎、龙天彪、红文、钟林必须交出来，为小姐报仇雪恨。三个条件缺一不可！”

“哈哈哈！朱老剑客，我看你是在说梦话吧？……我也有几个要求：第一，你们赶紧把兵刃放下任凭我们发落；第二，我们要平山灭寨；第三，我们要捉拿杀徐良的凶手给徐良报仇。三个条件也缺一不可，不然叫你们有来无回！”其实事到如今，他是个当头儿的，他不横着点儿，那不就完了吗？明知办不到，也得这么说。

朱亮点点头：“蒋平，你说这话不怕风大闪了舌头？三个条件也好，三百个也罢，是骡子是马牵出来遛遛，你们哪个不服先会会我飞剑仙！”

蒋平回头看了看：挑谁也不行。能打的都没来，就是都上也不是飞剑仙的对手。四爷一想：也罢！先豁出我这条老命，我死了也尽心了。蒋四爷想到这儿，一晃峨眉刺就跳到朱亮面前：“姓朱的休要猖狂，四爷陪你……看！”峨眉刺走空了。

飞剑仙冷笑一声：“蒋矬子，就你这两下还敢在我面前显摆？我要叫你过去三个回合就不叫飞剑仙！”

蒋平答道：“你少废话！”抡起峨眉刺就扎，朱亮使了个“海底捞月”拐杖往上一歪斜，一对峨眉刺全飞了，绷起十几丈高，翻了个个儿往下掉——峨眉刺落地。再看蒋平，虎口震破了。

四爷转身刚要走，朱亮的拐杖就到了，奔四爷的腰砸来。蒋平一看：干脆把屁股给你得了，这儿肉厚，揍一下不要紧——蒋平是实在没招了，身子往上一挺，“啪”正揍到屁股上，把蒋平打到院里摔倒在地。再看屁股，一条大紫棱子，想动也动不了。

南侠展熊飞拿宝剑迎上去，三个照面儿宝剑飞了。

南侠捡宝剑时钟林又上去了。几个都不是人家的对手，他怎么能打得过朱亮呢？朱亮也知道棍里有药粉就不碰他的棍："小娃娃，你休想叫我上当。"钟林想使劲儿使不上，不碰棍，里面的药也出不来，钟林也冒汗了。

房书安在后面直喊："稳住！弟兄们上！"大伙儿各抄家伙往上就闯。朱亮身后三位也不示弱。双方互相厮打，展开了一场混战，所幸的是还没死人。

正在这关键时刻，在葵花冈的大道上来了几个人，都骑着马，本来没有事，想找店房。可是一进镇子口就发现前面围了不少人。为首的这个人往人群中看了看，一瞅正打仗呢，就问附近的老百姓：这是怎么回事？老百姓一看是个英俊小伙儿，就告诉他："我们也说不清，反正是开封府的官人和山上的贼动手。这帮贼也太猖狂了，堵着门口叫号！"

"请问开封府的人都在这儿吗？"

"你看吧，那些年轻人都是开封府的。"小伙子闻听此言，甩蹬离鞍跳下马来，甩掉英雄氅，一伸手摁绷簧拽出一把宝刀，叫"金丝龙鳞闪电劈"。这个英雄喊了一声："乡亲们闪一闪，开封府的弟兄们不要担惊害怕，贼人不要猖狂，某家到了！"

这小伙子往人群中一站，把宝刀一横，就把他们双方给分开了。朱亮不知来的是谁，为做好充分准备，虚晃一招跳出圈外。陈东坡、王顺、晏风也跳出圈外，开封府的人退归门内。小伙子一站，没几个认识他的。玉面专诸白芸生一看："哎呀！兄弟，你从哪儿来？"过去把他给抱住了。

到底什么人出场口气这么大？这小伙儿确实厉害！他就是跟徐良并驾齐驱的开封府的两根大梁。此人叫白芸瑞，人送绰号玉面小达摩，是著名英雄白玉堂的儿子。

白玉堂一生性骄气傲、目中无人，他保着钦差大臣颜查散查办襄阳九郡，三探冲霄楼，命丧铜网阵，最后为国捐躯了。后来湖北平定了，钦差大臣奏凯还朝在皇帝面前奏了一本：有功的是谁，捐躯的是谁，名册首列白玉堂。白五爷曾在耀武楼献过艺，皇上对他很器重，没有想到年纪轻轻就死了。所以皇上对他的家属格外优待，在八宝金殿亲自接见了白玉堂的妻子樊氏，那年白芸瑞才九岁。娘儿俩来到八宝金殿，仁宗慰问后当殿加封樊氏为一品诰命夫人，白芸瑞是四品荫生，归国家抚养。拨下来白银十八万两，要在白玉堂家乡为白玉堂修坟立墓建祠堂。樊氏当即谢恩，带着儿子回原籍浙江金华府白家冈。她刚一到，妙府县衙官员全都来迎接，一直护送到家里。在离他们家十八里的地方，修造了白五爷的祠堂，并为他修造坟墓。

樊氏回到家后，虽说吃喝不愁，又是诰命夫人，毕竟身边少了丈夫，没事儿就掉眼泪。她整日守着白芸瑞过日子，真是“望子成龙”。至于这孩子长大干什么，五奶奶跟别人的想法不一样，起码有一条，不让他学武艺。她太恨武艺了，心说：我丈夫白玉堂就死在这武艺上了。他要没能耐、没武艺，敢上冲霄楼吗？不上去他能送命吗？我就这一根苗，说什么也不能让他练武，好好念书做文章，长大后当个文官或者当个买卖人，不要冒这些风险。五奶奶把老总管白福叫过来，白福跟白玉堂多半辈子了，五奶奶告诉他：“从今以后把少爷交给你，你要好好督促他念书，绝不准他练武，如果违反这一条，我绝不饶你！”

白福领命，就陪着白芸瑞住在旁院。但是白芸瑞从小酷爱武艺。

他爹在时没事就打拳练武，他周围都是些练武的，他从小就产生了浓厚的学武兴趣。你不让他练武，等于要他的命！白芸瑞一看文章就打盹儿，一说练武功就来神儿。后来背着他娘跟白福商议：“大叔，背着我娘你教我武艺得了，你跟我爹大半辈子，我爹的能耐你也会个八九不离十，你教我吧。”

“这可使不得。夫人有命，我违背了就得受罚，这我可不敢。”

白芸瑞从小就有主意，他把眼珠一瞪：“白福！你要不教我练武，我就不吃饭。”白福开始认为少爷就是说说，没想到真绝食了，三天粒米未沾、滴水不进，白福一看这怎么办？只好背着夫人暗地传授他武艺，白芸瑞的基本功都是跟白福学的。白福是跟白五爷一起闯江湖的人，白玉堂会的功夫他也都练过。只因他是仆人所以没有展露的机会，刀枪棍棒、十八般兵刃、各种拳脚、掌法，高来高去、陆地飞腾，他是样样精通。从他心里来讲，他希望小少爷学武，长大好为五爷报仇。但是夫人有话又不敢不听，就这样背着五奶奶，念完书后就在院里练武。白福告诉芸瑞：“倘若夫人责备下来，你就说为了活动筋骨消病去灾，可不许说别的。”

白芸瑞说：“您就放心吧，只要您真教我就行。”

白福一丝不苟，认认真真地教白芸瑞武艺。

眨眼之间芸瑞到了十四岁，跟白福学了五年功夫。练到什么程度呢？要说太高还谈不到，但有十个八个的人到不了他的跟前。几年时间芸瑞个子也长高了，十四岁就好像成人似的。他脑子聪明，一教就会、一看就明白。白福在这五年里，把所会的全教给他了。五奶奶对此事全然不知，有的仆人知道也不敢跟五奶奶说。

白玉堂六周年忌日，祠堂修好了，要去祭祀。五奶奶吩咐要带上芸瑞、老总管白福和仆人一起去祠堂。第二天一家人起身出门，走出十八里地到了白家冈，一看白五爷的祠堂修得很讲究，坟头有一房多高，坟前立着碑，碑文为“白公玉堂之墓”，转坟圈修的是石头栏杆，周围栽花种草，苍松翠柏直立两旁。五奶奶一见祠堂心如刀绞，一下车就哭，跪到墓前一边烧纸一边掉泪，嘴里念念有词。

妇道人家想丈夫，想起什么说什么。白芸瑞跪在母亲身后也哭。哭了多时芸瑞就劝：“娘啊，以身体为重。我爹已经死了，不能复生，您哭坏了怎么办？”怎么劝也不行，没办法他背着手离开了。

白福站在五奶奶身后皱着眉头抹眼泪，丫鬟、婆子在两边伺候。

谁也没有想到在这时候来了一伙贼，为首的就是襄阳府漏网贼寇病太岁张华，他与白玉堂有解不开的仇疙瘩。他们一共弟兄三人：老大张文，老二张武，老三张华，都保襄阳王赵珏。白玉堂闹王府的时候，张文、张武双双毙命，就剩老三张华。张华发誓要亲手把白玉堂杀了。可还没有等他报仇，白玉堂就死在冲霄楼了。张华心想：我不亲自动手，这仇不算完。后来襄阳府整个叫官人攻破了，张华领着一伙人占据草村山当了流寇。但这仇他始终没报，后来一打听，白玉堂虽然死了，可他还有后代。还打听到白玉堂的媳妇是个大美人，从现在算也就三十挂零。便想：找到他们家先宰了白芸瑞，这叫父债子偿；然后我再把他媳妇抢到山上轮流取乐，我这就算报仇了。跟手下人一商量，这可是一举三得：既报了仇，又取了乐，还发了财。头半年他们就预谋这个事，却不知道今天是白玉堂死的六周年忌日。他们正巧凑了二十多人赶奔白家冈，就碰上白家祭灵，这真是“无巧不成书”。

病太岁张华领着二十几个土匪来到五爷的坟地，只见香烟缭绕，又听有女人的哭声，也有看热闹的老百姓。一打听，这才是“冤家路窄”——在这儿遇上了。二十几个人就把坟地包围了。张华是个杀人魔王，干这种事情轻车熟路，拎着刀就闯进了坟地。白福正背着手溜达，一看闯进一伙人来，他还认得病太岁张华，脑袋就“嗡”了一声，马上拦住：“你们干什么？你不是逃犯张华吗？”

“正是张三爷。如果我没有记错的话，你叫白福，白玉堂身边的奴才。好了，是该算总账的时候了。知道今天三爷干什么来了吗？要报当年的仇！我的两个哥哥算白死了？没那么便宜！爷爷今天来，要给白家挖苗断根，要刨白玉堂的坟！”他这么一吵，白家的人把家伙都绰起来了。

白福知道跟他有理讲不通，赶快甩掉外衣绰起棍子，几个回合，木棍成了擀面杖，让人家削成了好几截；身上也有了伤：肩头、大腿、屁股、脑门儿被刀划了好几个口子。这时候可把五奶奶吓坏了，也忘了哭了，跟丫鬟、婆子缩成一团。围观的百姓还真有不错的，撒脚跑到巡检司送信儿去了。这儿正打的时候白芸瑞来了——刚才他嫌母亲哭个没完，到山底下溜达去了。等他返回来一看：白福浑身是血跟一个人正打着，母亲都要吓死了。芸瑞这下可急了，他大喊一声飞身跳进坟地，捡起一把单刀直奔病太岁张华：“白福闪开！”

白福一想：我的少爷，你这不是送上门吗：“少爷你别管。”

“你受伤了，躲开！”白芸瑞大战张华。

张华一看过来个小孩儿：“你叫什么？”

“白芸瑞！”

“真有你爹的风度，父债子还，今天我非剁了你不可！”

白芸瑞的能耐是跟白福学的，白福不行，他怎么能行？跟张华打到二十个回合就冒汗了。正在这紧急关头，巡检司的马队赶到了。巡检司专门负责保卫白家的安全，大老爷姓陈叫陈大刀。他一到现场就吩咐马队十几个当兵的：“别让这帮贼跑了！”病太岁张华一看不好，打了一声呼哨就率领群贼逃之夭夭。

乱子平了，五奶奶吓出一场病，白福昏迷不醒，白芸瑞也躺下起不来了。等兵丁把五奶奶护送到家，把白芸瑞、白福抬回家，这场风波才结束。陈大老爷禀明衙门知县，悬赏缉拿凶犯，可上哪儿找去？本地官员害怕了，要是白家给皇上写信把这事一说，他们就犯了失察之罪，轻则受处分，重则失饭碗。五奶奶也不会那样做，她平素与本地文武衙门处得也相当好。

别的事都完了，唯独白芸瑞从那天开始一病不起，像疯了似的总说梦话。五奶奶就这一个宝贝心肝，她把附近的名医全请来了，诊脉用药全然无效。眼看这孩子保不住了，赶紧写了封信送到开封府面呈当今天子。仁宗见这封信后大惊失色：忠良后人得了重病朕岂能不管？马上传旨把太医院两个医术最好的太医找来，这一张一王俩人经常给皇上、皇后看病。当时仁宗交代：立刻动身到浙江金华给白芸瑞看病。张、王两位太医立刻坐骡车赶路程。赶到白府外面，五奶奶亲自接出来，两位给五奶奶见过礼说明来意。五奶奶眼望东京汴梁跪倒谢恩，接着把两位太医接进去，先茶后酒热情款待，由白福陪着进书房。两位太医轮流诊脉，一商量，发现白芸瑞的病是从气上得的，就问白福怎么回事，白福把坟地上的事一讲，俩人明白了，马上开了药方，抓药煎好了，撬开白芸瑞的牙关，轻轻给他灌下去，俩人这才松了一口气。五奶奶把两位太医接进前厅问了病情，太医请王奶奶放心，三五服药服后定会康复，五奶奶这才放心。

晚上掌灯的时候白芸瑞见好，但从眼神上看有点儿痴呆。五奶奶问："你认识我是谁吗？"白芸瑞瞪着眼不认识他娘。

两位太医一直在床边守了一夜，连吃两服药不见效。第二天病情反而加重了：白芸瑞眼窝深陷，颧骨突出，面如黄纸，唇似靛青，手脚都凉了。两位太医吓得倒抽冷气：白公子的病看不好，东京也回不去了，咱就得死。也真怪，我们用的药是百灵百验的，怎么就治不好白公子的病呢？两位太医急得直掉泪。到中午，白芸瑞病势更重了，只有心窝有点儿热气，手脚全凉了，跟死人躺在那儿一样。五奶奶"哇"地哭出了声，告诉白福准备后事。两位太医准备在白芸瑞咽气的同时也要服毒，免得抗旨之罪。此时的白府上上下下愁眉不展，没有不掉泪的。

偏在此时门前来了个和尚，又是个疯癫癫的样子，手里拎着个大木鱼像个木墩子，其实却是熟铁好钢制造的。木鱼上有一串铁链子在手腕上盘着。他身穿一件破僧衣，背着个葫芦来到白府门前，放下大木鱼盘膝大坐，双手合十："阿弥陀佛，善哉善哉！"拿出木鱼锤就敲开了。

白府出事大家都知道，百姓围了好几百人，这和尚要干什么呢？门人报总管，白福怒气冲冲出来，哪有堵门坐着求布施的？又招来这么多的百姓！

他指着和尚鼻子说："你找死呀，滚远点儿！我告诉你，老白家尽做好事，冬舍棉、夏舍单，二八月开粥场，遇着你们出家人格外恩待，但是没有得到好结果。我们少爷都要死了，你凑什么热闹？你不闪开，我通知衙门把你抓起来问罪！"要说白福这人平素脾气挺好，今天有点儿例外。

他暴跳如雷，说了许多不中听的话，这和尚一乐："你我远日无仇近日无恨，何必出口伤人。白家冈这么大的地方、四五百户，贫僧不到别人家，专来白府门外，这不是缘分吗？方才听说你们少爷要死了，他年纪轻轻正是血气方刚之时，怎么能呢？”

白福气更大了：“怎么能？人有吃了五谷不生灾的，年轻的就一定不死？”

和尚没生气：“总管不必发火，你心情不好也要冷静。贫僧请你转告五夫人，我要见她。”

“你不就是要钱吗！夫人心急如火，没工夫理你。”

“只要夫人肯见我，保你家少爷平安无事。贫僧虽穿得破，但能专治百病，有起死回生之能。”

白福心想：这和尚也许不是瞎说，当年我和五爷闯荡江湖遇到过许多世外高人都是出家人，“病急乱投医”，万一能治好该多走运！想到这儿白福态度变了：“老师父，刚才我说话不对，请您多担待，因为我家少爷眼看要咽气，心情不好。方才您说您不是要钱，是要给少爷看病？”

“正是。”

“太好了，怪我有眼无珠。我向夫人禀报一声，请稍候。”

白福到里边跟五奶奶一说，五奶奶立刻吩咐：“请，快请进来！千万别得罪。”

白福出来冲和尚一抱拳：“五奶奶有请师父到里边说话。”

老和尚站起来，拎着铁木鱼进了白府。到客厅落座之后，五奶奶领着丫鬟、婆子出来了，看这和尚年岁不小，满脸污泥、衣服不整，还光着脚丫子穿草鞋，身上背着破兜子，补丁摞补丁，鼓鼓囊囊的。五奶奶这人非常慈祥，对出家人另眼看待，丈夫一死，她更一心向佛，对出家人格外尊重。不管心里多难过，见人也是冷静的。她给和尚行过礼，和尚赶紧站起还礼，偷眼看，暗自点头；不愧是名门闺秀，果然知礼。“夫人，贫僧听说公子有恙，特来看病。”

“师父慈悲。既有如此心意，我感恩不尽，但不知怎样看法？”

“贫僧先到书房看看。”和尚进了书房先把眼光落在白芸瑞脸上，又转了一圈看他的气色，然后坐下号脉。

两位太医问白福：“总管从哪里请来的？”

“主动找上门来要给少爷看病。”两位太医一撇嘴，心想：我们是御医都看不好，你一个穷和尚能看好吗？看来是个江湖骗子，太可笑了。但是请来了，姑且看看，希望能治好。

屋里非常静，很长时间才诊完脉，和尚站起身来就走。白福陪到客厅，两位太医想听听结果也跟了来。白福先给沏茶：“师父辛苦了，请问我家少爷的病有救吗？”

“阿弥陀佛！总管放心。请五夫人来，贫僧有话要讲。”

不一会儿五奶奶从里面出来了，一见和尚就问：“我儿究竟得的是什么病，不知可否有救？”

“唉……病势不轻，但无大碍，贫僧施小术准能叫他起死回生。”

“真的？师父真是活神仙。”

“不敢当。我这兜子里有现成的药。”说着把破兜子拽到跟前，拿出一些药瓶子、盒子、小葫芦，方的、圆的，摆满了一桌子。最后拿起一个瓷瓶，拧开瓶盖倒出九颗丹药。两位太医凑过来看，粉红色药丸只有小米粒大，清香扑鼻，走五官通七窍，使人精神顿时爽朗。和尚把药交给白福：“你把它给你家少爷灌进嘴，这叫起死回生丹。掌灯以前我让你家少爷下地。”白福高高兴兴来到书房，把药灌进白芸瑞嘴里，看他咽进肚子，掖好盖的被子，静静地守在那里。五奶奶在窗外准备了一把椅子，丫鬟、婆子陪着她在这儿听信儿。

时间真难熬，终于盼到红日西坠、玉兔东升，屋里掌起了银灯。时间不长，就听白芸瑞的床“嘎吱”一响，人们全站起来了，五奶奶也进了屋。白福把布帘撩开一看，白芸瑞翻身了，表情依然有些痛苦，和尚立即吩咐：“准备痰盂，要快！”白福和另外两个仆人赶忙过去扶着，就见白芸瑞的嘴一张，“哇”地吐出不少绿水，然后躺下，鼻子里传出了哼哼声，接着睁开了眼睛。和尚哈哈大笑：“有缘千里来相会，贵人赶快睁开眼！”

第四十六回 名师登门传绝艺 高徒受业苦攀登

白芸瑞吃了起死回生丹大见功效，“啊”的一声睁开眼睛，一家人乐坏了，五奶奶不顾一切扑到床前抱住孩子：“儿呀，你真的好啦？”

芸瑞也搂住母亲：“娘，我好啦。”和尚在一旁笑呵呵不说话，两位太医只觉得心里有愧：我们堂堂的御医还不及一个穷和尚。

白芸瑞恢复了三天就能下地了，又过了几天也能吃东西了，没到半个月就全好了。白府上下一片欢天喜地，把这和尚奉为神医。和尚也没走，挑剔也不大，素斋素饭就可以。人们发现这穷和尚挺古怪：平时不说话，没事给白芸瑞开点儿药，到了晚上就在房中打坐，一坐就是通宵。其实大家也能猜着八九分，这是世外高人。只见他天天晚上练功，什么功夫却说不清。

等白芸瑞病一好，两位太医辞行，五奶奶拿出不少钱来，两位太医是千恩万谢：“五夫人，我们很对不起少爷，这病不是我们治好的，不过请夫人手下留情，您在给皇上写奏折时千万别这么说。”

五奶奶乐了：“二位大人放心。”两个人点点头，高高兴兴地回东京了。

五奶奶随后递上一张奏折感谢皇上，另外给两位太医说了几句好话。对这和尚怎么办？五奶奶想：我倾家荡产也得报答。

一天，五奶奶带着白芸瑞，白福把和尚请到大厅，宾主落座之后五奶奶先笑后说话：“老罗汉，您是我一家的救命恩人。您知道，芸瑞是我唯一的孩子，老白家千顷地一根苗，如果这孩子有个三长两短，白家就算挖苗断根了。您大慈大悲把他给救了，我真不知怎么报答为好。敢问师父您有什么要求，我们但凡能做到，一定尽力。”

白福也说："大师父佛光普照，有起死回生的妙术，我们少爷得救是您赏赐的，夫人说了，您有什么要求只管讲吧。"

"阿弥陀佛！多谢夫人一片美意，总管一片热心。贫僧没有什么要求，不过我有一事不明，想当面请教。"

五夫人说："有话请讲。"

"我听说夫人有个规矩，就是让芸瑞学文不习武？"

夫人点点头，眼泪掉了下来："我下过这样的决心。他父亲在世时酷爱武艺，有能耐，胆子壮，不然怎能三上冲霄楼，命丧铜网阵！我想起这事就毛骨悚然，因此就想只让芸瑞好好读书，弃武从文。难道我错了？"

"嗯，有一定道理。不过练武之人成千上万，难道都像白五爷那样？不见得。您应当明白这孩子喜欢什么，就叫他学什么。强扭的瓜不甜，他也学不好，他喜欢练武还是学武为好。既然您问贫僧，我要求您唯一报答我的，就是让您儿子拜我为师，贫僧教他武艺。这武艺不光是打拳踢腿，它也是一门学问，我能治好你儿子的病也包括在武艺之中。如果贫僧幼年不勤学苦练，我也救不了您的儿子。不知夫人意下如何？"

五奶奶一听：这怎么办？本不希望芸瑞练武，但这和尚非要收他为徒，自己话已说出怎么能往回收？她回过头来看了看白芸瑞，意思是征求儿子的意见。

白芸瑞跪在她面前："娘，大师父说得对，老实跟您讲，我就爱练武，背着您，跟白福学了好几年了。假如您儿会武艺，前者咱能吃亏吗？张华那群贼大闹我爹坟地，咱差点儿全家遭难。当时我恨不能把这帮贼斩尽杀绝，但是心有余而力不足，这才病倒。娘啊，您就答应了吧！"

五夫人点点头："既然你执意学武，娘不拦你，还不快去拜见师父！"

白芸瑞转身又跪和尚："您不但是我的救命恩人，还是我的师父，弟子求之不得，恩师受我一拜！"

"阿弥陀佛，起来，起来……夫人，您看这事能不能定？"

"定，定！大师父，我也是求之不得呀，让您操心了。"

"说实话，贫僧早已闭门不收徒弟，我收芸瑞是因为白公当日名扬四海，他是大宋的堂堂忠臣，你儿将门虎子，贫僧有责任培养他成人，这才主动登门；换别人，就是给我跪烂门槛、磕肿头皮我也不收。"

五夫人乐了："敢问师父出家在哪座名山，怎么称呼？"

和尚说："贫僧出家在河南嵩山少林总院，后奉师命在屏风岭主持分院，人送绰号'疯僧醉菩提'，法号凌空。"

五奶奶不清楚，白福一听，吓了一跳：他就是少林八大名僧凌空长老！我真是有眼不识泰山。白福赶快过来见礼："不知道您就是凌空长老，前有冒犯请您千万担待！"

"不知不怪，今后已是一家人。"众人乐了。

五奶奶指着问："既然老人家收我儿为徒，不知带他到什么地方，难道还去屏风岭？我可舍不得呀！"

"夫人放心，我怎能忍心带走你的心肝儿子！一时半会儿我不回去，就住在府上教芸瑞练武。"夫人一听就高兴坏了，问凌空长老需要什么。长老要求拨个清静院子，又开了个单子购买一些零碎，只要简单被褥，一日三餐粗茶淡饭。五奶奶吩咐白福管理此事，要好好照看长老起居饮食。

白福奉命把后院收拾出来，把书房改成练功房，其实也是白玉堂当年练功的地方。这五间房全打通了，宽阔高大，在里边打拳踢腿弄棒绰绰有余。屋里不行还有院里，这院里白沙铺地，已用石碾轧得很平。想当初十八般兵器应有尽有，自从白五爷死后，五奶奶一赌气全销毁了，现在荡然无存。凌空长老要的也就是这些，白福一一重新照办，不到十天一切齐备。白福为人机敏，有些想不到的也做到了。凌空长老挺高兴，决定第二天教白芸瑞正式练武。

他问芸瑞喜欢练什么，芸瑞说："我想练水旱两路功夫，十八般兵刃都想练，最喜欢单刀；另外，我打算学的能耐不敢说天下第一，也得数头等，不能给我爹丢脸。"

老和尚乐了："应该有这种雄心壮志。为师把丑话说在前头，练功这方面要求严，你要付出辛苦。不按为师教导我可要生气，你也成不了名。"

芸瑞跪下说："师父怎么要求我怎么做，不对，打骂随便！"

"好孩子，说得对。'严师出高徒'，绝不许你放任自流。明天咱就开始练二五更的功夫。"

下去后，白福拉着芸瑞的手说："少爷，知道这和尚是什么人吗？他是少林寺八大名僧的第三位，他的两位师兄一个是铜金刚铁罗汉磨成大力佛欧阳普中，另一个是扭转乾坤目揽十方欧阳中惠，他叫疯僧醉菩提凌空。武林中提起他都得抖三抖。让他收徒弟门儿都没有，现在主动登门收你为徒，这是老白家的造化！你可不能放过这个机会，要好好学。"

“您放心，不好好学我把白字倒着写！”

第二天开始，师父真教，徒弟真学。凌空教他的全是进手招、真功夫。他发现芸瑞聪明，一教就会，举一反三。有时他向凌空提出种种疑问：“这招假如不那么用，改成这么用怎样？”

凌空看这孩子有出息，能动脑筋，说得在理，反过来从他身上还学到不少东西，教起来老和尚更高兴。

光阴似箭，春去寒来，他教芸瑞两年功夫等于别人二十年。有的人学艺二十载未必有此能耐，但是白芸瑞这两年学的全是真功夫，个头也蹿起来了，胸脯也挺起来了，咳嗽一声两响，吐口唾沫能把地上砸个坑。什么原因？元气练出来了。

凌空说：“你跟我学艺两年了，为师打算明天回山。”

“师父为什么突然要走？是弟子怠慢了？”

“非也。咱师徒感情越来越融洽，上自你娘下至仆人，对为师十分尊重，相处如亲人，我怎能挑理，我这是临时告辞，有点儿事。”

“什么事能告诉我吗？”

“我离庙两年了，得回去看看，要料理一番，最重要的是要给你取一件兵刃。你不是喜欢刀吗？我庙里有一口金丝龙鳞闪电劈，乃是宝刀。当初我还没想给你，现在你这孩子有出息，因此以宝刀相送。”

“谢谢师父！那您什么时候能回来？”

“多则仨月，少则四十天一定回来。为师回来以前不准你浪费光阴，要好好学、天天练，就如为师在你眼前一样。回来为师还得看看你的功夫，有进步，为师高兴；要退步了，为师可不答应。”

“请师父放心，回来接受您的检查。”芸瑞随即禀明母亲，五奶奶高高兴兴地准备酒席给凌空长老饯行。

芸瑞难舍难离地送师父，凌空乐了：“你怎么跟孩子似的？现在你已是成人了，咱们很快就能见面，回去吧！”

“师父保重，早点儿回来。”和尚一甩袖子飘然而去。

白芸瑞回到练功房掉眼泪，长吁短叹。白福问怎么了？

“我舍不得师父……”

“早晚他得离开，你学完了也得自己闯江湖，早晚你们爷儿俩得分开呀。从明儿起我陪你练。”

等芸瑞一练，白福乐坏了："少爷和当年的白五爷比起来，功夫强了不是一星半点儿，有出息！"

师父走后一个月，人没回也没信，四十天一过急得白芸瑞吃不好饭，睡不好觉。他没事儿就到庄外张望，有时一等两三个时辰把眼都看花了。到五十天时凌空还没回来，白芸瑞心里可没底了。这一天他又到庄外张望，仍然不见师父影子，回来一头栽到床上胡思乱想：师父真不回来了，明天同娘商量商量带点儿路费找到嵩山少林寺去。

白芸瑞迷迷糊糊睡了一宿，天没亮白福跑进来："少爷快到门口去看看，谁来了？"

他以为师父回来了，边穿衣服边往外跑，到门前一看傻眼了，来人乃是个年迈苍苍的老者，他头戴草绝巾，紫绸子褂里俩很长的飘带绣着五福捧寿；一身土黄布裤褂，腰里系着带子，半截白布高筒袜子，千层底儿鞋，手里拄着一根乌木拐杖。老者个儿不高，有点儿驼背，面如重枣，两道花白眉毛，一对阔目，狮子鼻、大盆口，颏下飘着银髯，斜背个小包。别看他偌大年纪，精力却很充沛。芸瑞不认识老者，回头瞪了一眼白福，心说：你怎么不说清楚？他赶紧整整衣服冲老人一抱拳："老人家您找谁？"

"如果我没认错的话，你就是白芸瑞少爷了？"

"是的，您是……"

"老朽从河南来，人送绰号威震西方老鸳鸯姓公冶名寿长。"

白福一听用手捅了一下白芸瑞，赶紧抢步上前施礼："老剑客，久闻大名未曾得见尊颜，五爷时常提到您，您大驾金身光临敝府，里边请！"

"正要进府叨扰。"说话间白福把老剑客请进客厅。

白福抓住机会在芸瑞耳边告诉："这位是长乐岭的老剑客，中州四大剑客首位，善使鸳鸯掌，打遍天下少有对手。这是难得的高人，别叫他走，好好跟他学。"芸瑞高兴极了，热情款待。

他问："老剑客到舍下有什么事吗？"

"无事不登三宝殿。我在河南听说你拜了个师父叫疯僧醉菩提凌空？"

"是呀。"

"少爷错了。他没啥能耐，你为什么拜他为师？他是少林寺总院发配到屏风岭的，又能教你什么呢？我本打算到少林分院找他辩理，别人劝我：白大将军在世为大宋尽忠，他的后人大家不能袖手不管，所以老朽'毛遂自荐'来教你武艺，你看如何？”

白芸瑞一想：我师父凌空是被驱逐的？可他从未谈过。即使真的这样，和我有什么关系？他老人家把我救了，还传我武艺，我怎能弃旧迎新？想到这儿他一抱拳：“老人家刚才这些话我听不懂。我不承认我师父误人子弟，任何时候他都是我的师父，您的美意我恕难从命。”

“哈哈哈，好孩子，有出息的大丈夫！我说的话你别不爱听，为什么他走了至今不回来？他回不来了，他有些见不得人的事情！当朋不言友，我不揭他的老底儿，你就不必老盼他回来了。如果他真不回来，难道你不学武艺了？再说，他已误你两年，并未传授你真正的本领，你可千万别自误。你就当上一回当把我收留府里，我的武艺比他强。咱俩切磋切磋，在这儿等三个月他要不回来，你就知道我说的真假了。”

白芸瑞脑袋嗡嗡直响，一琢磨：不可不信，也不可全信。我和这老头儿无冤无愁，他造这个谣干什么？他是中州四大剑客的头一位，岂能信口开河？想到这儿他一施礼：“您这么高身份的人，请都请不来，愿住下，我求之不得。我这就给您准备下榻的地方。”

“用不着，那和尚住在哪儿我就住在哪儿。把他的东西搬出去，给我换一套新的就可以了。”都安排好了，白芸瑞抽空儿把这件事和娘说了，五夫人也是一惊。五夫人又一想：江湖上的事错综复杂，你还不能不信。这个老人还真有点儿热心肠，千里迢迢从河南来到这儿，跟我儿交了细底，不能说人家不是一片好心。究竟是怎么回事，到现在是难猜难信。五奶奶告诉儿子：对待这位老人要格外尊重，不准小瞧。

当夜无事，白芸瑞陪老剑客闲谈，白福在一旁伺候。公冶寿长说：“咱们闲着也是闲着，你练两趟我看看怎么样，凌空和尚教给你的玩意儿你拿出来给我开开眼。”

芸瑞一想：练就练，我还不知你的能耐有多大。你要说凌空师父没能耐，到什么时候我也不信。他把外边的衣裳闪掉，白福帮着他把带子紧好，抬胳膊抬腿没有半点儿绷挂之处。白芸瑞往院当中一站说：“老剑客，我可献丑了。”

“练吧，把压箱底儿的都抖搂出来。”芸瑞往下一哈腰，走行门、迈过步，练了一趟少林神拳。凌空本身是少林派，教给白芸瑞的当然都离不开少林派。这套少林神拳一百零八路，芸瑞一边练着一边心里觉着很美：这玩意儿多好，站如钉、走如风，拳似流星眼似电，身如蛇行腿为钻；猫蹿狗闪，鬼滚魔盘蟒翻身，龙探爪、猴上树、虎登山！各种动作全有。往上一蹦，一丈多高；往下一落，生息皆无，真是快如闪电一般。

白福在旁边一面看一面啧嘴："啧，啧，好，好！我们少爷可不得了，就现在这功夫比当年的五爷强了好几倍！再学几年，就是了不得的剑客。"白福小声自语，又偷眼看看公冶老人，想看看他有什么反应，哪知道这老剑客公冶寿长瞪眼瞅着越看越发蔫儿，最后把眼睛闭上了。

白芸瑞练完少林神拳回头一看，老头儿睡着啦，芸瑞心里这个不痛快：我白费劲了！过来用手一推："老剑客您怎么了，路上累了？"

"哎哎，少爷，对不起，方才我一阵困倦打了个盹儿……练完了？"

"您说我练得怎么样，凌空师父教得如何？"

"白公子，我一说话你就不爱听，我说他误人子弟你不信，刚才你练的是不是少林神拳？"

"是呀。"

"这叫什么神拳？这不都是挨打的招吗？你自己练觉得挺好，将来到江湖上遇上名人，一出手你就趴下了。你这是挨打的招，少林寺中不要的招叫凌空划拉来了，还当宝贝似的教给你，我越看越窝囊、越生气，这才打盹儿。"

白芸瑞一听，这心里跟火烧似的，脸也红了，气也粗了："老人家此话当真？"

"这还假得了吗！不信咱们当场试验。我练一套少林神拳，你就知道我说的是真还是假了，怎么样？"老头儿说着话把衣服脱了，袖子一挽，鞋带儿系了系，往院里一站。芸瑞瞪着眼在这儿瞅着。就见公冶寿长先活动筋骨，然后跟芸瑞、白福说："二位，咱们把话先说清楚，我可不是少林派，对少林派的拳脚我略晓一二。这套神拳我虽然没有练过，但也看见过，练得不好，请你们别挑剔，过会儿再练练我自身的功夫。"老人说着往下一哈腰，套式和白芸瑞没有什么区别，虽说也是少林神拳，但是就不一样，功夫奥妙，没法比！把白芸瑞看傻了：啊呀，也许我是外行，我瞅他这能耐比凌空师父强得不是一星半点儿，相比之下凌空师父的确不如公冶寿长老人。这老头儿没说瞎话！等公冶寿长练完了往下一收招儿，气不长出，面不改色。

"哈哈……白公子看见没？我不会少林拳，这叫照葫芦画瓢。他教的跟我练的一样不？"

"这……"白芸瑞没法说了。要说凌空师父不如你，这话说不出，其实心里是这么想的，但总觉得对不起凌空师父。

“老人家，反正是都有所长，他有他的长处，您有您的长处。”

“白公子别客气了，心里怎么想，你就怎么说，何必吞吞吐吐！我不是自夸其德，我准比他强！我是没遇上他，遇上的话，我得狠狠地教训教训他。另外，你再看看我练的。我本身是峨眉派的，武当的功夫我也练过几年。我先练练鸳鸯掌，再练金莲掌，你瞅瞅我比凌空强不强？”

说着，公冶寿长老剑客先练鸳鸯掌，一练完，白芸瑞连话都说不出来了——简直太高了。他想：怪不得都说“人外有人，天外有天”，一点儿都不假。你认为这位功夫到顶了，还有比他强的！他见这公冶寿长论身法、掌法、快劲儿都在凌空之上，这才心服口服。没等公冶寿长练完金莲掌，连白福也服了：“好！好！”白福经验丰富，见识也多，他一瞅，太高了。

一趟拳脚下来老爷子归座，白福给满了一碗香茶，就问：“老剑客这次来的目的究竟是什么？就是为向我们透露凌空的底儿呢，还是另有打算？”

“好吧，问到这儿，我就直说吧，白公子，我想收你为徒，我给你当个师父，我认为只有我才有资格做你的师父，不知你意下如何？”

“老人家要收我这个徒弟当然求之不得，但我已先拜凌空为师了。”

“不妨事。一个徒弟找几个师父这事常有，武林中大有人在。你跟我再学学，将来见着凌空作个比较有何不可？艺多不压身嘛，既会少林功夫，也会峨眉本领有什么不好？”

芸瑞一想也对，话说得在理，就跟白福商量。白福说：“你沾了你爹的光了，要没有五爷的威望甭想有这种美事！”芸瑞就这样同意了。

第二天又跟母亲请示，五奶奶也同意了：“孩子，你不要忘了凌空大师，有两个师父为娘也不反对。”芸瑞一听母亲也同意了，就拜公冶寿长为师，爷儿俩开始学习武艺。

公冶寿长住下一教，芸瑞跟当初截然不同。为什么？凌空和尚主要着重硬功夫，少林功夫就是吃硬劲：内练一口气，外练筋骨皮；马前一锭金，马后一锭银，讲究单掌开碑，击石如粉。公冶寿长的技术属于软的：先修内而后外，主要是气功。这功夫更不易教，也不易学。

光阴似箭，转眼几个月过去了，白芸瑞一算计：凌空师父失信了，他说“多则仨月”，现在都六个月了！看来公冶寿长没说瞎话，不然怎么他没影儿了？说给我取刀，哪儿去了？有时想起来也是一阵难过。他发现公冶师父也非常好：人很直爽，心里有什么嘴里就说什么；会什么就教什么；练好了，夸奖你；练不好，教训你。因此，爷儿俩处得十分好。就这样，公冶寿长传授白芸瑞一年工夫，这一年等于十年。前后三年等于学了三十年！白芸瑞觉着眼睛更亮了，气怎么运怎么得劲儿，叫它往哪儿使就能往哪儿使。

转年春暖花开，公冶寿长把芸瑞叫到他面前：“芸瑞，你说这一年练得怎么样？”

“师父，我觉着大有长进。”

“你再回头想想，跟你前两年有什么变化没有？”

“有！我觉得气功练得挺带劲儿。”

“为师没有骗你吧？刚一见面跟你说的那些话你从心眼儿里往外不爱听，现在你知道师父说得不谬吧？你记住：咱们峨眉派专练轻功夫，练气功。你要好好学，将来才可能成其大名。因为你爹名震四海，你应该超过你爹！从目前讲，你的能耐比你爹强得多，但是威望以及其他多方面还差得很多，将来有机会还得到江湖上去闯荡。我跟你说这些话是临别时的嘱咐，我想回家去看看。”

“师父，您怎么也要走？”

“我也有家有业啊，我不是出家人，一心了无牵挂。我告诉你，我在中州有房子有地，孙男娣女一大帮。我离家在外一年多，家里人能不挂念？但是，你放心，我还会回来，往多说半年，往少说三个月。我还给你捎东西呢。你不是爱刀吗？刀我是没有，我给你送一对特殊兵刃——亮银盘龙戟，管叫你驰名天下！”

第四十七回 僧道俗同教一弟子 白芸瑞分拜三恩师

公冶寿长要告辞，并说给芸瑞去取兵刃，白芸瑞难舍难离，相处这一年多，老头儿不仅教给他武艺，而且师徒俩还经常促膝谈心，谈世事人情，谈做人的道理，讲江湖五宗十三派八十一门，门长是谁，有什么特殊功夫，门户与门户之间的关系，绿林之中的奥秘。白芸瑞知道的事多了，眼界就开阔了，学了很多知识。师徒感情与日俱增，也就离不开了。

尽管他说是临时的，芸瑞也不愿让他走。但师父说得非常恳切，芸瑞不好再阻拦，师父有家有业，能老在这儿吗？最后芸瑞说："师父，我有一个要求。"

"什么事说吧！"

"您可别像凌空师父那样，说很快就回来，结果连影子都没了，我真怕您也不回来。"

"芸瑞，他是个骗子，要不怎么叫疯僧醉菩提呢？我说话算数，最多半年，少则仨月，准回来。"

芸瑞禀明母亲，五奶奶看情况实难挽留。第二天准备了饯行酒席，白福陪在席前。公冶寿长跟五奶奶说："夫人哪，您这个儿子太好了，不但您喜欢，老朽我也喜欢，我见过的孩子无数，像芸瑞这样聪明的没有！学武进步这么快的也没有！老朽愿把一腔心血倾注到他身上，这孩子前途不可限量。"

师父当着孩子的母亲这么一说，当娘的心里当然高兴啊："老剑客，这与您的栽培是分不开的！"

"是家教有方，不过夫人哪，不管怎么说，芸瑞是白家唯一的孩子，要多多提防切加注意，不可上当。徒儿，师父的话记住了吗？”

“我记住了。”

吃完饭，老头儿把东西收拾好了，告辞起身，芸瑞直送到白家冈的路口，芸瑞还要送，公冶寿长拦住了：“孩子，送师千里，莫如好好练功，等为师回来，看你功夫长进了为师就高兴，退步了我就要用拐杖砸你。”

“师父您放心，我绝不耽误。”就这样师徒话别。

白芸瑞回到家里就像掉了魂似的，两个师父都走了。思前想后，凌空长老一年多连封信都不来，犹如石沉大海，难道公冶寿长说的是真的？真叫人难猜难解呀！又一想不管怎样，功夫学在身，不能荒废，两套功夫我都得练成，要齐头并进。芸瑞下定决心，起半夜，练五更，从不间断。转眼到了夏天，白天热得没法练，就晚上练。

这一天，日头往西转了，芸瑞刚要练功，就见白福乐着跑进来了：“少爷，给你道喜了，你看谁来了？”

“谁？”

“那老和尚凌空回来了！”

“啊？”芸瑞真不敢相信，终于把他老人家盼回来了。白芸瑞撒腿就往外跑，白福紧跟在后。疯僧醉菩提凌空已经进院子了。在这儿住了两年多，上上下下都熟了，人们都上前问长问短，就见凌空手里挟着个包袱，这身装束和当初没有区别；所不同的是：老和尚气色格外好，精神头儿特别足。爷儿俩一见面，芸瑞撩衣跪倒：“师父您回来了！”

“回来了，着急了吧！是不是认为我不回来了？”

“也真想煞徒儿了。”

“为师说话算数，有个特殊情况，耽搁了一年多，有话咱到屋里说。”

说话间，芸瑞把师父引入后屋，爷儿俩落座，芸瑞就问师父：“什么事把您拖住，这么晚才回来？”

“唉，孩子，我离开庙两年多，庙上因为地产，跟本地财主发生纠纷，我是庙上住持能不管吗？递状子、打官司、找人辩理，拖来拖去，拖到今天，总算把庙上的产业要回来了，这才回到这儿。孩子，功夫练没练？没扔吧？”

“没有，徒儿天天都在练。”

“好，没辜负我的一片苦心，我在庙上奔走时，还惦记着这个事。临走前，为师说给你取兵刃，现已取来，你快来看看。”疯僧醉菩提凌空说着把包袱打开，从里面取出一口刀来，往前一递。白芸瑞用双手把刀接过来一看，青光森森，太好了，刀把到刀尖长三尺六寸，白鲨鱼皮刀鞘，金把钩金什件，大黄的挽手带，赤金的刀盘。芸瑞轻轻掂了掂，轻重正可手，大拇指在绷簧上一推，“叭”，不用往外拽，自己往外跳，真是龙吟虎啸。芸瑞把刀抽出来，屋里就打了一道闪电，直冒寒气。

白芸瑞把刀练了几趟：“师父，真是好刀。”

“光看外表不行，芸瑞，去拿几根铁条来，铁板也行！”白芸瑞出去，时间不长，抱进一捆，铁条铁板都有，往地上一放。凌空伸手挑了一根比大拇指还粗两圈的铁条，让芸瑞拿刀往上面砍：“别心疼，别害怕。”芸瑞真有点儿舍不得，怕把刀刃崩了。可师父说了，自己就壮着胆子用宝刀一剁，真好像刀切萝卜似的，不费吹灰之力，铁条被剁成两截。再看宝刀刀锋依然锋利，没有变样。又把铁板拿过来，削成了面条，仍然如此。

凌空和尚说：“是宝家伙，砍硬的不算，咱再砍点儿软的。”说完又让白芸瑞找来些头发，把这些头发搁在刀刃上用嘴一吹，马上变为两段，这就叫吹毛利刃。白芸瑞喜欢得不得了，手舞足蹈。

凌空说：“这刀就叫金丝龙鳞闪电劈，为师带它多年，后来落发为僧，这宝刀就不用了，一直藏在古寺成为镇寺之宝。如今你我是师徒，故以此刀相赠，让它陪伴你一生。”

“多谢师父赠刀之恩。”

五奶奶听说凌空回来了，赶紧准备素菜素饭，给凌空接风。在席前凌空师父把话又说了一遍，五奶奶一听，相信无疑。她告诉芸瑞，赶紧给你师父准备住处。到了晚上，师徒俩在院子里一边喝水，一边凉快，白福在一边陪着。今天晚上月亮像一盏天灯，凌空掐指一算：“芸瑞，今儿是初几？”

“您忘了，是七月十五。”

“怪不得月亮这么亮呢，太好了，借月光把为师教你的能耐练给我看看。”

“好。”白芸瑞把长衣脱了，短衣衫、小打扮，往院里一站，开始练功。芸瑞边练边嘀咕，他怕这两套能耐串笼子。芸瑞开始还注意，但练到一半时，凌空看出马脚了，把脸往下一沉说：“别练了！”

芸瑞吓得一哆嗦：“师父，弟子练错了？”

“芸瑞，我发现有点儿不对头，这少林真功怎么这样？好像掺进了峨眉的本领。”

“师父……这……”

“难道你有什么事瞒着为师？”芸瑞一听就跪下了。

“师父，您别生气，我不瞒您，原想您刚回来，过两天精神恢复了我再讲。既然您看出来了，我现在就说。”

“说！”

芸瑞一想，别的我不说，只讲公冶寿长师父怎么主动上门教我。结果，芸瑞越说得简单，凌空越追问，终于前言不搭后语，露了马脚，凌空急了。

“芸瑞，你跟我说实话，这个人是谁？”

“他是从河南来的，复姓公冶，名寿长。”

“呸！原来是他！”就见凌空一巴掌拍到茶几上，这茶几“咔吧”一声，断了条腿，壶、碗震得乱蹦。老和尚忽地站起：“芸瑞，你上当了！你知道他是什么人吗？是江湖上的骗子。他知道我不在，利用这个机会打算把你夺过去。他说我些什么坏话，你要是我徒弟就如实告诉我！”

“他没说别的，他就说挺喜欢我，要收我为徒弟，我就答应了。师父您说过艺多不压身，他非要教给我，我才跟他学了鸳鸯掌、莲花掌，还有气功。”

“芸瑞，你这孩子，怎么瞪着眼上当呢？”

“师父，您别生气，上当我可没有，公冶寿长老人家也没骗我，他天天教我功夫，就是在我这儿睡觉吃饭，临走时连路费都不要。怎么说骗我呢？师父，您可能有点儿误解。”

“你还敢跟我顶嘴？他那鸳鸯掌是什么东西？登不了大雅之堂。谁不知道少林的功夫艺压天下，哪听说有个鸳鸯掌、莲花掌？孩子，你要跟他学这种功夫，将来你就走到邪路上去了。真是坑人不浅！”

这事把凌空气坏了，芸瑞也没辙了，白福也吓慌了，他们在这儿紧劝，有一个多时辰，凌空这气才消：“芸瑞，我不生你的气，但是，我跟公冶寿长完不了，迟早我们相见，再算这笔账。”

“师父，他没说别的，就说您可能有事回不来了。”

“行了，你吞吞吐吐，我就知道他肯定没说我好话，又是那套，说我吃谁骗谁了，遭官司回不来了，等等。是不是这些话？”芸瑞一听，哟！他怎么猜出来了，大概他俩不止一次打交道。芸瑞这孩子诚实，不会说瞎话，所以和尚说到这儿，芸瑞就红了脸，把头低下了。“对了吧，我走到哪儿，他背后都是这一套，一个劲儿地败坏为师的名声，冲这一点，我就跟他没完！”芸瑞和白福苦劝，和尚才消了气。

到了第二天，和尚又恢复了原来的样子，乐呵呵地不提这事儿。他让芸瑞练武，别练什么鸳鸯掌、莲花掌，还练少林正宗功夫。芸瑞又开始练，而且开始在刀上下功夫。凌空教给芸瑞三十六路天罡刀的刀法。这招数太奥妙了。与此同时，还传授芸瑞三路尽命绝后刀。

凌空说："孩子，这是为师我的心血啊，这尽命绝后刀不能轻易用。比如说，你遇上仇人了，或者实在不可解的时候，你才可以使用。"

"徒儿记住了。"

"从现在开始，你就反反复复练这两路刀法。"白芸瑞有三年的功底，学什么会什么，两天就熟悉了。第三天，凌空正背着手在旁边看芸瑞练刀，还频频点头说："好！"

白福从外边进来了，冲着芸瑞一个劲儿地努嘴、挤眼。白芸瑞知道有事："师父，您先休息，我到前面去一趟，一会儿就回来。"

白芸瑞跟白福出来，到了没人的地方，白福一拍大腿："我的少爷，怎么办？老鸳鸯公冶寿长也回来了！"

"我的天哪！在哪儿呢？"

"刚进庄子，有人给我送信儿来了。你可不能让他们两位见面，这两个人都红眼了，见面非打起来不可。"

芸瑞有点儿慌神了："这么办，你派两个人在后面照料我师父凌空，我到前面去接待师父公冶寿长。"

说话间，有说笑的声音："哎哟，可回来了。芸瑞呀，在家吗？"

"在！"芸瑞怕凌空听见，紧往外跑。就见公冶寿长手里拎着个长条包袱，还有一个方包，不知里边装着什么。老头儿是风尘仆仆，满面春风。一见芸瑞，乐开了。

"孩子，我说话算数不？我说最多半年，少则三个月，刚到三个月，我就赶回来了。咱跟凌空可不一样。"

芸瑞赶紧施礼，问了安："师父，真是言而有信，您请到这屋吧。"没让他进正厅，也没敢让他进后院，直接把老头儿领到偏院，这儿过去是书房。

公冶寿长觉着有点儿纳闷儿，怎么把我领到这儿来了？再看，白芸瑞显得格外不自然："芸瑞，你怎么了？"

"没什么，我挺好的。"

“那就好。为师告诉你坚持练功，练了没有？”

“没敢耽误，天天练。”

“你听话，知道你不能耽误练功。芸瑞，你给我练练。”

“师父，着什么急呀，您刚回来，好好歇歇，咱们有工夫再练。”

“我是个急性子，哪怕练个三招五式，我也就放心了。”白芸瑞一听，脑袋“嗡”的一声，就知道大事不好了！这心就直跳。我这两位师父，一人教给我一样，有时练着练着，就混杂在一起了。那天师父凌空一眼就看出我学过峨眉派的真传。现在好不容易把他老人家安抚住了，老剑客又回来了，一看我又练的是少林的功夫，老头儿非急眼不可。倘若这两位高人因为我再打起来，可怎么得了。

芸瑞非常聪明，眼睛一转，计上心头：“师父，您着什么急呀，刚回来您先吃饭，休息休息，我再给您练。”

公冶老剑客一听，有点儿不高兴：“芸瑞，你这孩子怎么学得不听话了，吃喝是小事，我最关心的是你的功夫，你练完了，我就放心了，一高兴还能多吃几碗饭。练吧！”

“好，师父，我还有点儿事问您，您临走时说给我取件宝物回来，不知这宝物带来没有？”

“哈……小子，你还惦记这事呢，为师岂能失信！你看这包里是什么？”白芸瑞其实不是想要东西，就想打岔拖时间想出妥善办法再说。他把这长包袱打开，从一对鹿皮套里拿出一对亮银盘龙戟，就见光彩夺目，冷气逼人，把白芸瑞乐得爱不释手。

“芸瑞，为师告诉你，这是我的命根子，一辈子也舍不得赠人。听说这乃是列国造剑大师欧冶子亲手打造的，你看看那上面还有篆字。欧冶子是个铸剑大师，其他兵刃也铸过三四件，这就是其中之一。利刃吹毛毛可断，削铁如泥。咱们爷儿俩相处一年多，我觉着你这孩子前途无量，为师希望你成器，故以此宝相送。”

“谢恩师！”白芸瑞跪倒，头顶亮银盘龙双戟，给师父磕了三个头。一边磕头一边想，公冶师父赠戟对我恩深似海，凌空师父赠我宝刀，同样恩重如山，可我该怎么跟这位师父说呢？我怎么劝说解释才能平息他们之间的宿怨呢？芸瑞想到这里，脸上也就由喜变忧，心神不定。

公冶寿长一看便猜出白芸瑞有心事：“孩子，你不喜欢这兵刃？”

“不，我很喜欢。”

“那怎么发愁呢？”

“我是想又练刀又练戟，我……”

“什么？谁教给你刀？是凌空吗？我说过他是骗人的，你把练刀这事给我撇开，我教你练双戟，只有把这对兵刃练好，你才能闯遍天下，懂吗？”

“我懂，我……”

“芸瑞，要背着我做些不该做的事，可对不起师父我对你付出的心血！”芸瑞一听没办法了，跪下把双戟轻轻往旁边一放：“师父！”

“讲！”白芸瑞这才把以往的经过说了。

话还没说完就见公冶寿长把桌子一拍，“啪”，当时火就上来了：“芸瑞，你怎么不听我的话，我一再告诉你疯僧醉菩提的为人，他第二次来，你不把他逐出去怎么还留下他？”

“师父，如果站在您的角度好说，作为徒弟我就难办。不管怎么讲凌空大师没有欺骗我，人家什么也不要，就愿教我武艺，我怎么好把人家撵出去？师父，我已把话说明，希望你们两位平息宿怨，不要在我身上发生新的纠葛，不然我就有罪了。”

“芸瑞，你别说了，我不怪你，我就是恨这疯和尚，我非找他算账不可！”这公冶寿长越吵声音越大，越喊调子越高，全院都听见了，也就传到后院凌空的耳朵里了。

白福在旁边正陪着他，怒骂声传来了，关窗户、门也来不及了。“秃驴、骗子、误人子弟……”声声不绝，凌空一听就站起来了：“白福，这是谁在吵呢？”

“一个疯子，是我们邻居，您喝水、吃东西，别理他。”

“不对，我听像是在骂我。”

“哪儿的话呢，您别多心。”说话之间凌空从屋里就出来了，直喊芸瑞。

白芸瑞一听，坏了！怕什么来什么，没有办法，白芸瑞赶紧站起来冲着公冶寿长苦笑一下，转身出来了，见着凌空抱拳施礼：“师父，您请到后院，用什么我给您准备什么。”

“不！芸瑞，刚才骂我的那个人在哪儿？”刚说到这儿，公冶寿长一挑门帘出来了：“芸瑞，你闪退一旁，我正要找这疯僧算账呢！”芸瑞一看，这可坏了！这冲突已不可避免，他只好向两方作揖。白福也跟出来了，急得满头大汗:“二位老剑客，有话好说，咱们到屋里，千万不要动怒。”任凭他们主仆怎么哀求，这两个人根本就不听。

就见公冶寿长飞身跳到凌空眼前，用手指着凌空和尚怒斥他骗人，举掌就打！凌空一闪身，公冶寿长一掌打空了。凌空气得嗷嗷直叫，诵佛号说公冶寿长挑拨他和白芸瑞师徒的关系。老和尚说着过去就是一掌。公冶寿长以掌相迎“啪！”双掌一击，就见凌空往后退了三四步，公冶寿长身子一栽也退了两三步。接着两个人就打起来了。把芸瑞急得在旁边一个劲儿地作揖:“二位师父息怒，都是为了我，别打了……”他的嗓子都喊哑了，这两人谁也不听。打了一百多个回合，没分输赢。两个人又接着打。

芸瑞一看，劝也没用了，只好退在一旁。一开始芸瑞的心像油煎似的，时间一长逐渐稳定下来了。仔细一看，这俩人打得跟别人不一样，凌空和尚使的是少林神拳，公冶寿长使的是鸳鸯掌，两人一招一式，就是他们教给白芸瑞的那套，两人对打、发招、收招、还招芸瑞看得清清楚楚，记得明明白白。白芸瑞都看呆了，这俩师父是在拼命，一百多个回合没分胜败。凌空虚晃一招跳出圈外:“公冶寿长，你等着我！”撒脚往后院就跑。干什么去了？取家伙去了！

时间不长，把宝刀拿出来了，公冶寿长一看，秃驴要跟我玩儿命，咱也有家伙，转身回屋，到屋里绰出亮银盘龙双戟，到院里俩人又打到一块儿了。这跟动拳脚不一样，碰上就完了。先前一招一式，后来越打越快，扇起呼呼大风，满院都是凉气，把芸瑞看得是目瞪口呆，两百个回合没分输赢。公冶寿长虚晃一戟跳出圈外:“凌空，我可不是怕你，咱别在这儿打，这是住宅，别把五奶奶给惊吓着了，府里人看着也不雅观，咱们找个没人的地方，你敢去不？”

“上天入地、刀山油锅，贫僧奉陪！”“好，你跟我来！”

公冶寿长倒提双戟，迈大步离开白府。凌空在后面跟着，奔西山就下去了。西山是白家的坟地，旷野深山，除了打柴的、脚夫，一般人不去。这公冶寿长把身子一塌跟箭头似的那么快，三晃两晃就不见了。凌空步步追赶也进了山。白芸瑞一看两位师父打到这种程度，真是着急，心里说:不管怎么着我也得跟着呀。芸瑞离开家门也奔西山，一直撵了两个时辰才把这两位师父给找到。这是个宽敞的地方，旁边有片大树林，白芸瑞也曾在这儿练过武。等到了目的地，白芸瑞一看这两位还没动手呢，一个坐在南面，一个坐在北面，脸对脸，都在那儿闭目养神，摇摇晃晃正在运气呢。芸瑞往他们两个人当中一跪：“二位师父，别打了，你们要再打我就撞死在这坟地。”

两个人一见芸瑞又舌战起来，相互指责、谩骂，又都要芸瑞评理说真话，证实对方是骗子，芸瑞说：“两位师父，咱们和平解决吧。”

“阿弥陀佛，那也好，你到底拜谁为师？你要拜了我不认他，咱就不打了。”

“对！”公冶寿长点点头，“我也同意这么办，你要承认我就把这疯僧撵走，我们就不打了。”

白芸瑞一听我还是死了吧，我怎么说呀？把芸瑞急得要撞树碰碑。这两个人站起身来，又要伸手。

就在这紧急关头，就听树上有人说话了：“无量天尊，你们二位别难为孩子了，你们谁也不配当白芸瑞的师父，真师父在这儿，你们还不给我后退！”白芸瑞一听，心说：事儿越闹越大了，怎么又冒出个师父来？！虽然没见人，听这个人说话嗡嗡的，底气非常足。往树上观看，就见一个人分开树杈飘落在地，他是个出家道人，平顶身高九尺挂零，头上戴着白绫色的道冠，发髻高挽，金钗别顶。道冠前面有带着宝石的帽罩，身上穿着银灰色道袍，圆领、大肥袖子，腰系杏黄色的水火丝绦，白袜云靴，身背宝剑。往脸上一看可真英俊，可以看出年轻的时候是个标致的美男子，别看年纪大了，鬓发皆白，仍然英姿不减当年。这脸不但是白，而且红光满面，两道八字立剑眉，一对丹凤眼，通关鼻梁，牙齿洁白又整齐。特别使白芸瑞吃惊的，就是这道爷的一双眼睛亮得好像两盏金灯，一般人不敢跟他对看。

道爷来到下面，用手指着公冶寿长和凌空：“你们两个无能之辈，还知道天下有羞耻二字吗？白芸瑞能拜你们为师？算啦，谁也不要争了，也不要打了，这徒弟归我。”

那两位一听急坏了，他们俩之间的矛盾立刻就解决，俩人全冲着老道来了。就见凌空把秃脑袋一晃：“阿弥陀佛，哪儿来的杂毛？你也插进一腿，贫僧岂能善罢甘休！”

公冶寿长也说：“对，小子，你要说你是白芸瑞的师父，得比高低，不然今天你就走不了。”说着话，这两个人一前一后把这老道围在当中。白芸瑞一看不知怎么办好了。这老道虽然没见过，但也是一片好心，要收自己为徒。他们三人这一打，白芸瑞可开眼了，一瞅这老道发招、抬腿、身法特快，一个人抵挡这两人毫无惧色，而且谈笑风生，那个自然劲儿就甭提了。打得太快了，三个人简直成了走马灯，把白芸瑞的眼睛都看花了。他们一直从中午打到日头平西，最后也没分出输赢来。

就见凌空飞身跳出圈外，往地上一坐："算了算了，哎呀，可把我累坏了，这戏演到这儿就结束吧。"

公冶寿长往下一退，哈哈大笑："哈……哎呀，看你们想的这个主意，把我也累散架了。"他也坐下来，脸上都现出笑容。

那位道爷也欣然大笑："无量天尊，多谢你们二位出力。"芸瑞一听，这是怎么回事？这几位怎么神经都不太正常，刚才吹胡子瞪眼，打得跟仇敌似的，眨眼之间都乐开了，他们说这话是什么意思？

芸瑞仍然发愣，凌空从地上站起来："孩子，你还没醒悟过来？"

"我不懂。"

"哈……孩子，实话对你说，贫僧不配做你师父，公冶寿长这老家伙也不配，你真正的师父是这位道爷。"

第四十八回 小达摩峨眉深造 白芸瑞奉命下山

凌空和尚用手一指这老道："芸瑞，这才是你真正的师父，还不过去见礼？"

白芸瑞真傻了，瞪着两只大眼，心里不住地想，究竟是怎么回事？这位又是我师父，莫非凌空和尚跟我开玩笑？仔细一看，不是那么回事，因为老和尚面带微笑，非常诚挚。芸瑞也知道，这么大的事，不能开玩笑。难道这是真的？

公冶寿长也过来了，拍拍芸瑞的肩膀："孩子，你还愣着干什么？还不拜见恩师。凌空老和尚说的是真的。"

那个老道也过来说道："无量天尊，他们二位没有骗你，说的全是真的，贫道才是你的师父。"

芸瑞一抱拳："两位师父，我都蒙了，请问道爷您是哪一位？"

"哈哈……"老道一乐，"若问贫道是谁，我自幼出家在四川峨眉山的白云观，我就是白云观的观主，人送绰号——白云剑客夏侯仁。"白芸瑞一听，我的天啊，这是夏侯仁老剑客，早就听说过。不管凌空还是公冶寿长，白福都跟自己不止一次地提到过，把这夏侯仁说得神乎其神，简直是神仙了。怎么今天出现在自己的面前，这是真的吗？因为夏侯仁太了不起了。现在练武术讲究五宗十三派八十一门户，这上三门是三个门户，就是形意门、八卦门、太极门。在八十一门武术中，它是尖子，是正宗。夏侯仁的师父就是八十一门总门长普渡老剑客。夏侯仁虽然是上三门的总门长，实质上支撑着天下八十一门，因为他是大弟子，早晚他都是八十一门的总门长。

再说夏侯仁那功夫太高了，不管五大派还是八十一门，提起夏侯仁，没有不竖大拇指称赞的，这个人物是高不可攀的，一般练武术的人举例子都是这句话：“你高哇，你还能高过夏侯仁去？”

老剑客一报名，白芸瑞相信这是真的了，腿一软跪在地上：“师父在上，弟子给恩师叩头。”

“哈哈哈，好孩子，起来。”夏侯仁把芸瑞扶起来，闪目一看，前面有块石碑倒了，横在树下，正是最好的座位。

夏侯仁老剑客把他领到石碑前面，让他坐下。公冶寿长和凌空也在旁边落座。夏侯仁说道：“芸瑞，别看你管我叫师父，可能你心里还有点儿疑惑，贫道就把以往的经过对你讲述一遍。是这么回事……”夏侯仁老剑客讲完了，芸瑞才明白，闹了半天，他是个小傻瓜，他们这是在演戏。

事情就发生在八十一门总门长普渡身上。前些年，普渡老剑客把夏侯仁叫到四川峨眉山八宝云霄观，说有件重要的事情跟他商量。夏侯仁见了普老剑客，上前施礼：“恩师找我有事吗？”

普老剑客说：“有点儿事，你可知江湖上有个锦毛鼠白玉堂吗？”

“我早知道，白玉堂为国捐躯，命丧冲霄楼。”

“据为师所知，他现在有一个儿子叫白芸瑞，这孩子年纪不大，听说非常聪明，四岁时就有神童之称。况且白玉堂是国家的忠良，死得也够凄惨的。为师打算把白芸瑞培养成人。我年纪太大了，这件事就交给你了，你要收白芸瑞为徒，传授他峨眉的武艺。将来你升天的那一天，就把上三门的门户交给他支撑，你看怎么样？”

“弟子遵命。”夏侯仁又问师父，“师父您道听途说不一定真实，白玉堂之子是否聪明，能不能继承峨眉派的武艺，现在还很难说。像咱们这样的门户，根正，门户也大，收一个人不是那么简单的，是否允许弟子考验一番，要真像师父说的那样，我就收他为徒，将来就让他继承上三门，当总门长。如果不是那样，我看咱就算了吧。”普道爷一听，说得对，就点头答应了。

夏侯仁回到白云观左思右想，最后派人下了峨眉山，去打听老白家的消息，看看孩子多大了，究竟怎么样，暗中了解白芸瑞以及他家的情况。开始，夏侯仁老剑客听说五奶奶不同意这孩子练武，要弃武就文。老剑客觉得好笑，妇道人家有这种想法不奇怪。后来又听说白福传授白芸瑞武艺，而且白芸瑞对武艺非常酷爱。白云剑客夏侯仁一听，这事就这么定了吧，可是自己身份太高，庙上的事情也太多，不能离身。于是他把两个好朋友找来了，一个是屏风岭的住持凌空，一个是威震四方老鸳鸯公冶寿长。他们三个是最好的朋友。夏侯仁就把这番意思跟他们说了，求二位代劳：“你们看看这孩子究竟有没有出息，如果不行，半道儿撤梯子就算了；如果有发展，我就收他为真正的徒弟。”

凌空老和尚说：“这么办，我先去，我到那儿先教这孩子练武，然后回来向您如实禀明。”因此凌空起身就奔白家冈。事情多巧，正赶上白芸瑞闹病。治好了芸瑞的病，师徒感情就更好了。凌空因势利导，提出收他为徒，五奶奶也同意，芸瑞更高兴，爷儿俩在一块儿待了两年。凌空一看，大大出乎意料，这白芸瑞太聪明了，一教就会。两年工夫，把凌空身上的能耐学会一半。天下的师父都一样，希望徒弟有出息，越这样越高兴。凌空心想，差不多了，我得回去见白云老剑客夏侯仁，把这事跟他说说，看他打什么主意。

他借口回庙上去，给芸瑞取兵刃，其实那兵刃不是他的，是白云剑客夏侯仁的。凌空到了四川峨眉山白云观见着夏侯仁，把情况如实一讲，夏侯仁老剑客大喜。感谢凌空给白芸瑞打下了基本功。第二步就是公冶寿长了，公冶寿长说：“这么办吧，你看了两年多，我再去看看，这孩子要是真行，老剑客就别改变主意了。”公冶寿长这才到了白家冈。

他说凌空那些话都是开玩笑，白芸瑞哪知道真假，所以他也住到这儿了，传授芸瑞一年的功夫。公冶寿长一看，大吃一惊，深信凌空说的都是真话。这孩子要受名人之传将来可了不得。难得有这么个好苗子，虽说时间不长，但公冶寿长也要把特别拿手的鸳鸯掌、莲花掌传授给芸瑞。别人十年学不会，芸瑞一年就全学会了。公冶寿长起身告辞，实际上他也是回四川峨眉山和白云剑客说实情去了。

当他见到白云剑客后，如实把情况一说，白云剑客这才下定决心：“好吧，按计划行事。让疯僧醉菩提凌空拿着金丝龙鳞闪电劈先去，我们随后就到，我要亲自看看这个孩子。”所以凌空先回来了，要不怎么刚到老白家，公冶寿长就来了呢？这都是事先计划好了的。方才那场比武也是假的，无非让白芸瑞开开眼界，我俩教你好几年了，光教不行，你再看看怎么交手，这拳脚是怎么使用的，芸瑞确实是眼界大开，最后白云剑客才露面。

等老剑客说完了，白芸瑞乐坏了：“师父，原来是这么回事，可见三位师父在我身上煞费苦心，只要我白芸瑞有一口气在，绝不忘师父的栽培之恩。不过我还有个请求，师父您别生气，受人滴水之恩必当涌泉相报。凌空老罗汉虽然不是我的正式师父，但我的功夫是从他那儿开始学的，公冶寿长老剑客为我抛砖引玉，指点迷津，我也不能相忘，故此我打算拜您三位为师父。不知您意下如何？”

凌空笑道：“孩子你有良心，是个大丈夫，我这两年的心血没白费啊。”公冶寿长心里也高兴，但是这得问夏侯仁。夏侯仁瞅着他俩说道：“行啊，我这徒弟让你俩分去了一半，我自己独占一半，你们看如何？咱们就答应芸瑞的要求，咱们都是他的师父。”

芸瑞一想，此地并非说话之处，家里人一定非常着急，把白福还不得急出病了？就赶紧回去给他们送信儿，把三位师父请到了家里。白福一看少爷回来了，赶紧问怎么回事，芸瑞一说，白福才破涕为笑：“少爷，您真是鸿福从天降，该着您走运，上哪儿找这师父去，您就是带着黄金万两跪门槛儿去也不会收你当徒弟啊。”白福吩咐家人赶紧张灯结彩，先禀明五夫人，五奶奶就像迎接天神似的率领家人在大门外迎接。

第四十九回 官兵一打叠云峰 芸瑞夜探狼牙涧

以上就是白芸瑞拜师的经过。眼前正当众英雄对朱亮等人无可奈何时，白芸瑞出现了。那朱亮没把他看在眼里，认为白芸瑞无非一个小毛孩子，胎毛未退，乳臭未干，也就是仗着一股力气，能有多大能耐？即使在他娘肚子里就练武，那才练了几天，敢在我面前撒野。朱亮按一般常理错估了对方，待跟白芸瑞一动手，他是大吃一惊。这小孩儿武艺太精通了，发招利索，与众不同，朱亮闯荡江湖六十多年，什么战场没经过？什么高人没遇到过？说实话，像白芸瑞这么快的刀法不多见。十几个照面儿之后，朱亮就想到自己可能不是他的对手：哎呀，该我倒霉，今天我要把这条老命丧这儿不成？等到三十几个照面儿，白芸瑞拿出绝招了，疯僧醉菩提教给他的尽命绝后刀，唰！唰！唰！朱亮的帽子被削掉了，只剩下围在脑袋上的束发包巾。又一刀，把朱亮的头发削下来了，把朱亮吓得直缩脖子，跳出圈外。心想：幸亏这一刀高了点儿，要不然，脑袋就被削下去了。朱亮哪儿吃过这种亏，一下脸就红了，想不到自己打不过白芸瑞。

陈东坡刚想上来挽回败局，大路上就来了一支骑兵，尘土大起，旌旗飘扬。旗下闪出一员大将，金盔金甲，紫罗战袍，胯下黄鬃马，手中拿着三股托天叉，后面的骑兵手拿长枪大刀，像旋风一样扑来。风卷旗号，看得清楚，是大宋的官兵，陈东坡吓了一跳，冲几个人一使眼色，就喊道："合字并肩字，风紧撤乎。"紫面金刚王顺、白莲花晏风、飞剑仙朱亮一看，心想：我们上当了，蒋平事先有准备，来了大批官兵，就我们四个人，而且又遇上劲敌白芸瑞，人单势孤。这四人一打呼哨跳出圈外，转身便跑，三侠五义、小五义追了一阵，眼看着他们败回狼牙涧。蒋平恐怕追进去吃亏，因此吩咐收兵。等回来一看领兵带队的大将并非别人，正是飞叉太保钟雄手下的副将李勇，李勇绰号神叉无敌将。因为他跟钟雄学过能耐，也使一条大叉，擅长冲锋陷阵，蒋四爷认识他。这时李勇从马上跳下来，跟官人们见面。四爷就问："李将军这是从哪儿来？"

"四爷，这还用问吗，我奉大帅岳横之命，率三千军队赶到葵花冈，帮助四爷。"蒋平一听，高兴了，还是岳大帅想得周到。我们现在人手正缺，有这三千军队，可解决大问题了，那帮贼不敢再到葵花冈捣乱了。

四爷问李勇："你们住在什么地方？"

李勇说："都安排好了，四爷不用操心，先来的是五百骑兵，还有两千五百步兵明后天就到，我们扎营在葵花冈外。"说完，李勇便率人扎营去了。

蒋平率领老少英雄把白芸瑞接到临时公馆，彼此一一介绍。芸瑞一看，除了老前辈，就是跟自己平辈的兄弟，芸瑞和他们亲热得不得了。虽然芸瑞和朱亮只打了几个照面儿，但大家都知道芸瑞不是一般的人，大家问长问短，特别是蒋平，拉着芸瑞问家中的情况怎么样？芸瑞前前后后述说一遍，但至于怎么学的武功，师父是谁，他没说。芸瑞问四大爷："我听说我三哥徐良被害了？"

"孩子，你也听说了？"

"听说了，不知现在怎样？"

"别提了，我们把尸体抢回来了，人头还没到手，你三哥的脑袋还在狼牙涧，那帮贼说要在山上开人头会，我们大家都想把人头找回来，但心有余而力不足。你三哥的身子就在这后院放着。"

"待我祭奠。"白芸瑞准备了纸马幡稞来到后院，一看棺材，芸瑞鼻子一酸，眼泪掉下来了。别看他和白眉徐良不认识，没有交情，但是双方父辈太好了，徐良名望又这么高。因此他到了灵前，眼泪"哗哗"直流，一边烧纸，一边磕头："三哥在天之灵别散，小弟芸瑞一定给你报仇雪恨。"大家怕芸瑞哭坏了身体，让他到前面落座喝茶。芸瑞问："四大爷你都派谁去盗过人头？"

"你五哥艾虎去过，房书安也去过，都不行啊。那人头被山上群贼看成宝贝似的，看来这事不好办哪。"

"四大爷言之差矣，有道是钢梁磨绣针，功到自然成，您别泄气，不是我小看五哥和房书安，可能是不得法，咱别的不说，当务之急是给我三哥弄个全尸，不然的话，光有身子而没头，怎全他的亡灵呢？"

"孩子，你说得对，有什么高见？"

"四大爷，我没什么高见，只有一个字——'打'，我初来乍到，寸功未立，我请四大爷您答应我，今天晚上，我就要夜探叠云峰，把三哥的人头请回来。"

"孩子，这不行，你刚出世，有很多事情摸不着门儿。八宝叠云峰不是一般的匪巢，都是江湖巨寇，海洋飞贼。为了开人头会，他们还请来不少帮手，你一人怎么行呢？你若回不来，我可对不起你爹。孩子，你先在这住几天，咱们再从长计议。"

芸瑞站起来道："不，四大爷您这话是不相信我，当然，我也没什么能耐。咱爷儿俩打个赌，明天天亮以前，我就回来，要是没把我三哥的人头请回来，拿我的人头是问。您看怎么样？"

众人一听挺不高兴，心想：这是个小白玉堂，白老五又回来了。白玉堂就是这样，你要是说西，他非说东；你认为这事不保险，他非说可以，不然怎么能死在冲霄楼铜网阵呢！眼前这个白芸瑞也是这样，你越说狼牙涧危险，他越要去不可，言下之意是别人都不行，就他行。蒋平心里想：这是初次见面，要是处长了，我得狠狠地教训他，哪能这样呢，难道我们这些人都是饭桶，我们不想把徐良的人头请回来？不是为了顾全大局吗，这孩子也太不知深浅了。但是，也有的人不这么想，他们认为白芸瑞有能耐，艺高胆大，不如让他去，也许能成功。

蒋平问："芸瑞啊，你觉得有把握吗？"

"有。"

"好，那你一人去我们可有点儿不放心，有道是一个人死，两个人活，我给你配个帮手，你看如何？"

"四大爷，我不是不相信别人，我觉得一人方便，俩人累赘。"

"好吧，既然你有把握，就一个人去，还是那句话，办到就办，办不到就回来，咱们另想良策。谁也不会笑话你。"说完之后，大家饱餐一顿，随便谈了一会儿闲话，芸瑞就把小包拿过来，告诉大家："你们耐心等我的消息，谁也不用挂念。明天天亮之前，我肯定回来。"看他有这么大的把握，谁也不好说什么了。

芸瑞换上夜行衣，蒋平一看这夜行衣有点儿不痛快。夜行衣是一种保护色，一般都是黑的，因为天黑好隐蔽，不容易被发现，但白芸瑞的夜行衣是白色的。四爷心说：怎么这玩意儿也跟他爹学呢？就见白芸瑞全身上下紧凑利落，这小子本来长得就英俊，再穿上这夜行衣更显得威风潇洒。但不管怎样，四爷心里明白，这是个骄傲的小子，如果能把徐良的人头请回来是好样的，如果请不回来，碰了钉子，再慢慢说他。

白芸瑞收拾好衣物，背后背着亮银盘龙双戟，腰巾上挂着金丝龙鳞闪电劈，斜挎百宝囊，跟众人告辞。蒋平、展昭、智化一直把他送出葵花冈，再三叮咛。白芸瑞一乐："四大爷，您的心意我领了，您就好好休息吧。"说完往下一探身，犹如一道白线踪迹不见。蒋平这才领大伙儿回店休息。

芸瑞虽然没进过山，但已经向众人了解过地势，艾虎也向他作了交代，他胸中有数。白芸瑞边走边盘算，从什么地方上叠云峰，怎么下手。他大话说出去了，办不好的话，连他爹都跟着丢人，三位师父算白教了。他得露一手，让别人知道老白家没有饭桶。他一边想，一边加紧脚步，很快就按照别人告诉的路线从百丈岩进了叠云峰。白芸瑞飞檐走壁，爬山越岭不费吹灰之力，比狸猫还快，声息皆无，神不知鬼不觉就进了大寨。他从墙翻进去，四外探望，找来找去就找到了分赃厅，这房子很高，灯火明亮，很显眼，白芸瑞脚尖点地，飞身上房，双脚倒挂，通过窗户往里观看。此时天气正热，窗户全开着，从外往里看得很清楚。就看见里面坐着有三五百人，白的、黑的、俊的、丑的、高的、矮的，什么样的都有。正中央并排放着两张桌子，坐在寨主位上的是半翅蜂王典，下首坐着个红脸老者，挎着七星折铁宝刀，五官相貌挺忠厚，一表人才。芸瑞心想：不用问，这就是二寨主电光侠霍玉贵。他一看和自己动手的那个飞剑仙朱亮也坐在人群之中，再往下，他都不认识了。他一琢磨，要听心腹事，得听背后言，我先听听你们在谈论什么。就听朱亮大放厥词，正在述说白天之事，现在他帽圈也摘了，换了套衣服，正说白芸瑞。有些人也不知道跟着笑什么，一看飞剑仙朱亮太惨了，成了个秃头，要多难看有多难看，谁也没见过朱亮败得这么惨。

"小兔崽子，我跟你没完，非报这一刀之仇不可，我原来以为小毛孩子没什么能耐，哪知道这一交手，他给我来了个出其不意。"

白莲花晏风也插言："老剑客，您说得对，要凭您的能耐，八个白芸瑞也不行。别说您，就是我跟他交手，也未必让他讨便宜。君子报仇，十年不晚，您别着急，我们经常能见面，到时候我们把小兔崽子捉住，扒皮、抠眼、挖心，给您老人家出气。"

“对！”还有些人直喊：“白芸瑞算什么东西，他能耐再大能有白眉徐良厉害？徐良都死了，何况他呢？无名小辈犯不上跟他生气。”王典、霍玉贵也在劝他。作为大寨主和二寨主能不说几句话吗？白芸瑞在房上一听，暗自咬牙。心想：你们把我挖苦急了，我就让你们见识见识，让你们知道我白芸瑞是何许人也，让你们也知道我师父就是白云剑客夏侯仁，我就是未来的总门长。白芸瑞热血沸腾，真想喊一嗓子，下去杀几个才好。又一想：不行，我是为我三哥的人头而来，要先把人头弄到手，然后再算账。这么大的叠云峰，人头放在何处，我到哪儿去找？一会儿天亮了，就来不及了。

芸瑞心里正着急，就见王顺向王典一抱拳：“大寨主，今天我想起一件事来，我看开封府的帮手越来越多，早晚会有一场凶杀恶斗，请大家都做好准备。”

王典一听，仰面大笑：“各位都放宽心，本寨早已布下天罗地网，谁敢进我的叠云峰就叫他有来无回。”

王顺说道：“大寨主，据我看，咱们目前还得把徐良的脑袋保护好，开封府的人千方百计要把徐良的人头弄回去，咱们还要用这脑袋开人头大会呢。请帖都散发下去了，转眼就是七月十五啊，如果人家都来了，咱们没有了徐良的脑袋，这不当众出丑吗？您老人家千万要留神啊。”

“王顺，你放心吧，那颗脑袋我怕腐烂，早就用药水泡上了，藏在后山的仙人洞里。别说有人看着，就是没有人看着，谁又能进得去呢。这事你就不用管了，我早已安排好了。”

“好，大寨主，既然您都安排好了，我们自然就放心了。”白芸瑞在房上一听，心里一惊，哎哟，闹了半天，在后山仙人洞，这洞在哪儿我还不知道呢！盗人头要紧，回来再和他们算账。芸瑞想到这儿，就从后房上跳下来，赶奔后山。

他一想：我得捉个俘虏，问个明白，不然，我瞎闯怎么行呢？要说捉个人，那不是现成的吗。他到后院，跳到墙上，就像猫捕老鼠似的在那儿看着。他发现底下打更的过来了，敲梆子的在前边，敲锣的在后面。正好敲锣的这位说：“王二哥，您先走一步，我在这儿方便方便。”

“快点儿！”

“我这两天闹肚子。”敲梆子的那位就走了，敲锣的这位把锣和锣锤放下，就进了草丛。芸瑞一看机会来了，就利用这一刹那，飞身跳过去，还没等那敲锣的明白是怎么回事呢，白芸瑞使了个黄莺捏嗉，伸出三个指头就把他给掐住了。

只这一下，他两眼就翻上去了，喊也喊不出来，叫也叫不出来。芸瑞把他往胳肢窝一夹，找了个僻静之处，把他放开，好半天，他才喘上来气。他刚一明白，芸瑞就把刀压在脖子上："别叫！叫一声，我宰了你。"

"爷爷饶命，我不叫。"

"咱二人无冤无仇，只要你告诉我实情，我就把你放了。"

"什么事？"

"仙人洞在什么地方？"

"就在后山。"

"说具体点儿！"

"您往后走，出了中平大寨的最后一道墙，前面就是山坡，您再往前走不到二里地，有一个大山丘，好像个馒头在那儿放着。到跟前，您就看见了，有一道山缝，旁边刻着'仙人洞'三个字。"

"你再说一遍。"他又重复一遍，芸瑞牢记在心，就问他："仙人洞是干什么的？"

"是一处名胜古迹，里边据说有仙人。自从我们大寨主占据之后，经过改装，里边安了消息儿、埋伏，还搁了一些值钱的东西。另外我听说徐良的脑袋也搁到那里边了，怕别人偷去。别的我就不清楚了。"芸瑞一听，他说的是真话，就问："你姓什么？"

"我姓赵。"

"我本应把你放了，但我放了你，非坏了我的事，到那时候可就麻烦了。谁让你当贼了？对不起，我得送你回老家。"

"别……""噗！"白芸瑞跟他爹似的，一瞪眼就杀人，宝刀一晃，人头落地。这地方偏野荒郊，死个人算什么？芸瑞把刀上的血迹擦干，连脑袋带身子拉到草里，心想：第二天发现了，我的事也干完了。他转身赶奔仙人洞。再说打梆子的和打锣的是一对，这个人没了，那个敲梆子的能不找吗？但是芸瑞早算好了，就你找这工夫，我的事也办完了。

白芸瑞按这个人提供的线索直奔后山。从远处看，真像一个大馒头在那儿放着。这儿静悄悄的，一个人影也没有。芸瑞三晃两晃来到山根前，抬头一瞅，这儿就是仙人洞，还刻着字，字都有一人多高，用朱红涂着底。虽然是黑天，借着星斗的光辉也能看清“仙人洞”三个大字。往洞里一看，黑乎乎的，伸手不见五指，对面不见人。白芸瑞稍微犹豫一下，心想：这小子刚才告诉我，里边有埋伏，我可要多留神。可芸瑞又一琢磨，我怕什么呢？我在四川峨眉山跟师爷在谈话中提到过消息儿、埋伏。师爷特别吩咐我师父夏侯仁专门在这上面教了我两个月。春夏秋冬，按照四季二十四节气等方位，消息儿、埋伏我全懂，只要留神，别大意就行了，要不怎么说艺高人胆大呢。白芸瑞仗着胆子进了仙人洞，这个洞不是人工开凿的，是天然的，随着山上这道裂缝，往里边进。不知里边有多深，高一脚，浅一脚，芸瑞不敢贸然迈步。他用宝刀探路，走一步，拿刀探一下地，听听声音，发现确实没埋伏，才敢迈第二步，两只眼睛跟闪电一样，往四外观看，心都提到嗓子眼儿了。在这儿走路太困难了，往里边走，不到五十步就走了将近半个时辰，所幸的是什么埋伏也没遇上。芸瑞回头一看，洞口看不着了，因为有个拐弯，外头的光不能直接照到里头。白芸瑞放心大胆地把火扇子拿出来，“啪”一晃，火扇子着了，借着光亮往里头走。就见里边挺大，能有三间房子大小。芸瑞已经到了仙人洞的中心了，他发现前头有个桌子。桌子上放着一个笼子，里边装着的像个人头。

芸瑞一想：里边是不是我三哥的人头？真有意思，王典就会说大话，哪有人看着？哪有消息儿、埋伏，没想到我白芸瑞真有运气，伸手就把人头拿到了。要是能拿回去，人前显胜，该是多美的事。芸瑞暗自欢喜，来到桌边，他没敢伸手，围着桌子转了几圈，拿火扇子一照，可不是吗？确实是个人头，虽然看不太清楚，也能看出那鬓角在上边挽了个卷，影影绰绰是白眉毛。芸瑞心里好一阵难过，他心中暗暗祈祷：三哥，你要有灵，就保佑小弟请了你的人头。说话间，用手一拿笼子，这下可上当了。能没埋伏吗？他用手刚一碰着笼子，就听脚底“嘎巴”一声，闹了半天，底下就是翻板。不碰笼子没事，只要一动，消息儿就翻，白芸瑞大头朝下，就栽下去了。这坑可真危险，且不说有一丈五六尺深，下面刀尖全朝上，而且在坑底下还养着十几条毒蛇。人要到了下面就串了糖葫芦，然后就喂了毒蛇。

白芸瑞脑袋往下一来，心里想：完了。但是，白芸瑞眼看到底，他赶快舌尖一点上牙膛，空中使了个“云里翻”，一个跟头，头朝上，脚朝下，然后一换气，从坑底下翻上来。就这种功夫，连徐良也办不到，更不要说一般人了。他要不是受过三位老剑客的真传，哪能做到这一点呢？芸瑞“嗖”一声蹦出来，回手一扒坑边，往旁边跳，哪知道脚底刚一落地，还是翻板，第二次又掉到别的坑里去了。这个坑全是污水，芸瑞掉到里边呛也得呛死。白芸瑞心中暗想：不好！这是三环套的埋伏。仗着年轻气脉壮，第二次舌尖顶上牙膛，又一个“云里翻”，蹿了上来。但是，手扒着坑边了，也没劲儿了，身子往下一坠，一滑，芸瑞觉得眼前一黑，完了，我命休矣！可就在这时候，旁边伸出一只大手来，把白芸瑞的手腕子抓住了，就像钢钩一样，抓了个结结实实，把芸瑞从坑里捞出来了。这人拽着芸瑞的胳膊，不容分说，就出了仙人洞，一直来到后山坡。芸瑞觉得两耳生风，这人的快劲儿就别提了。时间不长，这人不走了，把白芸瑞往地上一摔。

因为一点劲儿也没有，一屁股摔在地上，觉得脑瓜子嗡嗡直响，眼前金灯乱晃，什么也听不见、看不清，好半天，才恢复理智。我怎么活过来了，对！有人救我。芸瑞想到这儿，就想找找这恩人是谁。他站起来回头一看，这人就在他身后站着。还没等芸瑞看清楚是谁，那人就抡起巴掌“啪”照着芸瑞腮帮子就打，把芸瑞打得一栽，差点儿趴下。他眼眉刚立起来，结果又回到原位了。他这才看清，背后站的正是老恩师凌空和尚。

芸瑞纳闷儿，我这不是做梦吧，怎么我师父也来了？腿一软，跪下了：“师父，您……”

“阿弥陀佛，芸瑞，你多大胆子，找死啊！要不是为师来得及时，哪有你的命在？当初下山之时，我们怎么嘱咐你的？戒骄戒躁，你早就忘了，把什么都看得无所谓，就拿今天来说，我要不暗地之中跟着你，死是小事，我们老三位日夜手把手地教你，多少年的心血岂不付诸东流！”

一席话把白芸瑞说得骨头都酥了，汗珠子也滴下来了：“师父，您打我吧，狠狠地打，我就是一心想盗人头，别的都忘了。”

“这件事我回去不跟你师父夏侯仁提，如果告诉他，他一怒之下，断去师徒感情就不能要你了。”说着把白芸瑞搀起来。

芸瑞眼泪掉下来了，觉得心里还挺委屈。凌空和尚态度和蔼下来：“孩子，你听我说，你前脚下了四川峨眉山，你师父夏侯仁就把我找去了，让我把别的事全放下，暗地之中保护你，你说，替你想得多周到，就怕你初入江湖再摊上事。这一路上，我跟你跟到现在，你办的一切事都瞒不过我。老实讲，你在店房里自告奋勇要取徐良的人头是对的，但是，蒋平说你的话也值千金。你瞅瞅，你把脑袋一晃，胸脯一挺，取不来徐良的人头，拿我的人头是问，你这命怎么这么不值钱，你说这话的时候，不怕伤了众人？难道三侠五义、小七杰、小五义，那么多高人都不如你？那会儿我就想揍你几巴掌，可我一想：如果那会儿揍你，你肯定不服气，我叫你碰碰钉子，就暗地之中跟你进了山，你进仙人洞，我也来了。要不是为师把你的手抓住，你掉到坑里，还能活吗？你这条小命早完了。孩子，切记戒骄戒躁，骄者必败。”

“师父，从今往后，我再也不骄傲了。”

“好吧，光说不行，我还得看你的行动，今天这事就放在一边。”

“师父，我还有点儿事要办。”

“什么事？”

“你老人家奉命在暗中保护我，我是感激不尽，但是我来了，你总不能让我空手回去吧？我在大庭广众之下说了大话，您说这人头拿不回去，怎么交代？我个人是小事，师父们岂不是也跟着丢人吗？你们费了这么多年的心血，教出一个饭桶来，你们脸上也不好看。”

“阿弥陀佛，你小子点子还不少。按理说今天的事我不该管，但是你说的也有一定的道理，为师帮你去取人头。”

“谢谢师父！”

把芸瑞乐得刚要磕头，被凌空拦住了：“用不着多礼，孩子，我把实底告诉你吧，咱们同时进山，你先走一步，我随后就到。但是我已探听到真情，仙人洞里的人头不是真的，黑天你看不清楚，那是蜡做的。”

白芸瑞一听，不相信。

“那打更的不是两个人吗？前边走的是敲梆子的，后面是敲锣的，你把敲锣的人捉住杀了，为师把敲梆子的那位给捉住了，从他嘴里知道这些情况。这里边是蜡制人头，是幌子，真的不在这儿，为师已把敲梆子的那人结果了，不然的话，他能不到前边送信儿吗？那岂不就坏了咱们的大事。”

白芸瑞一想：还是我师父想事比我周到得多。我原以为这事挺好办，到这儿把人头抢到手就走，闹了半天这么复杂：“师父，真人头在哪儿？”

“我也问了，据那敲梆子的说，他也不知道搁在什么地方。此事只有几个人知道，大寨主王典，二寨主电光侠霍玉贵，还有朱亮等人，其他人一概不知。”

“那怎么办呢？难道说咱爷儿俩白来了？”

“岂有此理，我就要从这几个人口中打听明白，不但跟他们打听，还得叫他们帮忙。”

芸瑞一听，心说：我师父又上疯劲儿了，怪不得叫疯僧醉菩提呢。一会儿明白，一会儿糊涂，这几个是咱们的仇敌，你问他，能告诉你吗？更不用说帮忙了。凌空看出来了："芸瑞，你不相信？你不了解内情，如果师父告诉你全部内情，你就明白了。废话少说，抓紧时间，快跟我走。"芸瑞也不敢问，凌空和尚拉着他，又奔前山来了。就仗着腿快，跟闪电似的，不然，往往返返这一晚上就过去了。

这回来到前寨左侧，有一座小寨，树林环绕，一个小院，黑门楼，里边有几间房，门前挑着红灯。凌空把芸瑞领到这儿，不走门走墙，爷儿俩飞身上了墙。天热门窗都开着，这小院的房屋也不例外，窗户也开着，屋里点着灯，在灯光之下坐着一个人，这人刚从大寨回来，衣服挂在墙上，正在品茶。

凌空偷偷告诉芸瑞："孩子，要想知道真情，必须问他！"

第五十回 盗人头芸瑞入虎口 平匪巢蒋平派兵将

白芸瑞往屋里一看这个人，把他吓了一跳，他真是做梦都没想到，这个人正是叠云峰的二寨主电光侠霍玉贵！就见他在这儿坐着独对孤灯，眉头紧锁拧了个疙瘩，手拈须髯在这儿品茶。衣服在墙上挂着，腰里挎着七星折铁宝刀。芸瑞就问师父："师父是不是看错了？这……不是霍玉贵吗？他能告诉您徐良的人头在哪儿，还能帮忙？"

"对，我找的就是他。孩子，你不知道的事儿多得很！你就跟为师来吧。"说话间就见疯僧醉菩提凌空双脚一跳飘到院里，芸瑞紧跟着。爷儿俩来到窗台跟前，凌空压低声音："阿弥陀佛，霍寨主一向可好？贫僧到了。"电光侠看得清清楚楚：窗口站着一个和尚，一个俗家，而且看出了是疯僧醉菩提。

他先是一惊，接着站起身开门出来，到凌空近前撩衣服跪下："恩人从哪儿来？院中并非讲话之所，里边请！"老和尚一笑，点点头拉芸瑞进了屋。

霍玉贵没进屋，回过身去吩咐："来人！"

便过来七八个人问："寨主有何吩咐？"

"把大门拴牢看好，没有我的话任何人不准出入。我这儿有特殊的客人需要招待。"

"是！"这些心腹人全明白了，把这小院守得很严密。霍玉贵这才放心进屋请凌空和芸瑞坐下，他在旁边垂手一站。

凌空乐了："老僧深夜前来搅动寨主于心不忍，你怎么不坐下讲话？"

让了半天霍玉贵这才坐下，又问："恩人从何来？"

"老僧云游天下四海为家，哪儿不兴来？我今晚是从葵花冈开封府的临时公馆来。”

“敢问这位……”电光侠一指白芸瑞。

凌空没有隐瞒，爽快地告诉他：“他是我的徒弟、白玉堂之子白芸瑞。”

“啊，就是白天大战飞剑仙、刀削朱亮头巾的那位？”芸瑞点点头。

“白公子，失敬了！”白芸瑞真有点儿糊涂了：这意思霍玉贵跟师父感情不错，是有深交的多年熟人，不然谈话能这么随便，一点儿隐讳都没有？

凌空确实是霍玉贵的救命恩人。他原是湖广武昌府江夏县八宝安善村霍家寨的人，幼年就学武、结交江湖上的英雄，故此他成名当了侠客。就因为练武，霍玉贵把万贯家财挥霍一空，后来就落他一人。为了练武他连媳妇都不娶，走遍江湖到处访名人。

十五年前，霍玉贵走到黄河渡口钱花没了，一着急病倒在店房，一头扎在床上起不来了，把带的衣服全部当卖一空。有钱住店，无钱搬家。霍玉贵躺在床上起不来，还得吃药，又得还账。后来实在没有可卖的了，就跟店掌柜的哀求：“我身边就剩一把宝刀了，你把它拿到集上卖了，卖的钱我还你店饭账，剩下一部分我养病，病好后我马上离开。”

店掌柜一听只好如此，就拿着他的七星宝刀到街上去卖。事儿也巧，正好疯僧醉菩提凌空出来化缘路过黄河渡口，他看这儿围着一伙人，探头一看是卖刀的。别人是外行，光看不买，另外也买不起。凌空是武术大师，见兵器能不爱吗！他拿过这刀来仔细一端详，七星折铁宝刀。这口刀虽不敢说是上品，但这也是了不得的东西，什么人能舍得把它卖了呢？万两黄金也买不来呀。

他问这掌柜的：“这刀要多少钱？”

掌柜的说：“你看着给吧，能给二十两银子就行。”

凌空一听这是个外行。二十两，二百两也不卖啊！老和尚说：“这刀我买了。掌柜的，这刀是你自己的吗？”

“不是我的，我一见这玩意儿都害怕。我是王家老店的……”接着他把霍玉贵住店生病又无钱的情况叙述一番。

凌空说：“你领我看看这个病人，贫僧内外两科全会治，倘能治好，他早早离开这个店岂不更好吗？”

掌柜的高高兴兴地把凌空领进客店，一看霍玉贵病得真不轻，原来得的是伤寒症。凌空也住下为他看病，亲自护理。和尚自己花钱抓药、煎药，使电光侠霍玉贵身体逐渐恢复，又过了一个多月病好了。

霍玉贵没想到，身落异乡居然遇上这么个好心人，跟人家一不沾亲二不带故，人家侍奉我，救了我这条命，我得怎么回报！他病好之后就问："恩人您是谁？"

凌空也没隐瞒："贫僧是屏风岭少林分院的住持僧，人送绰号'疯僧醉菩提'，我叫凌空。"

霍玉贵一听脑袋"嗡"的一声：少林八大名僧的第三位！早就听说过但没见过。这么高身份的人把他给救了，把霍玉贵感动得哭了："老罗汉，您对我的救命之恩怎么答报于您呢？"

凌空一乐："我是出家人，普度众生、大慈大悲，救一个人不算什么新鲜事，你也不要太客气了。我认识你这样的人也挺高兴，这是你的刀，还给你。要不是那天我在街头上看见，就错过这个机会了。"说着把七星折铁宝刀又还给霍玉贵，这让霍玉贵越发感激。

临分手时霍玉贵说："老罗汉，将来我混好了，一定到庙上看您去，请放心，我是个有良心的人！"他这么说的也是这么办的。

三年以后，他到了叠云峰狼牙涧投靠了半翅蜂王典。由于他有能耐、侠客身份，很快就当了二寨主。霍玉贵为人正派，坚决主张公买公卖，不调戏妇女，不奸盗邪淫，但对贪官污吏绝不留情。他说我们这些人都是走投无路被逼的，平日咱们应自重自持。王典也乐意这样，所以俩人处得非常近。

等他当了二寨主有了钱、地位和势力以后，他没有忘记凌空的恩情，带着重礼去了屏风岭，赶上凌空正在，他跪在山门外非要送礼不可，凌空坚持不收。

老和尚说得好："当初我救你是巧遇，我不图你送礼。你就是送多少礼也买不了这条命，这是何苦？"

一而再再而三的拒绝收礼，霍玉贵不知怎么是好，说："我怎么能报得了您的恩呢？"凌空说："人生在世没有不求人的时候，倘若老僧遇上了为难的事去找你，你帮我的忙；如果我不找你，这事儿就算了。"

霍玉贵对天盟誓："老人家只要遇上困难，您找我，脑袋掉了二话不说，不管什么事，我一定替您办！"话说完二人分了手，之后凌空一直没有找过他。

但这事儿太巧了，两座山到不了一块儿，两个人却有见面的机会。阴差阳错，今天凌空真找到他头上了。为什么老和尚心里那么有底儿又那么理直气壮？白芸瑞哪知道这些内情啊？

凌空知道霍玉贵是有心的人，心说：我不叫你干别的，就问你徐良的人头放在什么地方，你能驳我的面子吗？他有这个把握，故此直接来见霍玉贵。霍玉贵也不食前言，对恩人格外尊重。

凌空一说从开封府来，别人知道这还了得？霍玉贵冒着你死我活的危险绝对替凌空保密，明知道白芸瑞跟山上那些人打得眼都红了，见着面没有二话就得动刀，但是看在凌空的分儿上也像贵宾一样招待白芸瑞，一句假话也不说。

霍玉贵问："老人家，无事不登三宝殿，您又是从公馆来的，大概有重要事情吧？您有话只管说，凡是我能办到的！"

"阿弥陀佛！霍侠士，贫僧确实遇上为难的事儿了。咱俩无话不谈，我不要求你干别的，你给我帮个小忙行不行？"

"请说。"

"我这徒弟芸瑞进山，想取回徐良的人头，但却不知道你们把人头放在什么地方，你能不能指点个方向帮我们办成这事儿？真要办成了，你放心，下不为例！我绝不给你找麻烦。我对你的救命之恩你就算补报了。贫僧就要求这么点儿事儿。"霍玉贵心里一翻个儿……愣了一下，这事真感到为难：他跟王典的关系也不错，一个头磕到地上了，哥哥长兄弟短的，这些年俩人形影不离，没有王典哪有霍玉贵的今天！现在王典恨开封府恨得别提多厉害了，我再背着他把徐良的人头给了这二位，王典将来知道了拿我当什么人！我简直是吃里爬外的势利小人了。我背叛了叠云峰青松狼牙涧，绿林人怎么看我？……他脸露难色。

白芸瑞一看便握紧了刀把，用眼睛看着师父。心说：师父看见没？您现在撞了南墙啦，这小子没良心。他要胆敢不帮忙，您嘴一歪歪我拽刀就把他劈到这儿！白芸瑞就讲带打的。

但是凌空挺沉得住气："霍寨主，老僧是自不量力，有点儿太叫你为难了。"

"哎，不！老人家，当初我怎么说的今天我怎么办，您就别管我多为难，是您的话我一定得听。您不就是为人头吗？实不相瞒，后山仙人洞是假人头。那是用蜡做的，就是骗开封府的人上钩。那里边布满了埋伏、消息儿，地下全是绝命坑，掉下去就活不了。真人头不在那儿，但搁的地方可挺难拿呀。您看见聚义分赃厅没有？有一座高台，台后边有八扇洒金的屏风，正当中那两扇门是活动的，打开那两扇门就是墙，墙上有个暗壁，打开那暗壁门有个地道通到后面，这地道下头有个小笼子，徐良的人头就在那儿搁着呢。这都是王典的主意，我们几位往台上一坐，屏风门一关，墙上的暗门再关上，谁能想到人头在那儿搁着？而且那儿白天晚上不离人，谁能进去偷这人头呢？是谁也做不到啊。可当着王典的面我怎样下手呢？老人家您说，如果需要我翻脸，为了报您的恩，我宁愿死也得办！”

“阿弥陀佛！行，够意思！够朋友！你能把实底告诉我，老僧我就感激不尽。冲你这么一说我就明白了，恐怕你帮着下手不是容易事，我也不能叫你得罪王典。好吧，话问清楚就得了，至于我们怎么盗这个人头，你就甭管了。告辞！”说着站起身来往外就走，芸瑞紧跟着。

霍玉贵一把拉往凌空：“恩人的意思是非得盗徐良的人头？”

“当然。非盗不可！迫在眉睫，今天晚上就得做到。”

“啊呀，方才我回来的时候王典还和众人议事，恐怕这一晚上他们都不会离开分赃厅。那儿老有人，您怎么个盗法？除了走屏风门之外没有第二条道可进，恐怕您办不到。”

“这个你就甭管啦！多谢，咱们后会有期。你放心，你对得起我，我就对得起你。”霍玉贵不敢多问，一直把他们送到院里，凌空和芸瑞头一晃上墙跳到院外。

这师徒二人来到一片密林里头，芸瑞就问：“师父，现在您相信他说的话？”

“相信，这人绝不会骗我。”

“但愿如此。即使他说的是真的，您想怎么取这个人头？”

“孩子，这就要看你的啦，说大话的是你呀。我是暗中保护，只能给你打帮手，要取人头的也是你。你看此事该怎么办吧？”

“这个……师父，我有个冒险的打算：看来暗中下手已不可能，我打算……如此这般这么办，您看行不？”

“嗯，跟为师想到一块儿去了，我看你学的本领真能用上不？不行，有为师给你帮忙。”

“遵命！”

爷儿俩商议完起身奔前大厅，此时正是三更三点，除了大厅灯火辉煌，一般人已经熟睡了，周围静悄悄的。他们到了大厅，脚踏瓦垄、身形伏好了往下看：那半翅蜂王典还在当中坐着，大厅里仍然有二三百人，商议七月十五的人头会，如果高人们来了怎样安排住处、如何招待。因为日期眼看就到了，王典请的人也多，光成名的侠客就有一百以上，招待这些人是个大问题，稍微有点儿不周到叫人家挑了理，往后就不好办了。

师徒俩听到这儿，芸瑞轻声请示师父："我可以行动了吗？"

"马上去！"芸瑞不管凌空了，飞身跳到院外，转身奔聚义分赃厅的正面。在门口这儿有两个站岗的，个头很大，像哼哈二将似的。因为太晚了，这俩人有点儿困；别看在这儿站着，却一个劲儿打瞌睡。芸瑞趁机到左边那人身后，这位比自己高出一脑袋。他掌中闪电劈一横，把这位连帽子带头发薅住了，不等他明白过来是怎么回事，右手一推就把人头给切下来了；对面那个激灵地"哎"了一声，那意思是问怎么回事，还没等看明白，被白芸瑞一刀刺进前心——也死了。

与此同时，芸瑞往里一纵就跳进大厅，那帮人正在里头议事，谁注意这个。

白芸瑞抓紧这机会把掌中的人头一晃，对准座儿上的半翅蜂王典就撇过去了。王典低着头正跟朱亮他们议事呢，听外面声音不对，扬头一看蹦进来个小伙子，一扬手一个东西奔他来了，吓得魂不附体，"啊"的一声甩脸闪身往后一躲，这人脑袋没有砸着他，正砸在后面的屏风门上，"叭！——哗！"把屏风砸倒。由于芸瑞用力过猛，不但把屏风砸倒，把墙上那两个暗门也给砸开了。白芸瑞浑身都是胆，说时迟那时快，人头出去他身子就动，跟着人头就窜进暗门，这一下大厅就开锅了："飞进一个人来！"

"进去一个人！"

白芸瑞一下跳到里边一看，墙壁上有灯，迎面一张桌子上放着个笼子，里边正是一个人头。他明白这就是徐三哥的头。成不成功在此一举，伸手提人头转身往外走，飞身跳出地道，把两旁的贼全给惊住了，一个个瞪着眼直着脖子，谁也没动，都被这突如其来的情况惊呆了。人们还没有弄清是怎么回事儿，也没有看清是谁，就见屏风门一开进去一个人，一道白光又出来，大伙儿一愣的时候谁也没有动手。也该着白芸瑞露脸，他拎着徐良的人头出了聚义分赃厅，这帮贼才明白过来："啊呀，有人来偷徐良的人头！"

"这小子是白芸瑞，别让他跑了！"等他们各拉刀剑来到院儿里，小达摩已经踪迹不见。哪儿去了？拎着徐良的脑袋飞身上房找着他师父凌空，爷儿俩一块儿走了。

凌空把白芸瑞领到没人的地方用手拍拍他的肩膀："罢了，孩子你还真有出息，今天这活儿做得是真漂亮，为师我算服了！事情办成了吗？"

"办成了。老人家请看！"说着把小笼子往前一递。

凌空看罢多时一皱眉："阿弥陀佛，善哉善哉！"

他用手指点着徐良的人头："徐良啊徐良！可叹、可叹！才二十几岁就死了。武林中真是少了一颗明星啊！"又对白芸瑞说："孩子，我护送你一段路赶紧回葵花冈，为师就告辞了。"

白芸瑞一听傻了："师父要走？"

"是，我得回峨眉山呀，见着你师父夏侯仁把你的情况向他禀报一遍，他还非常担心，正等着我的回信儿呢。"

白芸瑞这心里头热乎乎的，很不是滋味："师父这次分别何时才能再见面？"

"不好说啦，总而言之你要切记，不管师父在不在你身边，你都不能骄傲，别忘了骄者必败。每做一件事你都要慎重考虑，千万莫忘！"

"师父放心，这回一定记住。"

凌空和尚叮咛再三，然后把他送出叠云峰。老和尚走了，白芸瑞带着徐良的人头回到葵花冈，到公馆天已经放亮了。正好艾虎当班，他领着人巡逻，一看芸瑞就乐了："老兄弟回来了！"

白芸瑞紧走几步躬身施礼："五哥，我回来了。"

"昨天晚上怎么样？"

"大获全胜，马到成功。我把徐三哥的人头请回来了。"

艾虎一听喜出望外，伸手接过徐良的人头，小义士眼泪就掉下来了："哎，三哥！……"他这一哭，白芸瑞和所有的人也掉眼泪了。门口这一乱，公馆里的人也听着信儿了，急忙禀报蒋平，蒋四爷率老少英雄都从屋里边出来。大家围住白芸瑞，看他平安回来无不高兴，把芸瑞让进屋听他把经过讲述一遍。众人一听又惊又喜：惊是惊芸瑞深入虎穴遇上了危险反倒转危为安，喜是喜大获全胜把徐良的人头请回来了。

蒋四爷频频点头："好吧，现在咱们就办一件事：把棺材打开，让徐良落个全尸；找个皮匠把人头缝到脖子上，这也算对得起死去的亡灵啦。"大家都同意蒋四爷的提议，老少英雄忙上了。

到了后院，把徐良的棺材抬下来。这棺材盖就那么虚掩着，并没有钉钉子。艾虎和大伙儿把棺材盖弄开，白芸瑞往里头一看，里头就是个尸身，齐齐的没有脑袋，瞅着真吓人。另外，大伙儿提鼻子一闻，也有点儿难闻的气味。现在天气不好，正是热天，尽管采取了许多防腐措施：拿水银灌、抹药，上药、冰镇，不管怎么弄这尸体都在逐渐变腐，因此才有这种难闻的气味。皮匠把手洗干净了，拿根大针和线，把脑袋对到脖子上开始缝。大伙儿围在旁边不住地掉眼泪，众人都聚精会神地看着。

细脖大头鬼房书安从徐良的头顶转到脚跟，从脚下又转到侧面，在人群中穿来穿去。蒋平一看就一瞪眼："书安，你怎么没有老实气儿？老老实实在旁边待着！"

"四爷爷，我可不是多嘴啊，我也不想溜达。方才我正给干老儿相面，我怎么看着不像我干老儿呢？"

房书安这一句话把大伙儿全惊动了："嗯？书安你是说他不是徐良？"

"嗯，我看不像。虽然说死的日子不少了，也有点儿走形，但是我看有点儿不一样。不信，咱们好好检查检查。"话不在多少，击中要害。

蒋四爷眼珠子一转注意上了："啊呀，可不是吗，乍一看是徐良，但仔细一端详，又不是。好像死者的人头比徐良的脸盘儿大；除了眼眉、眼睛、牙齿像，整个轮廓又不那么像。"

四爷问艾虎："虎啊，你跟三哥徐良耳鬓厮磨在一起那么多年，你能记住你三哥身上有什么记号吗？"

"哎，我想想……我三哥头后就是后脑勺这儿有三颗红痦子，痦子上头长的是黄色的毛，没事儿他洗头的时候我们就拿他开玩笑。有一次我给拽了一根黄毛儿下来把他疼得够呛，还打了我一巴掌。"

"你记得清吗？"

"那还错得了？"

"快看看！"众人全围过来了。把人头拿出来翻了个儿，分开头发看他的后脑勺儿：没有！蒋四爷眼睛就瞪大了："虎啊，你看看在什么地方。"

"就在这儿……哎，怎么没有？"人们更怀疑了。

霹雳鬼韩天锦也挤过来说："四叔，我再说一样：老三的后腰上有块紫痣，我以前洗澡时见过多次，有巴掌那么大，像个葫芦。"又把尸体抬出来扒掉衣服一看，没有。小五义的弟兄向大家提供线索，尽量找徐良从头上到脚下的记号，提供了十几样，一样也没有。蒋平马上作出结论："我们上当了，死者不是徐良！”这一下公馆里的人奔走相告，大家全集中到后院儿，人们这心都跳个不停：这个不是徐良，徐良上哪儿去啦？好几个月这人没影儿，活不见人死不见尸，这不是新鲜事？那这是谁呀，即使他不是徐良也得有个原因吧！大千世界无奇不有，大伙儿都盼着徐良没死，如果徐良还能回来那可是天大的喜事！

蒋四爷拉着白芸瑞的手："孩子，你算立了大功啦，你给我们解开了这个疙瘩。我告诉你，这不是徐良！你三哥肯定还活着，我敢保证你们弟兄还有见面的机会。"

"是吗？"白芸瑞也高兴了，"要是那样实在是太好了！"

蒋平说："这尸体不管是谁，有待调查。还是把他装殓起来，把脑袋缝在脖子上，将来说不定能找到他家人取走尸体。"大伙儿一听就照办了，拆掉灵棚劈了牌位。这些日子大伙儿眼泪流了多少桶，好些人几乎哭死！结果是一场虚惊。人们对这事儿议论纷纷。白芸瑞一夜没睡，大家找间空房让他好好歇着。蒋平放话：三天之内任何人不准出门！

三天后白芸瑞精力充沛了，蒋平传话："老少英雄开紧急会议。"另外把那位大老爷、副将李勇也请来了，因为他是带着三千军兵帮助开封府捕盗抓贼的。会议作出决定攻打叠云峰狼牙涧，端贼窝子，大家一致同意。弟兄们摩拳擦掌等待厮杀，一个个都到蒋四爷身边请战。

四爷笑呵呵地看看副将大人："我们打算明天去端贼窝，您可就得多出力啦，但不知您三千军兵怎样分派？"

"四爷，我都想好了。连日来我勘察了地形，对八宝叠云峰青松狼牙涧我心中有底，还制定了一张草图，请您过目。"

副将大人不愧是领兵带队的，把草图往八仙桌子上一放，指着说："四爷请看，这是叠云峰正面山口，我准备用一千军兵从这里抢占山寨，再派一千人马攻打后寨，另外一千军兵分两部分攻打它的左右两侧。我不跟四爷吹，我手下这三千兵马可以当三万人用，因为这都是严格挑选出来的精兵。就等您一声令下，我们猛扑山寨了！"

"好！你们另外还有什么攻山的重火器吗？"

"有。我们已经从武昌府特地运来四门铁炮，前山后山各配备两门做攻城之用。"

"妥啦！神仙难躲一溜烟，这可算帮了我们的大忙啦，就按您的主意办！"

四爷转过脸说：“弟兄们，大伙儿听见没有？军兵可都准备好啦，现在就看咱们的了。芸瑞！”

“在！”

“你现在是顶梁柱，你跟着我，还有展昭展大兄弟、小五义的弟兄，咱们攻打前山。”霹雳鬼韩天锦、玉面专诸白芸生、小义士艾虎、粉子都卢珍一个个兴高采烈。

蒋平一点手把黑妖狐智化叫过去：“兄弟！劳你的驾领着小七杰配合官兵攻打后山，意下如何？”

“没说的！四哥放心，把这事儿就交给我了。”笑面郎君沈明杰、义侠太保刘士杰、超水燕子吕仁杰、小元霸鲁世杰、红眉童子柳金杰、金眉童子柳玉杰、井底蛙邵环杰全交给智化。余者，像勇金刚张豹、双刀将马龙、开路鬼乔宾、蒋昭、圣手秀士冯渊、邢如龙、邢如虎、小侠龙天彪等众人，配合官兵攻打叠云峰的两翼。在这里还有几位高人：红文女侠客、南昆仑司马珍、日月飞行小太保钟林，这些人配合官兵搜山，如有漏网的贼寇叫这些人负责，大家欣然领命。

一一安排完了，蒋平让大家早早休息，让副将李勇回去调动军兵，吩咐这件事一定要严守机密，不能走漏消息，山上要是先做了准备可就麻烦了。散会以后大家分头行动。这一天人们过得紧张而又愉快，到了晚上兴奋得有点儿睡不着觉：头一件高兴的事就是徐良没死，人们都盼着这徐良半截腰蹦出来，或是半夜间徐良敲门进屋这才好呢；另一件高兴的事是总盼着攻打叠云峰、端了贼窝凯旋还朝，放几天假大伙儿松口气。

一夜无话，第二天一早，天似亮不亮，按计划几路人马开始出发。蒋平、玉面小达摩白芸瑞、南侠展熊飞、小五义弟兄他们，一共老少十六个人带着一千官兵起身赶奔叠云峰口，刚见亮的时候他们就进了山口。这军兵弟兄拉着大炮咕咕噜噜，马蹄子踩在山路上，清脆悦耳。正走着队伍突然停了，蒋四爷一皱眉：没有我的命令怎么无故停止前进了？“来人！往前面看看怎么回事？”

“哎。”霹雳鬼韩天锦压着镔铁大棍奔前面去看。

时间不长回来说：“四叔，怪不得大伙儿不走呢，那儿坐着个和尚拦住了去路，说什么也不躲开。我去问，和尚说非见领队的不可，我这才给您送信儿来。”

四爷想：“和尚？这人好大的胆子，敢拦我们的去路。”吩咐让和尚进来。不一会儿，韩天锦和几个军兵领来个和尚，这家伙有一丈挂零的个儿，白嫩脸皮，两道弯眉，一对月牙眼，长了一张笑脸，大耳垂肩，油光满面。看这意思素日营养相当好。身穿灰布僧衣，圆领大袖；腰系丝绦，肥袜，开口僧鞋，斜背着个黄兜子，手里拿着一把拂尘。看年纪也就四十岁左右。蒋四爷不认识他。

这和尚来到蒋平近前上一眼下一眼地看看，双手一合："阿弥陀佛，善哉善哉！施主请了。"

"还礼还礼！师父不必客气，请问师父出家在哪座名山古刹，又怎样称呼？因何拦住我等的去路？"

"阿弥陀佛，请问施主您是哪一位？"

"在下姓蒋单字平，我叫翻江鼠蒋平。"

"噢——久闻大名，四爷，我听说是您带队，故此才要见您。小僧住秃顶山关王庙，离这儿不远。贫僧乃关王庙住持，法号智能。"

"师父见我做甚？"

"贫僧知道一件机密的事特来向四爷告知。"

"什么机密？"

"因为离得都不远，你在葵花冈的一举一动随时都可能传到山上，山上的贼头叫半翅蜂王典，这个人狡猾老练，贫僧昨夜听说他们山上亦已做好充分准备，灰瓶、炮子、滚木、礌石、强弓硬弩将前山口已经堵死了。你们要不去那是便宜，你们要去，就这点儿人还能打得破这座山吗？为此，贫僧很替你们着急啊。我在这儿住了多年，知道一条密路可通到叠云峰的山里，管让四爷不费一刀一枪就能打到他的心脏。不知四爷意下如何？"

"啊呀，那敢情好！智能师父，您不愧是个出家人，您这不是帮我的忙，您这是给大宋朝帮忙。若真的平了叠云峰狼牙涧，我定奏明当今天子，必然要重赏于你！"蒋平说完立刻吩咐，"来啊，给我改道前进！"

第五十一回 翻江鼠失算被困 小达摩刀劈凶僧

兵随将令草随风，蒋平吩咐改道前进，这一千多人离开正道翻开大山了。道不好走，特别是军队和战马，开始时骑着还行，后来干脆没路，无法骑马，都牵马而行。军队带着不少东西，翻山越岭倍加困难，走得大伙儿通身是汗。那个叫智能的和尚在前边引路，走几步回头跟大家打招呼："快了，来来来，随我来。再翻过一架小山梁就是叠云峰的里边了。"

走着走着，白芸瑞撵上蒋平："四大爷，我有点儿事问您。"

"什么事？"

"您认识这和尚吗？"

"我上哪儿认识？初次见面。"

"四大爷，我发现您这人心太实了。"

"此话怎讲？"

"您想想，您跟这和尚初次见面，怎么能轻易听他的话呢！这人心叵测什么样的都有，万一他是山里派来的奸细，咱们可就上当了，您不能不防啊！"

白芸瑞这几句话把蒋平提醒了，他越琢磨越有道理："停止前进！"队伍站住了。"把那个智能和尚给我请过来。"这会儿再找那和尚早已踪迹全无。韩天锦跑到队伍前边一瞅，和尚没有了，知道上当了，回来就报告。蒋平一跺脚这才往四外看看：往前是悬崖绝壁，就是长翅膀飞也费劲；脚下是山道，根本就没有路；两边是像刀削一样的古壁，高有百丈。现在三面都无路可通，只有顺原路回去。

蒋四爷心说：不好，吩咐前队变后队，后队变前队撤！队伍没走出半里地，就听屁股后头地动山摇，弓箭齐发，灰瓶、炮子、檑木、礌石加重火炮把地都震裂了。蒋四爷吩咐："趴下！"大伙儿"呼啦"全隐蔽起来。可怜宋军被这帮贼打得血肉横飞，尸横遍野，原来的归路整个让人家卡死了：大块的石头装在车上从山顶上推下来，谁也出不去；再往前靠拢，人家开弓放箭。

蒋平没办法又吩咐往里头退，刚退到石壁这儿听到一阵鼓响，箭如雨发，人们抱着头又赶紧往回跑，这一拉锯可不得了，一千一百多人死伤近四百，没死的抱着胳膊腿直哼哼，这惨劲儿就甭提了。

好半天稍停一点儿，蒋平一跺脚："完了！大伙儿倒霉倒在我身上。"急得打自己嘴巴，被房书安过来拦住了："行了，四爷爷您就是打死自己也没用，世界上没有后悔的药。待我仔细辨认辨认。"

他前前后后看了看，一晃大脑袋："咱倒了血霉啦，我这才想起来……这叫棺材沟，活棺材！从头到尾三里半长，宽不到半里，眼看咱一千多人算找着坟地了！"

蒋平一看："不活啦，我这领兵带队的太饭桶了！"他一伸手拽出峨眉刺，尖子对准自己的颈嗓就要自杀。

白芸瑞急忙拦住了他："四大爷且慢，您这是干什么？"

"我还有什么脸面活着，我把大伙儿领进绝路犯了不赦之罪，你们别拦我……"大伙能看他自杀吗？死劝活拉夺下了他的兵刃。蒋平一屁股坐在地上："芸瑞，你们大伙不让我死，咱们又怎么出去呀？"

白芸瑞说："留得三寸气在什么都能干，这气儿没了可就彻底完了。你老人家不要急，咱们从长计议。"白芸瑞心里想：我四大爷这半辈子尽当头儿了，我以为他经验丰富，结果是我想错了，我要早说也不至于到这个地方。看来该说的话就得说，一迟疑就误大事。正在他这么想着的时候，就听山顶上鼓号齐鸣，一看那里彩旗飘扬有人影晃动。芸瑞倒退几步细看，认出旗角下一行人，头一个就是大寨主王典，他的上首是霍玉贵，下首是朱亮、三世陈抟陈东坡、紫面金刚王顺、白莲花晏风，还有给他们引路的那个和尚；后面还有不少人看不真切了。

白芸瑞高声喊喝："呀呔！山头上是王典王金龙吗？有种的下来把战场排开分上下、论高低，暗箭伤人不算真功夫！"

王典手捻须髯哈哈大笑，震得山谷回声："白芸瑞、蒋平你们听着，你们已经上了我的当，我把你们困在棺材沟一个也活不了。你们开封府都是人尖子怎么还能吃亏上当呢！本寨略施小计就把你们装进口袋，看来你们还是不行啊。趁你们没死之前，有什么话你留下。不然的话，本寨令箭一发，我让你们死无葬身之地！”

这会儿蒋平也清醒过来了，他也豁出去了，把小脑瓜扬起来看着王典和霍玉贵等人：“嗨！王典哪，我佩服你有两下子，不过有件事我得弄清楚，刚才给我们领路的那和尚是谁？你让他跟我说两句话。”

王典点点头把那和尚叫到眼前，这和尚把身子往外一探：“阿弥陀佛，蒋平！贫僧在此。”

“啊呀秃驴！看在你是个出家人张口念佛闭口慈悲，我认为你不会说谎话这才上了你的当。我且问你究竟是谁，前不久你说的那话是真还是假？”

“好，蒋平！我让你死个明白，前不久的话都是骗你的。实话告诉你，贫僧出家在昆仑山小西天卧佛寺，人送绰号‘粉面伽蓝佛法聪’。我跟大寨主王典有交情，只是贫僧晚来一步。以前的事我没参与，听说你们要攻打叠云峰，贫僧就略施小计骗你们进棺材沟。主意是大寨主出的，是我亲自把你们骗来的。难道你还有什么不服吗？”

“好小子，你叫什么粉面伽蓝佛！有种你下来咱们分上下、论高低，我蒋平战死死而无憾，你敢不敢下来？”

和尚一乐：“大寨主无令贫僧不能下去。”接着哈哈大笑起来。蒋平小眼珠一转：为今之计就得叫他们下来，抓住一个主要的人当人质或许还有一线生路。四爷这坏劲儿也上来了，告诉韩天锦：“孩儿，你嗓子粗声音高，你就给我骂，什么难听你就骂什么，骂一个下来我赏你五十两银子，骂下十个五百两！”

“四叔，那骂得可难听啊。”

“越难听越好。”

这韩天锦手戳大棍扬起脸就一顿骂！一开始骂得还有点儿道理，什么贼人失信、当贼的没有好结果啦，上为贼父贼母、下为贼子贼孙；本身是贼，顶风臭八百里，国法天理不容……后来就带零碎儿了，祖宗奶奶七大姑八大姨。简直难听得合不上牙！韩天锦跳脚叫号：“那和尚敢下来吗？你叫粉面伽蓝，你要不下来，我……”

这一骂把和尚骂急了：阿弥陀佛！这个孽障可恶，哪有这么骂人的，你以为我怕你？想到这儿他来到王典近前：“大寨主让我下去吧，我把这小子舌头割下来！”

王典说：“算了，他们是临死的人垂死挣扎，何必跟他一般见识？有种他就骂，能骂出棺材沟？大师父不要理他。”

“不！那就显得我们山里没人啦，我们昆仑派那也太丢人了。我可不是你山上的人，恕我不能遵命，我非下去教训他不可！”这大和尚非要下去，王典也不好说别的，只好点点头，让喽啰取过几盘大绳子接上，然后拴到大和尚的腰部，“天鹅下蛋”系下去。

临下时，王典再三叮咛：“大师父，绳子我们不撤，事情办完我们再把你拽上来。”就这样把粉面伽蓝送下山峰。等他双脚落地解下绳扣，晃双掌直奔韩天锦。

韩天锦乐得喊：“五十两银子到手了，那就没有我的事啦。”转回身奔蒋平：“四叔，骂下一个来了，记上账！”蒋四爷晃动分水峨眉刺就想拼命。

玉面小达摩白芸瑞过来了：“交给我。”心说：今儿杀死一个够本，杀死俩赚一个，想叫我们死没那么便宜！白芸瑞飞身来到凶僧近前，宝刀一晃亮了个夜战八方藏刀式：“呔，凶僧可知道白某的厉害？”

这和尚把嘴撇得跟个瓢似的：“啊，娃娃你是谁？胎毛未褪乳臭未干你还敢说大话！”

“我叫白芸瑞！”

“没听说过，你也是开封府的？”

“不错，我父亲是锦毛鼠白玉堂。”

“这锦毛鼠当年在冲霄楼见过，浑身都是胆，武艺也不错，但最终死在铜网阵啦。白芸瑞你真糊涂，他那么大能耐都死了，何况是你？你要死在棺材沟，老白家岂不挖苗断根了？贫僧有好生之德，不跟你动手，你回去把刚才骂人的大个子叫来，我割他的舌头敲了他的牙！”

韩天锦在后头骂：“我就不过去。我专管骂人，动手是别人的事。”

和尚一听这火儿更大了：“噢，还有专门骂人的！”

芸瑞一阵冷笑：“和尚别说了，这是分上下、论高低的地方。你把我赢了，死了没说的，要赢不了我，大和尚你也难脱公道！”

“阿弥陀佛，岁数不大敢吐狂言，叫你知道知道昆仑派僧人的厉害。看掌！”一掌奔白芸瑞面门便击，芸瑞一闪身掌走空了。芸瑞刀刃朝上，刀背往下一切他的手腕，和尚不敢怠慢、撤回右掌，左掌使了个单风贯耳，白芸瑞往下一哈身，一掌走空。和尚左脚一抬右脚一伸，点白芸瑞心门，芸瑞来了个倒矛跟头金刚铁板桥，和尚一腿踢空。白芸瑞身子刚直起来，他往前一跟步连着又是好几掌。这昆仑派以勇字当先，专讲究硬功，当场不让步，举手不留情。连着十几个照面儿，芸瑞左躲右闪他没打着。

芸瑞一看他就这两下，心里有数了，便把刀往空中一举高声喝道："凶僧，你往哪里走，接刀！"力劈华山一刀。粉面伽蓝往旁边一闪身，刀走空了，但白芸瑞手腕一拧个儿，刀刃朝左奔和尚脖子，粉面伽蓝往下一低头，刀从上面走空；刚一抬脑袋，芸瑞的刀又回来了："老家伙给我留在这儿！"粉面伽蓝一个没留神，这一刀正好扫在脖子上，"噗"红光一现，人头落地。白芸瑞飞起一脚把和尚的尸体蹬出去，跳出圈外，刀尖朝下这么一顺，和尚的血滴了下来，然后抬脚用靴子底把血迹蹭干净，抬起头来叫阵："王典，你下来，今天小太爷把棺材沟包下了，敢下来的都跟和尚走一条路！哪个敢跟我白芸瑞动手？"

房书安在后头一看："真是我老叔，这两下不次于我干老儿徐良。老叔加油！照这样砍到明天，山里的人就砍光了。"大伙儿不敢乐，全都暗自佩服白芸瑞，手底下真干净！

王典这个后悔啊，大和尚要听我的话何至如此？他本不打算再派人了。可是白芸瑞在底下这一叫阵，有人不爱听了，激怒了三世陈抟陈东坡。老家伙一向目中无人，他对白芸瑞不服："待贫僧下去会斗与他，我赢不了白芸瑞不上来！"王典一看陈东坡也是客人，这怎么办？

"老罗汉您可要多加谨慎。"

"你放心。来呀！给我系绳子！"

陈东坡打心里不服白芸瑞：你们现在还敢如此猖狂，把我昆仑派看得没人了！粉面伽蓝死在他的刀下，将来我回昆仑山怎么向弟兄交代？还怎么叫三世陈抟！王典认为他是客人不便深拦。陈东坡手提金棋盘，双脚落到平地上，先把绳子解开，晃着高大身躯扑奔小达摩。

韩天锦在后头一看："四叔，又下来一个。一百两啦！"芸瑞提刀等候陈东坡，陈东坡先把棋盘晃了晃。这棋盘是镔铁明钢打造的，一面有扶手，另外还有一寸多高的边儿，厚有三分，砸到人身上就把人拍扁了。上面用金水走了十六遍，因此光彩夺目。他身上挂着皮兜子，里边揣着三十二颗金棋子。

"阿弥陀佛，白芸瑞！我要打死你给我昆仑派的门人报仇雪恨，接棋盘吧！”泰山压顶就扑下来了。

芸瑞一看他这武器太特殊，真不好对付，便上步斜身一闪，棋盘扑空了。由于用力过猛，正拍在地上，把两块石头砸成碎粉。陈东坡就像疯了似的，一看没拍着，横着又扫向白芸瑞的腰部，芸瑞本可一哈腰过去，但他没有，相反旱地拔葱往高里纵，棋盘在他鞋底下擦空。芸瑞在空中双手举起金丝龙鳞闪电劈，人跟刀一块儿落下来，奔陈东坡的脑袋就是一刀！陈东坡一看不好，脚尖点地往前一纵躲过了这一刀，两个人转回来又战在一处。这时两方面的人都在这儿观战。这王典一边看一边心中暗想：这个白芸瑞就是第二个徐良，非得把他整死不可，不然早晚是个大祸害！他盼着陈东坡能把他拍死。但霍玉贵想法不同，凌空和尚是他的救命恩人，前者凌空领芸瑞拜望他，他说了徐良人头的地点，后来听说人头果然被盗走了，王典就说山上有了奸细，大发雷霆。但他无论如何也怀疑不到霍玉贵头上。电光侠霍玉贵心里清楚：即使把开封府的人全消灭了，自己早晚和王典也免不了一场争斗。故此霍玉贵从心里往外盼着开封府能赢。他想：开封府真的攻破山头抓住自己也能从轻发落。可朱亮有朱亮的想法：他是外来人，吃人家喝人家的，总觉得不那么理直气壮，他也想露一手取得王典的信任，在叠云峰混把椅子，哪怕是三寨主、四寨主，但从多日同王典打交道他发现，这半翅蜂比较吝啬，始终没开这个口，好像没自己的份儿，他心里也不痛快，他跟陈东坡交情最好，他们一起流落到此，本想在这儿扎根，报阎王寨被破之仇。陈东坡下去他没拦，他也希望好朋友能把白芸瑞打败，让山上人看看，他俩不是吃闲饭的。所以他观阵比较认真，咬牙攥拳全身都在替陈东坡使劲儿。

其他人也有不同的想法，就拿那紫面金刚王顺来说，他知道开封府平山灭寨没有不成功的，因为它有强大的军队做后盾，吊炮攻山谁能挡得住？看来这叠云峰狼牙涧也不会长久。山破了我怎么办？我属朝廷要犯，虽说徐良死了，开封府的爪牙还存在。叠云峰破了我下一步投奔哪儿？他是盼着山上赢。白莲花晏风比他胆儿还小，前些日子晏风把徐良给杀了，把人头拎回来，大伙儿把他捧上了天。七月十五要召开人头大会，无疑要把他摆在前面。王典已经决定，人头大会之后晏风就是山上的四寨主。现在又冒出个白芸瑞来取代了徐良，迟早要找他算账。因此连日来心惊肉跳连觉都睡不好，今儿可盼着开封府的人困进了棺材沟，最好一个也别活着回去那才称意！至于被请来的这些人，有的专门看热闹，坐山观虎斗，人心不齐呀。

闲言少叙，再说战场上的陈东坡，这是个人中剑客，闯荡江湖五十多年，当然不能一下子就败在白芸瑞手下，他们打到八十多个回合没分输赢。陈东坡把眼睛瞪得像鸭蛋大，不住地咬牙切齿。心里说：看那白芸瑞小毛孩子，充其量也就练过十年武艺，能耐怎么这么大？我怎么就赢不了他！这时两人都已出了大汗，在芸瑞来说这是他出世以来的头一场硬仗。他人小主意多，打来打去他假意没注意刀碰在棋盘上。他拿刀背往下一砍，陈东坡的棋盘往上一撩，借着这个劲儿，芸瑞一撒手，刀高飞天空，他转身就跑："啊呀，我命休矣！"有目标地往前一蹿，脚底下蹬块石头，假意一滑，正好趴在地上。

陈东坡一下子把芸瑞的刀绷飞了，他眼前一亮，心说：你没了家伙我就好对付了，再看芸瑞摔在地上他更乐了："娃娃，刚才你那么猖狂，眨眼之间你就不行啦！"他蹦过来举起棋盘就往下拍。

白芸瑞趴在地下，一只胳膊托着腮，一条腿蜷着，另一条伸着，侧着脸盯着陈东坡，这一招叫卧看巧云式。陈东坡的棋盘眼看要落下来了，就见玉面小达摩胳膊肘拄着身子悬起来，胳膊肘当轴，两条腿抡开踹陈东坡的小肚子，这一招叫顺风扯旗。说时迟那时快，陈东坡再想躲就来不及了。他往上一举棋盘，俩胳膊都在空中，正好来个大开门，把前心、胸口、小肚子、小腿裆全给了人家，让白芸瑞随便踢。就听"啪"的一声把陈东坡蹬出三丈多远，人摔倒棋盘也脱了手，陈东坡就觉得眼发黑头重脚轻起不来了。与此同时，白芸瑞一个鲤鱼打挺，伸手捡起地下的刀，往前一纵就到了陈东坡的面前，举起金丝龙鳞闪电劈："凶僧，你不是想给粉面伽蓝报仇吗？我让你俩一块儿去！"陈东坡用眼角余光一看，一道寒光奔自己而来，知道不好，"啊"字还没喊出口，一刀斜肩铲背把他劈为两半。

山头群贼一看就乱了套，飞剑仙朱亮身子一晃"嗷"的一声，差点儿从山头上摔下去。就这一下，白芸瑞一举成名，这个败中取胜的招儿多漂亮！小达摩一刀斩了陈东坡，跳出圈外，擦净刀上的血高声断喝："王典！你们谁还下来？"

王典把令字旗一晃："各位，谁也不许下去，不听者斩！"

王典想：我原来打算活活把他们困死在这儿，你们觉得受不了侮辱，结果死了一对儿，这要再死岂不大大挫伤山上的锐气？明明我们胜了还弄个大败仗，何苦呢！所以吩咐收兵，山头上派人守候，他们要上来我就开弓放箭，再离近了灰瓶、炮子、檑木、礌石给我往下砸。白芸瑞再横，不吃不喝恐怕不行，我要困死他们！王典收兵退了。

白芸瑞喊了半天，无人再下反倒都走了，只好转回身来见蒋平和各位老少英雄。蒋四爷竖起大拇指："孩子我服你啦，功夫高！不过人家不下来咱可没法儿，怎么办？得想个办法上去才行。"芸瑞皱眉了，他也没有办法。大家找地方坐下休息、隐蔽，困了一天啦，也不知道那儿路打得如何，盼着黑妖狐智化、红文女剑客他们派兵来营救，可这么大的叠云峰怎么能知道大家困在这儿？一天过去了，大家水米没沾唇，一直到满天星斗，又到定更天，一天激战的人们有点儿乏累，东倒西歪，找地方躺下休息。

白芸瑞抱着后脑勺两眼望天想主意。蒋平也不例外，他比任何人都苦恼，棋错一步满盘皆空，到现在还后悔呢！他想有一天活着回开封府一定递辞呈，人老不中用，这全是自己指挥错误。韩天锦在想：下来俩就一百两赏银，要下来十个八个该多过瘾！无意中看到石砬子上有黑影一晃，紧跟着一件东西落下来，赶紧用手一捶旁边的蒋平："四叔你看那是什么？"蒋四爷吓了一跳，旁边的人也都听见了，大伙儿翻身坐起来。

看到靠左边的石壁上系下一条绳子来，不注意还看不着。蒋平心中纳闷儿：莫非是自己人？那他为什么不说话？……呵！夜深人静，山头上一吵岂不让贼听到？他跟芸瑞、大伙儿商量，大家觉得与其死在这儿，不如抓绳子上去看个究竟，估计这事十有八九是自己人干的。蒋平决定自己先上，他用手抓住绳子往怀里扽了扽，上边可能发现了，往上一捯，就见蒋平身形越来越小，一会儿不见了，可能被拽到山顶上去了。时间不长绳子又回来了，韩天锦一看："哎，我快点儿上去离开这倒霉地方。"他用手抓住绳子，时间不长也拽上去了。第三个是南侠，然后是艾虎等一个挨一个排着号上。最后是白芸瑞，他一看：真要是自己人这可得救了，咱们上去多准备些绳子，把这些当兵的和伤员都弄到上面去。因此芸瑞提刀断后。他跟兵头儿交代明白，说他上去之后就救他们，军兵点头。芸瑞一手提刀一手拽着绳子，上边一动把他拽上去了。芸瑞心里还想：说不定这是龙天彪他们？不然就是红文女剑客。但盼快到山顶看个究竟。

第五十二回 遇劲敌白芸瑞受制 逢故友山西雁扬威

小达摩白芸瑞被山崖上边的人拽上去了。他心里想：这个人是谁，为什么要救我们？我非见识一下不可。可等到了山崖上头，他抬腿刚站起来就大吃一惊，发现先上来的这几位：蒋平、展熊飞、房书安、玉面专诸白芸生、小义士艾虎、霹雳鬼韩天锦、粉子都卢珍这些人在地下横躺竖卧，简直就跟死了似的。山头上站着个人，相貌十分古怪，叫人看了不寒而栗：个儿不高顶多四尺半，像个活猴；大秃脑门子洼抠脸儿，杠子眉深眼窝镶嵌一对金色眼珠闪闪放光，大鹰钩鼻子菱角口，满嘴锯齿形的小白牙，下巴颏有一绺山羊胡往前撅撅着；周身上下一身红，外面披着大半截儿红绸子斗篷，腰里围着虎皮，赤手空拳；再看那手伸出来跟鹰爪子差不多少；看年纪最少也得有七十岁了。在面前一站叫人瞅着发瘆，究竟是谁白芸瑞不认识。可芸瑞刚站起来这主儿像闪电一般跳到面前："呃咦！"伸出右手三个指头把芸瑞的胳膊给抓住了，还没等芸瑞反应过来就见他一阵奸笑："嘿嘿，嘿嘿……"三个指头往里头一抠脉门——就是寸关尺，玉面小达摩顿时就感到半身麻木，从脑袋顶麻到脚趾尖儿。就在这一刹那芸瑞明白了：坏了，我们上当了，此人居心不良！怪不得那些人都躺到地上，原来是他拽一个收拾一个，现在轮到我了，我可不能……小达摩舌尖一点上牙膛，一叫丹田浑元之气，使用达摩老祖易筋经的功夫气贯丹田，丹田贯于两臂，再看白芸瑞的胳膊比正常的粗了一倍、梆硬梆硬的！尽管那位使劲儿掐也掐不动。这就是白芸瑞的功底扎实，受过白云剑客真传才有这种功夫，这一下可把他救了。

芸瑞接着使了个老龙抖甲，冷不丁脑袋一晃、双臂一摇把那人的胳膊给甩开了。因为这一晃力大千斤，那人倒退了有四五步，芸瑞身子也没站稳往后退了几步，幸亏用刀一拄地他没趴下。尽管如此，芸瑞的胳膊、腿和脑袋仍然在发麻。

“啊！什么人？”芸瑞厉声断喝。就见那主儿先是一愣而后发出一阵奸笑：“小猴崽子还会这手，难道说你就是白芸瑞？”

“不错。你是谁？”

“好吧，在下是东海碧霞宫的，绰号飞天神魔陆青！”

芸瑞一听吓了一大跳，不是他胆小，这人的名声实在太大了。虽没见过，但早就听说过，那还是去四川学艺的时候，白云剑客夏侯仁除了教他练武之外，跟他多次讲过这五宗十三派八十一门都有哪些高人，他们都有什么能耐，不止一次讲过云南东海碧霞宫二魔最不好惹，特别是他大哥三尺地灵魔陆昆横得邪乎，连八十一门总门长普渡都惧他三分。眼前的陆青是陆昆的亲弟弟，论功夫仅次于他大哥，在武林中横行霸道，就是成名的剑侠也畏惧他几分，这哥儿俩共同的毛病就是不怕死，脸酸、心狠、手毒！落到他们手里的人多数都活不了。

白云剑客告诫过芸瑞：“闯荡江湖一旦撞上这哥儿俩千万多加谨慎，他俩善打金莲掌，掌上有毒，打上毒气攻心，命就保不住了。他们打还得他们治，外人没有这种解药，非死不可。因是多次说过，芸瑞印象很深。那时他就想自己离云南很远，不定哪年哪月也碰不上这俩人，却没想到在这儿碰上了。”

书中代言，陆青怎么上这儿来的？原来王典准备开人头盛会，早早散发了不少请帖，其中一份送到东海碧霞宫。他也知道有几位最有身份的请不来、搬不动，像金灯剑侠夏遂良、九头神雕计成达。唯独能请到的就是陆氏兄弟。这哥儿俩好动好斗，只要请到一位，这八宝叠云峰也就不怕谁了。王典派了个巡山寨主去碧霞宫送请帖，走到广西桂林，正赶上陆青到桂林看望一个好朋友大刀镇江南李成如，这李成如也是被邀之一。下书之人先到李家，正好遇到陆青，顺便把请帖呈上。

陆青问：“你们总寨主为什么要请我兄弟，什么叫人头盛会？”

下书人乐了：“您远在云南对湖广发生的事儿不清楚，这人头是徐良的。这徐良可了不起，他是开封府的爪牙，专跟咱绿林人为仇，特别是中三门、下三门，左、右八门，莲花门、派，昆仑派的人，他是见一个杀一个；如今恶贯满盈，被一个叫白莲花晏风的砍下脑袋。我们总辖大寨主为了庆贺，让天下绿林人开心解恨故此举行人头盛会，给死难者报仇，因此请您老人家参加，没想到在这儿遇上您了。”

陆青的嘴撇得跟瓢一样：“哼！哪儿冒出个徐良，小毛蛋子死后还这么大威风，为他还得开个人头会，未免小题大做了吧？”

“不不不，在您的眼中是这样，但在我们心目中并非如此。您不知道徐良的厉害，如今要活着就是您同他动手也未必……哎……”

“我跟他动手也未必赢得了他？”

“不不不，吓死我也不敢那么说，就是您，也得费点儿劲儿。”

“哈哈哈……好吧，恭敬不如从命，既然你家总寨主盛情，老朽就溜达一趟。”因为他沿途访友有所耽误，故此今日才到叠云峰。他进大厅正赶上王典等人从山崖回来，乐得王典设酒席款待他。

陆青问王典人头盛会什么时候开，王典苦笑一下：“事情变化大，人头会开不成了，人头让人家偷回去了。”

“谁偷的？”

“徐良死了，又蹦出个小子叫玉面小达摩白芸瑞，是锦毛鼠白玉堂的儿子。我看这小子的能耐只在徐良之上，不在徐良之下，这人头就是他盗回去的。您说没了人头这会还开个什么劲儿？故此我改变主意这才把他们困在棺材沟。”

“这帮人还活着？”

“现在还活着。我准备把他们活活困死，让他们不吃不喝把他们饿死、渴死！”

“哼！”陆青不赞成，把脑瓜晃得跟拨浪鼓一样：“大寨主！我说这话你别不爱听，这是无能的做法，有能耐讲究一刀一枪、一拳一腿，动的是真武艺。用智谋的办法把人困死在里头，这是小人之见！”

王典不敢抬杠连连点头：“是！可我手下没有什么高人，也只好如此。”

“另外，”陆青问，“那白芸瑞现在在哪儿？”

“也在那儿困着哪。”

“啊，他有那么高的能耐能困得住？阳七阴八，男的七天才能饿死，女的八天。白芸瑞又有功夫，两个七天也死不了！你得等到什么时候？”

“那……打又打不过，抓又抓不着，怎么办？”

“我倒有个主意，等会儿到那儿看看地形，我略施小计把他们生擒活捉。”王典陪着他在棺材沟的石崖上转了一圈儿。飞天神魔想了个办法跟王典商议：

“你给我准备一条绳子，我晚上到那儿把绳子系下去。他们在沟底不知道山上的变化，也猜不出我是谁。我用金钩钓鱼法一个一个给他们钓上来，钓上一个抓一个，连白芸瑞他也跑不了。到时把他们拿到中屏大厅任凭寨主杀剐存留，你看这多好？你不是说这白芸瑞不次于徐良吗？那就不如召开这个英雄会，让大伙瞅瞅活的，吃酒中间一刀一刀把他们拉了，不比那人头会更有兴趣？”

“对！”王典大喜，不过他挠了挠脑袋，“老剑客您有把握？这都钓上来要拨拉不住咱可就前功尽弃啦。”

“哈哈哈，啊呀，大寨主可笑可怜啊，你被他们吓破胆啦！漫说是白芸瑞，你就是把他师父、师爷叫来，你问我怕不怕？我这一对金莲掌打遍天下无对手，你还怕什么？要跑了冲我说！”这家伙口气真大。很多人不爱听但不敢抬杠，王典也怕得罪他就点头答应了。

这陆青艺高人胆大，把形势估计错了。他认为白芸瑞不注意，我这一掐你不是跟前几个一样吗？哪料想芸瑞真有功夫，掐不动不说还差点儿把他甩个跟头！陆青心中暗想：难怪王典被白芸瑞吓破胆，难怪以上几百个英雄一提开封府的人脑袋就疼，畏敌如虎啊！这不，他还真有两下子。看这小孩长得溜光水滑的，眼角眉梢比大姑娘都好看，竟有这么大能耐。陆青又恨又佩服，故此狂笑。

听芸瑞报完名，老家伙往前紧走几步：“白芸瑞，你师父是谁？”

芸瑞一个丁字步胸脯一挺：“我有三位师父。头一位，少林八大名僧第三疯僧醉菩提凌空长老；这第二位是威震四方老英雄公冶寿长；这第三位是我的正式师父，就是四川峨眉山白云观的观主、白云剑客夏侯仁！”

“哦，怪不得，夏老头儿是你正式师父，行！夏老头儿是峨眉四大剑侠的头一位，确实有两下子，难怪你小子这么狂！不过你再厉害，跟我比你差得可不是一星半点儿。你说你是让我费事儿伸手还是你自背其缚？你要老老实实听我的、拿绳子把你捆上，你跟那帮人待遇不同，我绝不叫你遭受凌辱，让你痛痛快快地死。如果你不听我的话，要叫我费事儿，看见没？你比那帮人还惨！我一刀一刀把你剐了。到底怎么办快点儿给我个答复！”

芸瑞一听他口吐狂言，跟疯子一样，火往上撞：“呸！姓陆的，你偌大年纪真是恬不知耻啊，我白芸瑞是好惹的吗！叫我服你，行，你得给我露出两手来，就凭你上下嘴唇一碰打算把我吓住？没门儿！”

“哎哟呵，小兔崽子！真有点儿骨气呀。好，该着老爷子我费点儿事儿……哪里走！”就见他眼珠一转，放出两道金光，一晃身来到芸瑞跟前，芸瑞不等他出手，双手抖金丝龙鳞闪电劈往下就剁，陆青闪身刀走空了，再看陆青手一翻个儿，“啪”三个手指头把刀背给掐住了，比铁钳子掐得还结实。芸瑞本想抽刀换招，没想到一眨眼刀叫人家抓住了，小达摩双手抓着刀把狠劲往怀里拽，纹丝没动。陆青抓住之后手一撒向下一拍：“撒手！”一巴掌打在刀背上，芸瑞觉得胳膊一麻，宝刀落地。“哟！”芸瑞一看坏了，老家伙不光是吹牛，这招儿真够绝的，这两只手比锤的分量都大。刚刚一愣，就见陆青往前一跟步，探三个手指头掐白芸瑞的颈嗓，芸瑞一低头赤手空拳跟他战在一处。这会儿小达摩豁出去了，把三位师父的真传全抖搂出来：头一招是少林神拳翻天三十六路，一招挨着一招，完了一变又使用鸳鸯掌，这是公冶寿长的真传。陆青一边打着一边暗笑，有道是后生可畏，这话一点儿不假，真没想到这小娃儿岁数不大有如此的绝艺，我真使劲了，这半天没有把他拨拉倒，这要传到东海碧霞宫岂不要让师兄弟们耻笑？该到下毒手的时候了。本想抓个活的现在看来不行了，他不让抓。干脆一金莲掌打死算了。陆青一换招使出绝艺来，芸瑞就顶不住了，就觉得眼花缭乱，前后左右四面八方都是陆青。芸瑞把气往下一沉尽量拿绝招看关定式封住门户，这就叫不求有功但求无过，平安就是福，这就是白云剑客教的。他告诉过白芸瑞：“如果你临敌遇上硬手觉得不行了，你就把这套手法拿出来拖延时间，保你不死。”但这是被动的，能坚持多久很难说。白芸瑞汗珠子滴滴答答往下掉，陆青的鼻尖儿也冒了汗，他恨自己：就凭我练六七十年的功怎么就打不死他？

在这俩人着急的时候，旁边树上坐着个主儿。这位来的时间可不短了，手分枝叶往下看着，下面动手的情况他看得清清楚楚：我得下去了，再不下去，玉面小达摩这条小命儿就危险了！他分开树枝“噌”地跳到平地，说话声音不高但这味儿太特殊了：“呃——陆青不要发威撒野，俺山西人白眼眉来了！”

这味儿一出来就好像炸雷一样，飞天神魔虚晃一掌跳出圈外，四处瞧看。白芸瑞利用这个机会捡起自己的宝刀跑出圈外，再看树下站定一人，周身穿青遍体挂皂，头戴六棱软胎抽口壮帽，顶梁门倒拉三尖慈姑叶，鬓插青绒球，寸排骨头纽十字襻，大带煞腰，蹲裆短裤，抓地虎的靴子，十字插花的镖囊，大衣在后边背着，手中擎着明晃晃、冷森森的金丝大环宝刀，两道白眼眉格外显眼。白芸瑞眼睛一亮：三哥徐良！别看没见过，白眼眉为记呀。前者他盗回人头，众人鉴定不是徐良的，有一点可以断定：徐良没死！上哪儿去了？谁也不知道。因此徐良出现在面前并不奇怪。那这些日子徐良干什么去了？

前面说徐良追赶紫面金刚王顺，非要把这假徐良抓住给爹报仇，疯了似的在后面撵他。离开东京汴梁奔南边就下来了，一开始俩人保持着一定距离。后来假徐良穿庄过镇不定藏在哪儿，有时能看见，看不见还得访查，真好像大海捞针，等到了江夏镇县就断了线儿，徐良再找这王顺已踪迹不见，把徐良后悔得不得了，心说：迟早我得把你活活抓住，拎到爹和两位伯父灵前祭奠！他琢磨王顺不敢到州城府县，可能躲到僻静的山岛哪个贼窝子里。这一天他找到一座山叫小孤峰，山上的寨主叫立地金刚吴豹，这伙人不骚扰百姓，却杀赃官除恶霸，徐良想以私人身份去拜会拜会。离小孤峰八里地道路边有一片树林，徐良打算方便方便，手解裤腰带就进去了，正好遇上个老头儿在这儿要抹脖子，旁边跪着不少人劝："您千万不可寻此短见。"

老者老泪纵横，连晃脑袋带跺脚："天哪，砸锅卖铁我也赔不起哟，我不死怎么办！"

徐良一看，屎尿都没了，赶紧系好裤带来到人群前瞅。

老人一回头认识徐良："您不是开封府徐三将军吗？"

"啊，您是哪位？"

老者扔刀跪到徐良脚下："哎哟，三将军救命！"

徐良瞅他也有点儿眼熟，用双手相搀："老人家请起，咱俩在什么地方见过？"

"您真是贵人多忘事啊，我是东京西门外严家滩金刀蔡笠。"

"噢，对对对！"徐良看他八十来岁老得不像话了："您别着急，找个地方，有什么事儿跟我讲讲，凡是能办到的我一定尽力而为。"就这么在林中席地而坐，蔡笠擦干眼泪长叹一声："徐三将军，我立场子教徒弟，这大半辈子攒了两个糟钱儿，朋友劝我在开封府祥符县领个许可，在封丘门外开个镖局子，凭着我这老人缘儿，凭着我一些徒弟，开这镖局还是不错的。震远镖局开张时挺热闹，五爷艾虎也去了。三年来我带着徒弟们东走西逛，对我这身子骨也有好处！两个月前我接了咱东京大财主吴半城一拨儿买卖：他叫我去镇江一趟，送十八万两白银；然后在镇江有一批绸缎拉回东京。答应给两万两银子报酬。这个数目对我们小镖局相当可观，就这样我领着弟子们保这份镖奔镇江，刚走到前面不远的小孤峰这儿，出来一伙山大王，这帮人是吃生米的，我怎么说好话也不开面儿，把十八万两银子都给劫去了！三将军您想想，我就是砸锅卖铁把骨头渣子碾碎了也包赔不起啊！我回去无法交代，只好寻短见。正好遇上三将军您了，请三将军救命。您是高人，您要说句话比千军万马都强，您可不能不管啊。"

徐良一听，他说得挺至诚，一行鼻涕两行眼泪怪可怜的，求到眼前了，这个"不"字说不出口，尽管自己有急事没有工夫管闲事，也只好把自己的事儿暂时放一边。

"好吧，老人家不要难过，我替你办一办。你说那山大王叫什么？"

"大寨主叫立地金刚吴豹。"

"咱们试试看，能把银子要回来最好，要不回也不要怪我无能。"

"三将军客气，您出头还有办不成的！"

"那不一定，我现在正走背字儿。你们把东西收拾收拾领着我去。"

蔡笠不死了，一打呼哨四面八方还有五十多个徒弟伙计逐渐归拢来。徐良一看这惨劲儿：有的胳膊折了，有的腿断了还得别人抬着，有的鼻青脸肿狼狈不堪。蔡笠一查点，侥幸的是没有死人。

徐良说："受伤的在这儿等着，没受伤的跟我去十来个人就行。"经过商议，蔡笠让两个徒弟在这儿守着，挑了十二个精明强干的领着徐良直奔小孤峰。没有必要探山，就以徐良的名义拜山，能和平了结最好。

不多时到了山口，这是个大甩弯儿的道，山寨门安在紧急要处，想从这儿过，雁过拔毛！蔡笠用手往坡儿上一指："三将军，我们就是在这儿出的事。"徐良奔寨门来了。

离得挺远就被喽啰兵发现了："丢镖的那老家伙又回来了，搬来救兵啦？"

这喽啰兵把弓箭就装备好了："站住，再往前就开弓啦！"

"站住，不准前进！"

徐良挺听话，站住了，冲这些喽啰兵一抱拳："弟兄们不要误会，我们不是攻山灭寨的。我要见你家总辖大寨主，烦劳通报一声。"

"你是谁呀？"

"在下叫徐良，人送绰号三手将军，是开封府的。"

"你是……唉，徐良？"

有的眼尖："白眼眉，错不了！快给寨主送信儿。"

立地金刚吴豹正在高兴，银子在院儿里摆着，有几个先生正在这儿过数，他笑呵呵地背着手看着。心想：这些银子足够我养老了，今后金盆洗手不干啦。

正在这个时候，喽啰兵进来："报！丢镖的那个蔡笠又回来了。"

"他想干什么？"

"他把白眉徐良搬来了。"

"他……搬来了谁？"

"开封府那个白眉大侠。"

"啊？"立地金刚当时就矬了半截儿，"你们看准了？不是他吓唬人？"

"没错，白眼眉为记，说话还那个味儿的。"吴豹奇怪：徐良不在开封府怎么到这儿来了？我得看看。他吩咐把驮货的马全赶到后院，点齐了一百精兵，手提镔铁棍奔向寨门，登高一看，果真是徐良。他虽没见过但常听人讲：面如紫羊肝，两道白眼眉，大片牙、黑牙根，一走三道弯儿……他这脑子里印象深刻就好像见过多次似的。心说：不好，大祸临头！

难道说这徐良领着开封府的人来平我的小孤峰？再看就徐良一人，不像攻山的，他就喊开了："呔，对面那位是徐良徐三将军吗？"

"不错，是我。"徐良看这大个儿的脸跟烟熏的一样，手提大棍，"你是吴豹？"

"是我。"

"劳大寨主驾开寨门，我要登山拜望有几句话说，请放心！我没有别的意思。"

"请稍候。"这吴豹同几个头目商议：得叫徐良进来，拦也拦不住。人家说好的，如果一瞪眼杀进来那不弄个自讨无趣？进来以后听他说什么。便叫几个头目在两廊下埋伏了一百名刀斧手，看眼色号令行事。一切就绪，吴豹这才命人开门。开门之后他亲自接出来："徐三将军大驾光临，三生有幸，哪阵风把您老人家吹来了？欢迎！"

徐良看这家伙长得挺黑还挺会说，没必要得罪他，也冲着他一抱拳："打扰大寨主了。"

"哪儿的话，您是贵足不踏贱地，既然来了那就是往我们的脸上贴金了。里边请！"

"等等，大寨主，这位老人家叫蔡笠，是我的好朋友，打算跟我一同进去不知可否？"

"您的朋友就是我的朋友，请都请不来，欢迎欢迎，都往里请！"

蔡笠一看：罢了！人的名树的影，方才我领镖车从这儿过时瞅这吴豹横的！这不行那不行，横眉瞪目不答应。徐良一报名他就矬了半截儿，看来我这十八万两银子有希望要回来。

到中屏大厅分宾主落座，吴豹满脸堆笑："徐三将军来了有什么吩咐？"

"吴寨主，咱们一笔写不出两个绿林来，我可不是来平山灭寨的。话说回来，假如你办了什么坏事，我领了飞签火票，那我就得伸手办案；现在不是这回事，我办一点儿私事从这儿路过，这才巧遇蔡笠在林中要抹脖子，闹半天才知道银子叫你们劫来了。请大寨主把这脸赏给我，把这十八万两银子如数给了他，不然他也包赔不起。假如您手头紧，好办，我可以给你一部分金银，你看怎么样？"

吴豹愣了一会儿："您说这话我感谢，不过这事儿我做不了主。"

"你不是大寨主吗？"

"您没到过小孤峰不了解内情。这山是一个高人的，我替人家管这座山。比如说今天做下的这笔买卖，多少钱如数记账，我得交账啊，给了您到时人家追问起来我不好交代！我当然没有不给您的意思，我是说您等一会儿，我请示那位之后再答复您。"

"那人是谁？"

"您别笑话，那是我师父巡山叟杜昆。"

"好！我也不强人所难。你去找你师父，最好把他说通了，免得我们两家发生争执。"

吴豹转身刚要去，就见帘栊"叭"的一起进来个人："谁呀，口气这么大？你长几个脑袋！"声音还挺高。

徐良甩脸一瞅，进来干巴巴一个老头儿，身高七尺挂零，大秃脑壳，翘下巴，一对圆眼睛，花白胡往前撅撅着；穿一身土黄布衣服，打着半截鱼鳞裹腿，蹬一双扳头翘底千层底儿靸鞋，挽着袖面干净利落，光头没戴帽子，后脑勺挽着小疙瘩鬏儿，后头跟着四个彪形大汉。来者正是小孤峰的老寨主巡山叟杜昆。

吴豹一看矬了半截儿："师父，我刚想找您，您就来了，咱这有客人……"说到这儿吴豹往眉毛上比画一下，那意思：可是白眉毛！师父根本没理，来到徐良面前上一眼下一眼地看了七十二眼："嘿嘿嘿！您就是山西雁、三手将、多臂人熊徐良？刚才我在外边听说张口要镖闭口要银子，这话可是出自你口？”徐良看他是找碴儿来的，一乐：“唔，一点儿不假。我是来要银子的，老英雄说说是给还是不给？”

徐良瞪眼瞅着他。杜昆一扑棱脑袋：“这话难说，想给又不想给。说想给，看看徐三将军何许人，久闻大名如雷贯耳，老朽打算见识见识。”

徐良一听：这不来了？“好，要想见识见识这太好啦，你说吧，是屋里还是院里？”

“院里头宽绰，请！”杜昆要大战徐良。

第五十三回 白眉毛因祸得福 学绝艺再练真功

巡山叟杜昆要跟徐良比武这叫自不量力。这老头儿怎么想的呢？他认为他巡山叟在江南有这么一号，也闯荡江湖四十多年啦，叫徐良几句话就把银子要走，岂不让人耻笑！那他在江湖上还怎么混饭吃？人的名誉是第二生命啊！即使把银子给徐良，他俩也得比画比画，他好见识见识这白眼眉究竟有什么能耐。杜昆来到院里，短衣襟、小打扮，腰里带子连紧几扣，把小疙瘩鬏儿重新盘了盘，把架子就拉好了。他徒弟立地金刚吴豹和手下的一些头目当然向着老寨主，一个个挺胸收腹暗中使劲儿。

蔡笠有点儿害怕，心想：这些山大王都不是好东西，笑里藏刀，说翻脸就翻脸，不管怎么说这是人家的一亩三分地儿，强龙难压地头蛇，光指望一个徐良能不能行？

其实徐良根本没拿这当回事，笑呵呵地来到当院，叉腿哈腰一站："杜昆出手吧。"

"哪里走，看掌！"杜昆使了个单撞掌奔徐良的华盖穴。徐良一扑棱脑袋躲开了。杜昆收掌现腿又使了个顺风扯旗蹬徐良的迎面骨，徐良使了个张飞抬马一个跟头又躲开了。连着躲了七招没还手，杜昆打得就没意思了："哎，我说徐良，这叫什么比武啊，你怎么不还招儿啊？"

徐良乐了："嗯……我这人就有这么个毛病，跟谁交手都得先让三招，尤其是这次到你这儿，咱们初次相逢，我应当多让你几招。"

"用不着！咱俩比的是武，该怎么打就怎么打，你让我也不领情！"

"好吧，我知道你不领情。不过咱们要打得打出个名堂来，不能无缘无故费这个力气。”

“你说吧，什么名堂？”

“我这次来主要是要银子。替你们两家和解这事儿，能和解最好，假如和解不了我想蔡笠也不能善罢甘休。可你这个地方也归大宋朝管辖，有砖有瓦有王法。你这占山抢人家东西本身就犯法，到那时我也许帮蔡笠到官府报案，军队来了恐怕你也招架不住。假如听我劝和平了结，不平你的山不灭你的寨，银子给了我们哈哈一笑就算拉倒。可是呢，看你的意思这一点做不到，非比武不可。那不能白比呀，如果你不是我的对手，你打算怎么办？”

“哈哈，行，徐三将军，你说得对，我要不是你的对手，十八万两银子双手奉还！”

“这可是你说的！老人家多大年纪？”

“六十有七。”

“啊，不小啦，将近古稀之年了，我希望你说话算数。假如我不是你的对手，银子我不要官司也不打，也不禀报官府，这十八万银子我去包赔，你看怎样？”

“好——！徐良，咱俩可没共过事儿，咱可说准了，大家做证。”

“请放心，山西人从不说瞎话。我再跟你申明一点：咱俩打的时间不能太长了，因为我还有事儿，只能跟你打五招。”

“五招？”杜昆一听真新鲜，打仗还限定招数，“徐三将军说这话什么意思？”

“要叫你在我面前过去五个照面儿我就算输！”

“嘿！”气得杜昆一扑棱脑袋：就凭我在你面前连五个照面儿都过不去，你也太狂了点儿，简直吹得没边儿了：“三将军一言为定！”

蔡笠在一旁急得汗珠子都下来了：大话说绝了，万一五个照面儿赢不了，我能叫你包赔吗？

要说这徐良怎么敢说这样的大话，徐良心中有数：五宗十三派八十一门有什么样的高人、有什么能耐他心里清清楚楚，根本就没有听说过巡山叟杜昆这个碌碌之辈。徐良把大话说出去了，一伸手先打杜昆的面门：“老人家看掌，这一招叫乌龙探爪！”

杜昆一看，这手像棉花团似的打上都不带疼的。往旁一闪身，徐良掌走空了。杜昆使了个双龙金铰剪，十字插花往上举胳膊一掳徐良的腕子。徐良软绵绵地把腕子撤回，左臂抡开软绵绵地使了个单风贯耳，还怕杜昆不明白：“第二招单风贯耳。”杜昆一低头徐良一掌走空，两个人一转个儿，还没等杜昆换掌，徐良这招儿可够损的：后背靠着杜昆，冷不丁使了个倒踢紫金冠。这一招太快，出乎杜昆意料，谁能想到他脸朝那边腿往后踢？“啪！”正蹬在杜昆腿根儿上头，把老头蹬出一丈五尺多远，来了个大屁蹲儿。徐良赶紧过去把他扶起来：“啊，这下我没注意，老人家快请起来活动活动，摔坏没有？”

杜昆觉得这条腿都麻木啦，活动了半天，瞪两眼瞅着徐良，他都不知道怎么给踢上的。

“这样……是不是不服啊？那不算，重来。什么时候你服了什么时候拉倒！”

这杜昆厚着脸皮蹦起来又是一拳，徐良闪身躲过。他第二掌被徐良前拳一挡，徐良使了个黄龙倒转身正好转到杜昆身后，不等他变招儿，徐良伸出掌正推到肩头上：“老人家躺下！”只使了三成劲儿，杜昆“扑通”一声来了个狗啃屎。

徐良过去又把他扶起来：“嗯，算不算？不算还来。”

杜昆把脑袋一扑棱：哎，算了吧！我这两下根本伸不上手，怎么败的都不知道啊，我比徐良差得太多了，这人说话不能不算数啊！杜昆脸一红，冲徐良抱拳：“三将军恕我自不量力，惭愧惭愧！我服了。”说话间把徐良、蔡笠以及其他众人让进大厅。

徐良抱拳稽首：“话符前言，把银子赏给我们吧。”

“一定一定，我怎么说的我怎么办。不过您不要着急，银子在后院，我过过数看缺不缺少不少。”这话在情理之中，徐良、蔡笠再着急也得叫人家过过数啊。杜昆告诉吴豹：“孩儿陪着三将军跟蔡老英雄，我到后院点银子去。”说点银子，等到后院这老头儿觉着不是滋味儿，这跟头栽得太暴了！老头儿觉得窝囊：这银子还得给人家。他往后头一瞅驮子上白花花的银子，十八万两啊，真心疼！他转了几圈儿先没过数，回到他那屋。回屋干什么？他那儿有个客人。这客人可不是个省油的灯。这位走长路乏了，头朝里正休息。巡山叟进屋坐在椅子上长吁短叹。客人听见了，一翻身坐起来：“老哥哥，怎么啦，出什么事儿了？”

“咳！就这么一会儿的工夫我丢人了，这跟头栽得太暴了！”

“什么事？”

"刚才吴豹不是劫了一支镖吗？结果出事儿啦。丢镖的蔡笠请来援兵，人家到山上要镖，你说不答应还能怎么办？"

"你还怕这个？把他收拾了呗。"

"你说傻话，我收拾得了吗，我栽跟头了，到那儿一伸手我就趴下了！"

"这人是谁？"

"山西雁白眼眉徐良。"

客人站起来了："那个白眉大侠？"

"不是他是谁！那醋老西儿，一说话叫人牙根儿都冒酸水儿。也不知道蔡笠跟他怎么个关系，到山下就把他搬来了。你说我倒霉不？我还得话符前言，这不，我得把银子如数还给人家，这说话能不算数吗？再说，不给人家能答应吗？看这时候乐呵呵的，到时候一变脸就不好收拾了。"

"真是笑话，这徐良在哪儿？"

"前厅。"

"一两银子也不给！"

"兄弟少管闲事。"

"谁让咱哥儿俩有交情呢，你的事儿就是我的事儿，我替你找找脸儿去，走……你领我见见这徐良。"

"拉倒吧，你长途而来还没缓过乏儿来。"

"我就是一宿没睡觉徐良也不是我的对手，我一条胳膊闲着也能把他打趴下！"

"我知道你有能耐，可别把大话说绝了。再跟我似的就没人替咱找脸儿啦。"

"就冲你这么说我还非跟他比比不可。前头带路！"

杜昆一想也行，真把脸儿找回来这银子就不给他了；即便给他起码我也不丢人了。就这样他把这朋友领到前厅。杜昆先进来对徐良一抱拳："三将军，银子一点儿没少，都给您准备好了，一会儿如数奉还。不过我这儿来了个朋友，听说您来了，挺仰慕，打算跟您见上一面。朋友，请进来吧。"一打帘儿这人进来了。

徐良一看吓一跳，这人活脱是个大头鬼：身高一丈挂零，肩宽三尺半，黑黪黪的面皮子，槟榔头，大下巴，整个一张大驴脸得有一尺五；两道九转狮子朱砂眉飞通两鬓，一对眼珠往外鼓着，好像剥了皮的鸭蛋；大鹰钩鼻子鲇鱼嘴，连鬓络缌带卷儿的胡子。身上穿着又肥又大的灰袍子，腰里系了根麻绳；一条裤腿儿长一条裤腿儿短，光着的大脚丫子还戴着脚环。再往头上一看，满脑袋带卷儿的头发用根皮条箍在脑袋上，就跟个野人似的。徐良正在发愣，就见这人大步流星来到他近前把腰一插、胸脯一腆、嘴一撇，怪眼圆翻："你叫徐良？"

"不错，正是山西人，你是哪一位？"

"嗨，甭问！你活腻味了吧，小孤峰这地方是好惹的吗？我老朋友说话算数答应给银子，我这儿可通不过，方才叫我拦住了。你把我赢了，银子给你；赢不了我，你徐良连这小孤峰都下不去，连你带的这人全叫你们做了'平顶侯'！"

"平顶侯"就是削脑袋呗。蔡笠一听吓得一缩脖子，躲到徐良身后去了。徐良心说：这老头儿胆太小了，就你这胆儿还保什么镖，不如回家改行卖豆腐得了。他冲来人点点头："好，既然在你这儿通不过就得想法儿了，那……这得比画比画？"

"那是自然！"

"在院里头还是屋里头？"

"院里请！"这位真不客气，一把抓起徐良的左手腕儿就走，表面上是拉着，实际上单臂叫力就使上功夫了。心说：咱俩还用比？我这一使劲儿你就叫娘啦。他使的这功夫叫天华宝盖憋气功。徐良刚被他抓上是受不了，但徐良赶紧丹田一叫力使的是昆仑憋气法，这股气在身上一转个儿贯到胳膊上，比原来粗了有两倍半，这主儿一掐没掐住，相反把这主儿胳膊给抓住了："你这人太客气了，刚见面就拉着我走，何必这样客气，头前带路！"

说着徐良单臂一抡，把他一下子甩到院里去了。这位身子斜着差点儿倒下，徐良紧跟着也到院里一伸手把他扶住了："你怎么啦，晃晃悠悠的，酒喝多了？"给他台阶下。

这位也挺会演戏，他晃开脑袋："唔……确实没少喝。"说个瞎话把自己丢人的事儿掩盖过去了，其实俩人也都明白。

众人二次来到院里，徐良站在下首冲这位一抱拳："非要比画那你就出手吧。"这位心想：唔，你可真有两下子，叫你尝尝我兵刃的厉害！便把肥大的袍子一撩，从里边拽出一条特殊的家伙。徐良一看这才明白，原来他腰里围的是十八节葫芦鞭。只见这位使了个二郎担山式对徐良说："嗨！亮你的家伙。"

没办法，徐良也把金丝大环刀亮出来。蔡笠心说：坏了，这比武升格儿了，刚才比的是拳脚，这回比的是家伙，谁给谁碰上都够呛！

正在这个时候从门外来了个人，这人手捻须髯哈哈大笑："兄弟！你怎么欺负小孩儿啊？快点儿拉倒、拉倒，看在我的分儿上别比了、别比了。"徐良一听，往门那儿一看，这人长得挺好：八尺多高的身材，面如冠玉花白胡须，高绾牛心发髻，金簪别顶，穿着土黄色的袍子又肥又大，腰系丝绦背背双剑，看年纪也能有六十八九岁。这位笑着迈步进院，跟徐良比武的这位一看："师兄来得正好，赶快助我一臂之力，这小子就是白眼眉！"

"拉倒吧，咱请都请不来还能得罪吗？"

这老者挺和气地到徐良近前看了几眼："你叫徐良？你师父是不是金睛好斗梅良祖？"

"啊，一点儿不假。"

"大水冲了龙王庙——一家人不认一家人哪，我跟你师父交情最好。我原籍是陕北，不怕你笑话，我跟你师父是光屁股的弟兄呢！我早就听说你师父收了你这个有出息的徒弟，你的名望把我耳朵都磨出茧子来啦！"

徐良一听赶紧抱拳："老人家别捧我了，再捧连家我也找不到了。请问老人家尊姓大名？"

"嘿呃，三将军哪知道，我们俩都属于无名之辈，可能你师父对你说过，江湖上给我们送个小绰号：老朽叫天聋仙师赵朴，"用手一指那位，"这是我亲师弟地哑仙师魏百宝。"

"哎哟！"徐良心头一惊：早就听说过二位大名，江湖上谁不知道天聋地哑二位高人！听师父说，五十年前威震武林的天聋地哑被传为美谈。

听说他俩当初不和，天聋三次会地哑，大战三天三夜没分输赢，最后经白云剑客调解，两人成为至交，并结为亲师兄弟。打那以后俩人闯荡江湖替天行道，除暴安良，三十年前突然销声匿迹。有传说两位不在人世了，有人认为他俩绝艺在身，功底又厚，不可能不在了。没想到今天在小孤峰遇上，这简直像神话。

论辈数徐良是晚辈，徐良不忘本，赶紧倒身下拜："二位老前辈恕弟子有眼不识泰山，罪该万死！我在这儿给老前辈磕头啦。"

"请起请起。"赵朴把他搀起来，一点手叫过魏百宝，"师弟弄了一场误会，这是老梅头儿的徒弟，跟咱的孩子有什么区别？"

地哑哈哈大笑："师兄，我怎能不知道啊，我是有意跟他开个玩笑。我听说这小子名声很大，也有一定本领，打算跟他比画比画，瞅瞅他究竟有什么武艺，老梅头儿都教他哪些。您莫误会。"徐良这才明白，闹了半天这是试验，众人都乐了。杜昆一看，都是一家人，没有什么说的，赶紧往大厅里让。众人说说笑笑到房中分宾主落座。蔡笠一看心里挺高兴：这十八万两银子能要回来了。

坐定之后赵朴问徐良："孩子，你这是从哪儿来？听说你在开封府当差干得挺红火，难道到这儿捕盗抓贼来了？"

徐良长叹一声："老人家，一言难尽哪！"山西雁没隐瞒，把怎样扫平阎王寨，又怎样出来假徐良紫面金刚王顺以及三义归天等事讲说一遍，最后说到为捉拿王顺追来追去误走此地的经过。在座众人听了不住点头叹息。叹息什么？要是不知内情的以为徐良有官、有钱、有声望，名利双收，不定多自在！其实相反，徐良的遭遇都是一般人接受不了的：整天在刀尖儿上转悠，随时随地都有风险和不测之祸。

赵朴又问："你追到这儿可知道王顺落到什么地方？"

"我要知道就到不了这个地方了，还望老前辈指点。"

"孩子，着急上火也没用，事情到了这一步，咱们放长线钓大鱼。实不相瞒，我师兄弟跟杜昆关系不错，经常来小孤峰做客。因为我们是闲散之人，无拘无束，爱上哪儿就上哪儿。杜昆这人是公道大王，别看他占山，不抢不夺不骚扰百姓，小孤峰山上这五六百人自给自足。不信你问问附近百姓，没有不说这山大王好的，甚至有些地方比官府还强几倍。我俩挺欣赏他，故此交了朋友，有时就到这儿住些日子，这回真巧碰上了你。我哥儿俩一时半会儿也不走，再加上杜昆和吴豹，大伙儿想个办法帮助你打探王顺的去向，有道是众人拾柴火焰高。"

徐良一听乐了，五六百人帮忙，那不比自己强得多？山西雁赶紧站起来重新谢过。这时杜昆让吴豹吩咐准备酒宴，大家要好好喝几盅。

这蔡笠就问："三将军，我那事儿……"

"噢，对了，"徐良一乐，"各位老前辈，还有寨主，咱们话归前言，我这次到小孤峰来是管了一件闲事，主要为蔡笠这十八万两镖银的事儿，你看看能不能赏我个脸把镖银如数退回？"

巡山叟杜昆一听脸红了："徐三将军，您别说了，要早知道您认识赵朴赵老剑客咱们就不至于翻脸了。漫说十八万两镖银，就是一百八十万两那又算什么！我们这个山上还不在乎这个……吴豹！”

“在。”

“去，把镖银如数退回。”

“是！”时间不长，把驮子镖银车全赶出来了。众人都到了院儿里陪着蔡笠，叫他过过数目。蔡笠一查，一点儿没少，银子原封都没动，把老头子感动得眼泪都掉下来了，趴在地下转圈儿磕响头：“我谢谢众位，谢谢！”当然他更感谢徐良。

众人把镖银送出小孤峰，徐良、杜昆、吴豹也送出来了。徐良就告诉蔡笠：“老人家，这一次的镖银保完了，银子赚到手就回家养老吧，八十多岁的人啦，这何苦呢！要不是这次遇上我的话你怎么办？”

“对！我这是老了老了还不知足，我听您的，回家就金盆洗手。”蔡笠跟徐良洒泪分别。

徐良送走了蔡笠，跟杜昆、吴豹回到大厅，杜昆吩咐手下人：“快准备房子让三将军住下。”回过头来跟徐良说，“两位剑客不是说啦，一时半会儿您别走，我派人打探消息。”就这样，徐良在小孤峰住下了。

杜昆派了十几个能干的奔向四面八方打探紫面金刚王顺的下落。日子不多就把消息打听到了：紫面金刚落到八宝叠云峰。另外还告诉他们一件新鲜事：外面传说徐良死了，开封府的人齐集葵花冈举哀，山上的人还要举办人头大会，请帖都发了，等等。徐良听了啼笑皆非：大千世界无奇不有，哪一位又跟我长得差不多，倒霉丢了脑袋。徐良就想走，魏百宝和赵朴有点儿舍不得，俩人是这么说的：“徐良，你别急，他们爱怎么折腾就怎么折腾，是假的真不了！王顺落到叠云峰你当然要抓他。我们哥儿俩可不是吓唬你，就是你去也是白去！当然不是你的能耐不行，是叠云峰人多势大，你一人孤掌难鸣。据探事儿的人说，那儿不但有半翅蜂王典、电光侠霍玉贵、紫面金刚王顺，同时还有三世陈抟陈东坡、飞剑仙朱亮以及他们邀请来的很多高人。恐怕凭你现在的能耐到那儿不但抓不住王顺，还得把命搭上！既然我们哥儿俩跟你师父不错，就不能不关心你，教你长点儿能耐。我俩攀个大话吧，咱留个见面礼：把我俩身上所会的传授于你，艺多不压身，你长点儿能耐不更有把握吗？所以说你就安心住在小孤峰把能耐学到手，然后再去也不晚。”

徐良很受感动，看两位老人家心肠特别热，一见面就想教给自己能耐，花多少钱也买不来啊。江湖上像赵朴和魏百宝这样的人太罕见啦。不管人家能耐怎么样，见面愿意倾囊而赠，徐良怎能不感动！他也分析：叠云峰是个大山，一时半会儿也拿不下来；他们想动开封府也不容易。看来时间短不了，我抓紧机会学也不是不可以；反正大家已经着急了，就多急些日子吧，这个谜早晚能解开，无论如何我不能错过这个学习的机会。故此徐良没声张，安心住在小孤峰跟两位老剑客学武。

到了第二天，杜昆、吴豹也参加了，人们想开开眼。魏百宝先教徐良七十二路地躺拳。这拳新鲜，在地下滚着打。徐良还真没见过，光知道七十二路地躺刀。就见魏百宝身子往地下一躺，简直就像个球儿似的使人眼花缭乱，目不暇接，两掌“呼呼”挂风，在下三盘方面这是最好使的一招儿了。徐良看得眼都发直了，连声叫好。魏百宝练完一个鲤鱼打挺站起来，手捻须髯乐了：“徐良，你见笑了，你看我骨碌这几圈儿如何？”

“实在是好！老人家，我一定好好跟您学。”

“嗯，凭你这么聪明，一点就会。来来来，我告诉你秘诀。”魏百宝把七十二路地躺拳怎样使用、什么时候用、它的诀窍在什么地方，毫无保留地告诉了徐良。徐良把每一句话都牢记。与众不同的是，徐良这人最聪明的地方就是举一反三，教给一招就能化出三招甚至五招来，看一遍比你原来的还精！不过五天，徐良把七十二路地躺拳学到手了。不过，将来有机会还得好好复习，学了就现用，恐怕不那么精。

魏百宝教完了，赵朴开始教。赵朴的拳脚更精，他教的是二十八路天龙掌，练的是神龙九现神鬼莫测。徐良在旁边一边看一边想：能人背后有能人哪！小时候跟我两位师父学艺，就认为除我师父之外别人谁也不行，可后来闯荡江湖所经所见跟自己想的截然不同，现在看两位老人的能耐，有的地方比师父还高出一筹。弄了半个多月，徐良觉得自己的能耐又高出一大截。可因为耽误十几天了，天聋、地哑两位仙师也替徐良着急，认为教得差不多了，徐良是官，身子不得自由，决定赶紧放他走。所以这两天更紧张，会什么教什么，白天练不完晚上练。

这一天，院儿里点着明灯蜡烛，又点了三堆篝火，喽啰们没事的都来看热闹。两位剑客亲手传艺，有说有笑正练着呢，房坡上来了四个人，他们跟佛似的手捻须髯往院里看，一边看一边乐。等徐良练完了，其中一位老头儿说话了：“嘿！晚上不睡觉在院儿里折腾，真练得好也行，就这种挨打的招数不如不练！真叫我等可发一笑，哈哈哈……”

“什么人！”院里大伙儿一听就是一惊，仰面看，房坡儿上并排站着四位老者。天聋仙师用手一指：“哪路的朋友？你别说风凉话，有种的下来！”

“呀，赵朴！别急眼哪，怎么？说你好你就高兴，说你不好你就不愿意听啦？稍候片刻，我等到了！”眨眼的工夫四人全跳了下来。四位并排往院里一站，在场的人无不惊奇。这四个老头个头儿一般高，体形也一个样，年纪相差无几。头一个穿一身白，月白缎儿鸭尾巾，鱼白色短靠，英雄氅甩掉卷成麻花形在身上斜背着，手里拎着根拐杖，面似银盆，三尺多长的白胡子。这老头儿长得慈眉善目，总是带着一团和气，但是双眼射出两道寒光，一看就是个武林高手。第二个是个黑脸儿的，跟个大煤块儿似的，青缎色鸭尾巾，青缎色短靠，寸排骨头纽，大衣在后面背着，手拿五金的拐杖，脸上黑中透亮，两道马刷子眉，一对大环眼，沿口的胡须白的多黑的少，瞳孔放光，太阳穴鼓鼓的，精力充沛。第三个是红脸儿的，红缎色鸭尾巾，红缎色短靠，大衣后边斜背着，手中拎根拐杖，往脸上瞧好像火烧云那个颜色，眉分八彩，目若朗星，准头端正，大嘴巴、花白的须髯。第四位穿一身黄，那脸儿也是黄的，这位长得是慈眉善目，看年纪比那三位小三五岁。

徐良不认识，天聋、地哑一看：“啊，四位！你们怎么溜达到这儿来了？可谓英雄大聚会，失敬失敬！方才没看清是你们几位，多有得罪，这厢赔礼了。”

俩人过去把腿一屈，那意思要行大礼，这四位老者过来把赵朴、魏百宝扶住：“免礼，免礼！你们哥儿俩怎么还问我们四个，你们怎么来的？”

“我们每年都来这儿两回看朋友，四位从哪儿来？”

“咳，我们哥儿四个是桑榆晚景之人啦，趁着有生之年游历各地散散心，因见小孤峰风光秀丽，故此才待了两天。晚上睡不着出来夜游，听这儿又吵又喊以为唱大戏呢，登高一望没想到是你二位在这儿传授别人武艺，这才开了几句玩笑。”

徐良静静地在旁边听着，赵朴忽然站起来：“四位，我给介绍介绍……徐良你先过来赶紧给四位老前辈施礼，这都是你师父的好朋友……这位，”一指那白脸儿的，“就是春秋四老的头一位，大爷春月、春光好，这位……”一指那黑脸儿的，“是第二老，夏至、夏天长，”他一指那红脸儿的，“这是第三老，秋霜、秋风舞，”最后一指那黄脸儿的，“这是春秋四老的第四老，冬至、冬静波。还不过去见礼！”

徐良一听，这名儿好啊，春、夏、秋、冬！这是真名儿还是化名？当然初次见面不便深问，但是春秋四老的大名他早就听说了。师父讲过，他们住在邗山，号称邗山春秋四老，没想到在这儿相遇。他心里高兴，赶紧跪倒给四老磕头。

这四个老头儿把他扶起来，问赵朴：“这孩子是谁？”

“哎哟，你们还不知道哪？你往他脸上瞅瞅有什么记号？”四老仔细一看：“噢，白眼眉，原来你就是我们日思夜想的徐良！”

第五十四回 山西雁舞刀吓群寇 白芸瑞抖威震贼窟

徐良在小孤峰巧遇春秋四老，这四位高人在江湖上大有名气。他们清高，跟谁也不远不近，投缘的多说几句，不投缘的干脆就不理。四位在邗山吊着膀子练武，武艺向来不外传。徐良学艺时梅良祖就告诉过他："如果见着春秋四老，能从他们身上学点儿能耐可真不易。为师跟他们这么熟悉，他们会什么始终不知道。"但是谁都承认人家是了不起的人物，而且春月、春光好说了"日思夜想的徐良"，这是对我有印象？徐良不太明白。

春大爷把徐良拉过来仔细相面，点手把三个师弟叫过来，四个老头儿把他围在当中就像看怪物似的边看边乐。春大爷说话了："徐良你岁数不大，名望可不小，你有点儿空前绝后啦。你练点儿能耐我们看看，让我们老哥儿四个开开眼怎么样？如果你能练到好处，我们长长见识，也不虚此行。"

徐良急忙摆手："不敢！我怎敢在圣人面前卖字画呢？"赵朴和魏百宝过来了："四位老前辈既然要看看你的武艺，你要不练就是失礼。再说，你在这儿位面前练好练坏又有什么关系？废话少说，叫你练你就练！"

徐良一想是这个理儿，就算献丑也不算栽跟头，求人家指点指点这个机会是不能错过的。他越想越有理，厚着脸皮先练拳脚后练刀，最后练的是暗器。等练完了博得满堂喝彩，春秋四老一个个喜上眉梢、连声称赞。

春大爷说："徐良啊，你现在就是肚子里的货还不多，这跟你的年龄有关系，随着日月消磨你不断地学，将来就多了。这么办吧，谁让我们跟你师父不错呢，我们破格传授你点儿武艺，也就是你小子有福带点儿人缘儿，我们才教给你。"

赵朴、魏百宝一听这是实话，用手捅徐良："还不谢恩？快！"徐良跪倒谢过。

四个老头儿有什么说什么："一晚上教不了，你得安下心来咱们好好在一起住些日子。我们也不走，什么时候教会你什么时候算拉倒。"结果又把徐良给留住了。

这回时间不短，眨眼之间住了四十多天，徐良觉得这能耐又长了两大截。四老、二仙加徐良、杜昆和吴豹这九个人每天形影不离，吃完饭就谈论武艺。有时候徐良也谈谈自己的经历，四老说："你就放心、安心地学能耐，有了把握你才能报仇。"眨眼之间又过去二十天，这就学了两个多月了。

徐良一想快七月了，我离开开封府三个月了，大伙儿一定很担心，何况两军阵前正在用人之时，我怎能在这儿安心练武？徐良心里这么想，他不说这几个人也看出来了。

这天早饭后徐良刚要接着练，春老一摆手："今儿不练了，咱爷儿俩聊聊天。"

一会儿酒宴摆下，九个人团团围坐，徐良不知道怎么回事，杜昆这才说："三将军，这几个老前辈商量好了：今天给你饯行，明天打发你走。"徐良称心了，非常高兴。

酒席宴前春秋四老告诉徐良："此番回葵花冈，下一步就要打叠云峰，免不了一场凶杀恶战，我们最替你担心的就是朱亮、陈东坡，你要加倍小心，王典、霍玉贵也非等闲之辈。叠云峰就这些人，以你现在的能耐也对付得了；假如再有高人，这事儿就两说了。谁来都好说，这云南东海碧霞宫的双魔要来事儿就不好办了。但据风闻，叠云峰的人请过他们，去一个就够你难缠的。孩子，这临别的话你要牢记：不管何时何地见着这俩魔头，你要加倍小心，他们不但武艺高强，而且不通情理、心黑手毒！"

杜昆给徐良满了一杯，手捻须髯一边乐一边说："再报个喜讯，报事的回来跟我说，你们开封府又出了一位了不起的英雄，叫白芸瑞，听说是白云剑客夏侯仁的徒弟，还有两个非正式的师父公冶寿长和凌空和尚。现在你们小五义之外又增加了一员虎将。这不是喜事吗？"

徐良一听真高兴，恨不能肋生双翅飞回公馆看看白芸瑞这个兄弟究竟长什么模样，本领有多高，日后弟兄摽着膀子捕盗抓贼那有多好！酒宴完了，第二天就要告辞啦，徐良这心里热乎乎的，可怎么报答人家？他有点儿犯愁，就把这心里话跟赵朴、魏百宝提了。

赵朴乐了："你想到哪儿去了？过去有这么一句话，'宁舍一锭金，不舍一季春'，这武艺是无价之宝，这人情你还有法儿补报吗？用不着，只要你行得端、走得正，正大光明为国家出力，你露了脸，这就是对我们的报答呀。再说将来我们要有个马高蹬短之时，难道你就看着不管吗？还得有求于你呀！孩子你就不用往心里去了。"徐良这才得到安慰。

一夜晚景不提，次日天光见亮杜昆又准备一桌酒席欢送徐良。徐良把衣服都收拾好了，掉着眼泪下了小孤峰。众人在后边相送，可这几个人默默无言，也觉着难舍难离。

春大爷拉着徐良的手边走边谈："往后不管遇上什么贼寇，动手时首先要稳，心不要乱，只要你稳住心神就有取胜的把握；另外还得快，武术分高低、论上下，快者占先。快，就是先发制人。"

"晚辈牢记在心。"

"见着蒋平、展熊飞、智化等人替我们老哥儿几个问好，咱们将来还有见面的机会。"把徐良送出五六里地了还舍不得离开。

最后徐良站住了，冲大伙儿一抱拳："大家留步，我徐良迟早一定报恩。"说着跪在地上给大伙儿磕了一顿头，一狠心走了。走出一里多回头一看，几位老人和杜昆、吴豹还在频频招手，徐良擦擦泪拐了弯儿。

徐良兼程前进奔葵花冈，施展陆地飞腾法，天黑赶到了叠云峰，本意想探探山然后再跟蒋平见面。来早不如来巧，正好是蒋平失误，众人被困棺材沟。正走到崖头这儿，见陆青行凶撒野，徐良就躲到树上揉眼一看，这怪人用一条绳子往上拽人：蒋四叔、展大叔，紧跟着小五义弟兄。但是上来一个抓一个，上来一个拍一个，最后拽出一个小伙儿，自报叫白芸瑞。等一交手，徐良可注意看着，不住地暗自称赞：我这兄弟果然有能耐，这功夫不但对路而且相当精。但他一看就知道白芸瑞不是陆青的对手。后来果然累得满头大汗，已经只有招架之功而无还手之力，只能用看关定式封住门户的办法在那儿抵挡。再不下去非出事儿不可，这才大喊一声，当场露面。

这就是徐良失踪的全部经过。

徐良这一露面，白芸瑞的心像开了两扇门一样。两个人虽没见过面，但白芸瑞对徐良格外亲："三哥！我是你兄弟白芸瑞，白玉堂是我父亲。"

"兄弟不用介绍，我早就知道。你先歇一会儿，最好把躺这儿的几位都给救了，把穴道给他们破了。没关系，一推就好。我来对付这个丑鬼，一会儿把他的脑袋拨拉下来咱哥儿俩再谈。”

陆青一听：什……什么？把我脑袋给拨拉下来？你这口气可真不小！把老家伙气得一蹦老高：“小子什么人？”

“别吵，俺肉人。”

“废话！你是哪一个？”

“我就是白眼眉徐良。”

啊？陆青愣了一下：这王典是怎么弄的？他不是说开徐良的人头会吗？这是什么乱七八糟的！他一瞪眼问：“徐良？究竟怎么回事，你到底是死了还是没死？”

“嗯——我是死了。”

“死了还能回来？”

“我死得冤枉，到阴曹地府一算计，还没有把你带走，最好咱俩手拉手一块儿走！”

“你放屁！”过来就是一掌。

白芸瑞替徐良担心，在旁边紧喊：“三哥注意，这老家伙厉害！”

徐良明白他的心情，仍然是嬉皮笑脸的：“老兄弟放心，打他跟打小孩儿一样。”一看掌来了，徐良往旁一闪身，用双掌对他的双掌。白芸瑞利用这个机会扑到蒋平、展熊飞等众人面前，一个个抓住肩头晃脑袋，给按摩，时间不长把众人全救过来了。等大伙儿明白过来，揉揉眼睛、活动活动四肢，都好像做了一场噩梦。蒋平扶地起来看看天地周围，竟不知道是死了还是活着，只觉得身上很难受。紧接着大伙儿全起来了。

蒋平问：“芸瑞，这是怎么回事儿，这是什么地方？”

白芸瑞告诉他：“这是百丈崖岩头。您往前看，那个小老头儿就是咱们的仇人，叫飞天神魔陆青。”接着他便把大伙儿上当、自己如何未遭毒手的情况简单说了。

人们问现在同陆青战在一处的是谁，芸瑞高兴地反问蒋平：“您好好看看那是谁？”又自问自答地说：“那不是我三哥徐良吗？”大伙儿一听全傻眼了。霹雳鬼韩天锦一想：不对，是做梦。他想试验是梦还是真，最好的办法是咬咬手指头，想到这儿他一伸手把手指头抓过来塞进嘴狠狠咬了一口，咬完之后不觉得疼，心说：坏了，真是做梦！这时就听到有人“嗷”的一嗓子：“我的娘呀，你犯什么病了啃我的手指头！”韩天锦吓了一跳，闹了半天没咬自己的手指头，把房书安的手指塞进自己嘴里了，把傻子也逗乐了：“这……怎么闹的！”

陆青大战徐良三十多个回合没有分输赢。大伙儿盼着徐良取胜，好快点儿问问徐良是怎么回事儿的，这些日子上什么地方去了。可就是徐良再有能耐，但要对付这位飞天神魔谈何容易！打到五十回合仍然不分胜负。芸瑞这阵也缓过乏儿来了，他想上去替换徐良，不行的话，哥儿俩打他一个，就想绰家伙过去。

徐良想：春秋四老说过，遇上谁也别遇上云南二魔，偏偏遇上了。这老家伙真的不好对付，幸亏我二次学艺，不然真得吃亏。又想：春老说过发招儿要快，快就是先发制人，我就得使这一招。他看看自己带的六支镖留着没用，干脆用它把陆青打死。要再打长了对自己不利，尤其眼下是在叠云峰，时间长了援兵赶到就被动了，所以利在速战。于是他虚晃几掌，把六支镖全拽了出来，一手拎着三支，一转身的工夫，一扬手三道白光扑奔陆青：“俺要给你瞧瞧！”

陆青打着打着，就见徐良一转身，三道寒光扑奔自己，他预感不妙：“噢……啊……啊！”脚尖点地，“噌”地跳起两丈来高，徐良的三支镖全打到树里头。陆青能耐再大也不可能老在空中悬着，他刚落下来，徐良一抖手，颈嗓、前心、小腹三镖又到，陆青脚往地上一踹，身子往后一仰，使了个“金刚铁板桥”整个儿就躺地上了。他躲得真快，这三支镖又打空了。

白芸瑞在一旁看了替徐良着急：“啊呀！白费劲儿了。”

陆青一个鲤鱼打挺刚站起来，徐良左胳膊一抬：“你瞧瞧江米条儿卡巴起！”

袖箭出来了，陆青一甩脸躲开了，徐良右胳膊一抬：“卡巴起！”陆青又一扑棱脑袋躲开了。可把徐良气坏了，心说：这老家伙身法怎么这么快，难道说我的暗器白练啦？他赌气从怀里掏出一把石头子儿——墨玉飞蝗石。他给这玩意儿起的名字叫槽子糕。

徐良一手抓了几个，用大拇指和食指一捻：“槽子糕，槽子糕，槽子糕！”“叭叭叭”连发，这一下陆青可躲不开了，刚一甩脸又来了，刚一低头又来了，一下儿没躲利索，一块飞蝗石正打到他鼻梁上。

“啊！”鼻梁是脆骨、挺娇气，徐良打得劲儿又大，难怪陆青怪叫，鼻梁骨折了，眼前发花泪也下来了。与此同时，徐良这个快劲儿就甭提了，拽过大环刀就跳过去："你瞧瞧！你给我在这儿吧……""唰"地把刀举起来，陆青自知不好转身就跑，哪能跑得了？被徐良手起刀落，一刀把人头砍落。这样凶恶的飞天神魔，没想到被徐良斩于山上。芸瑞乐得直鼓掌："好！三哥这一招漂亮。"

房书安跳过去把人头抓起来扇了两嘴巴："唔，你这两下任何时候也不是我干老儿的对手，我叫你横！"人死了跟脑袋横，把大伙儿逗乐了，其实房书安就是这么个人。

徐良抬脚用靴子底擦净刀上的血，便同大伙儿相见。众人把徐良围在当中问这问那，简直解答不过来，高兴过度，在场的人都哭了。徐良简单地把经过说了一遍，然后跟蒋平讲："此地并非讲话之所，应当趁热打铁，今晚就平了叠云峰！"

蒋平也有精神了："对。有你和芸瑞咱们还怕什么！弟兄们、孩子们随我来！"众人各提兵刃奔棺材沟山口。

值班喽啰兵没想到这帮猛虎扑来，被徐良、芸瑞的两口宝刀砍得四散奔逃，艾虎、白芸生、韩天锦扑到山崖前边把喽啰兵赶散，扔掉弓箭，搬开山路上的障碍，打通了道路。蒋平吩咐韩天锦准备树枝木材架三堆篝火，顷刻之间火焰冲天。信号发出之后，神叉无敌将李勇命令点炮攻山，正面山口迅速被宋军占领，加上各方面配合行动，整个山便开了锅。白芸瑞、徐良、蒋平等众人直扑中央大厅。早有报事的禀报王典，说陆青死了，前山也被开封府占领，大宋官兵像潮水涌杀上来了。

王典的脸当时变了色，心说：事情变化怎么这样快？他也不理解陆青怎么这么快就死了，可事到现在谁还能胡说？王典吩咐各按岗位守住中屏大厅不准混乱，违令者杀！话虽如此说，现在人心已经散了。他的话刚完就听院里有人高声喊喝："呔！王典你出来……"

大厅里的贼人赶紧把灯吹灭，中屏大厅"唰"地黑了，人们躲到柱子后面、闪到门后，个别胆小的钻进了桌子底下。外边火光照得窗户纸刷亮。王典绰起短把凤翅鎏金镋，一手一个，飞身跳到门后点破窗户纸往院里一看：坏了！开封府的人都攻进院子来了。有人在捅破的窗户纸孔里忽然看到徐良，又引起了更大的混乱。那个假徐良、紫面金刚王顺吓得魂不附体。心想：我以为徐良死了，这不还活着？只要他有一口气在就不能放过我！卢珍、韩天锦这帮小子非报杀父之仇不可！王顺躲到黑地方没敢动弹。再说朱亮，现在他也慌神了：老运不佳啊，阎王寨败得那么惨，投靠叠云峰，摽着膀子的陈东坡也死了。这个山破得这么快，我得另寻出路，三十六计走为上策！他表面不露声色，手提拐杖拍了拍王典："大寨主，兵来将挡水来土掩，来来来，把门户开开等老朽跟他们决一死战！"

别人吓得跟避猫的老鼠似的，唯独这老头儿自告奋勇挺身而出，王典眼泪差点儿掉下来："老剑客，好！我可全指望您老人家了。"

"没说的，我一定竭尽全力。"要不说人老奸、马老滑呢！"叭！"朱亮把门开开了。为防万一，他拉了把椅子扔到院儿里去了，紧跟着他跳进当院。

开封府的人把院儿里的门、墙全部封锁了。在火光照耀之中显得徐良、白芸瑞威风凛凛，这一丑一俊两把宝刀把前大厅整个儿给封住了。朱亮"哇哇"暴叫："徐良啊，小辈！咱们是解不开的仇疙瘩。别看你没死，该着你死在老朽的拐杖之下。拿命来！"他像疯了似的照徐良就是一拐杖。

徐良照旧不慌不忙一闪身："朱亮！阎王寨都还账了，就你这笔账还悬着呢，今天该算总账了，我看你还往哪里走？今天山西人对付对付你！"两人交手十几个照面儿，朱亮发现徐良的能耐高出一大截，越发不敢大意。

正打着，白芸瑞想：别看热闹了，今天不是君子战——单打独斗，干脆我们哥儿俩打他得了。于是他也出手，两把宝刀围住朱亮。朱亮立刻就支撑不住了，他暗自咬牙：这俩小子一起收拾我，这怎么能行？一个没注意被徐良一刀把他帽子砍掉，吓得他魂不附体，哆嗦得慢了一点儿，叫白芸瑞一刀把后背划了个口子，这要往里头进一步他命就没啦，鲜血顺着后背就淌下来了，把飞剑仙疼得一皱眉，心说：得了，干脆快跑！他假意进攻，嘴里还挺响："不活啦，我跟你们拼啦，看家伙！"打着打着他冷不丁往回一纵奔蒋平来了。

蒋平哪能挡得住？吓得往旁边一闪。飞剑仙利用这机会飞身上墙，扭头指着徐良、白芸瑞："小娃娃，你们听着，此仇此恨我朱某非报不可，咱们后会有期！"就这样，朱亮跑了。

王典看得清清楚楚：嘿，朱亮你可真够意思啊，半道上拆我的台呀，你可够损的！现在也只有豁出这条老命了！他晃短把凤翅鎏金镋飞身跳到当院。

蒋四爷眼睛就亮了："良子、芸瑞可别让他跑了，这是个罪魁祸首！"

徐良点点头："您放心，认识他，跑不了！"可是事到现在细脖大头鬼房书安有点儿不忍，他原就是这山上的第四把手，跟王典关系不错，后来只是因为看法不同，哥儿俩越来越有分歧，房书安这才负气出走，脱离了叠云峰。之前说过，房书安领着艾虎曾经拜山，王典还真就把他放了。房书安给他算了笔账：从认识王典开始，没有做过什么坏事儿，这人心还是不错的。结果落到这一步还好得了吗？作为弟兄相处多年，自己不能袖手不管啦。

房书安想到这儿把小刀片一晃："我说干老儿，您先等等，老叔刀下留情，我先说两句。"

这两个人闻听跳出圈外，徐良回头问："房书安，你要干什么？"

"干老儿您先给留一会儿工夫，我跟王典交代交代，然后您老人家再教训他。"徐良就明白这是什么意思了，提刀往旁边一撤，芸瑞也退了几步。房书安晃着大脑袋这才来到王典近前，抱拳当胸："大哥啊，小弟这厢有礼了。"

"呸！房书安你个绿林败类、叠云峰的叛徒！你要干什么？难道要跟本寨主动手不成！"

"我说大哥，你疯啦，你怎么这样不近人情？大哥呀，我可不是怕你，作为朋友相处多年，我打算劝你几句，不知肯听否？"

"不听！"

"不听我也得说。大哥你现在身逢绝地，你看四面八方都被官兵占领了，不久就得拿下你这座中屏大寨，到那时烟消云散整个山寨就平啦，你怎么办？大哥呀，人非圣贤孰能无过？这人办点儿错事也情有可原，但是不能知错再错。大哥你要能听小弟的话，把你掌中兵刃往地上一扔，跪在地上请罪，我一定在我干老儿、包相爷面前多说好话；看你是个人才，还给你留个改过的机会那有多好！如果你不听良言相劝非要动手，你可是死路一条。"

王典一阵冷笑："嘿嘿嘿，房书安你还有这么好的心？完全替我着想？呸！滚到一边儿去！大丈夫宁死阵前也绝不后悔，我跟开封府的人势不两立，也包括你在内，看家伙！"

吓得房书安双手抱住大头："我的娘呀！"连滚带爬败归本队。

回来他还哭了："良言难劝该死的鬼，这就别怪我不够朋友了。"

玉面小达摩眼眉都立起来了："三哥把他交给我！"

"噌！"芸瑞就跳到王典面前："王典，既然你不听良言相劝，我只好用宝刀教训你啦，过来！"王典无话可说，抡凤翅鎏金镋扑奔白芸瑞。第十个照面儿的时候，芸瑞使了个海底捞月，正好碰在王典左手的凤翅鎏金镋上，宝刀把这凤翅鎏金镋头儿给削掉了，剩下个把儿在他手里攥着，跟擀面杖差不多。他刚一愣，芸瑞顺手又一刀把他右手的凤翅鎏金镋也削为两段。王典一看兵刃没啦，就等于一只大鹰没了翅膀，什么能耐也没有了，把他气得把手中两个把儿冲白芸瑞扔去，芸瑞一低头砸空了。王典扑向兵器架子又拽出一条花枪来抢奔白芸瑞，芸瑞一看这是条疯狗啊，应手家伙都不好使，这玩意儿能好使？芸瑞没费劲儿就把大枪削为三段：一开始变成棍，后来成了金箍棒，最后变成擀面杖。王典真气急了，一伸手又拽出一把宝剑来。这会儿他方寸就乱了，眼都花了。芸瑞稍微一使劲儿他都不知道怎么还手好了，他忘记手里拿的是宝剑了。宝剑两面刃，刀是一面刃，可他使了个裹脑藏头，这一下倒霉了，不用白芸瑞砍他，他拿宝剑这一转个儿，正好把脖子拉了个口子，左手两个手指头被划开了。王典这才明白：这不是刀，练哪门子裹脑藏头呢！哎呀，一抖手鲜血出来了，就在这一愣的工夫，白芸瑞的刀就到了：刀尖在前心给他扎进去，后边就露出尖儿来："啊——！"白芸瑞手腕一拧个儿，刃儿朝上一挑，"噗！"给王典来了个大开膛，尸身栽倒。芸瑞在他身上把鲜血荡了荡，手提宝刀跳出圈外大喝："哪个还过来！降者免死。"徐良心说：别人我全不抓，就抓那个假徐良、紫面金刚王顺！

第五十五回 房书安误走蒋家坨 大头鬼被戏三仙居

白芸瑞扎死王典，群贼一阵大乱，群贼无首就乱了套：能走的走、能藏的藏，有那么一小部分还在做困兽之斗，整个院子里头就打开了交手仗：不是单对单、个对个，而是混战在一起。

武器的撞击声，人们的嘶喊声……一直打到日头都升起来了这场战斗才宣告结束，宋军整个占领了八宝叠云峰青松狼牙涧。放眼一看，山坡上、大厅里，院里院外、草丛之中，到处是尸体，横七竖八，空前惨烈。有人统计了一下，攻打八宝叠云峰这次大战双方共死伤了两千一百多人，这是蒋平的差官队剿匪以来头一次恶战，同时还抓住两千多个俘虏。

蒋四爷和徐良招呼军兵和差官队赶紧扑灭大火维持秩序，把那些俘虏用绳拴上分批押下叠云峰。可徐良最关心紫面金刚王顺、白莲花晏风，因为打了交手仗，又是个黑天，分不清谁是谁。现在天亮了，得仔细检查。徐良在死人堆里翻来翻去，没找着王顺和晏风，又到俘虏队伍中挨个儿对照也没这俩人，急得徐良直跺脚。

蒋四爷说："良子别急，咱们好好搜寻，偌大个叠云峰还不定藏在哪儿呢。"徐良一想也对，大军又开始搜山，像梳头发似的来回找了三遍，甚至把石头缝儿都抠到了也没这俩小子的踪迹。不但他们俩找不着，差官队里还少了五个人：细脖大头鬼房书安、玉面专诸白芸生、小义士艾虎、粉子都卢珍和霹雳鬼韩天锦。把蒋平急的，心说：难道混战中这五个孩子出事儿了？奇怪的是尸体、伤员里都没有，哪儿去了？大家莫名其妙。蒋平和展熊飞一商议：现在集中全力处理山上的后事，丢人的事派人分头去找。那这五个人哪儿去了？王顺和晏风又哪儿去了呢？

这个假徐良、紫面金刚王顺十分奸狡，在混战之前他就盘算好了。他知道，谁都有活的希望，唯独他没有。他想：那徐良把我恨透了，要被抓住没有我的好儿，轻者把我剥皮点天灯，重则五马分尸剁成饺子馅儿，好一点儿把我送进东京开膛摘心……啊呀，他怎么琢磨怎么也好不了！想到这儿他非常后怕，一种求生的欲望升到脑门子上：走为上策，他跟谁也没商议，利用混战中人们自顾不暇的机会钻到后寨去了，他得去后寨找点儿路费。他知道那五间仓库里应有尽有，现在又没有人看管。他很顺利地把锁头打开进到里头，躺箱立柜什么都有。他用掌中这口假大环刀劈开几个柜子，果然里边有金银，找了个包袱皮儿包了一大包，提着转身出来。也该着他倒霉，迎面碰上细脖大头鬼房书安。

房书安在混战中眼都杀红了，正好到后院一抬头看见王顺，房书安一咬牙、大脑袋一晃："唔——喂，你溜达到这儿来了？老子正想找你哪，看刀！"蹦过去就是一刀。

王顺这会儿就怕人认出他来，无心恋战。如果要安心打，一百个房书安也不是他的对手。所以王顺虚晃一招拧身上房，撒丫子就跑，奔后山下来了。房书安想回去找人，又怕断了线儿。大脑袋一琢磨：唔，这小子要溜！不行，我得跟着他。他是叠云峰的第一要犯，不能让他跑了。他一边追一边喊："唔——来人哪，假徐良王顺跑啦，奔了后山啦……"小义士艾虎听房书安那拉笛儿似的声音说王顺跑了，心一动，赶紧转身把白芸生、韩天锦和卢珍找着了。本想找徐良，一看徐良、白芸瑞杀得跟血人似的，正在混战之中抽不开身，时间不能耽搁，所以他们四个就提着兵刃追下来了。追到后山到处是战场，到处是火光，再找房书安却找不着，可急坏了。艾虎他们赶紧奔后山，结果跑到岔道去了，他们奔东北，房书安却追向西南。

房书安这会儿也豁出去了，压着小片刀在后边紧追不舍。出了叠云峰跳过老山头又跑出十里地，累得他吁吁直喘。王顺提了个大包在头前紧跑，房书安在后边紧追，一面又喊："站住！王顺你跑不了啦，上天赶到灵霄殿，入地赶到鬼门关！不把你抓住姓房的绝完不了，你给我站住！"王顺吓得魂不附体，他倒不是怕房书安，他是怕徐良和白芸瑞。

又往前跑了一程，王顺实在是累啦，吁吁带喘停身站住，回过头一看，就房书安一个人。王顺的心这才平稳一点儿：就他自已，那我怕什么？兔崽子，我要把你的大脑袋薅下来出出气！我居然叫个饭桶撵得上气不接下气。他把包儿放在地下转身奔房书安来了。房书安晃着大脑袋正追呢，一看王顺不跑了，吓得他也不敢追了，站住了。

房书安回头一看："我的娘呀！一个人都没有。"方才他光顾追，以为后边有一大帮人跟着，闹半天就自己一个！再一看王顺奔他来了，转身就往回跑。

王顺一边追一边喊："站住，假徐良在此，有种的你来抓呀，你跑什么？"

房书安一边跑嘴还不老实："等会儿我再抓你，这会儿我没空！"

把王顺气得直哼哼，一想算了，这是个臭无赖，我别因为他耽误时间，我能往回追他吗，迎面碰上徐良怎么办？想到这儿，返转回来找着银子包儿，他照旧往前跑。他刚一跑房书安又跟上了。

房书安想：如果我跑了就断线儿了，再找这王顺比登天还难，我干老儿想报仇全得化为泡影，再危险我也得跟着他，要看看这小子跑到什么地方我好回去报信儿："嘞——嘿！王顺你站住，爷爷追来了，现在有工夫抓你来了。"把王顺气得鼻子眼儿冒火，心想：怎么就甩不掉他呢！

王顺转身回来："呸！来，过来，爷在这儿等你抓。"房书安看人家站住又不敢追了，躲到树后急得直拉笛儿。王顺往前一迈步，房书安转身就跑，等王顺跑，房书安又追。这俩人就像一条绳拴住了两头儿互相拽着。王顺一边跑一边琢磨，心说：我要倒霉，这叫冤魂缠腿！别看这小子能耐不大，鬼点子很多，难道说我就摆脱不了他？他眼珠一转有主意了。

这回他又站住了，房书安一看他站住自己也站住了，把小片刀晃了三晃："喔，王顺，你打算怎么办？"

王顺心平气和地压住火："姓房的，咱俩做笔买卖你看怎样？"

"你说。"

"姓房的，你可别忘本，你也是绿林出身，后来才投到开封府。但你这人可恨又可怜，谁不知道你是被徐良欺负怕了，你投靠开封府就为了保住一条命罢了。我就不信徐良把你鼻子拉了，你能不恨他？之所以你现在这么做是被逼无奈。房书安，不管你是怎么想的，我也是绿林人，现在我倒霉了，这就是人在暗处需拉一把，你切莫赶尽杀绝啊。如果你房书安能高抬贵手把我放了，我一定报恩。我王顺是讲义气的人，将来你要有个马高蹬短，我绝不会袖手旁观，你看怎样？你就抬抬手把我放了得了。这事你知我知，身边连第三个人都没有，你怕什么？多个朋友多条路，多个冤家多堵墙，我说这话有没有道理？”

房书安一听：这小子是怕了我了，这叫邪不压正。他心里有鬼，所以说软话。房书安鬼点子最多，低着大脑袋琢磨一阵：“嗯，你的话有一定的道理，那你说咱这买卖怎么做？将来报恩未免太远啦，我要活不到那时候怎么办？我打算来个现得利。”

“行，现在我就给你钱如何？”

“给多少？”

“不知道。我倾囊而赠，有多少给你多少。”王顺把偷来的那包拿出来往地下一放，打开包袱皮儿一过目，不少！黄的是金子，白的是银子。他跟房书安说：“房爷，多了我是没有啦，要有，我绝不吝啬。看见没？这一包全给你，能不能放我走？”

“那是多少？”

“一千来两。”

“太少点儿！买条命才花这俩钱儿？”

“房爷，你别逼得哑巴说话呀。我走得仓促，身上没带太多钱。这么办，将来我给你五千两白银补今日之情，你看如何？”

“这可是你说的！好吧，我这人最讲理，你把那包儿给我扔过来。”

“哎！”王顺把包儿包好，因为俩人离着挺远，房书安不往跟前来，王顺把这包儿拎在手里一琢磨：别上当啊：“我说房书安，你给我起个誓，我要把这银子给了你，你还追不追我了？”

“你这人怎么不相信人呢，姓房的最讲义气，大丈夫一言出口如白染皂。你要把银子给我，我要不放你，将来我死在乱箭之下、车轧、马踩，不得善终。”

“行，够意思，接钱！”王顺把这包银子扔给了房书安。房书安用刀尖儿挑过来，也没过数就把它围在自己身上。

等房书安围完系好，王顺一笑：“房爷，青山不老绿水长流，他年相见我一定报恩。姓王的走了！”

“等等，你往哪儿走？”

“这个……我也不知道。”

“你不知道我知道，你跟我走得了。我把你带到开封府，包相爷有三口铜铡，那狗头铡可快呢，我把你塞里头铡了得了。”

“哎！你说这话什么意思？我这钱白花了？”

“你这钱是偷来的，不是你的。再说回来，你就是万两黄金也买不动开封府的官人，房大爷铁面无私岂能受贿！方才我使的是烟泡儿鬼吹灯。小子，你跑不了！”

“呀，姓房的你损透了，难道你方才起的誓不算了？你就不怕应誓！”

“爱怎么着就怎么着，我活这么大早腻味了，车轧、马踩，我全不在乎！小子，你跟我打官司得了。”把王顺气得头发昏，眼前金花乱晃，心说：我算叫他把我害苦了，本来就没路费，还都叫他诓去了。

“大爷我也豁出去了，临死之前我也叫你有个受不了，哪里走！”王顺提刀来撵房书安，房书安跑得比兔子还快，进树林就跑了。王顺这次追是勉强的，追了那么一会儿，一想算了，我一定得把这冤魂摆脱了，一会儿天亮可就来不及了。王顺照旧跑，房书安照旧追。王顺这回是头也不回加快速度，房书安就撵不上人家了，王顺眨眼之间消失在黑夜之中。房书安一直追到第二天日头升起也没找到王顺的影子，他心里凉了半截儿，断线儿啦，白追了一晚上。怎么办呢？再往前看看，实在没有就回山复命，起码可以叫干老儿顺着这个方向追王顺。但他转了一圈儿，看这地方十分眼生，从没来过。这回就放慢了脚步。因为庄稼地里有人干活儿了，大道上男女老少牵驴赶车的、赶集上店儿的已经陆续出现，他再那么跑就太不像话了。

房书安把小片刀也收了起来，一边擦汗一边往前走。没走三里地，前头是个大镇。镇口埋着块石碑，上刻着“蒋家坨”三字。这地方叫蒋家坨，规模不小啊。他过了石板桥进了镇店，一看，少说也有五百户人家。房书安心想：王顺肯定躲到这儿来了。

房书安不清楚，他现在已经进入湖南地界，再往前走不远就是洞庭湖和长江。这个镇店离大江不远，镇店东西一趟大街，南北都是买卖商和住户，周围环绕着青山，景致非常优美。但房书安心乱如麻，哪有心思观看风景？他低着大脑袋一琢磨，这王顺不定躲到哪一家，我得想办法把他找出来，抓住以后往干老儿面前一献，他老人家得多高兴！我也算投奔开封府之后立次大功。他打定主意进了街。

这会儿有的买卖开门了，他看小十字街路西有个饭馆叫三仙居，刚挂上幌子，才觉得有点儿饿和乏。房书安想：这两天就没吃好饭，昨儿一天光顾打仗了，水米没沾唇，我先进饭馆把肚子填饱了，了解了解本地情况再说。就这样他迈步进了三仙居。

这买卖刚开门，他是头一位顾客。伙计把桌子都擦完了，回过头来打招呼："大爷您早！请坐。"

"嗯，好说好说。"房书安找了个把窗户的座位。

伙计又擦抹桌案，摆上吃碟儿、筷子问他："大爷想吃点儿什么，吩咐下来吧。您是头一位，厨师一高兴给做点儿可口的美味。"

"都有什么呢？"

"啊，我们三仙居是大饭馆子，蒋家坨首屈一指。什么都有：天上飞的，地下跑的，草里蹦的，水里游的，煎炒烹炸样样俱全。"

"用不着那么麻烦，你随便掂对掂对，冷荤热素，拣最拿手的给我做来。"

"好，您喝多少酒？"

"多了不要，半斤。不过可要好酒。"

"您放心，咱们有自制的'开坛十里香'！"

"就是它吧。"伙计告诉厨房准备，房书安利用这机会往椅子上一靠，觉得昏昏沉沉，身上有点儿乏，他知道这是没有吃饭的缘故，另外，几天也不得休息，眼睛发涩。

这时街上买卖陆续开张，行人也逐渐增多，唯独没有紫面金刚王顺。可又一想：即便王顺出现了我怎么抓？没有人家能耐大呀，我得想个好办法。他正在胡思乱想，伙计把菜逐渐端来，老房用鼻子一闻：真香啊！大概是饿了的缘故，房书安低着大脑袋拿起筷子吃起来。这会儿酒也烫好了，他一边喝着一边吃。用眼睛打量这屋还真不小，他坐的是散座，靠里边一趟五个单间是雅座，帘儿都没挂。他想：这小地方还真有这么阔气的饭馆，对，我有钱哪，讹王顺一下就有一千来两银子，这回我得肥吃肥喝补补身子。想到这儿他掂掂银子包不由得高兴。

房书安这人挺爱小财，平日很节俭，一个钱也舍不得花，如今发了大财真是喜出望外，腰板挺着，晃着大脑袋吃上了。这时候饭馆客人陆续都来了，前前后后也有二十几个吃饭的，他一边看一边闷头吃。正在这时候，就听外边钖锣一响走进一个盲人来，是个大个子老头儿，腰有点儿佝偻，脑袋都秃顶了，就后脑勺儿有那么一百多根头发，把它拢在一块儿梳个小疙瘩鬏儿；大草帽在身后背着，斜挎着个黄布兜，油脂麻花，上边还有几块补丁；这兜子鼓鼓囊囊、稀里哗啦直响，也不知道里边揣了些什么；手里头拿着小钖锣，右手拄着杖；往脸上一看，光有白眼珠没有黑眼仁。这老头儿跌跌撞撞进了饭馆。

伙计赶紧迎上来：“老爷子慢点儿、慢点儿……往这儿走，要用饭不？”

“啊，闻着香味啦，这不是饭馆吗？”

“是，这叫三仙居。”

“就冲这名儿来的。有闲座儿吗？”

“您请到这儿……”

“不不，我自己找张桌儿。”别看他看不见，他还挺挑剔，拿着棍子戳戳打打就戳到房书安这儿来了。

“这桌子有人吗？”

“有一位。”

“就这儿吧。”拉了把椅子坐到房书安对面，把明杖、锡锣都放下来。房书安这会儿吃得差不多了，肚子有点儿底儿了，抬头瞅瞅这老头儿，那脸大概有一个月没洗了，衣服不错但是挺脏，袖面儿挽着露出的那胳膊青筋暴出，瘦得不像个样子。老房心中暗想：人生一世穷富不等，这盲人多可怜啊，还敲个锡锣，甭问这是跑江湖算卦骗人的。他是个绿林人，对这行当还能不了解？但他不认识，自己还闷着头在这儿吃着。

这时伙计给房书安端上四喜丸子、红烧大鲤鱼：“大爷，您的菜可齐了，您尝尝这鱼的味道天下绝伦。这是我们洞庭湖盛产的，味道格外鲜美！”

“好。”

“您再尝尝这四喜丸子，这是我们厨师加料给您做的。”

“那行，一会儿多给小费。”房书安先喝一口“开坛十里香”，拿着筷子正琢磨先吃鱼还是先吃丸子。

正在这个时候那盲人把筷子也绰起来了，一筷子就夹了个丸子咂嘴吃上了：“啊，这丸子味儿还真不错，三仙居这厨师有两下子。”说着话筷子一拐弯儿奔那鱼去了，在当间把鱼斩断，把上半截儿夹过去：“嘎！这鱼做的火候真到家。”把房书安气得够呛，心说：你眼瞎心也瞎呀，给我端来的你吃什么劲儿？房书安一生气也没说话，就瞅着他。

这位连声赞叹：“好好好，真好”，把那鱼的下半截儿夹上也吃了。吃完用手瞎摸，把四喜丸子的盘子摸着了，端到自己跟前，一转圈儿全入了肚。

房书安气得把筷子放下了：“哎，老头儿你听着，你往那儿一坐，一没点菜二没要酒，你知道你吃的谁的吗？”

“噢，伙计不是说给我端上菜来了吗？”

“那是跟我说的。你也没问价，怎么就吃了？”

“啊呀，对不起！人老了就不中用啦，耳也背眼也瞎，要不我包赔你两个菜。”

“算了算了，我再要两个菜得了，往后你注意点儿，你遇上刺儿头的话，轻则骂你一顿叫你包赔损失，重则赏你一顿拳头。老骨头老肉的了，捶你一顿受得了吗？……伙计过来！”

“大爷，您吃得好快，这一会儿没啦。”

“是啊，有人帮着吃能不快吗？照这样儿的菜再给我来两个。”

“是。”伙计又问那盲人，“老爷子，您想吃点儿什么？”

“吃什么呢，想吃好的没钱，但我这人还挺馋……你给我来一盘烩豆腐吧。”

伙计乐了：“老爷子，咱这三仙居不卖烩豆腐，要想省钱您往饭馆前边走，那胡同里边尽卖小吃的，经济实惠，您不必在我们这儿吃了。”

“伙计你也太尖酸刻薄了，你不卖豆腐我又不知道，没有就没有呗，干嘛往外撵我？”

“我不是那个意思，我是替您着想。”

“那么你们这儿最便宜的菜还有没有解馋的？”

“哎，有。炒肉丝、炒肉片什么的，您随便来一个吧。”

“行，管它什么，拣最便宜的给我来一个。”一会儿伙计端上一盘炒肉丝来，与此同时给房书安的那俩菜也端来了。房书安把筷子绰起来刚要吃，这老头儿要的菜根本没动，筷子一拐弯儿又奔房书安的鱼来了：“这菜是不错啊。”

刚要夹，房书安过去把他的手摁住了：“您等等。您老这手还挺有准儿啊，看您比量的多是地方！这是我的菜。”

“啊，对不起！”说着那筷子一拐弯儿又奔那丸子来了。房书安心里纳闷儿：你这是装蒜呢还是真的？这老头儿可真气人，夹了个丸子送进嘴里：“嗯，这肉丝儿味道真不错。”

“啊？我说老爷子，那是肉丝儿吗？不明明是丸子吗？还是夹的我的。”

“是啊？对不起。谁让咱俩一个桌呢，您就吃点儿亏吧，我本想包赔您这菜，可钱实在拿不出来。这样，我奉送您一卦得了。”

房书安本不信这些，知道这叫江湖术士，这行当骗别人可以，内行人怎能上当？但房书安这会儿也没事，拿它打个岔，他乐了："那好，你就给我算一卦吧。"

"男左女右，您把左手伸出来。"这老头儿摸了半天，"哎哟，从您这手相看，您可有一场大难啦！"

房书安根本不信这一套："你说有什么大难？"

"从您骨头里我摸出来你在追赶一个人，此人浑身是刺儿，你不但抓不住还得把你搭上，真是凶多吉少。"

房书安大脑袋一扑棱，心说：你甭跟我装蒜，很可能你跟王顺是一伙的。又一想：先沉住气，看他怎样往下说。"老人家说对了，您看这人能追上不？"

"有希望。此人远在天边近在眼前，离得不远，只要你留点儿神就能找着。"

"好，借您吉言。不过您方才吓唬我，说我有大难临头可是事实？"

"我不是吓唬你。"

"有解的方法吗？"

"解是可解，您得破费。"

房书安暗笑：这不？来了。"您说我得怎样破费呢？"

"好办。里边有单间雅座，咱们换个座儿，你摆上一桌丰盛酒席请我吃一顿，这难就解了，不但解了，你还能抓住要抓的那人。"

"是吗？我说老头儿，咱水贼过河甭使狗刨儿。你知道我是谁吗？我是吃哪碗饭的你清楚不？"

"清楚清楚。我摸你这手都摸出来了，你是江夏三鬼的第三个，叫房书安对不对？"

书安心一跳：坏了，老贼！他怎么知道是我呢？想到这儿他把眼珠子一瞪："小点儿声，别吵嚷。"

"我没嚷。另外，我还知道你追谁，你追的那人叫紫面金刚王顺，是从叠云峰来的对不对？"

"嗯，对。老人家您是哪一位？"

"甭问，问这没用。我就是个算卦的，这是摸骨相摸出来的，别的一概不知。你能不能破费俩钱儿请我吃点儿？要能请我吃，我一高兴还能帮你办点儿事儿。别看我眼瞎，我要替你摸就能把他摸着。"

"是吗？"

"怎么不是！话又说回来了，你要不想破费，我现在就嚷嚷，那王顺一害怕就溜了，你再想找可就找不着了。”

“哎，别，别这样。”房书安想：这人必有来历，我非弄清楚不可。这会儿客人越来越多，声音稍微高点儿别人就能听见。房书安想：雅座就雅座，雅座谈话方便，我不能放走这老头儿，“伙计过来！”

“大爷还添点儿什么？”

“不，整个儿换了，雅座有地方吗？”

“都闲着呢。”

“好，我们把一号包下来了！”说着站起身去扶这盲人，老头儿拿起铴锣跟着进了一号雅座。伙计一面擦抹桌案请他们坐下，一面暗笑：这俩人真有意思，倒像刚交上的朋友，刚吃那么多还要大吃，看来是个有钱的主儿。

“您二位的意思……”

“上等酒席一桌。”

“上等？十五两银子呢，您看……”

“废话！大爷有的是银子，你就摆上得了。”

“就您二位，还有别的客人吗？”

“就我俩。”

“这就上！”时间不长，这菜陆续上来了，门帘儿也挂起来了，说明这屋有人包下了。房书安给盲老头儿满了一杯酒：“老爷子仙乡何处尊姓大名，您是哪一位？”

“哈哈，房书安，方才我都说过了，你问这有什么用，我就一个瞎老头儿，走乡串镇算卦的，我看就别问了。”

“老爷子，外边说话不方便，这儿可方便。您究竟是谁能不能告诉我？”

“告诉你也没用。你不是追那姓王的吗？你现在往外边看看谁来了！”

“嗯——？”房书安想：一个瞎子能知道谁来了？便用手轻轻一撩帘儿，往外一看，那紫面金刚王顺刚进饭馆。他那狼狈劲儿呀，帽子、衣服上全是尘土、草棍儿，脸上挂着一层灰，白眼眉也变成灰眼眉了，眼窝深陷，背后背着刀。一进饭馆他就背着手，挨个儿给人们相面，看意思他是怕遇上熟人，瞅瞅这张桌儿，看看那张桌儿，把屋里吃饭的人看个遍，最后轻舒一口气拉把椅子就坐下了。

房书安全看在眼里：“真来了。”

瞎老头儿压低声音问：“房书安，我这卦准不准，外边是你要找的那位吧？”

“一点儿不假。”

“甭急，稳住他。一会儿等他吃起来，你到外屋把门儿一堵不就抓住啦！”

“对……啊？”房书安想：我抓？十个房书安也不行啊！他又想：这盲老头儿说不定是个武林高手，得求他给我帮帮忙。想到这儿他往前一凑：“老爷子甭跟我演戏了，我姓房的闯荡江湖这么多年，眼睫毛儿都是空的，什么人我一搭眼就看个八九不离十。”

“是吗？那你看看我是什么人。”

“您不是个剑客也是位侠客。老爷子，您可不能不管，要能帮我抓住王顺，您可是立下大功一件啊！”

第五十六回 漏网贼投靠新主 房校尉舌战故交

房书安和这个盲人老者在这儿商议，求他给帮忙。其实房书安心里清楚，他肯定是个了不起的人，这回是帮也得帮，不帮也得帮。老者闻听，点了点头说："嗯，饭也吃了，你也破费了，我能不帮你办事吗？房书安你大可放心，别看我眼睛瞎，我估摸着抓他还不费劲儿，就是瞎摸也能摸着。这么办吧，你先出去公开和他见面，把他稳住，然后我出其不意蹿出去，把他拦腰抱住，咱俩就把他抓住了。就算咱俩不行，蒋家坨这路口就有衙门，巡检司、军队，他们闻讯赶来再帮咱们点儿忙，他还跑得了吗？"

"对，老爷子我谢谢您，事成之后我个人有重谢，官府还有重赏。"

"好！那你就请便吧。"房书安也不吃了，就在这单间雅座里把衣服归拢整齐，周身上下紧衬利落，从腰中拽出一尺二寸的小片刀在屋里还练了一趟。

那盲人翻着眼睛听着，说："嗯，房爷，我觉着你身上挺沉的，你是不是先把那包儿放下，带着这么沉的东西怎么能抓贼？等会儿把贼抓住，我把这包儿再还给你。"

"好，您先给我看管着。"一千来两银子，六七十斤重，在腰里坠着是不方便，房书安把包儿解下来交给盲老头儿。全交代完，房书安把半截门帘往下一拽，"嗖"地一下蹦出去，就到了紫面金刚王顺的桌前，抖丹田，高声喊喝道："呔！"他没鼻子不兜风，这味儿跟正常人不一样，把屋里人吓了一跳。

王顺叫了两盘包子，刚咬了一口，猛抬头一看，房书安蹦到他的面前，把他吓了一跳，筷子、包子全掉在地上。他不是怕房书安，他怕的是徐良、白芸瑞，这就叫贼人胆虚。王顺刚才那么半天去哪儿了，他在本地是不是有熟人？没有，王顺是瞎跑到这儿来的。他为了摆脱房书安的跟踪，进了蒋家坨之后，一看有个大院后门开着，里面堆的都是乱草，他也太累了，就钻进草堆，在那儿暂避一时。王顺钻进草堆，闭着眼睛琢磨了半天，盘算着上哪儿去，上云南太远啦，上四川也不近，原籍是绝不能回，官府肯定在通缉，那眼前有什么地方可去呢？想来想去，他想起一个地方。离这蒋家坨不远，五六十里地外有座山叫少华山，山上有位总辖大寨主叫赤发龙神冯魁章。他管辖着八百里洞庭湖；他有四个儿子：冯云龙、冯云虎、冯云彪、冯云汉，江湖上号称冯家四太子。据说是四员猛将，每人一对大锤，金、银、铜、铁八大锤；听说他还有两个帮手，曾跟人家学过武艺，一个叫海马追风叟上官清，另一个叫海马芙蓉叟上官伦；还有个军师，这人叫尚可善。但是我跟这些人都不熟悉，投奔他们是否能收留我，这可就难说了。最后他一琢磨，不如大胆一试，我们都是江湖人，我爹的名望他们大概也都知道，能收留我更好，不能收留我，借点儿路费，然后我远奔云南也好。不过，眼前至关重要的是摆脱房书安这个尾巴，我就在这儿睡一觉，他一会儿找不着我就回去了，到时候我再走。他在草垛这儿一忍，那滋味可真难受，又渴又饿，这才想起一天一夜水米没沾唇，因此他忍了一个多时辰，后来实在忍不住了，站起来把身上的草抖了抖，壮着胆子来到街上。他东看看、西瞧瞧，一看没有房书安，也没有开封府的官人，这才来到前街。可他没想到，在他进蒋家坨钻进草垛的前后，有一个人正在暗中监视着他。王顺进了三仙居，打算填饱肚子，因为没钱他就要了两盘包子，没想到这包子一口还没吃，房书安就从里面蹦出来，他焉有不怕之理？

这小子“噌”地一下站起来，一看就房书安自己，他略微放了放心，事到如今也豁出去了，他说：“姓房的，咱俩是前世的冤家、今生的对头，又在这儿遇上了。”

“对了，你要是懂事，赶紧自己投降，我保证不凌辱你，如若不然，一会儿官兵来到，你小子可就活受罪了，你打算怎么办？”

“去你的！”王顺把眼前的桌子“哗”地一掀，奔房书安就砸。房书安往旁边一纵，顺手绰起个痰桶照着王顺打来，王顺一低头，这痰桶“啪”正好砸在酒坛子上，坛子碎了，酒也洒了，把掌柜和伙计吓得“嗷嗷”直叫，吃饭的也四散奔逃，饭馆就乱了套。

房书安回头就喊：“老爷子，快帮忙抱腰吧！”喊完他往一号房间一看，那盲老头儿踪迹全无，银子包儿也给拐走了。这可把房书安气坏了，心说：哎呀！上这老家伙的当了！他拿我当傻小子使唤，把银子偷走连忙都不帮，可损透了。就在房书安一愣神的工夫，王顺从窗户跳出去，头也没回撒腿就跑。到了现在，房书安也顾不上那么多了，跑出饭馆在后头就追。就这样王顺逃出蒋家坨，奔少华山跑去，房书安在后面是紧追不舍。这回王顺没耽搁时间，一口气跑了三十八里地，在日头偏西的时候，来到少华山的山口，把他累得摇摇晃晃实在跑不动了。房书安比他还强，因为老房吃了两回饭，肚子里有底儿，始终与王顺保持着半里地的距离。旷野深山，看得比较清楚，就见王顺摇晃着进了一座山口，老房不知道那是什么地方，压刀还继续追。

王顺刚进山口，里头呼哨一响伏兵四起，出来七八十个喽啰兵，手里拿着刀枪棍棒，把王顺就给包围了。王顺单手提刀，把手一摆说："各位弟兄辛苦，别误会，咱们都是自家人，我也是老合。"

"你也是老合，你找谁呀？"

"我初次到贵宝山来，请问我有个朋友叫田凯，是否在此？"

"田凯，他在少华山是干什么的？"

"我听说他在这儿当个头目。"

"这儿是有个叫田凯的，是我们的巡山寨主，人送绰号双刀将。"

"对，我找的就是他。"

"你叫什么名字？"

"在下姓王，叫王顺。"

"好吧，先把刀放下，听我们的。"王顺把刀扔下，人家把刀捡起来，用绳子把他给捆住，到里面送信儿去了。这王顺说的是真话，他确实有个朋友叫田凯，是他爹神拳太保王兴祖的徒弟，但是多年不通音信，这一回还真碰对了。喽啰兵到里面一送信儿，时间不长，巡山小寨主双刀将田凯晃着膀子来了，他低头一看说："哎哟！果然是兄弟，我简直都不认识你了，快松绑。"

喽啰兵把绳子给解开，把刀又还给王顺。王顺哭着说："田大哥，被难之人前来求你，请哥哥跟总辖大寨主美言几句，把我收留下吧，我现在是叫天天不应，叫地地不语，走投无路了。"

田凯说："别哭别哭，兄弟你这是怎么啦，据我所知你是个顶天立地的英雄，哭什么？总辖大寨主跟我关系不错，我到那儿说几句，没问题，你是英雄，我们请都请不来，哪儿能拒绝？别难过，我现在就领你进山。"

"哥哥等等，后面还有开封府的人追我呢。"

“多少人？”

“不知道，我看见的就一个人。”

“那你放心，我们这个少华山铜墙铁壁，他飞都飞不进来。弟兄们，把好山口，没有我的话任何人不准放进。”

“是！”他都安排好，就带着王顺进山了。顺着盘山道，他们来到少华山金斗大寨，等王顺进到院里一看，这地方的气派不次于八宝叠云峰青松狼牙涧，相比之下比王典那儿还整齐。大厅门前站着四十名彪形大汉，怀中抱着鬼头刀，两旁摆着兵刃架子，大厅的门开着，里面正在谈论事情。大寨主冯魁章跟他的老前辈上官清、上官伦、军师，还有他的四个儿子、偏副寨主正在议论打造战船的事。这么个时候，他们两个就进了院子。

田凯说：“兄弟，略等片刻，我把底儿交给你。我们大寨主冯魁章脾气暴躁，但这个人心肠挺热，你就得顺着他说。只要他瞧着你顺眼，看你可怜，保准收下你，如果你戗着他，这事就不好办了。”

“这些事我都知道，现在我是要饭不怕馊，能收留我就行，我哪儿敢跟人家顶嘴呀？”

“行了，我给你送个信儿去。”说着话田凯正正帽子，抖抖衣服，来到大厅外面高声喊喝：“报！属下要求见大寨主。”

冯魁章往门口看看说：“是田凯吗？”

“不错，正是属下。”

“进来吧。”

田凯规规矩矩走到虎皮交椅前，躬身施礼，说：“回总辖大寨主，有件事情要向您禀报。”

“什么事？”

“咱们这儿来了个朋友，打算步步登高，请大寨主赏碗饭吃。”

“哈哈哈，田凯，这鸡毛蒜皮的事，还用跟我说吗？你是巡山寨主，看着安排吧，只要人可靠就行。”

“是！不过他不是一般的人，必须跟大寨主见个面。”

“他是什么了不起的人物？”

“大寨主，您听说过有个叫神拳太保王兴祖的人没有？”

“听说过，他艺压南七省，是个了不起的人物。他不是被徐良给杀了吗？”

“对，今天来的这个人就是他的儿子紫面金刚王顺。”

上官清一听，手捻胡须说：“他不就是假徐良吗？听说他在八宝叠云峰入了王典一伙，怎么上这儿来了？”

田凯说：“那我就不清楚了，最好您亲自问话。”

“好吧，是个了不起的人物，让他进来。”

田凯听了心花怒放，来到外面，满脸是笑地说：“兄弟，我给你说了，看那意思大家都挺欢迎，张口英雄，闭口好汉，你跟我进来吧。”

王顺跟他进了大厅，一看这哪里是大厅，分明是森罗宝殿。正中央有座高台，高有五尺，两旁有梯子，上面铺的虎皮，在办公书案的后面是一把特大的虎皮高椅，在椅子上端坐一人，这人长得非常难看，就是白天打个对面也得吓个跟头。这位身高一丈二尺六，红头发、宽肩膀、大骨架，脸从脑门儿到下巴有二尺，高高的颧骨、四棱的下巴，深眼窝镶嵌着一对黄眼珠，满脸疙瘩一层水锈，颏下一撮红胡须，这人头上还长着两个包，不知道的人还以为是两个犄角，要不怎么叫赤发龙神。他头上戴着火红缎子扎巾，身穿火红缎子箭袖袍，外披对花英雄氅，在上面一坐那是稳如泰山。在他身边有四个大个子，身高也都在一丈二尺左右，一个个膀大腰圆，在他们脚下放着金、银、铜、铁四对大锤。在桌子旁边各有一把椅子，上面坐着两个老头儿，他们好像一个模子刻出来的，五官相貌极其相似，就是皮肤颜色有点儿区别，上首老头儿脸发黄，下首老头儿脸发青，俩人都是花白的须髯，干巴巴的挺精神，每人身后背着一对独龙双拐。再下首还有一把椅子，坐着个出家的老道，细细的眼睛，黄胡须，身披八卦仙衣，腰中悬剑。再下面都是偏副寨主。

王顺巡视了一遍四周，抢步过来，撩衣跪倒，说：“总辖寨主在上，各位好汉在上，被难之人王顺给众位问安。”说完话，趴在地上就磕头。

田凯过来介绍说：“大寨主、各位，这就是王兴祖之子王顺。”

冯魁章看罢多时，说：“免礼。”

“多谢大寨主。”王顺往旁边一站，冯魁章相了相面，然后吩咐田凯赐座，王顺这才坐下。

冯魁章问：“王顺，你是不是那个把眉毛染了的假徐良？”

“不错，正是在下。”

“嗯，这是有人介绍，要不介绍真把你当成徐良了，你不是在八宝叠云峰吗？我还接到请帖，说你们七月十五要开人头大会，怎么这个会没开，你跑到这儿来了？”

“哎呀！大寨主，一言难尽呀。”王顺说到这儿，眼泪就直往下掉。

冯魁章说：“王顺，不必难过，有话只管讲，如果你说得在理，本寨主一定给你做主。”

“多谢寨主，各位容禀。”王顺就把官府怎么攻打叠云峰，徐良怎么没死这些事讲述一遍，一直讲到山寨被破，自己逃跑，毫无隐瞒地全说了。等他讲完，大厅“哗”就是一阵大乱。大伙儿一听，那么大的叠云峰，如今是一败涂地，这消息要是王顺不来，我们还蒙在鼓里呢。

冯魁章问：“那么寨主王典在哪儿？”

“叫白芸瑞给扎死了。”

“电光侠霍玉贵呢？”

“不清楚，都打乱套了，谁知是死是活，反正我跑到了这儿。”

正在这时候，外面当兵的进来报告：“报！报总辖大寨主，可了不得了，山口外有个人，口口声声要进山抓贼。他还说听他的话一笔勾销，要不听就要扫平少华山，请大寨主定夺。”

冯魁章听完，火往上撞，他把桌子“啪”地一拍，说：“外面来的什么人？”

“没报姓名，他说是开封府的办差官。”

“长得什么样？”

“挺细个脖子，大脑袋，还没有鼻子。”

刚说到这儿，王顺过来说：“大寨主，这个人是最坏的，他叫房书安，人送绰号‘细脖大头鬼’。这小子当初也是绿林人，后来被徐良把鼻子给拉下去了，结果闹了个五官不全。他不但不恨徐良，相反还处处庇护开封府。如今，他背叛绿林保了皇上，在开封府当一名校尉，跟着徐良到处与绿林人作对，这次八宝叠云峰失败，跟此人有一定关系。他跟了我好几天，求大寨主把他抓住，就地处决，这样才能给绿林人报仇雪恨。”

“噢，房书安，听说过，他不是跟王金龙、霍玉贵是磕头的把兄弟吗？”

“对呀，可恨就在于此。他是叠云峰的人，反过来倒出卖了叠云峰，跟这些把兄弟为仇作对，没有他，叠云峰何至一败涂地呢！”

“好吧，他来得正好，这叫天堂有路他不走，地狱无门自来投。王顺你先回避一下，他进来以后，我再见机行事。”

“多谢寨主，不过您对他不能心慈手软，要留下就是个祸害。”

“本寨主清楚，来人，陪王壮士下去休息。”这时有两个副寨主过来，陪王顺到跨院，让他洗洗脸，喝口水，吃点儿东西。

冯魁章吩咐一声：“让房书安进来见我。”喽啰兵出去，过了好长一会儿，他们把房书安才领进来。

房书安昂首挺胸，晃着大脑袋走进大厅，到里头一看，派头可不小啊，他再往高台上一看，坐着一个人，阔口咧腮，颧骨突出，特长的一张大脸，红头发红胡须，长得十分凶恶；在他两旁站着四个彪形大汉，手中提着大锤，还有两个老头儿在桌子旁边坐着，余者偏副寨主是威风凛凛、相貌堂堂，背剑悬鞭，怒目而视。房书安一想：我现在是堂堂开封府的办差官、白眉大侠的干儿子，可不能给开封府的人丢脸。

想到此他把大脑袋一晃，抱腕当胸说：“我说各位辛苦，在下有礼了。”

冯魁章往下一看，赶紧把嘴堵上，他怕乐出声儿来，心说：世界上再丑的人还有比他丑的吗？小脖子细得比擀面杖粗不了多少，脑袋大得都出了号儿，大饼子脸还没鼻子，光剩下俩小黑窟窿，说话齉鼻子细声细气，叫人听了从心往外难受，就这种人也在开封府当办差官，真叫人觉得可笑。

他把桌子一拍说：“下面的，你是什么人？”

“在下叫房书安。”

“房书安，我且问你，咱们素不相识，今天你贸然来我少华山，要见本寨主所为何故？”

“我说大寨主，请问您贵姓高名？”

“赤发龙神冯魁章。”

“听说过，提起您的名声来，我早有耳闻。大寨主，别看咱们没打过交道，一回生二回熟，从现在开始咱们不就是熟人了吗？我来当然是有事，无事不登三宝殿。”

“讲！”

“别着急，实不相瞒我现在有点儿乏累，再说初次登贵宝山，您也客气点儿，先赏个座再说吧。”

冯魁章心说：这还是个刺儿头，我要是不给他，显得心胸狭窄。于是吩咐人搬来一把椅子，让房书安坐在那儿。冯魁章接着问：“房书安，你来这儿究竟想干什么？”

“且慢，我现在嗓子是又干又渴，打算跟您要点儿水，润润我的喉咙再说。”

“来人呀，给他水。”

其实房书安真渴吗？他是想利用喝水的机会编编词儿。把水喝完，他擦擦嘴说：“多谢大寨主赏赐，我追一个人到这儿来的。”

“你追谁？”

“假徐良王顺，王兴祖的儿子。”

“你因何追他？”

“大寨主容禀。这个王顺他爹王兴祖，应东方亮的邀请，赶到南阳府白沙滩当了总擂官，在擂台之上招摇撞骗，口出狂言要和开封府的英雄决一雌雄，而且指名要会斗白眼眉徐良。王兴祖仗着他有武艺在身，在擂台上把开封府的人打伤十几个，把沈仲元胳膊给打折，柳青的腿踢断，总之他露够了脸儿。此时见好就收得了，可他不干，得寸进尺非要和徐良比武。徐良被逼无奈，当场和他动手，哪知他那两下不行，让徐良抓住给杀了。虽然做得有点儿过分，但那是王兴祖咎由自取，这能怪开封府的人吗？就因为这个，王顺为了给他爹报仇，非要找徐良拼命。按常理而论，杀父之仇不共戴天，他这样做无可指责。最不可忍的是他夜入皇宫，刺死娘娘、打了皇上，而且报出徐良的名字。这就不对了。大丈夫敢作敢为，这小子有骨气就不该给别人栽赃，嫁祸于人，卑鄙可耻。当今天子传下圣旨，包大人传下堂谕，令徐良捉拿他，可是他心狠手毒，一夜之间又打死卢方、韩彰、徐庆，致使三老殡天。后来他到了八宝叠云峰，投到王典门下，狼狈为奸，继续作恶，开封府众差官奉旨抄了他们的山。没想到王顺比泥鳅还滑，趁慌乱逃跑了。像他这种罪大恶极的人，能叫他跑掉吗？我在后面跟着他，就跑到这儿来了。不知您听明白没有，我就因为这个来抓他，请大寨主赏脸，把他交出来。您要把王顺交出来那最好，因为您和我们井水不犯河水。虽然您是个山贼，但我们也是绿林人出身，既没奉圣旨也没堂谕和节度使的令箭，所以您仍然占您的山，我们抓我们的贼，咱们各走各的路，秋毫不犯。假如您包庇王顺，把他收在山上，您可要倒大霉、惹大祸。漫说徐良、白芸瑞、开封府众人不答应，就我这儿也不答应。到那时候，山寨一破，玉石俱焚，您可悔之晚矣，请大寨主三思。”

冯魁章一句话没说，就在这儿听着，等房书安把话说完了，他鼻子一哼说：“房书安，你有你的看法，本寨主有本寨主的看法，我赞成王顺的做法，认为他是个英雄。他搅闹皇宫院，杀死娘娘、打了皇上，那是英雄的本色。皇上怎么了？老虎屁股摸不得？他就要摸！娘娘又怎么了？金枝玉叶神圣不可侵犯？他就要杀！这是我们绿林人的榜样，我赞成。至于他和徐良作对、报杀父之仇有什么不可以？他打不过徐良、斗不过开封府，只好嫁祸于人，这叫被逼无奈、情有可原。这样的朋友我想交还交不上呢！如今他投靠我少华山，正中我下怀。我一定把他收留，不但如此，我还要和他结成挚友，谁想碰王顺一根毫毛，从我这儿就不答应。房书安，我要不把人交给你，你打算怎么办呢？"

"哎哟，冯寨主，您这是开玩笑还是真的？"

"此乃大厅，岂有玩笑之理！"

"好了，看来你执意要和开封府的人作对，将来你必食恶果，告辞了。"

"哪儿去？"

"送信儿、搬兵去，告诉我干老儿徐良跟你算账。"

"哈哈哈！姓房的，你明白人说糊涂话，这是少华山聚义分赃厅，可不是市场来去自由，你要想走，先问问本寨主答不答应。"

"哎哟，冯魁章你不答应，还敢把我如何？"

"来人！把他拿下。"一声令下，他大儿子冯云龙过来，拽住房书安的脖领子说："兔崽子，你给我过来吧。"就跟老鹰抓小鸡似的。房书安一看，这家伙的拳头像个皮锤，胳膊好像房檩子，不管动哪儿，自己都是甘拜下风，所以他干脆没出手。冯云龙把房书安"啪"往地上一摔，喽啰兵过来把他捆上，小片刀也给卸下去了，房书安是仰面大笑。他这一乐，把群贼给乐傻了。

冯魁章就问："房书安，你乐什么？"

"别问了，要杀就杀，上刀山、下油锅我什么都不怕，皱皱眉不算英雄好汉，像你这种胆小鬼还问什么？"

"本寨主怎么胆小？"

"冯魁章，别打肿脸充胖子，你就是胆小。我房书安单枪匹马一个人敢进你的少华山，我来了就是你的客人，咱们讲的是道理，今天这儿又不是战场，你翻什么脸哪？为什么我说送信儿去，你不放我呢？你不是怕我，是怕徐良和白芸瑞，怕人家收拾你，想把我抓住打算杀人灭口，这就说明你胆小如鼠。冯魁章，你来吧，给爷爷来个痛快。"

正这时候王顺在跨院听见了，本来冯魁章让他回避，但他不放心，他怕房书安这张利口把冯魁章说服，将自己给献出去，那不是倒血霉吗？所以他在外面听着。他一听房书安使的激将法，也没请示就迈步进来了。

他说："大寨主，我都听见了，您可别上他的当，这小子满嘴的谎话，他刚才用的是激将法，明明是他贪生怕死，反过来还激您，您要把他一放可就上当了。他一回去送信儿，少华山就立刻变成战场，对大寨主您可不利呀。大寨主，把他杀死得了，您要是没空我亲自动手。"说着王顺从背后把刀拽出来，往前一跟步，把房书安的耳朵揪住，举刀就要砍。

正在这个时候，人群之中挤出一个人，三步两步来到王顺的背后，抡起巴掌"叭"打了王顺个嘴巴。由于用力过猛，把王顺打得横着出去有六七步远。王顺一捂脸，觉得耳朵嗡嗡响，什么也听不见了。他心里纳闷儿，谁呀？怎么对我这么无礼？！扭头观瞧，这个人他不认识。此人身高九尺，宽肩膀、细腰身，头戴古铜色抽口六棱硬壮巾，顶梁门倒拉三门茨叶，鬓插英雄球，身穿一身古铜色的短靠，勒着十字襻，外披灰色英雄氅，背着一对十八节水磨竹节钢鞭。往脸上看，面如姜黄，两道浓眉，燕尾黑胡。岁数在四十岁左右，往那儿一站是威风凛凛、相貌堂堂。王顺初到少华山，对这儿的一切都很陌生，因此不认识这个人。他捂着脸说："你是什么人，为什么打我？"

"我打死你。大寨主，我看王顺就是罪魁祸首。您别糊涂了，赶紧传话把他抓住，这房书安不能杀！"

冯魁章也没想到在眼皮子底下出这种事，但他一看打人的这个主儿，笑着说："哈哈哈，贤弟你怎么发这么大火，到底为什么呢？别生气，坐下来慢慢跟我说。"

这个人紧走两步，来到桌案前面，把声音压低说："大哥，咱们是自家弟兄，有话我不能不说。紫面金刚王顺咱们收不得，他是个丧门星，如果收下他对少华山不利。房书安刚才说的不是没有道理，咱们和开封府井水不犯河水，虽然他们是办差官，咱们是贼，但咱是公道大王，靠种地捕鱼为生，不抢、不夺、不伤害百姓。所以官府对咱们才睁一只眼闭一只眼，咱们才得以安然无恙。话说回来，今天把王顺收下来，咱可就要倒霉。他乃是国家的要犯，打皇上、杀娘娘，徐良他爹还死在他手里，完得了吗？如果激怒了开封府的差官，他们跟咱决一死战，到那时您可悔之晚矣。不知我说得对不对，请大寨主三思。"

第五十七回 震八方弃暗投明 房书安绝处逢生

王顺要杀房书安，被人揍了一个嘴巴，这人可了不起，他在少华山举足轻重，就是在冯魁章面前也是说一不二。这人是谁呢？此人乃陕西关中人，叫震八方雷英。前文说过，湖北荆襄九郡反了个襄阳王赵珏，雷英是他手下的一等王官。当初与开封府为仇作对，白玉堂三探冲霄楼、大闹铜网阵，群雄聚破冲霄楼时，雷英坚决站在赵珏的立场上，跟大宋朝廷势不两立。但是后来，有两个原因促使他转变了立场。第一个原因，雷英这个人本身很正，既不劫盗奸淫，也不做歪门邪道的事情，在赵珏的手下是个清官，威望很高；第二个原因，开封府知道他是个人物，所以采取了能收服就收服的办法。第一次，欧阳春会斗雷英，老侠客刀下留情，没要他的命，他很感激；第二次，徐良在断龙岭把他截住，二次刀下留情饶他不死，而且高抬贵手把他给放了。在当时的情况下，雷英有点儿转不过弯来，认为马上投靠开封府显得骨头太软，襄阳王赵珏对他也不错，怎么办呢？干脆开封府他也不投，襄阳王他也不保，自己另选途径。就在襄阳王钻地道逃跑、投靠西夏赵元浩的时候，他没跟着去，带着小方朔方雕、铁刀大都督贺宾两个好朋友，三个人就来到了少华山。

当时少华山是狼狈不堪，也就有百八十人，没有大寨主，是一帮草寇，有个小头头，就是现在巡山寨主田凯。雷英一来，田凯马上把位子让给他，他当上了大寨主。雷英文武双全，而且这次襄阳出走，带着许多值钱的东西。接管少华山之后，他设计了一张蓝图，就在这儿破土动工、招收喽啰兵。当时天灾人祸，许多老百姓流离失所，饭也吃不饱，有些人铤而走险就上山入了伙，有的把家眷也都带了来，人越聚越多，不到两年的工夫，就来了一千多人，而且少华山建设也初具规模，大厅、巡捕寨、三道山口全都修好了。雷英打算就此安度晚年，但他一看少华山这地方，天然资源丰富、土地肥沃，三面陆地一面临水，后面那条柳江一直可以进入洞庭湖，于是他率领喽啰兵开垦荒山、自种自食，另外还造了一些船只，到洞庭湖中捕鱼捉蟹，这样不仅解决了喽啰兵的生活，还把余下的拿到集市上卖，换些钱花，把少华山治理得很不错。

在大宋朝，占山为王的人，只要没有大的罪恶、不骚扰百姓，就以安抚为主，不动用军队进行剿灭，所以少华山得以养精蓄锐成了气候。后来雷英认识了冯魁章，他是个海盗，专门用船在长江、洞庭湖一带打家劫舍；他精通武艺，特别是对水战有研究，而且这个人挺讲义气，两人一见面，互相慕名结为金兰。雷英觉着自己孤单，就把冯家父子接上少华山，为了省心又把总辖寨主让给冯魁章，自己屈居第二。冯魁章再三不肯，后来发现雷英非常诚挚，就勉强接受了。他们两个摽着膀子一起干，少华山又变了样，水旱两路是固若金汤，所以冯魁章对雷英是格外重视，有什么事都和他商量，雷英同意的事他就办。

雷英现在向他建议，王顺不能收，房书安不能杀，把利害关系跟他一讲，冯魁章说："嗯，有理，幸亏兄弟给我提醒，不然就要做一件错事了，不过……"冯魁章有他的打算，他觉着把王顺送出去，太不够义气，岂不被天下人耻笑。想到这儿他跟雷英商量说："贤弟，这么办行不行？房书安咱不杀，但也不能放；王顺也别往外交。把他们两个软禁起来，看看开封府是怎么打算的。如果徐良、白芸瑞通情达理，上咱们这儿拜山，而且保证对少华山没有伤害，我就把王顺交给他们；假如这帮人专横跋扈、目中无人、小瞧咱们山寨的英雄，我就把房书安杀掉，跟他们血战到底。不知贤弟意下如何？"

"嗯，这样也好，就依哥哥之见。"

两个人商议好，冯魁章当时传令道："来人啊！把房书安带下去严加看管，一日三餐不准难为他。"

这时雷英过来说："把他交给我，我负责看着，他跑不了。"

"好吧，交给雷寨主。"雷英马上命自己的人，把房书安带下去，押到后寨。

冯魁章处理完房书安，冲王顺冷笑着说："王顺，你挺老远的来到本寨，我要把你拒绝确实不恭。按绿林人的义气，我一天赏给你三顿饭吃，保证你的安全，不过我也有个要求，没经过我的允许，你不准离开少华山。来人！把他请下去。”

王顺一听，这话里有话，就试探说：“大寨主，我……”

“别说了，如果违背我的话，就等于触犯了山规，到时候就对你不客气了，带下去。”冯魁章的四个儿子过来就把他押下去了。他们来到跨院，这儿有两间房子，小窗户不大，还上着铁算子，门十分厚，把王顺让到屋里，他们四个转身出去“咔吧”把门给锁上，然后还派了一部分人在这儿看着。王顺隔着窗户往外头一看：“哟，把我看起来了。”他这个后悔劲儿就别提了，早知现在何必当初，这叫自投罗网。好你个姓冯的，你真不够意思，把我软禁起来干什么？难道说你想把我交给开封府？要是那样儿我可倒了八辈子血霉。王顺是唉声叹气，垂头不语，但事到如今，也无可奈何。

雷英由大厅告辞出来，回归自己的大寨，就是当初的老寨。这里收拾得挺气派，墙都是条石搭成的，一共是三排院子，使奴唤婢、吃喝不愁，实质上他退到二线，前山的事都交给了冯魁章。雷英回来往椅子上一坐，长吁短叹、低头不语。时间不长门上来报说，方雕和贺宾来看望寨主，雷英说了声“请”，把两个人让进来。因为平日三个人老在一起，里面的仆人都知道，赶紧把茶沏好，点心摆上，轻轻退出把门户带好。

方雕眨眨眼睛说：“大哥，今天您的举动有点儿反常，您那一巴掌差点儿把我的心打出来，您怎么把王顺揍了，还替房书安求情呢？您究竟有什么打算？”

雷英闻听，不住地摇头，示意方雕到外头看看门前窗下有没有人。方雕明白，把门打开，房前屋后转了三圈，看看确实没人偷听，回来二次把门关好，坐在雷英跟前说：“大哥，没人偷听，您说吧。”

“二位贤弟，咱们是患难的弟兄，没有不说的话，我看咱们这个少华山要完了。”

“此话怎讲？”

“唉，你们还不明白吗？王顺这个扫把星一来，给少华山带来无数的祸害。他打了皇上、杀死娘娘和三鼠，惹的祸从地底下都顶到天上了，开封府能就此结束吗？就是天子大赦，也不能赦他，咱们都得受他牵连，我敢断言咱们少华山要完了。”

“那大哥您的意思呢？”

“我的意思……唉，就告诉你们吧。我现在和冯魁章是貌合神离，想当初我把他请到少华山，让他当总辖大寨主，那时他言听计从，人确实不错，可最近一两年，我发现他有点儿变，有点儿忘本了。你看他收留的那些人，上官清、上官伦这俩小子最不是东西，还有那姓尚的，那是狗头军师，专门给他出歪点子。他现在是培养羽翼，另立一套，根本没把咱们三个放在眼里。之所以现在还跟我挺客气，是因为当年有那段感情，如果时间长了，这座少华山整个儿归了人家，就没有咱哥儿三个的地位啦。"

方雕一听，说："可不是吗，大哥，我不愿意说这些事，怕惹您心烦。就拿冯家那四个儿子来说，一个比一个不是东西，现在见着我们俩连大气都不吭，把脸一扬就过去了。办什么事情，他们冯家一手遮天，哪儿把咱们放在眼里，像这样失礼的事有百次之多，我们俩背后没少掉眼泪，埋怨大哥错走一步，不应把少华山的大权让给外人。今天如果不是大哥说起，我们也不说这个事，这样长久下去，确实对咱们没有好处，咱们应当另选出路。"

雷英说："是啊，我就是这么打算的，今天我把房书安救了，就是准备让他给咱们搭个桥儿。"

"怎么？咱也投靠开封府？"

"对！人往高处走，水往低处流；大将保明主，俊鸟登高枝。咱们难道生下来就是贼，永远就没有出头之日？不！我不是那么想的。当初咱们保的是襄阳王，王爷对咱不错，所以咱对他也忠心耿耿。后来襄阳王失败投靠了西夏，咱们这关系就算一刀两断。当时咱们保护不了他，怨咱们没能耐，但是问心无愧。事隔多年，我们也不应该再这样下去了，应该到开封府效力当差。我这个人重义气，北侠、白眉两次饶命之恩，咱得报答人家，今天救房书安就是这个原因。即使开封府不收咱们，认为咱底子太臭，那也没关系。咱钱够花，就是当个良民百姓也高兴，何必枉法呢？再说咱们都这个年纪了，也应当有一个正式的家生儿育女，才不白活这一辈子。当初我有点儿害怕，怕离开这个少华山，官府早晚会通缉咱们。现在机会来了，房书安是个明白人，咱把他请来，把咱的心意跟他说一说，他肯定能帮这个忙。"

铁刀大都督一听，一皱眉说："大哥，咱和房书安可不一样，到了那时候，咱要人没人，要势力没势力，人家想收拾咱们，可就像抓小鸡似的，我看这事不保险。"

"兄弟你放心，我看的没错，如果你不相信房书安，可以让他把徐良或蒋平请来，给咱们下个保证。其实房书安出身也是贼，他坏事做得也不少，可他现在高高在上，是国家的官人，开封府的人对他根本没歧视，相反还委以重任，这不是很好的例子吗？咱们是贼不错，那是为了生活，现在我们宁愿金盆洗手，尽量改恶向善，难道他们不欢迎吗？包相爷是明白人，一定既往不咎，这事你们就放心吧。”

“好吧，大哥，我们一直跟着您，您叫我们上哪儿我们就上哪儿，不过您打算什么时候办这个事儿？”

“就在今天晚上。”

“这事儿可不能叫前山冯魁章知道，要不咱们就倒霉了。”

“他怎么会知道，这儿都是咱们的心腹，绝不会走漏风声。退一步说，即使走漏了风声，冯魁章敢把我怎么样？我们怕他不成？有你们哥儿俩给我当左右手，弄不好顶多打起来了，再把少华山给夺回来。”

“大哥这么想就对了，腰板应当挺起来，把失去的权力夺回来，那咱们就这么定啦。”

“你们两个赶紧走，记住晚饭之后夜深人静时，把房书安请到这屋，另外再告诉厨下准备一桌上好的酒菜。”

“是。”这两人退出去了。雷英背着手在屋里转悠，准备着跟房书安谈话的内容，分析了一下形势以及可能出现的麻烦，都盘算好了，他才休息。

晚饭之后，到了约定的时间，方雕、贺宾两人来了。方雕说：“大哥，按您的吩咐都准备好了。”

“好！多派些心腹弟兄，在外面巡逻放哨，没有我的话，任何人不准进我的内宅。”

“是，都安排好了。”

“把房爷请来。”方雕答应一声转身走了，时间不长，把房书安给领了进来。房书安心里七上八下，心说：不让我睡觉，把我领到这儿干什么？但是一看对方没有敌意，对自己很放松，没捆没绑，连那小片刀也没给他没收，他这心才有点儿轻松。

房书安进屋儿一看，里面的人他认识，就是揍王顺的那个人，细脖大头鬼一抱拳说：“多谢你帮了我的大忙，制止了王顺，使我没掉脑袋，在下有礼了。”

“房爷，请坐请坐。”他让房书安坐下，点心也摆上了。

房书安一看，我这是逢凶化吉呀，我心说掉到了后娘手里了，没想到这儿还有人尊重我。他为什么尊重我呢？我非把这事弄清楚不可。房书安想到这儿，一抱拳说："我说这位，有什么事别瞒着，咱们都是绿林人，最好说话办事干脆利落，您究竟是哪一位？把我找来有什么事？您就说个痛快话。"

"好吧！房爷，在下叫雷英，有个小小的绰号叫震八方。"

"嗯？你就是雷英，久闻大名啊。不过那时候，我没到襄阳王府，听说你是襄阳王手上一等的王官，后来传言你到了西夏，也有人说你已不在人世，闹了半天你在这儿。"

"对，这些事情是一言难尽，总之，人的一生，道路坎坷曲折，我所经所历是喜怒哀乐什么都有。这是我的两位朋友，小方朔方雕、铁刀大都督贺宾，我们是过命的朋友，您别见外。"两人客气了几句，雷英为节省时间，就把心意全掏出来了。

房书安一听，乐得手舞足蹈，把大脑瓜一晃说："雷壮士，就凭你的才能，要到了开封府，那是吃香的、喝辣的。咱们说实在的，我房书安是个小臭贼，有多大分量？可是到了开封府，包相爷对我一点儿都不小瞧，开封府的老少英雄对我也十分器重，不管商量什么事，我也算其中的一号。我过得是非常舒服、非常高兴。这么跟你们说吧，我为了开封府老少英雄，肝脑涂地也万死不辞。如果你们三位肯弃暗投明，那比我强多了。这事包在我身上，这个桥我给搭到底，你们放心，一点儿问题都没有。"

三人一听全乐了，雷英喊道："来人哪，上酒菜。"时间不长，罗列杯盘，雷英把酒杯举起来说："房爷，以后就多靠您了，为咱们初次见面，请满饮此杯。"

"干！"四个人一饮而尽。

方雕又把酒给满上，房书安就问："我说雷将军，你准备什么时候献山，有计划没有？"

"这个……我是这么想的，第一步先解决开封府能不能收留我们。房爷，我们三个不是不相信您，但说实话，您毕竟刚到开封府，人微言轻，所以我们有点儿担心。如果像蒋平、南侠、北侠、徐良、白芸瑞，哪怕他们当中有一位向我们下保证，保证我们的生命安全，我们就马上采取行动。献出少华山，捉拿王顺，全包在我们身上，您看怎么样？"

老房一想：确实如此，话说到这儿就说到家了，于是房书安说："现在我被软禁在山上，见不着大家，这可怎么办呢？"

"房爷，今天我们就把您放出去，您看怎么样？您回到叠云峰，面见蒋四爷和徐良，把我们的心意透一透，请他们跟我们见一面，碰完头咱就把这事定了，我们马上就采取行动。"

"好呀！哎呀，把我放了，那冯魁章问起来，你怎么交代？"

"这您就别管了，他有来言，我有去语，为什么把您要到这儿来，就为的这个。现在这儿属我管辖，他想干什么得跟我打招呼，我用什么借口也能把此事瞒住。再说，此事利在速行，你能耽搁的时间可不多。我计算过，顶多五天，这事就得定下来。"

"用不了，就凭我的脚程，三天打个来回，一定让你和我干老儿徐良见面。"

"一言为定，我以五天为限，在这儿等着。"

"好！不过你们三位还有一个重要的事情要办。"

"什么事？"

"把王顺可得牢牢地盯住。我们为什么要破少华山，捅这马蜂窝，就是为他。假如冯魁章把王顺献出来，也出现不了这些麻烦，别闹了半天，让王顺跑掉了，咱们两手攥空拳可不好交代。假如你们能把王顺抓住，献到开封府，你们就立功了，那要进开封府是既露脸又保险啊。"

"房爷，这事您放心，包在我们三个身上，他跑不了。"

"好吧，我什么时候起身？"

"您吃饱喝足，马上就可以起身。从我们后面下了山坡就是江汉子，那里有我们的船，您坐上船有人护送您出去，放心，一点儿问题都没有。"房书安听完之后，当时就饱了，他恨不能肋生双翅，马上就飞回去，见到徐良、白芸瑞好快点儿把这儿的情况全告诉他们。

老房把筷子一放，擦了擦嘴说："得啦，现在酒足饭饱，有什么话回头再说，我就先走了。"

"好。"三位也站起来，往外相送，这时方雕已经派人准备了一只快船，让四名心腹水手负责把房书安送走。雷英十分小心，他打开门出来，一看外面没人，就让两个仆人提着红灯在头前引路，他好像巡山查哨的样子，庇护着房书安赶奔后山。路上谁也没说话，恐怕别人听见，走了一段路后开始下坡，顺着盘山道就看见白亮亮的一片大水，影影绰绰岸上有人晃动，知道都准备妥当。他们往前走了几步，刚到江边，就听见身后一阵大乱，雷英一愣，扭头一看，灯球火把、亮脂油松，照如白昼。为首领队的正是赤发龙神冯魁章，在他身后是他四个儿子，还有上官弟兄以及姓尚的军师，偏副寨主五六百人突然出现在震八方众人面前。雷英这脸“唰”就变了色，浑身汗毛都立起来了，心说：这是怎么回事？他们怎么知道的消息？真是有点儿丈二和尚摸不着头脑。

冯魁章怎么得着的消息，为什么来得这么快？还得拿白天来说。雷英打了王顺，把房书安要到后寨，他坐了一会儿，告辞出来了。他走之后，上官清觉着有点儿不对劲，他看看没人，就跟冯魁章说：“大寨主，我看雷副寨主今天有些反常，情况有些不妙。”

他这一说，冯魁章还有点儿傻了，他说：“老人家，此话怎讲，您看哪儿反常？”

“我发现雷英跟你说话时，两个眼睛不住地转动，他嘴上说一样，心里想的又一样，难道说他还有别的想法不成？咱可不能不防，有道是画龙画虎难画骨，知人知面不知心哪。”

“不！老人家您是后来的，不知道我们俩的感情，雷英这人一步两个脚印，光明磊落，绝不会有其他想法。”

“不见得吧，大寨主，雷英未必像你说得那么实在，我总觉得有点儿反常。”

“老人家，那您说该怎么办？”

“今天晚上盯着他就知分晓，晚上我到后寨去，听听他们说什么，要知心腹事，单听背后言，到时候我们就有底了，但愿我的分析是错的。”冯魁章被他说了个心活，但心里像堵了一个疙瘩，但愿他说的事不兑现，最好是猜错了。掌灯以后，上官清换好夜行衣，背上独龙双拐，起身赶奔后寨。他就在房坡顶上侧耳朵听着，房书安他们在屋里说的话，一举一动都叫他听了去。上官清听完以后，转身给冯魁章送信儿去了。

冯魁章一听，火冒三丈，心说，姓雷的，你可真不够意思，我对你不错，你怎么胳膊肘往外拐、调炮往里揍，倒卖我的少华山哪，你想升官发财，把我送进铡刀里面，居心何其毒也。因此，他集合队伍在后面追赶，走到江边双方相遇。冯魁章一看，可不是吗？船都准备好了，往当中一看，挺大个脑袋，那就是房书安。他看罢，火往上撞，高声喝喊道：“呔！雷大兄弟留步！”

事到如今，雷英也豁出去了，冲着贺宾、方雕一使眼色，三个人一字排开，拉好架子。等冯魁章走到跟前，雷英说：“大哥，怎么还没歇着，到后山何故？”

“兄弟，别打哑谜了，咱俩还用得着变戏法吗？我且问你，这是怎么回事，你打算把房书安送到哪儿去？”

“哈哈哈，大哥既然问到这儿，我实言相告，我想让他回去给开封府送信儿去，回头再来攻打少华山。”

这一说不要紧，冯魁章这火“腾”地一下就烧到脑门子上，他说：“雷英，你疯了不成？真没想到，谁都能背叛我，你也不能啊，结果我想错了。你就没想想，屋里说话墙外有人听、大道说话草棵子里有人听，没有不透风的墙？难道我就没有心腹人吗？你的所作所为我全都清楚，念你当初是少华山的主人，咱们俩交情不错，我也不愿抓破脸皮，你现在受点儿屈，把兵刃交出来，把房书安交给我发落，我还可从长计议；如果你真想抓破了脸，我冯魁章翻脸不认人，到那时你可悔之晚矣。”

刚说到这儿，方雕忍无可忍，拉单刀过来说：“冯大哥，我插两句，可能您恨我们，认为我们把您卖了，实则不然。您为什么收留王顺？为什么要跟开封府为仇作对？这不是放着好好的日子不过，自己找麻烦吗？您要是能听进我们的劝说，打囚车、装木笼，把王顺送交开封府，然后我们一块儿去请罪，谅开封府也不会为难咱们。假如大哥您不听良言相劝，早晚得惹出大乱子来。”

这话还没说完，冯魁章就回头吩咐他四个儿子：“来人呀！快把这作乱之人给我拿下。”

他的大儿子冯云龙一晃擂鼓瓮金锤“噌”就跳过去，说：“方雕，叫你吃里爬外，本大公子我教训教训你，看锤吧。”抡锤就砸，方雕手晃单刀往外招架。

他这两下子哪打得过冯云龙，本来方雕的能耐就稀松，再加上手里的兵刃比人家轻得多，武艺也不如人家，一伸手就不行了。没到第三个回合，刀就被大锤给绷飞了，方雕见势不好，扭身就想跑，冯云龙往前一跟步，一锤正砸在方雕后脑勺上，打了个万朵桃花开，死尸栽倒在地。

贺宾一看，叫着：“好小子，你真够狠的，拿命来！”一晃掌中的大铁刀，飞身跳过去，要大战冯云龙。冯云虎看见，晃掌中一对八棱亮银锤，上来把贺宾给拦住，五六个照面儿“啪”一锤砸在脑袋上，贺宾连吭一声都没有，就死在地上。雷英把眼一闭，差点儿背过气去，他不是怕，是气的，另外也心痛，他跟这哥儿俩左右不离、多少年的交情，在刚要弃暗投明的时候，结果双双毙命，他能不难过吗？刹那间他缓过这口气来，探臂膀“锵锒锒”拽出双鞭说：“冯魁章，既然忠言逆耳，主使你的儿子在此动手行凶，来！咱们决一死战。”

晃双鞭直奔冯魁章。

雷英这两下可不含糊，当初也就是北侠和徐良能把他制住，别人甘拜下风。冯魁章也不客气了，让冯云龙、冯云虎把雷英给挡住，四柄大锤把雷英圈在正中。他手舞双鞭，边打边扭回头来喊："房爷，别在这儿等着啦，逃命要紧，快去送信儿吧。"

这一句话提醒了房书安，但他一想：把雷英扔下于心不忍。但话又说回来，我留在这儿也白搭，我那两下，交手就玩儿完，真不如留口活气送信儿去，于是他奔江边就跑下来了。冯魁章一看他要跑，命令冯云彪、冯云汉去追，这俩人带了伙儿人，在后面紧追不舍。房书安三对付、两对付来到江边，跳起来"扑通"就进了水里，他水性不错，要不怎么叫江夏三鬼呢。他家乡就有河汊子，他是在水里泡大的，江河湖海的水性他全熟悉。可他就忘了，冯家父子水性更好，不然能叫赤发龙神吗？冯云彪、冯云汉追到江边，一点儿没犹豫，也跳入水中。老房分水踏水，拼命往前跑，可没人家快，又是左右受敌，时间不长就被人家撵上给抓住了。他们从水里把房书安拽上来，像拖死狗一样，把他拖到冯魁章面前。雷英一看，心说：房爷你也太饭桶了，进了水还叫人家给抓住，完了，一切希望全付诸东流了。

雷英正打着仗，脑袋这一溜号，没注意鞭正好碰在冯云龙的锤上，"嗖嗖"两条鞭全飞了。他一愣，冯云虎的锤就到了，正砸向雷英的后背，雷英赶紧使了个大哈腰，后背躲开、屁股没躲开，"啪"地一下正打在屁股上，把雷英打个前倒地，摔在那儿两腿发麻不能动弹，让人家拧胳膊给捆上了，也拖在冯魁章的脚下。冯魁章气得浑身颤抖，说："雷英，这可是你自作自受，你说吧，你打算怎么办？"

雷英一笑说："大丈夫视死如归，你随便吧！"

"好！那我就成全你，来人啊，把他和房书安给我乱刀分尸。"

第五十八回 小五义血战少华山 盲老者谈笑戏群寇

震八方雷英和大头鬼房书安双双被擒，挺好的计划全部落空。冯魁章一声令下，要把他们乱刃分尸。就在这千钧一发的关头，突然有人大吼一声："呔！尔等休得下手，某家来也。"这一嗓子划破夜空，借着水面传出很远。在场的人激灵灵打了一个冷战，甩头观瞧，就见水面上一只船，比箭还快已经靠了岸，从船上跳下五个人来，方才喊的就是头一个小伙子。

这小伙子平顶身高七尺挂零，五短的身材，头上戴着古铜色抽口六棱硬壮巾，鬓插英雄球；身穿箭袖，腰扎大带，英雄氅斜背在肩上，手里提着一把明晃晃、冷森森的龟灵七星宝刀；圆脸盘，浓眉大眼，鼓鼻梁大嘴巴，长得颇有男子汉气概。此人正是小五义的五爷，小义士艾虎。在艾虎身后跟着一个年轻人，个头比艾虎高着一拳，长得面似银盆，双肩抱拢，细腰奓背，剑眉虎目，鼻直口方，肋佩宝剑，手拿单刀，这就是小五义里磕头的大爷，玉面专诸白芸生。在他身后还跟着个漂亮小伙，粉红的面皮，弯弯的两道细眉，一对水汪汪的大眼，鼻似悬胆，方海口；穿着一身粉红色的衣服，勒十字襻，蹲裆滚裤，抓地虎的快靴，手中拎着厚背尖翅雁翎刀，他就是小五义的四爷粉子都卢珍，钻天鼠卢方的儿子。在他后面是个大个子，身高一丈挂零，宽宽的肩膀，粗粗的胳膊，这张脸黑中透亮、亮中透明；大刷子眉，杠铃眼，狮子鼻，火盆嘴，压耳的毫毛拧着劲往上长着，牛心发髻，竹簪别顶，手中擒着一条镔铁大棍，这位就是小五义的二爷霹雳鬼韩天锦。后面还跟着一个人，这人穿的衣服十分破旧，腰里系着丝带，一条裤腿长、一条裤腿短，光脚丫穿着一双多耳麻鞋；往头上一看，黑天还戴着马莲坡大草帽，这草帽最少也有三十年，上面的螺圈都要掉下来了，一根飘带勒在下颏上；往脸上一瞧，黄蜡的脸庞，满眼眵目糊，一把扎蓬颌的胡须，眼睛光有白眼珠、没有黑眼仁，手里拿着根明杖和锡锣，身后背着个大兜子。这五位登陆不要紧，冯魁章是大吃一惊，心说：我这少华山铜墙铁壁，后面江汉子密布岗哨，这是什么人闯到我的心腹重地？

这哥儿几个从哪儿来的，那失明的盲老头儿又是谁？前文讲过，八宝叠云峰一破，双方展开一场混战，王顺就打算趁机逃走，被房书安发现了。房书安怕打不过他，所以他连喊带叫，这一下艾五爷听见了，赶紧找着白芸生、卢珍、韩天锦，几个人赶到后院打算接应房书安。这时老房撵着王顺到了后山，艾虎他们就在后面追，结果出了叠云峰，断线儿了，怎么找也没找到房书安，一是天黑，二是道路生疏，上哪儿找去？艾虎有心返回叠云峰，又怕房书安有个三长两短，小哥儿四个一商议，就在后头摸索前进，好不容易摸到蒋家坨。这时天也亮了，哥儿几个在道旁休息，分析房书安可能上哪儿去，想了半天也没想出来。韩天锦拄着大棍站起来说："我说等会儿再合计，我这肠肚直干仗，先吃饱再说吧。"

那三个人一听有道理，打了一晚上，水米没沾唇，先吃点儿东西再说，他们就进了蒋家坨，也走到那个叫三仙居的饭馆。此时，饭馆刚收拾完，把桌椅板凳都扶起来，打碎的家伙收拾出去，一切都恢复了正常。这四个人不知道发生的事情，靠窗户找了张桌坐下，点了八个菜又要了主食。他们闷着头正在这儿吃着，外面锡锣一响，来了个盲老头儿，大概闻着这儿有香味儿，盲人就凑了过来。他在艾虎背后闻了闻，摸索了半天把筷子摸到手，不容分说上去戳了块肉，往嘴里一塞就吃下去了，然后他伸出炭条般的手在桌上一划拉，就把那酱鸡给拿住，扭下个大腿又吃了。

他这种特殊的举动，把这四个人气得就别提了，艾虎"啪"把筷子一摔，回头一看是个瞎子，说："哎？我说你是什么人哪，打听价儿了吗你就吃？看你那手有多脏，怎么到我们盘子里划拉起来？这是什么地方？连要饭的都这么野蛮！掌柜的，把他轰出去，要不看他是盲人，今天非揍他不可！"

韩天锦瞪了瞪眼，嘴里头还塞着不少饭，噎得他没说出话来。白芸生和卢珍性情都很温顺、和善，所以他们俩只是不高兴没说别的。

掌柜的和伙计都跑过来一看，说："哎呀，怎么又是你？方才打仗那会儿，我们就知道有你。你抢人家那个主儿的饭吃，差点儿干起来，后来你们怎么研究的不清楚。那主儿挺大方把你让进雅座，还要了一桌酒席，你不是吃饱了吗？怎么一转眼又回来了？快走吧！”说着就往外推那盲人。

盲人嘿嘿一笑说：“掌柜的、伙计，你们别这么横啊，七十不打，八十不骂，你看我这把年纪，何苦在我面前吆五喝六的，人饿了就得吃东西，我天生肚子大，你管得着吗？”

“你还有理啦，吃东西自己花钱买，凭什么拿人家的呢。”

“拿谁的了？他的就是我的，我的就是他的，这叫不分彼此，别看我吃了他点儿东西，能白吃吗？他们要有用我的时候怎么办呢？”

艾虎一听，这位说话可真有意思，气得饭也不吃了，一个胳膊挎着椅子靠，把脸转回来说：“掌柜的，你们先走吧，把他留下来我对付。老先生，刚才你说什么，我们还有求助你的地方？”

“那可不，人就靠人活着，你可别说不求我，我可能办大事呢。”

“那你说说，你能办什么大事？”

“哼，我能办的事，就是你们心里想的事。”

白大爷一听，他话中有话，冲艾虎一使眼色，把自己的座腾出来说：“老先生，您别在意，我这个兄弟爱开玩笑，所以说话有些粗暴，望老先生海涵。您要真没吃东西，我们今天请客，来坐在我的椅子上吧。”这时伙计又给白芸生搬了把椅子，让盲老头儿挨着白芸生坐下。

盲老头儿把锡锣往桌上一放，用手瞎划拉，看样子要摸摸白芸生。艾虎一皱眉，心说：你那手刚抓完酱鸡，往哪儿划拉，我大哥那个人最讲究干净，那身上连个点儿都没有。其实这么想也晚了，这油手已经蹭了白芸生的袖子。白大爷二话没说，连躲都没躲。老者拍拍白芸生的肩膀说：“罢了，这人有没有出息，一听说话就知道，到底是姓白的比姓艾的有出息。”

艾虎一听，他说什么？他怎么知道我们姓什么？顿时他就改变了看法，这不是一个普通的盲老头儿，肯定是个世外高人，乔装打扮前来考查我们。想到这儿，他往前一凑说：“您怎么知道我们姓什么的？”

“我会闻味儿，我一闻就知道张王李赵。”

这会儿韩天锦那口饭也咽进去了，说道：“哎，老头儿，那你闻闻我姓什么？”

“嘿嘿，你这味儿就更大了，你姓韩叫韩天锦，对不对？那位的味儿还挺好闻，叫粉子都卢珍，是挺香甜的。”他这一说，四小全都吃惊了，心说：不能让他走了，这人是干什么的非弄个水落石出不可。

艾虎就追问："老先生，既然知道我们的名姓，您是哪一位呀？咱们别开玩笑，有什么就说什么。"

"哎呀，说什么呢，还是说你们要办的事吧，你们是不是要抓一个染过白眼眉的小子。"

"对，您怎么知道？"

"当然知道，这人叫紫面金刚王顺，他现在在哪儿，你们想知道不？"

"当然想知道，望老人家指教。"

"从这儿往正东走三十八里地有座少华山，这小子已经上那儿去了。另外再告诉你们一件事，有个丑鬼房书安已经追到少华山，我给他看过手相，算了一卦，他现在是凶多吉少，如果你们去得早，他还能保住性命；去晚了，他的小命可就交待了。怎么样？我吃你个酱鸡，告诉你们这些事，还换不回来吗？"说话间，把那手伸出来，又抓住酱鸡往嘴里塞，一点儿都不客气。

等他把那口鸡肉咽下去，艾虎接着问："老先生，您怎么知道得这么详细，您究竟仙乡何处，尊姓大名？能不能告诉我们，早晚我们还要报答您。"

"哈哈哈，算啦，别说漂亮话，吃你们块鸡肉还不乐意呢，还报答什么？我这个人施恩不图报，我是走江湖的，混口饭能填饱肚子就满意了。我说四位，赶紧多吃，吃完了快起身。少华山三面是山，一面是水，你们别走前山走后山，走柳江的江汉子，岗哨少，道也好走，不多时就到后山，你们想进山、办事都行。另外，我吃你这酱鸡也不白吃，我在那儿给你们准备一条船，护送你们进山，你们看如何？"

"那太好了，老先生，您究竟是谁呀？"

说话间，就见那盲老头儿拿着半只酱鸡，一伸手把铴锣、明杖拿起来说："我是谁，问不问没用，今天晚上咱们不见不散，天黑以前我在江汉子等你们。"他一边吃、一边敲，出了饭馆。

老人一走，哥儿几个就商议起来，艾五爷还多了个心眼：他是不是贼人派来的，故意引我们上钩，给我们准备一只船，稳稳当当地把我们抓住？这也未可知。他们左分析、右分析，认为这不可能，这个人好的方面占多一半，他要是贼，干吗用那个招儿，我们也不是什么了不起的英雄。

最后白芸生说："咱们这么办吧，心眼太多了反而误事，咱们就依计而行，就到那儿去找房书安和王顺。"

“对，大哥说得有理。”哥几个饱餐一顿，韩天锦老爱饿，他们又在饭馆买了五斤包子、五斤大饼，然后买个包袱皮儿让韩天锦包上，什么时候饿了什么时候吃。另外为了以防万一，还买了两个大水葫芦，灌满了白水。哥儿几个把钱兑了，出饭馆就起身赶奔少华山。他们虽然没来过，但跟沿路的人一打听，也有人指点方向，他们顺着这条道就走下来，在太阳还没落山的时候，他们就来到少华山的脚下。

抬头一看，这座大山气派十足，山连山、岭连岭，隐约还能看见山上的大寨。他们走了三十八里，再转到山后，就已经掌灯了。哥儿几个觉着挺累，听了听似乎有流水的声音，他们又往前走了一程，就来到江边，一看与盲老头儿说的一点儿不差。他们在这儿站了一会儿，就见水打船帮、船压水浪，来了由四名水手驾着的一只船，船头上坐着一个人，正是那盲老头儿。

盲老头儿直抽鼻子，说：“靠边靠边，我闻出味儿了，艾虎、韩天锦那四个人就在这儿呢。你们四个刚来吧？”

“对，老先生，我们四个刚到，您也来了。”

“人说话就得讲信用，男子汉大丈夫生在天地之间，无信不立呀。你看我这儿给你们雇了一只船，船钱我都付过了，请上船吧。”

艾虎一看，这船不大，但放二十来人还绰绰有余，小弟兄们“噌噌噌”跳上木船。盲老头儿告诉他们说：“都坐好，一边休息，一边走，从这儿到内寨，还有二十五里，不过二更天咱们是到不的。来人啊，开船！”那几个水手也不搭话，搬桨摇橹，老少英雄直奔后山。

时间不长，小船就深入少华山的心腹重地，二更天刚过，来到了后山的口岸，就是登陆的地点。正好这儿打着呢，离挺远就能看见火光冲天、人影晃动、喊声震地，艾虎就问：“老先生，这前边是谁在打仗，这是什么地方？”

“这就是咱们要去的地方，少华山的后山，前边就是渡口，大概细脖大头鬼在这儿折腾呢。”艾虎听罢，把飘带解开，外衣闪掉，周身上下收拾利落，那哥儿几个也赶紧收拾好。等小船靠了岸，一看真是房书安，艾虎这才大喊一声跳下小船，后面那四个也紧跟着下来了。艾虎提刀在前面开路，把龟灵七星宝刀抡开，把喽啰兵杀得四散奔逃，几个人没费吹灰之力，就冲到冯魁章面前。

房书安把眼睁开，扭头一看，可乐坏了，嚷道：“老叔啊，快救命呀，我快要玩儿完了。”

"书安，不必着急，老叔在此，看他们哪个敢动。"

冯魁章一听，这是开封府的人，他们怎么到了我的后山？他用手一指说："呔！狂徒，你们是哪里来的，报上名来。"

艾虎冷笑一声说："我是杭州来的，小义士艾虎是也，这是我们小五义的磕头弟兄白芸生、卢珍、韩天锦。"

那个盲老头儿是谁，他也不清楚，所以也就没说。冯魁章闻听，冷笑一声说："噢，我当是什么了不起的英雄，闹了半天来了两对饭桶，白芸瑞、徐良怎么没来，把你们这些饭桶都打发来，还不够给本寨主垫刀背的。来人啊！还不把他们四个给我拿下。"喽啰兵重新组队，从外圈把他们就包围了。

只见冯天龙一晃掌中擂鼓瓮金锤，飞身直奔小义士，把两柄锤往中间一碰，说："艾虎小子，拿命来，看锤。"锤走流星式，奔着艾虎"呜"就砸了下来。艾虎一看，这小子是一员猛将，那锤跟小西瓜差不多，得有八十斤左右，我使的是刀，在兵刃上我吃着亏，所以不能硬碰硬。小义士想到这儿，翻眼盯着他的锤，眼看打到头顶上，艾虎上步侧身，往旁边一躲，双锤砸空，艾虎把宝刀一翻，对准他的锤杆"唰"就是一刀，冯云龙急忙把双锤撤回，一转身"呜"又奔艾虎的腰部打来，小义士上步斜身，又跳到一旁，他的锤二次走空，艾虎双手捧刀，分心就刺。冯云龙使了个老君关门，拿双锤往外一架，艾虎忙撤回刀，一转身，赶奔他的双腿。冯云龙双脚点地，使了个旱地拔葱，往空中一纵，艾虎一刀走空，就这样两个人战在一处。

艾虎不是没能耐，谁不知道小义士艾虎。一出世就大闹霸王庄，据禀珍珠闹龙冠，除掉马朝贤、血染石门县，张家庄龙虎豹结拜，大闹冲霄楼，群雄聚破铜网阵，屡立战功。皇上亲自召见，见他武艺精湛，恩赐四品带刀御前护卫。他跟徐良、白芸瑞比不了，但在一般人当中，那也是了不起的人物。再看今天，艾虎为了解救房书安，把浑身的能耐全使了出来：这口龟灵七星宝刀，上下翻飞、寒光闪闪、冷气逼人，远看就像一团白雾似的。二十几个照面儿过去，冯云龙一个没注意，艾虎的龟灵七星宝刀正砍在左手的锤杆上，"哐当"把锤头给砍掉了，把他吓得一哆嗦，再看手里剩下个擀面杖。就在这一愣神的工夫，龟灵七星宝刀奔他的脖子下来，一股冷风就到了，冯云龙使了个藏颈缩头式，使劲儿往下一低头，头低得慢点儿，刀来得快点儿，"咔嚓"把脑袋旋掉一大块皮去，冯云龙痛得"嗷"一声，提锤败回本队。

这时冯云虎一晃八棱亮银锤，跳过来说："小子，你别走，看锤！""呜呜呜”一个劲儿往下猛砸，恨不能把艾虎砸成肉饼。粉子都在后面一看，恐怕五弟有失，压单刀过来说：“五弟，闪在一旁休息，把他交给我。”

卢珍是老四，人送绰号粉子都，这粉子都是列国间的名人，长得漂亮能耐又大，卢珍没有能耐的话，能有这个绰号吗？卢珍六岁学艺，后来受过高人的指点，有一定的基本功，但卢珍这人面嫩，任何场合他都不爱说话，一有露脸的事他就往后边缩。今天这种场合，他再不能让了，因此压刀直奔冯云虎。冯云虎一看面前站的这个人，水灵灵像个大姑娘，心说：像你这样绣花、写字还行，打仗你是外行哪，他就有点儿轻敌。结果两人打到三十回合，卢珍使了个虚招，叫卧看巧云扫地刀，奔冯云虎的双腿就去了，冯云虎脚尖点地往空中一纵，稍微慢了点儿，被这刀尖正砍在脚后跟上。“咔嚓”把靴子底砍掉不说，后脚跟的肉皮也被削下去一块，把他疼得是一瘸一拐败回本队。

第三个过去的是冯云彪，这老三手中擒着人面赤铜锤，冲着卢珍就过去了。卢四爷刚要和他伸手，白芸生过来说：“老四，你喘喘气，把他交给我。”这个白大爷更没什么名气，跟白芸瑞、白玉堂、白金堂都比不了，不是能耐不行，他这脾气有点儿窝囊，平日少言寡语，好强斗胜的事找不着他。可有一样儿，你叫他干什么，保证竭尽全力给你干好，这人就是忠实可靠。今天由于情况不同，他心疼这几个兄弟，不得不卖命。一晃刀过来，逼住冯云彪，两个人打了十七八个回合，白芸生捧刀往里一递，冯云彪来了个黄龙转身，“唰”正好转到白芸生身后，抡双锤奔后脑勺就砸，白大爷知道不好，万般无奈缩颈藏头，把刀往身后一背，使了个苏秦背剑式。一只锤正好砸在刀上，这刀就垫在身上，白大爷站立不稳，踉跄了七八步，“扑通”趴在地上，冯云彪抢步过去，把大锤往空中一举，说：“小子，你给我在这儿吧。”抡锤奔脑袋上就砸。白芸生使了个就地十八滚，往旁边一骨碌，双锤砸空，由于用力过猛，锤砸在地上直冒火星，震得冯云彪“哎哟”一抖手把双锤就扔了。白芸生利用这个机会捧刀就刺，这一刀由于着急，扎偏了，正扎在冯云彪左边屁股上，把他疼得“嗷”一声败回本队。

没想到白芸生败中取胜，冯魁章的四儿子、大力公子冯云汉“嗷嗷”怪叫，一晃镔铁压油锤，飞身直奔白芸生。韩天锦一看，他们都打完了，该我上了，就说：“大哥，您到后面喘喘气，把他交给我，咱们哥儿几个一人一个。”晃大棍直奔冯云汉。

白芸生点点头说：“二弟，多加谨慎。”回归了本队。

韩天锦站在这儿没比武之前，先跟冯云汉比比个头。冯云汉一看，这是战场不是比个儿的地方，这小子有毛病是怎么着，他就问："你是什么人？"

"我叫霹雳鬼韩天锦，我可是鬼呀，专抓活人，小子你今天老老实实让我揍一棍子倒还罢了，如若不然，爷爷我可要生气啦。"

冯云汉这火可大啦，晃压油锤就往上闯，抡锤就砸。韩天锦打仗不会使窍门，是属打铁的硬碰硬，锤往下一砸，他使了个横担铁门栓，硬是往上招架：大锤正好砸在棍上，把韩天锦砸得身子一晃，差点儿坐地上，把冯云汉的大锤也绷起三尺来高，差点儿撒手。冯云汉这才知道，姓韩的有把子力气，他要多加谨慎。接着他右手一晃，使了个丹凤朝阳，奔韩天锦肋部便砸，韩天锦使了个怀中抱琵琶，往外一架，又把锤给架出去了，这两个人"叮叮当当"就战在一处。约莫打到二十个照面儿时，韩天锦心说：顶数这小子厉害，你看我那三个弟兄没费劲都露脸啦，轮到我这儿现了眼，我也太丢人了，哎，有主意了。

韩天锦是傻中奸，他打着打着冷不丁往冯云汉身后瞧，冯云汉一看，这又是什么毛病，我身后有谁？他脑袋一溜号，用眼角往后一看没有人，上当了。韩天锦就利用这个机会，大棍子举火烧天式往下就砸，冯云汉一看不好，用单手锤往外一架，结果一只手的力量敌不过韩天锦，"当啷"一声大锤被砸掉，与此同时这棒子头正扫在他肩膀上。

韩天锦那棍是镔铁的，鸭蛋粗细，打到身上谁受得了？冯云汉被打得"嗷"一声摔倒在地，败回本队，当时这膀子就抬不起来了。

韩天锦大获全胜，把大嘴一咧说："我还以为少华山都是英雄呢，结果全是饭桶。我说，有能耐的有没有，哪一个敢过来，今天我全包了。"韩天锦还吹上了，把冯魁章气得青筋暴出，甩掉衣服就想亲自上阵，这时从他旁边过来一个人，正是他的老前辈海马追风叟上官清。上官清为什么在旁边看热闹不过来呢？因为他认为这个战场有失自己的身份，我要过去一出手就栽啦，这帮人都不怎么懂武术，我这么高的身份能出手吗？现在四个少寨主败了两对，大寨主要过去，我要再不出手便没法交代，所以他才过去。

他对冯魁章说："大寨主，杀鸡焉用宰牛刀，我不费吹灰之力，就能把这几个小娃娃当场抓获，交予寨主，杀剐存留任凭自便。"说着他就上阵了。

韩天锦一看，过来个老头儿，小个儿不大、干巴巴的，大额头、眍眍眼、鹰钩鼻、薄嘴唇、一缕山羊胡；穿青挂皂，打半截鱼鳞裹腿，穿着双千层底的靸鞋，背后背着独龙双拐，两个眼睛倍儿亮，多年的经验告诉他，这老头儿可不是好惹的。韩天锦刚想要出手，就听身后钖锣“嘡嘡”地响。

有人说：“我说韩天锦，露脸的事差不多就得了，别紧抱着不放，看你们打得如此高兴，我这手也痒痒得厉害，来，把他交给我吧。”

韩天锦一看瞎子上来了，心说：你看得见吗？又一想，别看这位没眼睛，鼻子可好使，闻什么一闻一个准儿，所以韩天锦压大棍回归本阵。就见这位盲老头儿，敲着钖锣直奔上官清，离着不远他不往前走了，拄棍一站说：“算卦、算卦、算灵卦，大流运卦，未卜先知。我说老朋友，你算一卦吗？”

上官清一看鼻子都气歪了，心说：你是从哪儿冒出来的，跑到这儿算卦，我能信你这套吗？又一想：噢，这是装蒜，他一定也是开封府的人，乔装打扮到这儿助阵来了。想到这儿，上官清把脑袋一扑棱说：“呸！你是什么人？是真瞎还是假瞎？快快报上姓名。”

“别吵，有话慢慢说不行吗？声大我就怕你吗？刚才我说了，我是个算命的盲人，最没出息，你何必跟我动怒呢？但是我这没出息看和谁比，跟你比似乎还有点儿出息，不信你过来伸伸手，要叫你在我面前过去十个照面儿，那我就白瞎了。”上官清气得差点儿没笑出来，你这说的都是什么乱七八糟的，难道你这瞎是我气的？

他哈哈一笑说：“良言难劝该死的鬼，我叫你装疯卖傻，休走接掌！”这一掌恶狠狠地奔盲老头儿的面门打来。那盲老人翻着眼珠就在那儿瞅着，连躲都没躲，说时迟那时快，上官清这一掌正揍他脑门子上，“啪”地一声。

艾虎、韩天锦、卢珍、白芸生一闭眼，心说：完了，挺好个老头儿，脑袋让人家打碎了，他过去那会儿，怎么就没拦着他呢？结果睁眼一看，不是那么回事儿，这老头儿不但没死，连动都没动，眼睛照样翻着在那儿站着；相反却把上官清震得倒退了好几步。上官清就觉着整个胳膊发麻，虎口有点儿发酸，胸膛有些发热，他心说：哎呀，这老家伙是谁？好深的功夫，能接住我这一掌的人可不多，方才我使的是铁砂掌，别说是人，就是一块砖头、石头我也打碎了，怎么打到他脑袋上纹丝没动呢？

他正在这儿发急，那盲人“嘡嘡”又敲着那钖锣说：“我说你怎么不出手了？咱俩是在这儿相面还是动手呢，你怎么不打我呀？”

“我方才都打过了。”

“打了？我怎么不知道呢。噢，对了，昨天晚上没睡好觉，刚才打了个盹儿，你看看这个事儿闹的，打完了我都不清楚。”众人一听，全都乐了，心说：

这位是木头块儿，揍脑门子上那么响，别人都听见了，他还不知道。

其实这人是拿上官清开玩笑，就见这盲人咧嘴一笑说："好吧，既然你打完我，该我打你了，等着啊。"说着话他把钖锣、明杖往地下一放，晃身要活拿上官清。

第五十九回 化险为夷五小脱险 悲双离合四杰拜山

这位盲老人身怀绝艺，就这一掌没打动他，却把整个少华山给震动了。就见盲老人挽了挽袖子，要打上官清，上官清也知道今天遇上劲敌了，没办法硬着头皮跳过来又是一掌。这回盲老人不让他打啦，翻着两个大白眼珠，两手在那儿瞎划拉，但是上官清再想打他，却打不着。就见他身形滴溜溜乱转，二十几个回合之后，不知怎么搞的，这盲老人一下转到上官清背后，抓住他的腰带，单臂一用力就把上官清举过头顶，那么大的海马追风叟四脚朝天，想跑都跑不了。把那盲老人乐的，一手捻胡须，一手举着他，平地转了三圈，说："冯魁章，你离我有多远，我说话你能听见吗？"

冯魁章说："本寨主能听见。"

"好！我告诉你一件事儿，你想不想要这上官清？如果要我就还给你，不要我可摔啦。"

"要！你能给我吗？"

"当然，不过得走马换将，你抓了我们两个人，一个细脖大头鬼房书安，一个雷英，我就要这两个人。如果把他们放了，这位我完璧归赵，不答应我现在就摔。"

"且慢，我答应。"冯魁章说到这儿，回头和上官伦商量。上官伦是上官清的弟弟，一看哥哥这样儿，他能不关心吗？急得差点儿哭了，说："总寨主，这个盲老人不太好惹，咱们还是救人要紧。还是按他的话，把那两个人放出来，拿他们俩换我哥哥，这买卖咱们合适。"

"好，放人！"就这样被逼着把房书安、雷英给放了。绳子一解开，把他俩乐的，活动一下四肢，又向冯魁章讨回兵刃和百宝囊，两个人转身扑奔艾虎他们。

雷英一过来，艾虎认识他，说：“您不是震八方吗？”

“不错，正是我，小义士，过去咱们发生过一段不愉快的事儿，我愿意改邪归正、弃暗投明。”

房书安过来介绍说：“老叔啊，这人才好呢，为了我差点儿掉脑袋，别看当初身为窃贼，现在人家弃暗投明，我说老叔，你可得在包大人和我干老儿面前多给说几句好话。”

艾虎把胸脯一挺说：“没说的！过来我们就欢迎，咱们就是好朋友，这事就交给我啦。”他们在这儿说话不提。

这盲老人单手举着上官清，用耳朵听着，一听把那两人给放了，说道：“冯魁章，你这么办事就对了，这买卖你做得合适。不过，我还有个要求，因为你们人多，我们人少，我把人一放，你开弓放箭以多取胜，那可不行。孩子们，快上船，上去之后我再放人。”

冯魁章一听，恐怕受骗，说：“老英雄，男子汉大丈夫说话可得算数，我把人一放，到时候你要骗我可不行。”

这时艾虎众人都已上船，盲老人说：“冯魁章，我告诉你，只要我们平安出了少华山，咱的事儿一笔勾销，你要是在暗地里下手，早晚我会回来跟你算账。”

说到这儿，他轻轻把上官清往地上一放，说：“逃命去吧！”上官清跑得比兔子还快，回到本队。再看他满头都是汗，活到六七十岁没这么害怕过。另外他心里也不服气，心说：连个盲老人我都打不过，究竟他是谁呢？再看那盲老人，一哈腰捡起锪锣和明杖，转身也上了船，冲着冯魁章招招手，小船一掉头就离开了渡口。

船走了不久，冯魁章就像睡醒了似的，喊道：“来人，给我追。”喽啰兵答应一声，列队在后面驾船就追，可是到哪儿找去，小船连影儿都没有了。

这只小船顺流而下其快如飞，到了河港旁边，小船靠了岸，大伙儿也不知道这是什么地方，都从船上下来了。众人一起过来，谢过盲老人的救命之恩，这盲老人把胡须一捋，说：“行了行了，这不值得谢，我无非一时高兴，给你们帮个忙。另外告诉你们，从这儿顺着道往前走，拐过山梁，那儿有个村庄叫徐庄，你们住店、打尖都行，下一步怎么办你们自己安排。我还有点儿事儿，就告辞了。”

艾虎过来把他拉住说：“老人家，您不能走，您对我们有救命之恩，得留个名姓，我们心里也明白啊。”

“没到时候，到时候你们自然就明白了，别耽误我的事儿，对不起，对不起。”说完盲老人上了小船，跟那几个水手咬了咬耳朵，水手点头会意，船一掉个儿，直奔洞庭湖。这几个人站在岸边看着，一直瞅着小船消失得无影无踪，这才长出了一口气。

大伙儿知道这地方仍然挺危险，怕冯魁章领人追到这儿，就顺着盲人指的这条路线，翻山越岭一个劲儿往前赶，天亮的时候，果然发现山坡下有一个村庄。到了村庄口一瞅，有个界石碑，上头刻着两个大字“徐庄”，他们几个人迈步进了徐庄。这小庄子不大，一条街不超过两百步，但十字街这一带还比较热闹，抬头一看，有一座店房，金字牌匾上写着“徐家老店”，门旁坐着个伙计，二郎腿一跷，眼睛似睁非睁，脑袋瓜儿摇晃着正在哼哼小曲儿。

艾虎看了看，这店房还真的挺大，说：“哎，伙计，有没有空闲的房子，我们打算包几间。”

这伙计把眼睛慢慢地睁开，上一眼、下一眼地看看艾虎，说：“对不起大爷，你们来晚了，我们整个店房都叫人家包下来了，没地方。”

“那么除了你们这家店房，这里还有别的店房吗？”

“没有，在这徐庄，就我们一家。”

艾虎一听，这怎么办？跟白芸生商量说：“大哥，不然的话咱们看谁家宽敞，借两间房子歇歇也行，临走多给他点儿钱呗。”

白芸生说：“那多不方便，咱跟人家又不认识，还是跟店房好好商议商议，这么大的一家店，能都包下吗？哪怕一间呢，让咱们歇歇脚、喝点儿水就行。”

艾虎觉得有道理，又跟这伙计商量说：“伙计，这么办吧，我们不管你这店谁包的，你打个招呼，给我们腾出一间客房来，我们躺下歇会儿就行，临走加倍给钱，这样行吗？”

伙计闻听，把嘴一撇说：“钱，钱，钱！你就知道钱，你知道我们这儿谁包的吗？走走走，少说废话，你再啰唆别找不顺心，要说不在行的话，我可叫你打官司。”

艾虎是个急性子，一听这话压不住火了，一把将这伙计的脖领子抓住，说：“兔崽子，你说什么？”

“哎哎，我说你还想打人不成？”

“我打你又怎样？”艾虎“啪啪”搂了他两个嘴巴。艾虎那手多有劲儿呀，顿时这伙计就变成吹喇叭的了，血顺着嘴角往下淌。他一捂脸喊道：“啊？你敢打人，我送你打官司。”

白芸生一看，艾虎做得有点儿过分，说：“兄弟，快撒手，别打了。这是何必呢，他不乐意挣钱，咱就不花了，换个地方不就得了吗，何必和他找晦气呢？”

“去你的。”艾虎一松手，把这伙计推了个屁蹲儿。

“哎呀，你别走，你把我打了，我去送信儿去。”这伙计一骨碌身进店了。还真快，一转身的工夫，把里边的人就请出来了。

那个人来到台阶这儿，把胸脯一挺、手一背说：“什么人胆大包天，竟敢如此猖狂！”

艾虎一听，这声音怎么这么熟呢，甩脸一看，这乐劲儿就甭提了。来的是谁呀？正是南侠展熊飞，再往他身后观看，蒋平、智化、徐良、白芸瑞都从里边出来了，大家见面之后是又拥抱、又高兴。

他们怎么跑到这儿来了呢？原来他们把叠云峰拿下来后，山寨平了，喽啰兵也都被遣散了，这件事情烟消雾散，就算告一段落，但是还有几件事情没弄清楚。头一件，房书安上哪儿去了，不知道；卢珍、艾虎几个人哪儿去了，也不知道。还有一件，死的这个假徐良是谁？现在这棺材还在店房里停着，也没人来收尸，必须把这件事儿赶紧处理了。所以蒋平就派人下去打听消息，还贴了不少布告，这一招果然奏效，几天后消息传来，有人领尸来了。本家这主人就住在离洞庭湖不远的徐庄，是徐家老店的掌柜的叫徐仁，他有个儿子叫徐亮，就是死的这个所谓的“徐良”。

老头子徐仁就这么一个宝贝儿子，可这徐亮酷爱武艺，打拳踢腿，使枪弄棒，没事儿就蹦跶。后来到二十挂零，他知道的新鲜事儿多了，他打心眼儿里佩服徐良，简直把他佩服得五体投地。他心里常想：人家也姓徐，我也姓徐，岁数也相差不多，怎么人家是堂堂的侠客，我就什么也不是呢？他唯一感到安慰的是，有不少人说他长得像徐良，头、腰身、模样、肤色跟徐良一样，唯独眼眉不像，他是黑眼眉人家是白的。

这么办得了，我装扮成徐良到江湖上去闯荡闯荡，将来闯出点儿名气来，上开封府去找徐良，如他不嫌弃，就拜他为师，他是大徐良，我是小徐良，那将来我不就一举成名了吗？后来他真把眉毛染白了，再按着传说的那样把衣服、帽子重新调换了，又花了二十两银子，在城里打造了一把假牌的大环刀，还打造了几支镖，插在镖囊里装装相。

人们都给他鼓掌喝彩说："这真是徐良哎，咱们徐庄也出了三手大将了。"他一高兴，就穿戴上在大街上转了一宿。

也该着他倒霉，这一天高兴，他带了点儿路费，离开徐庄走到葵花冈去了。在那儿还想卖卖艺，让大伙儿瞅瞅他这武艺如何，然后给他传传名，结果正遇上白莲花晏风、小美人尉迟善、小韩信张大连这帮贼，他们就误把他当真的徐良给杀了，结果名没扬出去，还落了个平顶侯。因为交通不便、消息闭塞，家里人还不知道他早死了，现在一发布告，他们家里才知道信儿。老头儿徐仁哭得跟泪人似的，骑着马赶到葵花冈，找到蒋平开棺验尸，一看正是他儿子，就把这经过跟四爷说了。蒋平心说：这老头儿怪不容易的，干脆我们把尸体给他送回去，再包赔他点儿损失，省得老人家难过。

他和展昭商量好了，就问这老头儿："你们徐庄离这儿有多远，附近有什么山峰、海岛？"

徐仁说："离这里不远，三十里地有座少华山，山上有伙姓冯的贼寇，不过对百姓不骚扰，靠打鱼、种地为生，人们都管他叫公道大王。"

蒋平正想找房书安和那哥儿几个，心说：是不是上少华山了，一点儿把握也没有。不如我们走一趟，先帮老人家把徐亮的尸体护送回家，略表安慰，顺便再到少华山转一圈，要找着他们更好，找不着就算拉倒。所以蒋平把善后的事情处理了一下，便雇了辆马车，拉着棺材，陪着徐仁来到了徐庄。

这徐庄整个都震动了，听说徐亮已死，死得还挺惨，开封府的官人把尸体给送回来了，都来看热闹。因为天热，尸体已经搁不住了，徐仁急急忙忙把儿子埋葬了，就在店房里款待开封府的官人。蒋平赠送纹银二百两，徐仁老头儿说什么也不要，蒋平非得给，他的意思是在这儿做个站脚地，然后赶奔少华山，所以大伙儿都没走。

这么一折腾，店房伙计老五乐得眼睫毛都开了花，心说：哎哟，这位是开封府的四爷蒋平，那位就是白眉大侠，这就是大名鼎鼎的南侠展大爷，我可开眼了，这辈子没白活。

他这一高兴，什么都忘了，在店房门口还琢磨呢，现在这家店住的都是开封府的官人，这儿就变成了临时开封府衙，我也不是伙计了，我就是开封府的官人、校尉大老爷。想到这儿，他就飘飘然忘乎所以，搬了个凳子往门口一坐，正在想着美事儿，艾虎他们就来了，因为他不说人话，挨了两个嘴巴，结果白挨了。

徐良见着艾虎以后，把他拉住问道："老兄弟，你们这是从哪儿来？"

"哎呀，我的三哥，一言难尽啊，我们知道王顺的下落啦。"

"快说，在什么地方？"

"就在少华山，我们刚从那儿来。"艾虎就把到少华山的经过讲了一遍。徐良一听，也吃了一惊，这才知道有位高人暗中帮助，但这盲老人是谁，在场的人谁也猜不出来，只好把这个事儿放在一边。然后徐良把牙关一咬说："王顺，这回我看你往哪里逃，我非抓住你不可。"

大伙儿听说王顺就在少华山，恨得牙根儿都痒痒，一个个撸胳膊、挽袖子，就要到少华山去捉贼。蒋四爷捻着狗油胡沉默不语，徐良转回身就问："蒋四叔，您想什么呢？"

"孩子，不能操之过急，大伙儿都去就会打草惊蛇，一旦把这贼给惊走，再想抓他可就不易了。"

"那四叔你说怎么办吧！"

"我打算来个万全之策，光凭咱们老少爷们儿十几个人打这么大的少华山，谈何容易。我都打听好了，这儿属筠州府湖口县管，我想到府衙和县衙走一趟，借助官府的力量，调动军队，把少华山围住，然后把网口一点点拉紧，再把王顺这小子给逮住，不然恐怕他会漏网。"

"有道理，四叔，那我去。"

"不，用不着你，良子你们这些人就在店房听信儿，我和展兄弟一块儿去，这儿离筠州府不远，明天我就能回来。"蒋平把一切事情都进行了安排，带着展熊飞和四名仆人，准备了六匹快马，像一阵旋风似的就来到了筠州。

进了城，找到知府衙门，众人从马上跳下来，蒋四爷亲自上了台阶，一看衙门前有当差的，四爷一抱拳："各位弟兄们，辛苦辛苦。"守门的一看，这几位都是远道而来，满脸尘土，说话的这主儿个儿还不高，干巴巴一团精气神。

守门的人也不敢小瞧，赶紧还礼道："哎哟老爷子，我可担待不起，您有事吗？"

"借问一声，这是筠州府衙门吗？"

“对呀，您找哪位？”

“劳驾给我回禀一声，我要见知府大人。”

“见我们知府，那您老是……”

“我是东京汴梁开封府来的，姓蒋名平字则长，这位就是展昭展熊飞。”说话之间，两人从怀里拿出龙边信票，往前一递，守门的差人拿过来一看，赶紧合上，撒脚如飞，到里面送信儿去了。时间不长，只听知府衙门里响起一阵杂乱的脚步声，官出来了。这官年纪不大，也就二十岁刚挂零，长得面如敷粉、眉分八彩，头上戴着方翅乌纱帽，身穿蓝袍、腰横玉带、足蹬朝靴。

他一看蒋平、展熊飞，说道：“哎呀，两位老前辈，你们这是从哪儿来呀，迎接来迟，当面赔罪，我给您磕头了。”也不分场合，端带撩袍跪在地上“嘣嘣嘣”就是一顿磕。

在唐宋年间，都是重文轻武，文官四品跟武官二品是平级的，那蒋平是四品带刀御前护卫，人家是四品正印官，按理不应该磕头，顶多一作揖就算可以了。可为什么要磕头呢，也出乎蒋平的意料，四爷心说：这小大人太客气了，急忙用手相搀，等扬起脸来一看，这知府大人正是三公子包世荣的那个书童邓九如。三公子包世荣是包大人的亲侄，进京赶考时就带着邓九如，别看他是个小书童，因为久跟包公子在一起，他学问也不浅，尤其是包世荣在读书的时候，他在旁边当伴读，所以包世荣的学问有多深，他就有多深。后来爷儿俩到了开封府，包大人很喜欢这孩子，这才花钱供他读书，转来转去，邓九如下场一赶考，得中第三十三名进士。皇上御笔亲提，给了个石门县的知县，才十几岁，就当了七品命官。后来因为官声甚好，人送绰号小包公，立了不少的功劳，皇上又降旨升迁，这才迁到筠州当了知府。

四爷拉着他的手说：“孩儿啊，你真有出息，比爷爷可强多了。”

“我说四爷爷，您怎么这么客气，不管我当了多大的官，在您面前也是小孩子，此地并非讲话之处，里面请！”把主仆六人让到知府衙门。邓九如跟当初那脾气一个样，拉着南侠问长问短，围着蒋平滴溜溜直转，还是那么天真、活泼，但是跟手下人就不一样了，脸往下一沉，还真有点儿威严。

邓九如吩咐下边摆了一桌丰盛的酒宴，在这儿款待两位老前辈，席间就问：“两位爷爷，你们又上哪儿抓贼去了？打哪儿来？是知道我在这儿，还是不知道？”

“孩儿啊，一言难尽，我们要知道你在这儿，早找你了。这次来，主要是想管你借兵，要抄少华山，你可得帮帮我们呀！”

邓九如说：“您这是说的什么话，您抓贼跟我抓贼有什么区别，咱不都是为了保卫大宋朝的江山吗？您说吧，要用多少兵马？”

“这我可说不准，但是我这么算计着，至少也得三千人马，多了更好。”

“四爷爷，我是文官不管兵，还得把镇台大人请来商议一下，看他手下有多少兵马。”

邓九如把片子拿出来，让两个仆人马上去请总兵老爷，姓冯叫冯元魁。时间不长，冯总兵就来了，这个人四十挂零，赤红脸、大个儿，有武将的风度，顶盔挂甲、着袍束带、腰中佩剑，一迈步甲叶子直响。邓九如站起来迎接冯大人，然后又给他作了介绍。

冯元魁一听，两位是开封府的上差，抱拳当胸说：“哎哟，是我有眼不识泰山，请两位上差原谅。”

“冯大老爷，您太客气了，请坐，我们有事相求。”

蒋平就把来意说了一遍。冯元魁一听，说：“四爷，您要用多少兵？”

“至少也得三千，越多越好。”

“这么办吧，在我治下能调动的军队，包括水军能有五千人马，全借给您，怎么样？”

“那太好了，咱们一言为定，此外，还得拜托冯总兵亲自出马，帮助我们攻山破寨。”

“愿为四爷效力，这也是我分内的事。”邓九如大喜，进一步商量，下去后马上调动军队，三天后保证到少华山，听从蒋平安排，这事就算告一段落。

蒋平、展昭吃完饭，哥儿俩一抹嘴起身告辞，邓九如恋恋不舍地说：“二位爷爷，此番分别，不知何年何月再次相会，我看不用这么着急，住一宿，明天我把你们送回去。”

“不，孩儿啊，店房的各位英雄还翘首以待，等候我们的回信儿呢，以后咱们还有闲谈的机会，冯大老爷我们告辞啦。”

“不送。”

蒋平、展昭从衙门出来，带上仆人在外面上了马，一溜烟似的回到店房。可不是吗，大伙儿都在这儿着急呢，可一看蒋平和展昭那个模样，就猜了个八九不离十。

徐良就问：“四叔，是不是事情进行得很顺利？”

“孩儿啊，你算猜对了，借来五千兵马，三天后到这儿。大家听着，三天之内谁也不准离开店房，咱们养精蓄锐，等着大兵来了好攻打少华山。”大家都答应了。

第三天军队果然到达，就驻扎在徐庄庄口的外面，总兵冯元魁率领两名副将还有一大帮护兵，进庄子来找蒋平。蒋四爷列队迎接，把冯总兵和两位副将接到里面，大家互道辛苦，冯总兵一抱拳说：“上差，我把军队如数带来，步兵三千、骑兵一千、水兵一千，都在洞庭湖湖口一带待命，请四爷安排。”

蒋平点点头，把地图铺在桌子上，和冯元魁以及两个副将，戳戳点点把形势分析了一下。蒋平对冯元魁说：“你这五千军队先围不打，最好水旱两路都给封死，一只鸟也不让它飞出去，特别是水路，尤其要注意。一千骑兵分成四拨，围着少华山巡逻，发现可疑之人立即抓获，您负责这个就可以，什么时候攻山听我的信儿。”

“好嘞，我遵命照办，听您的分配，各位再见。”这武将办事就是干脆利落，连来带去没超过一个时辰。冯总兵带着副将起身回营，按着蒋平的交代，马上通知各方采取行动，少华山周围的空气顿时紧张了起来。蒋平把军队安排好之后，就开始研究攻山之事。很多人都主张这是一场硬仗，干脆分兵四路，调炮攻山，像打叠云峰似的，蒋平不同意。

蒋平说：“用不着，据我所知，冯魁章还不是个纯粹的浑蛋，而且还有公道大王的声誉，我们还是应该晓之以理、动之以情。要能把他说服，让他把王顺献出来，咱们就留他一条活路；如果他不听，那时再打也不迟。”

大伙儿一听在理，那下一步该怎么办呢？

蒋平说：“这么办吧，展大兄弟，你领着各位小弟兄配合军队在外面巡逻，我带上小良子、芸瑞、房书安赶奔少华山，亲自找冯魁章谈判。”

展熊飞说：“四哥，就你们爷儿四个太危险了。”

“不入虎穴焉得虎子，兄弟你放心，外面有这么多军队，他不敢把我们如何，再说有良子和芸瑞还怕他吗？”

其他几个人也这么说，最后展昭也不拦了，问道：“你们什么时候动身？”

四爷说：“现在就走。”

这可把房书安乐坏了，说：“这主意太高了，我上过一趟少华山，地理非常熟悉，我愿意前头引路。”

这时雷英过来，说他也想去，被蒋平给劝住了。蒋平对雷英待如上宾，好吃好喝，同时还答应他，如果破了少华山，抓住王顺，等凯旋那一天，一定在天子面前保奏他。雷英倍感温暖，感到自己没立什么功，也打算借这个机会上趟少华山，可是被蒋平说服，安排他帮助展熊飞众人在山下巡逻。

都安排好后，蒋平带着徐良、白芸瑞、房书安，四匹快马赶奔少华山的山口。这四匹马刚到山口，就被人家发现了，就听串锣一响，射起三支响箭，向金斗寨报警，来人了。

蒋平明白，几个人把马勒住，蒋平说："书安，过去搭话。"

"好了爷爷，交给我吧。"

房书安提马走到山口前，把马勒住说："哎，弟兄们，不要开弓放箭，大概有认得我房书安吧，我身后这三位都是开封府的办差官，翻江鼠蒋平、白眉徐良、玉面小达摩白芸瑞，要求见你家大寨主，烦你们给送个信儿。"

他这一喊，守山的喽啰兵听得清清楚楚，有胆大的探出头来说："房爷，略等片刻，我们给你送信儿去。"

房书安掉转马头，把这事一说，四个人就在这儿等着。

报信的喽啰兵撒脚如飞，跑到金斗大寨聚义分赃厅，刀尖点地报道："报大寨主，开封府来人要找您谈话。"这一句，把冯魁章吓得脑袋"嗡"的一声。连日来冯魁章是寝食难安、常做噩梦，他预感到形势有点儿不妙，特别是近几日，有人向他禀报大批军队开到少华山，把周围的村镇全封闭了，而且在洞庭湖广布战船，把江口也给封锁了，看样子是要攻打少华山。冯魁章听后，明白这事肯定与王顺有关，艾虎、房书安他们跑了，绝不能罢休，大概是调动军队去了，所以他连日来召开紧急会议商量对策。正这个时候，蒋平他们来拜山，冯魁章能不吃惊吗？他心中暗想：我可怎么办？

第六十回 献绝技惊破贼胆 捉王顺大报父仇

冯魁章一听开封府来人找他，当时这心就紧张起来，半天没说出话。旁边的上官清、上官伦过来说：“总寨主，来者不善、善者不来，你打算怎么办？”

“请问两位前辈，你们看呢？”

“依我们看，就让他们进来，丑媳妇总得见公婆，看看他们来干什么，说好的怎么都行，说不好的，不是鱼死就是网破，叫他们有来无回。”

“嗯，我也是这么想的，不过我知道，他们来不为你们，也不是对我，主要是为了紫面金刚王顺，如果他们提出要王顺，咱们怎么办？”

“总寨主，那也得见机行事。开封府历来不讲理，他们灭了叠云峰，杀死两千余人，手段极其残忍，咱还得防备他要了王顺之后，是不是还要收拾咱们。再者说，咱们和官府向来水火不容，您可得作好准备。”

“好吧，既然如此，就让他们进来，你们看我的眼色行事。来人啊！准备迎接。”冯魁章的四个儿子紧紧保护着他，出了金斗寨来到山口，寨门打开，冯魁章他们就出来了。

蒋平一看，里面出来人啦，为首的这个人可能就是冯魁章，他这模样长得整个是个大龙头，高颧骨、大长脸、阔口咧腮，连个人模样都没有，但是他身材高大倒挺威风。在他背后站着四个大汉，手中擒着金银铜铁八大锤，副寨主佩剑悬鞭在两旁站立，身后还有两个老头儿，但没发现王顺。四爷紧走两步，冲着冯魁章一抱拳说：“哎呀，老合家辛苦辛苦，蒋平礼过去了。”

冯魁章一愣，噢，这矮子就是翻江鼠，大五义中赫赫有名的人物。他想了多时，强作微笑说：“四爷，久闻盛名，今日得见三生有幸，本寨主迎接来迟，还望海涵。”

蒋平说：“寨主，别客气，我给介绍介绍。”头一个把徐良叫过来，说：“认得这位吗？”

冯魁章一看就认出来了，那白眼眉就是记号。他一笑，道：“哈哈哈，不用问，这位就是大名鼎鼎的白眉大侠徐良吧？！”徐良没说话，只是点点头。

蒋平又把白芸瑞叫过来说：“这位认识吗？他是白玉堂之子，新出世的英雄，玉面小达摩白芸瑞。”

冯魁章一看，这小伙子长得太漂亮了，跟徐良站在一起，一丑一俊，真是黑白二将，再一细看，白芸瑞年纪不大，太阳穴鼓着，两眼跟金灯似的，一看就知道这人根基很深。他背后背着亮银盘龙戟，腰中挎着金丝龙鳞闪电劈，往那儿一站，是百般威风。冯魁章也说了几句客套话，然后把四个人让到里面。

他们走进大厅，分宾主落座，喽啰兵献茶，蒋平先说话了：“您就是大寨主，赤发龙神冯魁章？”

“不错，正是本寨主。”

“好，咱们打开天窗说亮话，这一次我领人来到贵山寨，不为别的就为王顺。我听说王顺落到贵寨，大寨主把他保护起来了，你知道他是什么人吗？他乃国家要犯，十恶不赦，就是上天入地，我们也得把他找出来。大寨主，你要是明白事理，能把王顺交出来，贵山寨的事儿都好商议；如果这件事情办不到的话，那可就麻烦啦。”

冯魁章一听，这话软中带硬，就知道蒋平不是个善茬儿，话语之中有三分压人的气势。冯魁章挺不高兴，把茶杯往前一推说：“四爷，这个王顺跟我没交情，这一次他是无处投奔，才来到我的少华山，出于对绿林人的义气，我才把他收留。当然你们说你们的理，他说他的理，他要报杀父之仇，被迫无奈才做了糊涂事儿。我呢在某些地方比较同情他，不然的话，我早就把他赶走了。按理说各位来拜山，把事情说清楚，我应当把王顺交给你们，但我也有什么说什么，我不明白您刚才说的意思，对我们您打算怎么办？”

“冯大老爷，我蒋平无非是个四品带刀护卫，我的职责就是捕盗捉贼。你们占山为王，不受朝廷的约束，本身就是犯法，是朝廷的罪犯，这么大的事情我怎么能做得了主呢？我们先把王顺带回京城，按律治罪，至于少华山的事儿怎么处理，我还要请旨定夺，起码包大人得点个头。如果上面说你们是公道大王，一概赦免，那你还占你的山、为你的王，跟我毫无关系；假如朝廷震怒，认为你包庇王顺犯了罪，我也只能从中周旋、说好话，减轻山寨的罪过。或者遣散少华山的人马，让你等务农为业，当个安分守己的百姓；也可能披枷带锁、判几年刑，至于掉脑袋的事儿，我还看不出来，要叫我表态，只能这么说。”

冯魁章听完一阵冷笑，说：“四爷，您出身是绿林，当初也做过打家劫舍的事儿，我想你能体会我们的心情，无缘无故就被俘，去认罪，恐怕没那么便宜吧，从我们占山那天开始，就从未把王法二字看在眼里，怕，我们不干；干了，我们就不怕，脑袋拴在裤腰带上，混一天算一天，实在不行掉脑袋就到头了。你拿官府吓唬我们，拿王法约束我们，恐怕不那么灵吧。四爷，这么办吧，您来了就是我的客人，先茶后酒，好好招待，要王顺的事儿，给我个时间，我也好考虑考虑。”

“那得多长时间？”

“三天。如果我考虑好了，弟兄们都乐意，我把王顺给你送到指定地点，如果不送，那就是我不愿意。到那时攻山、抓人随您的便，您把少华山平了，那是我命运的安排，不知意下如何？”

话刚说到这儿，白芸瑞“啪”地一拍桌子站了起来，剑眉倒竖、虎目圆睁，说道：“冯魁章，放肆！知道我们是什么人吗？我们是开封府的办差官，不是来乞求你的，我们就要王顺，你不愿意也得给，三天我们等不了，你必须即刻答复。”

房书安在旁边，把大脑袋一晃说：“对，这话说得一点儿不假。冯寨主，这回跟我那回可不一样，你一瞪眼睛说捆就捆、想杀就杀，这回门儿都没有。现在就说句痛快话儿，人到底给不给？要是不给，大概你也知道外头围着二十万军队，调炮攻打少华山，看你到时候怎么办！”

房书安在旁边一溜缝儿，冯魁章没说什么，旁边这俩老头儿急眼了，只见上官清“噌”地蹦出来说：“哈哈哈，姓白的、姓房的，你们少要大言欺人。方才我家大寨主说得对，占山为王的早把性命豁出去了，这个脑袋七斤半，早就拴在裤腰带上了，什么时候混丢了再说，有道是顺的好吃，横的难咽，讲理怎么都行，玩儿横的我们不受。我们现在就表态，要王顺，不给。”

白芸瑞听罢，把桌子“咣”地一脚踹翻，伸手摁绷簧拽出金丝龙鳞闪电劈，喝道：“老匹夫，既然你不给，就是想拒捕，今天我要当场抓贼。”整个大厅一下子乱了套。

白芸瑞一亮家伙儿，山寨的人能老实吗？金银铜铁八大锤，把锤碰得“哨哨”直响，副寨主各拽刀枪，把门厅给堵住，眼看就是一场大战。蒋平、徐良照样在那儿坐着，他们知道这帮贼是虚张声势，别看咋呼得凶，其实心里怕得要命。

四爷看罢多时，捻髯一笑说：“哎呀，家有千口主事一人，我说冯寨主，您的意思究竟如何？”

“这个……”冯魁章跟上官弟兄的想法还不一样，他的顾虑比较多，因为这座山寨毕竟花费了多年的心血，官军一旦攻打，到时岂不大势已去，他沉思片刻说：“上官清，还不给我退下！”上官清一听，没办法，便退到冯魁章身后，那些副寨主也都把刀枪收了起来，回归本队。

冯魁章接着说道：“四爷，咱们这么办吧，我不是怕，活到这般岁数死不足惜，尤其是人怕逼，逼急了死算什么，但是我有点儿顾虑我的名声。就拿今天这个事儿来说，假如有人认为，冯魁章空有其名、无有其实，平日趾高气扬，遇事一筹莫展，开封府就来了四个人往那儿一坐，他就乖乖地把王顺给献出去了，如果有这种说法，我生不如死，还活个什么劲儿。为了压住众人的口舌，刚才我想出了一个一举两得的好主意。”

蒋平说：“请大寨主示下，什么好主意，我愿闻高论。”

“谈不上高论，白眉大侠和玉面小达摩两位的本领是隔着窗户吹喇叭——名声在外，我打算让二位当堂献艺，把绝活儿拿出来让我们开开眼，让大家心服口服，然后再把王顺交给你们。如果将来这事传出去，大家就会说，那是徐良、白芸瑞当堂献艺换的，我这脸儿也好看，大伙儿也服气，我认为这招儿是两全其美。但是我不敢有劳二位的大驾，所以请四爷示下。”

蒋平无论如何没想到，冯魁章找了这么一个借口，心说：我可得问问这俩孩子能不能答应。他扭回脸来，刚要说话，徐良说：“四叔，刚才大寨主说得太好了，我把事情来回一想，如果我是总寨主，也可能提出这个要求，好顾全脸面。既然要让我和兄弟练两手，可以，如果我们练得不好，还请大寨主多担待。”

徐良扭回头和芸瑞商量，一开始芸瑞不干，但是徐良一跟他咬耳朵，讲破利害关系，他这才同意。

徐良问道：“总寨主，叫我们俩自己练，还是有人陪着，怎么个练法？”

“徐三将军，我们不想奉陪，就在旁边开开眼，瞅瞅你们的绝艺。”

"好嘞，屋中狭窄，请到院里去吧。"那徐良的内心也高傲的不得了，心说：冯魁章你算说对啦，钱压奴婢手、艺压当行人。这儿都是练武的，我练出一手绝活儿来，你不会那就得服气，省得拿刀动枪、杀七宰八的。说话之间人们全到了院外，把椅子搬到廊下，大家分东西两边落座，喽啰兵献茶。大厅前面这个院子十分宽阔，漫说练艺，就是骑马转圈都不带碰着人的，地上一水儿的青条石，铺得很平，喽啰兵又特意把地扫了一遍，显得挺干净，兵刃架子也摆好了，硬弓石锁一应俱全。

等大家坐定之后，冯魁章说："徐三将军，时间紧迫，我看说练就练吧。"

徐良站起来正收拾衣服，白芸瑞说："三哥，我先来。"

"你先等等，兄弟得拿出手里的绝活儿。"

"我知道，咱哥儿们绝活儿有的是，练一手他肯定不会。"白芸瑞多骄傲，胸有成竹。再看玉面小达摩把英雄氅甩掉，按扎巾、提靴子、紧大带，活动活动四肢，围着院子转了几圈，然后往下一哈腰说："嗨！各位赏脸。"接着"啪啪啪"练了一套掌法，这掌法叫达摩三十六式。徐良头一次看白芸瑞自己练掌法，暗挑大拇指，心说：我这兄弟是真能耐呀，掌法练得是炉火纯青，果然受过名人的传授、高人的指点，将来不可限量，现在刚出世就这么大能耐，再过十年八年那定是人中的剑客。徐良发自内心替兄弟高兴，蒋平那就更甭提了，摇头晃脑看着芸瑞，想起五弟白玉堂，又高兴又难过。

冯魁章领着副寨主背着手在这儿看着，也不住地点头，难怪白芸瑞一出世就名扬天下，这掌法练得果然惊奇，但转念一想，白芸瑞练一套达摩掌就想换王顺，想得也太简单了，这不是绝艺。

他心里正想着，芸瑞把掌法练完，一收招，气不长出、面不改色，冲着冯魁章众人一抱拳说："寨主、各位，方才我练的这套掌法，可不是绝艺，无非压压场子、活动一下筋骨。"接着他跟冯魁章说："总寨主，现在我要开始练绝艺了，但是麻烦你给我准备几件东西。"白芸瑞要了两样东西：一张八仙桌、一支蜡。

冯魁章不解，心说：这能练什么绝艺呢，我倒要看看其中的奥妙。于是他吩咐道："来人啊，准备。"喽啰兵答应一声，从屋里搬出一张八仙桌放到院当中。这蜡是一根白蜡，牛油制造的，还挺粗，把它搁蜡台上戳稳当了。

白芸瑞告诉说："把它点着。"蜡火头点着了，偏赶今天没风，这蜡火头烧得挺正常。就见白芸瑞围着这八仙桌转了几圈，这才跟两旁的人说："诸位，咱们是练武的，首先的基本功是练拳脚，现在五宗十三派八十一门，光各种拳脚就八百多套，听说练得最好的有一组功夫，叫隔山打老牛、百步神拳无影掌，但是当今还没听说哪位会这种功夫。还有一种功夫叫八步打灯，就是离这个灯八步远，一抬手就能把蜡火打灭。在下不才，我愿练一练这八步打灯之法。”

白芸瑞这个人向来不说玄话，这套功夫是他在四川峨眉山跟白云剑客夏侯仁学的。芸瑞把事情交代清楚之后，就见他围着八仙桌转来转去，离着三步远时，把左手一抬，说了声“开”，只听“噗”掌力发出来，蜡火头也灭了，接着又把蜡重新点着，芸瑞退到第五步，身形一转圈，运足力量把右手一抬，掌心对准蜡头，“嗨”的一声，蜡火头又灭了。最后是八步，芸瑞背对着蜡灯，往前迈了八大步，冷不丁一个黄龙转身，往下一塌腰，左臂背在后头，右掌一伸，掌心对准蜡火头，丹田叫力喊了一声“灭！”就见蜡头“噗”的一声被掌力打灭。

“好啊！”

“绝了！”

“太好了！”

全场发出热烈的掌声。这种八步打灯之法仅次于百步神拳无影掌，堪称一绝。冯魁章一看，心服口服，其他人也十分佩服。

芸瑞一抱拳说：“寨主，献丑了，刚才略献小技，请问各位，哪位能练出来，你们要跟我打得一样，我就不算绝艺，王顺我也不要了。”

冯魁章还觍着脸问道：“各位，哪个会练？哪位能练出来？”再看这帮群贼，都像泄了气的皮球，全瘪了。冯魁章站起来一抱拳说：“白将军，我服了，果然是绝艺，我们望尘莫及，领教了。”芸瑞乐乐呵呵地回归本队。

徐良一看兄弟练完了，该自己上场啦，他站起来说：“大寨主，各位，方才我兄弟练的八步打灯，堪称一绝。要叫我练，一不新鲜，二我也不会，请把这个桌子拿走。”

喽啰兵把桌子、蜡台全拿走了，院子里头空空荡荡，徐良把金丝大环刀拽出来说：“我先献献丑，练一套刀法。”说着话徐良“唰”地亮了个夜战八方藏刀式，往前一进步，亮了个进步坐盘式，随后练了一套八卦万胜金刀，八八六十四路。一开始徐良的一招一式看得清清楚楚，到后来越练越快，光见刀光不见人影，整个院子被白雾缠绕，刮起阵阵冷风。

“好刀法！”

群贼一阵鼓掌喝彩。

白芸瑞坐在这儿看着，也不住地点头，因为他也是使刀的，也学过八卦万胜金刀，心说：难怪我三哥成名，果然名不虚传，他的刀法练到这种地步，我真比不了，将来得跟我三哥好好学学。冯魁章这儿也不住地点头，嗓子眼儿发痒，跟着群贼声声喊好。

徐良练完了，也是气不长出、面不更色，把大环刀插回鞘中说：“各位，这不算，其实练刀谁都会，没什么特殊的，今天我也练点儿小绝艺，大寨主请你给我准备准备。”

“好啊，三将军你说吧，都准备什么？”

“你们这山上练弓箭，有金钱没有？”

“钱可没有。”

“没有金钱，铜盆有没有？”

“铜盆倒有。”

“那按大号的给我准备一个。”

“好嘞。”

铜盆就是洗脸盆，他们挑了个没使过的大个的，锃明瓦亮，交给徐良。徐良把这盆扣在地上，用单手一摁，就成了个大铜片，然后把金丝大环刀抽出来，在盆中间抠了个眼儿，这大眼儿比手指头粗三圈，另外他在这盆的上边，又凿了两个眼儿，众人不明白他鼓捣什么。

徐良把眼儿都钻完了，告诉冯魁章说：“上边这两个眼儿是拴绳子的地方，你把这个铜盆给我吊起来，高度跟我这身高差不多，在八九尺之间。”

喽啰兵就在这院里头埋了两根竿子，横着又搭了根竿儿，用尺寸一量，跟徐良差不多，便把这铜盆吊到横竿上。一切就绪，徐良把外衣脱掉，说：“各位，我有个绰号叫三手大将多臂人熊，意思是说我打暗器有两下子，好像比别人多一个胳膊、多一只手。其实这种说法有点过奖啦，不过我从小就喜欢练暗器，今天我练练，让大伙儿看看，够不够绝艺。”

群贼都知道徐良打暗器一绝，究竟绝到什么程度，没看见过，连冯魁章也不住地点头说：“好，三将军，那就请献艺吧，我们可要一饱眼福啦。”

徐良把裤腰带紧紧，从镖囊中拽出一支镖，来到铜盆前面把这只镖往眼儿里塞了塞，结果那眼儿比这镖只大一点儿。试探完后，徐良用步往后量了三丈六，在地上画个记号，说："各位看见没，这是打暗器的标准，我就从这地方开始发镖，我这头支镖从眼儿里打过去，如果碰到铜盆上发出声音，就算失败，不但不算绝艺，而且王顺我也不要，仇不报了。"

徐良来到三丈六这个记号这儿，冷不丁一转身，手一抖"着！"一道白光从这眼儿里就穿过去了，一点儿没碰着；与此同时，徐良脚尖点地，身子也射出去，还没等镖落地，使了个魁星提斗式，一伸手把镖接到手中。大伙以为他练完了，其实这是第一招儿，就见他把镖接住，然后又回到画记号那儿，说："各位，刚才是头一手，现在练第二手，请众位上眼。"徐良还使这支镖，一抖手"啪"又奔铜盆去了，这次这只镖速度并不快，当镖穿过去一半后面还有一半时，正好担在这眼上，晃三晃、摇三摇担了个稳稳当当，这一招叫凤凰趸窝。

群贼一看，乐得都蹦起来了："这真是绝艺。"

"高透啦！"

芸瑞一看，也是大吃一惊，心说：三哥我服了，老实说我刚出世时就听说你很有名，还挺嫉妒，觉着我这两下子还不含糊，要这么看，暗器方面我是望尘莫及呀。练到这儿还没完，那支镖在那儿平着，徐良没理它，一伸手又拽出一支镖，说："各位，再看看我这支镖。"一抖手镖出去了。

这支镖的镖尖正好顶在前支镖的屁股上，"啪"的一声把那支镖击落，这支镖占据了那支镖的位置，仍担在眼儿上没掉。

"太绝了！"群贼恨不能把手都拍破。

徐良把镖捡起来，往怀中一放，冲着冯魁章说："大寨主见笑了，方才略施小技，不能称绝艺，哪位能练请便吧。"群贼一听，一个个直晃脑袋，我们就是回炉再造，也练不到这种程度，想都不敢想。徐良一看谁都不练，就问冯魁章："寨主，方才你说让我们练两手绝艺，我们哥儿俩厚着脸皮练完了，请问你还有什么吩咐没有？"

"这个……高！实在是高！本寨主说话算话，怎么说的就怎么办，现在就把王顺交给你们。来人啊，把王顺提来。"现在到了紧要关头。

徐良归座，在那儿喝水，约莫半顿饭的工夫，八个喽啰兵，八个刀斧手，拖来一个人。这个人长发披散、拿绳子轻轻地拢着，低着头往前走，到了院里喽啰兵把他往地上一摁，然后往左右一撤，把这人就露出来了。

冯魁章一拍桌子说道："王顺抬头。"

王顺把头发往后一甩，把这张脸露了出来。

白芸瑞这么一看，哎呀！他真像我三哥，怪不得叫假徐良呢！这小子作恶多端、十恶不赦，蹿来跳去跑到少华山，今天我看你还往哪儿跑。

冯魁章心里也挺不是滋味，总觉着这样不够义气，但人不为己，天诛地灭，现在为了保全自己，也顾不了许多，只好狠心了。他说："王顺，有件事我必须跟你说清楚，你是国家的要犯，所作所为十恶不赦，假如你是别的事儿，本寨可以保护你，因为你案情太重、手段太残忍，我想保你也不行了。看见没？开封府的官人来要你，本寨就得把你献出去，现在你还有什么说的？"

王顺那也是个人物，他知道自己得不到好下场，前些天冯魁章派人把他软禁起来，又过了两天，拿绳子把他捆上了，他就预感到事情不妙。心说：我错走一步来到少华山，本想蒙混过关，没想到却是自投罗网，真是后悔莫及。今天把他提到这儿，一看蒋平、徐良都在，心里一翻个儿，到了他的最后关头了。这小子把牙一咬、心一横，视死如归。冯魁章话音刚落，他"腾"地站起来说："姓冯的，够意思、够朋友，你应该这么做，你不把我献出去，你惹不起开封府。怪就怪我自己，有眼无珠错翻了眼皮，拿着狗屎当英雄，原当初认为你有这么一号，是个人物，可以跟我合作，没想到你是个窝囊废、怕死鬼。你拿我王顺当了送人的礼品，事到如今我还有什么可说的，你们随便吧！愿杀愿剐悉听尊便，来吧。不过，还有一点，我死不瞑目。"

冯魁章就问："你有什么不闭眼的？"

"嘿嘿，我不服徐良，我这是绑着哪，如果徐良能把我抓住，把我治服了，那我服他。这算什么？我上了自己人的当，先把我捆上，又拿我当了礼品，我觉得这事儿窝囊。"

说到这儿，徐良站起来说："我今天就叫你心服口服，来人呀，把他解开。"

蒋平一愣，心说：别解开呀，这小子身怀绝艺，解开让他跑了，咱们不就前功尽弃了吗？但是徐良话已出口，再想拦也晚了。

喽啰兵过去把绳子解开，王顺这小子活动活动胳膊，冲徐良一笑说："好了，姓徐的，今天咱俩决一死战。"

徐良一点头说："好，准备兵刃。"

冯魁章也没想到这手，让人把王顺的镖囊、假大环刀都给拿来。再看王顺把刀拿过来，身子就一栽歪。什么原因呢？冯魁章也怕他跑了，一天就给他一顿饭吃，而且这顿饭连三两也没有，所以他饿得直打晃儿。

徐良看得清楚，说道：“大寨主，你行行方便，给他点儿吃的。”

于是冯魁章给准备了一桌丰盛酒菜，这王顺也不客气，盘腿往院里一坐，刀往旁边一放，是大口吃肉大口喝酒，吃几口笑两声，神经都有点不正常了。他吃完之后，把酒杯“啪”地往地上一摔，抹嘴从地上站起来，把头发往嘴里一叼，捡起刀来直奔徐良。

其实徐良早已作好准备，就怕他突然袭击。徐良从桌子后面转到前面，大环刀在手里提着。果然不出所料，这小子在地上冷不丁蹦起来，奔自己扑来，徐良往旁边一闪身，刀就走空了。徐良并不搭话，想起死去的爹爹徐庆、大爷卢方、二爷韩彰，真是气炸肝肺、锉碎口中牙，他心中默默地祈祷，爹爹在天之灵别散，现在我就缉拿凶手归案，开膛摘心，给你们老哥儿几个报仇。想到这儿，徐良跟王顺就战在一处。

王顺是有能耐，但是和徐良比还差着一截儿，他俩也不是没交过手，在安乐宫府就打过一仗，王顺抵不过徐良，何况今天这种处境，他就是发疯也是白给。十几个照面，让徐良刀里加脚，正踹在王顺小肚子上，他仰面摔倒，徐良没要他的命，说：“起来，再打。”王顺蹦起来抡刀就剁。十几个照面后，叫徐良刀里加巴掌，一个嘴巴打了一溜滚儿，徐良说：“起来，再打。”一口气，让徐良打了他十八个跟头。

最后王顺躺在地上爬不起来了，他说：“好，徐良啊，我服你了，你随便吧。”

徐良笑着点点头，亲自动手把他捆绑起来。蒋平大喜，说：“冯寨主，咱们话说一句，我们即刻带他进京完案，你听候发落。”

冯魁章说：“哎呀！多谢各位，请你们多多给我美言吧。”这才把王顺押上囚车、装进木笼，送往京城治罪，徐良大仇得报。

第六十一回 佛禅救徒劫囚车 盲侠仗义斗凶僧

徐良活捉王顺，也镇服了少华山，吓坏了群贼。冯魁章率领众人全部跪倒在地，冲着徐良、白芸瑞叩头，说：“徐三将军真乃神人也，我等心服口服，愿在各位办差官的面前请罪！”

徐良用双手相搀：“起来吧！冯寨主知错就好，常言道，苦海无边回头是岸，放下屠刀立地成佛。只要你不愿意跟我们为敌作对，咱们就是一家人。别看我们是开封府的官人，你们是占山的山王，但毕竟还是一个祖师爷。我希望你往后当个名副其实的山大王，不要骚扰百姓，关于你山上的事情，待我奏明包相爷和当今天子，一定从宽发落。”

“多谢三将军开恩，多谢白将军，多谢四爷。”到了这会儿赤发龙神说的都是心里话，后悔不该收留王顺，只因一念之差差点儿没把山寨毁了啊！幸亏遇上蒋平、徐良这几个明白人，没往深里追究，这是不幸之中的万幸。

冯魁章站起来吩咐一声，在大厅设酒款待。小贼们就忙乎开了，厨房里刀勺一响，时间不长，摆了几桌丰盛的酒席，徐良、蒋平、白芸瑞也没推辞，大家草草地吃完了饭。徐良知道这乃是非之地，不可久留，站起来向冯魁章辞行，冯魁章也明白徐良的用意，因此率领各副寨主和喽啰兵列队相送，把徐良、蒋平、白芸瑞、房书安送下少华山，大家拱手告别。徐良把王顺用绳子捆着拴到马屁股后面，众人沿路直下，把他押回徐庄。

这个消息早就传到店里了，展昭展熊飞、黑妖狐智化率领弟兄早在庄口恭候，一看徐良、白芸瑞回来了，还押着王顺，大伙儿乐得拍案称快。展熊飞众人把徐良他们接到屋里，徐良就说：“展大叔，别的都是小事情，唯独这个王顺可千万要看好了，如果叫他跑了，可就麻烦了。”

“孩子，我知道，你就把他交给我吧！”把王顺锁到空房间后，老少英雄回到屋里头落座吃茶。大家一商议，既然把王顺捉住了，这就算大功告成，应当即刻回京。后事由蒋平处理，蒋四爷先找到冯总兵向他致谢，另外写了封信让他交给知府邓九如，信上大意是说，我们该办的事儿已经办完了，假徐良已经归案，感谢你大力支持等。冯元魁向蒋平、徐良众人辞行，撤回军队回筠州交差去了。

他走了，蒋平把店、饭账结了，在次日黎明押解王顺起身回京。王顺被关押在一辆大车上，艾虎、白芸生、卢珍、韩天锦、刘士杰、邵环杰、沈明杰、鲁世杰哥儿八个护车，南侠展熊飞握宝剑在前后照看着，徐良、白芸瑞、蒋平在前边开着道，余者断后，可以说是万无一失。

他们在路过葵花冈的时候，一打听，亚侠女严英云已经提前回了开封府，红文女剑客伤也好了，说是访朋友去了。四爷他们到葵花冈先歇了一会儿，谢过店主，把该办的事情也办理完了，然后继续赶路。

这一路之上，他们晚晚地起程，早早地休息，每天只走五六十里路，就怕在半道上出事儿，一旦有王顺的同党得知他路过的消息，把他抢走怎么办？众人不得不格外小心，宁愿走得慢些，保险些。不管住在什么地方，蒋平、徐良、白芸瑞三人总是亲自巡逻，换班睡觉。他们对王顺是一日三餐，不打不骂，为的是让他身体好好的，然后活着押回京，交给司衙审讯。因为他的案情太重，需要皇帝御审，如果死在半道这事儿就麻烦了。事到如今，王顺也把生死二字置之度外。他也看清了，想跑绝不可能，所以听天由命，爱怎么地就怎么地吧。路上表现得还挺老实。

徐良众人走到第七天的时候，路过一个村庄叫大柳屯，这村庄两百多户人家，一面靠山一面靠水，中间一条大道，绿柳成行。因为柳树特别多，所以才有大柳屯之称。他们到这庄也就日头刚往西边移的时候，韩天锦就有点儿饿了，跟蒋平商议："四叔，前面又到镇子了，咱们是不是找个地方歇歇，该吃饭了。"

蒋平心想：已过晌了，要打个尖休息也可以。四爷问徐良："良子，你说呢？"

"四叔，你做主吧。休息休息我看也可以。"

"好嘞！赶车的把鞭晃紧点，紧走一程到前面庄子歇着。"

"好嘞！"众人脚下加紧直奔大柳屯。

刚走到那屯子口，就见树林里头有一伙人，这伙人探头缩脑地往大道上看着。蒋平眼尖，一看就感觉着有点儿不妙，这几个人鬼鬼祟祟的是干什么的？我得留点神，不能疏忽大意。想到这儿，四爷往后一摆手，大家的速度就慢下来了，一边往前走一边往树林里盯着。

往前走了半里地，就见大道上有棵大树横着，这树又粗，树冠、树根又大，把道路整个给堵死了，想要过去十分困难。车老板赶紧把车停住："这是谁干的好事？放树有这么放的吗？这车和行人哪儿过得去呀？"

还没等车老板声音落地，就听树林里"嘟噜！"一响，紧跟着"噌噌噌！"地蹿出二十余人，为首的有几个横兵刃把道路给拦住，高声喝喊："蒋平、徐良别走了！想过去不难，必须把王顺交给我们，把你们的人头摘下来！"

众人闻听赶紧把囚车护好，各拉兵刃摆开了阵势。

徐良抬头一看说话的这主儿，身高八尺挂零，细腰奓臂，双肩抱拢，面如银盆，鸭尾巾短靠，手提五金的拐杖，一副银髯飘洒前胸，二目如灯。徐良一眼就看出来了，这老头儿正是飞剑仙朱亮。在朱亮的上首有个出家的僧人，不太好看，身子挺大脑袋却小，脖子跟脑袋一般粗，一张小娃娃脸，脑瓜皮黢青锃亮，杠子眉毛，一对金眼珠，鹰钩鼻子鲇鱼嘴，两片大扇风的耳朵，眼露凶光，离老远看就像小头鬼成精似的，身穿灰布僧衣，手中提着方便连环铲。在朱亮的下首有个俗家，五十多岁，宽宽的肩膀，厚厚的胸膛，光头没戴帽子，绾着牛心发卷，银簪别头，周身上下穿着青色短靠，手中擎着一条无尾三节棍。在他们的背后是二三十个彪形大汉，一个个手拿兵刃怒目横眉，凶神恶煞，穿衣打扮各异。

徐良心中暗想：朱亮，你真是自不量力，叠云峰一仗让你侥幸漏网，跑就跑了，你就应该找个地方一忍认个便宜。没想到你贼心不死，又跑到这显魂来了，这可真是天意！想到这儿，徐良大垫步，"噌！"地跳到队伍前边，把金丝大环刀一晃，高声喊喝："那不是朱亮吗？"

朱亮一手提着五金的拐杖，一手捻着银髯，看着徐良一个劲地咬牙："不错，正是老朽。徐良，你们平了叠云峰，灭了狼牙涧，走马捎带少华山，居然把紫面金刚王顺也给拿着了。你小子是走贼运的时候，都说你死了，结果你死而复活。徐良，咱俩是前世的冤家，今世的对头，老朽这次是找你算总账来了，你拿命来！"说完，他晃动拐杖往上纵，跟徐良战在一处。

原来，朱亮那天晚上从八宝叠云峰只身突围，一口气跑出十八里地，找了个山洞藏起来，在山洞里他还抱有一线希望，如果叠云峰能胜他还回去。结果第二天天刚亮，他往前一看，山头上飘着大宋朝的旗号，叠云峰整个被大宋官兵占领，这才知道大势已去。他暗自咬牙，心想：徐良、蒋平，我跟你们完不了！只要有我朱亮一口气在，就要报这个仇！第二天晚上，他趁着巡逻的官兵没发现，从山洞里出来滚过山坡，一口气跑到熊耳山天竺寺，找到王顺受命的老恩师金掌佛禅，就是刚才那个小脑袋的和尚。

朱亮把以往经过讲述一遍，说道："老师父，别稳坐莲台了，现在您徒弟凶多吉少，您应该伸手搭救他，不然的话您徒弟就不在了。"

一开始金掌佛禅毫没动心，微微一笑道："阿弥陀佛，朱老剑客，我乃出家之人，断了烟火，岂能贪恋红尘。王顺即使有个长短，那也是他自找，与贫僧何干？"

朱亮一笑："大师父言之差矣，您虽然断了烟火，毕竟你们是师徒关系。难道您就眼瞅着您徒弟为对方所害吗？实不相瞒，我当初在飞蛇谷一带也不想出头，比您下的决心还大。后来我也动心了，为了解救我徒儿金镖侠林玉，我才只身闹大同，落到这步光景。您这都是假的，我就不相信您瞪着眼看您徒弟被开封府的人收拾了？老人家，那样做也太不慈悲了吧！"

朱亮挺能说，最后把金掌佛禅给说活心了。佛禅一想：我徒弟为什么这么干？还不是为给他爹报仇吗？虽然在做法上有些过火，毕竟用意还是好的。朱亮说得对，我就这么一个宝贝徒弟，如果王顺不在了，我多年的心血就白费了。不如下去将王顺救了，把他带到天竺寺严加管教。这叫两全其美。佛禅最后点头答应了，扛着方便连环铲跟着朱亮离开了天竺寺。

他们走到半道就听说王顺被抓住了，朱亮大吃一惊，他偷偷告诉佛禅，佛禅的心也一翻个儿，就问朱亮："老剑客，你看怎么办？"

"还用问，咱们找个合适的地点，砸囚车劈木笼把你徒弟救出来，除此之外别无选择。"佛禅点头同意。可是上哪去呢？他们直接赶奔江苏，一边走，朱亮一边合计，光我们两个劫囚车恐怕劫不了，一是人单势孤，二是很难知道蒋平他们行走的路线。朱亮可就犯愁了，后来他灵机一动想起个朋友，这个朋友住在河南、江苏的中间，地名叫大柳屯。如果从江苏入河南，这是必经之路，在大柳屯的朋友姓左叫左昆左少良，人送诨号"神棍无敌将"。不如去找他，让他帮忙肯定行。他把自己的意思跟佛禅说了，佛禅同意，两人直奔大柳屯，结果没费事儿就见到了左昆左少良。

左昆还得管朱亮叫师叔，一见面热情款待，把两位接到家里，左昆就问："师叔，您这从哪儿来？"

朱亮口打唉声把以往的经过简单地说了一遍，最后提出自己的要求，希望左昆能帮个忙，左昆听闻点头答应。

朱亮问："你手下有多少人？"

"师叔，这您放心，我真要撒出请帖，请五六百人都不费劲儿。"

"好！"朱亮闻听大喜，但又把他所担心的事跟左昆说了，就怕蒋平他们走别的道，万一堵不上，咱不是前功尽弃了吗？左昆一想朱亮说得有理："师叔，咱这么办，咱手下人多，多派出几路探马打听打听蒋平他们走哪条路，然后再作准备，心里不就有底了吗？"朱亮点了点头。

左昆派出二十多人，各村庄镇店都撒下耳目，打探蒋平他们的行走路线。他们探听到蒋平要走大柳屯，消息传回来朱亮大喜，这是天意，该着王顺命不当绝。佛禅也喜出望外。

这天，探视的人跑回来报告："老剑客和庄主，蒋平他们一行离咱这儿不远了。"

"哦，到什么地方了？"

"离庄口还有十里，看那意思今儿还要住在这儿。"

"好！"朱亮他们一商议，别在庄里打，因为这儿住着不少老百姓，耳目众多行动不便，干脆到郊外打。朱亮带着佛禅、左昆和三十来名伙计就进了柳林，到了柳林里放倒一棵大树把道路堵上，他们在那儿等着。蒋平开始发现的树林里鬼鬼祟祟的人就是朱亮他们。

朱亮跟徐良一见面话不投机，二人战在一处。要说朱亮的能耐那是头一排的高手，不愧是人中剑客，掌中五金的拐棍"呼呼"挂风。徐良要不是第二次学本领，根本不是人家的对手。就这样两个人打了个平手，三十多个回合没分出高低上下。

金掌佛禅一看心中着急，他把方便连环铲一晃飞身跳过来，打算帮助朱亮。在差官队内就气坏了玉面小达摩白芸瑞，芸瑞早就拽出金丝龙鳞闪电劈准备出手，一看跳过来一个和尚，打垫步飞身过去就把佛禅给拦住："凶僧，休得猖狂，白某在此！"

佛禅往后倒退两步手提大铲定睛观瞧，他一瞅对面来了个漂亮小伙子，五官相貌十分俊美，眼角眉梢带着千层杀气，百般威风，手中提着把宝刀，光华夺目，寒气逼人。佛禅不认识他是谁，瞪着眼就问："对面娃娃，你是何人？"

"凶僧，要问我，祖居浙江金华府白家冈的人，我爹乃是大五义的老五，锦毛鼠白玉堂，我是他老人家不孝之子玉面小达摩白芸瑞。"

"啊！"金掌佛禅早就听过白玉堂的大名，没想到白老五的儿子都这么大了，心说：捉拿我徒弟王顺的就有你一个，你是徐良的帮凶，这两人一丑一俊是我们绿林的死敌，今天不把你跟徐良扳倒，想救我徒弟势比登天。想罢把大铲往空中一举："娃娃！我叫你知道知道贫僧的厉害。"说着，抡大铲就砸。

白芸瑞一看他这条大铲有一丈三尺多长，铲头三面带刃一寸多厚，铲杆儿比鸭蛋还粗三圈，后面带个大月牙，这个兵刃上秤称一称也得有一百五十斤，钢铁制造的，抡起来一两变一斤，往下一砸都有千斤的力量，凭自己这把刀怎么能架得住呢？因此芸瑞往旁边上步斜身把大铲躲过，紧跟着一翻腕用金丝龙鳞闪电劈压住他的铲杆儿，然后使了个顺水推舟，刀背朝外刀刃朝里奔佛禅的脖子就来了。

佛禅一看"不好！"把铲头往下一低，大月牙往上一竖，使了个冲天一炷香"开！"宝刀正推到铲杆儿上，金星迸泻，把芸瑞震得膀臂发麻，飞身跳出圈外，顺回刀来定睛一看，万幸，刀锋还是那么锋利，一点儿没受损伤，他脸上这才露出笑容。

金掌佛禅也吓了一哆嗦，飞身跳出圈外，把大铲横过来定睛瞧看，一看大铲杆儿上有了个口子，没有半寸深也差不多！就是金丝龙鳞闪电劈给砍的。佛禅僧有点儿后怕，这才知道白芸瑞使的是宝刀，自己可要多加留神注意。想到这儿他晃动大铲往上纵，搂头盖顶往下砸，大铲平着就下来了。芸瑞不敢招架，闪身上步把大铲躲开，用刀背往外一推，裹脑藏头就是一刀："看刀！"

和尚一看"不好！"往下一蹲使了个缩颈藏头式，刀从他的后脑勺掠过。大和尚转献铲头，奔白芸瑞双腿便铲。芸瑞急忙使了个旱地拔葱，脚尖点地往空中一纵，大铲没铲着，正好铲在地上，由于用力过猛把大铲"咔！"扎到地里有半尺多深。芸瑞这阵在空中，人往下一落双手捧刀奔和尚脑袋就来了。佛禅使了个横担铁门栓。芸瑞不敢碰人家的兵刃，手腕一翻刀尖一滚直奔佛禅的颈嗓。佛禅使了个大闪身，芸瑞一刀刺空，二人跳出圈外。

蒋平手提峨眉刺押着囚车，和老少英雄静静在那儿观战，他的心就像揣着二十五个小耗子百爪挠心，眼珠滴溜儿乱转，狗油胡嘣嘣直跳，四爷心中暗想：哎哟，今天可太危险了，小良子、芸瑞，你们哥儿俩可卖点儿力气，你们哥儿俩要倒了台咱们可就都要不转喽：“孩子，加油！”

蒋平想到这儿，不禁喊出声来，他一喊，韩天锦、鲁世杰也喊上了：“加油！使点劲儿！”徐良、白芸瑞力战朱亮、金掌佛禅，四个人打成两对，杀了个天昏地暗不分胜败，一百多个回合过去了，还没分出输赢。

正在这紧要关头，树林里有锡锣响，出来一个瞎老头儿，一边敲锡锣嘴里一边叨咕“当当！算灵卦算灵卦，大流运卦未卜先知，哪位算卦？借光借光。”翻着两个大白眼珠、手拿明杖就奔战场来了，正好走到左昆左少良身后，左昆一回头把眼珠子就瞪起来了，心说：瞎鬼，没听到这儿正打仗吗？谁还有心思算卦？

想到这儿把无尾三节棍一晃说：“瞎子，滚一边去！这是战场打仗呢，谁有工夫听你瞎白话，我告诉你，你往前一凑合，把你碰着我们可不管！”

这个瞎老头儿一听，站在那不动了，两个大白眼珠直翻：“我说你是谁？你这人说话怎么这么横？有理讲理，你干什么吵吵喊喊的，你看我都这把年纪了，还是个残疾人，你干什么在我面前发威？”

左昆火往上撞，心说：这瞎子还挺横，哪有工夫跟你辩解，他往前一凑把三节棍横着一推，意思是我推你个跟头，你见横就走。哪知左昆连推了三下，那老头儿纹丝没动。左昆心说：难道说他脚底生根长在地上了？就见盲人把竹竿拿起来拨拉左昆，正好打在左昆肩胛穴上，左昆像触电似的，就觉着从头顶麻到脚后跟，穴眼给点住了，心里明白动不了地方。他身后那些庄客一看：“瞎子，你这是什么招儿？”

“打他！”

庄客说着往上一围，再看这瞎子拿竹竿瞎拨拉，“啪！”

“别动！”拨拉到谁身上谁就动不了地方，一个个龇着牙瞪着眼，嘴吐白沫，跟木雕泥塑一般。那十几个庄客不敢过来了，光在旁边咋呼。这瞎子也没理这帮人，直接赶奔朱亮、金掌佛禅，来到这儿他还直劝仗呢：“是打仗吗？别打了，别打了，你看怎么越劝越来劲儿，要激怒了我，我可也出手了，到时我瞎拨拉，拨拉到谁可怨你们倒霉啊！”说着他就真过来了，他这棍还挺有准儿，不拨拉徐良和白芸瑞，专门拨拉朱亮和佛禅，头一下拨拉在朱亮后脑勺上，把他吓得一缩脖子，虚晃一着跳出圈外，扭回头来定睛瞧看，“什么人？”第二下正拨拉到金掌佛禅那秃脑袋上，佛禅就觉得后脖子冒凉风，“阿弥陀佛！”他倒提大铲跳出圈外回头观瞧。

白芸瑞、徐良也不打了，两个人不知怎么回事也跳出圈外，各拉宝刀定睛瞧看，才知道来了一个瞎子。

艾虎、卢珍、韩天锦、白芸生、房书安这几个人正提着兵刃在后头护着囚车，一看这个盲人都乐坏了，艾虎提起宝刀跑过来说：“三哥、芸瑞，大水冲了龙王庙，一家人不认识一家人了。这位老先生可帮了咱们大忙，在少华山他要不帮咱，咱都活不了，也捉不着王顺。我不是跟您说了吗？有位高人帮忙，就是这位！”大家这才知道是怎么回事儿。

徐良把大环刀插入刀鞘，冲盲老人一抱拳：“老人家，听我兄弟这么一说我全明白了。在我们离开少华山的时候还找您来着，结果一点儿影子也没找到，没想到今天在此相遇，老人家一向可好？徐良这厢有礼了。”

白芸瑞也一抱拳：“老先生，白某这厢谢过了。”

蒋平晃着小脑袋也说：“老爷子，您真是心好积德，我代表差官队向您施礼了。”

“哎哟，不敢当。各位差官老爷别客气，我是瞎帮忙，我连看都看不见顶什么用啊，你们何必如此客气呢？”

房书安把大脑袋晃着也过来了：“老爷子，您究竟是哪一位？赶快通报名姓让我们也知道知道，将来好报答您老的恩情。您何必装瞎，这叫人瞅着多难受啊？”

盲老人闻听，手捻山羊胡一阵狂笑：“哈哈哈！房书安，我本身就是个盲人，你叫我怎么睁眼？你别看我眼瞎心可不瞎，谁是谁非，谁对谁错，我都听得清清楚楚！你们大伙儿先在旁边歇会儿，把这个朱亮、佛禅交给我这个瞎子吧。”

说着，他扭回身来到朱亮、佛禅的面前：“你们两个说吧，今儿应该怎么办？是让我把你们抓住呢，还是你俩自动入网呢？”

朱亮气得紧咬牙：“呸！你是谁赶紧通报名姓，如若不然，我一拐杖可把你砸个粉身碎骨！”

“是吗？！你朱亮够狠的，想要砸我这瞎老头儿，你说你有多缺德。话又说回来了，咱俩不定谁砸谁呢！”

朱亮不容分说往前一纵，抡拐杖就摟，连着二十几下也没砸着这瞎老头儿。佛禅急了，往上一纵，晃动大铲，铲了半天也没铲着。别看老头儿瞎，左躲右闪、左晃右晃就是砸不着他。

瞎老头儿乐了："二位，你们两个人四只眼欺负一个没有眼的也太不够人物了吧！算了！你们二位先别动手，听我说几句。你们俩人的心意我很理解，你们现在是火上房恨不得一下救了紫面金刚王顺对不对？可是，王顺你们救不了，从公开来讲有开封府的官人押送，有徐良、白芸瑞这俩小伙子在这儿，谁能劫得了囚车？从暗地之中来讲有我瞎老头儿帮忙，除我之外还有不少高人。因此，王顺算完了！你们就别枉费心机了。要听我良言规劝，金掌佛禅快回天竺寺修行去，好好念经，安度晚年，何乐而不为呢？朱亮虽然做过不少坏事，但是一把胡子这般年纪，八九十岁的人了，你这是何苦来呢？要依我良言相劝，远走高飞找个没人的地方买所房，往里一待，闭门思过吸取教训，将来寿终正寝，落个全尸那有多好。可你们两人若执意不听，非要大干一场，这叫以卵击石，势必碰个头破血流，后果不堪设想。你们二位能听我劝吗？"

"好哇，瞎子！你是满嘴胡言乱语，开封府给了你什么好处？竟敢跑到这儿帮他们，今天我们也不救王顺了，就跟你算账！"说着话两个人过来又要出手。

瞎子往后一退把脑瓜儿一扑棱："等等！良言难劝该死鬼，忠言逆耳你们听不进去，要跟我这瞎子伸手不难，不过你们俩不配！我练手绝活儿让你们看看，你们两个能练上来，这事我不管，转身就走；如果你们两个练不上来，今儿咱完不了。"

朱亮一听他还会练绝艺："老先生，那你就练练，让我们开开眼。"

"我练完你们得练，你们要练不上来就不是我的对手，今儿就不准在这儿捣乱。"

"可以。"

就见瞎老头儿一不慌二不忙，把破大衫撩起来往腰里头一掖，把破草鞋蹬了蹬，帽子按了按，钖锣放在地上，手中拿着轻竹竿，就是他那条明杖，往后退两步把场子亮开，跟朱亮他们说："看见没？我手中是竹竿，把它扔到空中，我在竹竿上还要走八步，先下来再把竹竿接住，这功夫你们练得了吗？"

朱亮心说：你别胡说八道，你能有那本领吗？"好！我要开开眼，老先生你练练，你要真练得跟你说得一样，今儿我们就不救王顺了，就按你说的话去办。"

"好嘞！说练就练。"就见这位盲人把竹竿平着往空中一扔，"你们上眼瞧！”这竹竿平着起到空中能有一丈三尺多高，盲老人一甩竹竿，脚尖点地身子就纵起来了，竹竿刚到空中的时候，老头儿脚踩竹竿“啪啪啪”往前走了八步，从这头儿走到那头儿，竹竿往下一落，人先下来了，一伸手把竹竿接住：“怎么样？你们俩能练得上来吗？”

金掌佛禅大吃一惊，闹了半天这瞎老头儿练的是八步蹬空的本领，我们真是望尘莫及，究竟这老头儿是谁呢？功夫怎么那么高？我们非要弄个水落石出。想到这他双掌合十：“阿弥陀佛，请问老人家尊姓大名，只要把名字赏下来我们二话不说，就按您的主意办，王顺我们不管了，我跟朱老剑客转身就走，你看如何？”

朱亮也是这么想：这种绝招自己练不了，可见自己的功夫比人家差得多，别找亏吃，但也想知道是谁，今天算了，早晚还找他算账呢。所以朱亮也说：“老人家，您是哪位？能不能把姓名赏下来，让我们知道知道。”

其实蒋平、徐良、艾虎、房书安等老少英雄也有此想法，都想知道这老者究竟是何人。

第六十二回 凯旋归金銮殿封官 扬美名太师府贺喜

老人一听朱亮、佛禅非追问他的名姓，不由得付之一笑："哈哈，好吧，既然二位如此关心，不妨就把名姓告诉你们。我有名有姓，有家乡，有住处，如果你们不服气，将来就找我算账去，老朽家住在冰川北极岛。我有位大师兄，叫长发道人雪竹莲，我是他的亲师弟，人送绰号一声锣响震乾坤、诙谐剑客邹化昌。"这一通名报姓，把朱亮和金掌佛禅吓得打了个冷战，二话没说，转身就跑，时间不长，连影子都没了，这是为什么呢？原来这邹化昌并非等闲之人。那长发道人雪竹莲久居冰山北极岛，雪竹莲和八十一门总门长普渡是亲师兄弟。这个邹化昌是雪竹莲的师弟。要论名誉和功夫，那是望尘莫及。

朱亮和佛禅对邹化昌早就有所耳闻，但从未见过。今天一看他练绝艺，再一通名报姓，那是毫无疑问了。故此二人不吃眼前亏，这才逃命。他们逃到哪儿去了，咱们后文再说。

邹化昌一看他们跑了，也没有追，伸手拿起铴锣，奔树林就走。徐良和白芸瑞赶紧追上来，"扑通"跪倒在地："老人家，原来您就是诙谐剑客，久闻大名，今日有幸得见。老前辈！您不能这么急着走，您得跟我们到开封府，我们要好好报答您。"

邹化昌一笑："孩子，休要客气，咱们都是一家人，我帮忙是应该的。我这个人无拘无束，闷踏三山，闲走五岳，天是王大，我是王二，一生之中，我就爱管不平之事，何况咱是本门本户的呢！孩子，往后见到你们的师父、师爷，多替我问好，我还有事，告辞了。你们往前走，不必担心，据我所知，不会出什么麻烦，一定能顺利到达京都，希望你们指日高升，将来如有用我之处，到冰川北极岛前去找我。”说完话，扭身就走，两人再追进树林，邹化昌是踪迹全无。

像他这种人，来无影，去无踪，神龙见首不见尾，施恩不图报，也就是说，办了好事，不希望别人报答，如果要报答，他也许不干，这就是侠义道的本色。至于邹化昌为什么离开冰川北极岛，将来还有交代。他因为办一件特殊的事情，路过少华山，无意之中，给徐良他们帮了个大忙。

徐良和白芸瑞扭转回身来到大道上，看看自己的人都没受伤，王顺也没被抢走，再抬头看前面的那一伙人，龇着牙，咧着嘴，都动不了了，白芸瑞明白，这是中了点穴法了，过来一脚一个，这一踢，血脉一流通，都缓过这口气了。

等左不良明白过来时就知道大事不好，跪到地上请罪：“各位上差饶命，不怪我，全怪朱亮，他在我面前说三道四，叫我给他帮帮忙，我一时糊涂，才做了错事，望求各位手下留情，就饶了我吧。”

徐良用手指着他说道：“你叫什么名字？”

“我是左昆左少良，人送绰号神棍无敌将。”

“呸！我看你就别叫神棍无敌将了，干脆叫你屎蛋大将军得了。五六十岁的人了，你就分不出好坏吗？他叫你干什么，你就干什么吗？难道你就不知道劫囚车是死罪吗？”

“我现在后悔了，三将军饶命。”

徐良跟蒋平一商议，算了，好在把王顺抓住了，这些鸡毛蒜皮的小事儿就不必计较了，能容人处且容人，把他感化过来比把他处置了强，所以徐良规劝一番，把左昆以及他手下的恶奴全都放了。左昆感激得不得了，把徐良等众人接进大柳屯，在自己的家中设宴款待，百般殷勤。大家在大柳屯住了一晚，次日天光见亮，用罢早饭，左昆亲自派人护送，把徐良众人送出三十多里地，这才告辞。

临行之时，左昆眼泪掉下来说：“徐三将军、蒋四爷，受人点水之恩，必以涌泉相报，过去我白活了，今天我才知道谁好谁坏，你们把我饶了，我感恩不尽，必当铭刻肺腑，将来必要报答。如果各位有用我之处，只管跟我打声招呼，哪怕二指宽的小纸条，我见着后，必将竭尽全力，愿效犬马之劳。”

众英雄点头：“好吧，但愿你心口如一，咱们再见吧。”左昆这才领人回庄。这个人今后还真有用，起了大作用。这是后话，暂时不提。

徐良众人自从离开大柳屯，顺着大道往前走，沿路之上，果真没有遇到麻烦。这一天，终于回到京城，他们一进封丘门，这心“唰”地就放下了。回顾以往，真是令人心酸而又兴奋。他们走过最熟悉的棋盘大街，转过王府胡同，就来到开封府衙。有人到里边送信儿，开封府的人闻听蒋平、徐良众人凯旋，一面到里边禀明包相爷，一面列队迎接，红笔先生公孙策领队，带着大总管李才，二总管包兴，开封府的各位校尉，张龙、赵虎、王朝、马汉、董平、薛霸、李贵、娄青、耿春、杜顺等人，八班六房的头目们，各位师爷，能有百余人来到门前，大家见面，热烈拥抱，高兴得直蹦。蒋平急忙命人把王顺收监，严加看管，听候处治。众人先到了差官棚、校尉所，更换衣服，打扫尘土，净面漱口，然后坐在一起促膝谈心。蒋平就把白芸瑞、日月飞行小太保钟林、震八方雷英，以及新出世的英雄介绍给大家。众人一听，白五爷的后人白芸瑞是如此英雄，尤其高兴，围住芸瑞问长问短，白芸瑞一一回答，心里也特别高兴。

时间不长，有个家人到了校尉所：“各位老爷们，相爷在书房等候，诸位到里边说话。”众人更换官衣，赶奔书房。

蒋平到了书房外头，不敢贸然进去。包相爷听说众位英雄到了，站起身来，走出书房，到门外迎接。众人一见包相爷，全都跪下了：“相爷在上，我等给相爷叩头。”

包大人挨个把众人搀起来：“各位辛苦了，听说你们凯旋，本阁非常高兴，准备了丰盛的酒席，给各位贺功。”

“多谢相爷。”众人回答。

“到屋里说话吧。”

众人低着头，垂着手，排着队进了书房。他们在包大人面前都很拘束，站在那儿不敢坐。

包大人一笑：“各位怎么这么客气！又不是在大堂上，还是随便点儿好。来，坐、坐……”大家这才坐下，包大人向蒋平和徐良问他们这次离京的经过，蒋四爷站起来，晃着小脑袋，就把经过从头至尾讲了一遍，徐良、房书安、展昭、智化等人作了补充。包大人这才听明白：“噢，各位付出了很大的代价，待本阁修下本章，奏明天子，必给众位加官晋级。”

“谢相爷。”

包大人问完了，把白芸瑞叫过来。芸瑞换了身新衣服，扎金箭袖。因为白芸瑞现在不是官，还没有官服，所以穿的是便装，更显得潇洒俊美。

芸瑞跪在包大人面前，向上叩头："恩相在上，芸瑞有礼。"

包公再次见到白芸瑞，心里仍不是滋味，想起当年的锦毛鼠白玉堂，他一看这孩子跟他爹相差无几，因此更加喜爱芸瑞。包大人拉住他的手，让他坐在自己的身边，看了一遍又一遍，从头到脚，打量多时："孩儿啊，你还好吗？"

芸瑞赶紧站起来："回相爷，托您的福，我很好。"

"坐下讲话，家里面都好吗？"

白芸瑞又站起来："托相爷的福，我家里头也平安无事。"

"好，坐下，芸瑞啊，方才我说过，这不是在公堂上，在书房之中，咱们彼此都要随便些，今后不要这样拘束。"

"谢相爷。"白芸瑞心中暗想：都说包大人铁面无私，严厉得很，几次相见，跟我的想象不同啊。包大人满面笑容，平易近人。所以他对包大人是又尊敬又爱戴，亲热得不得了。从这以后，他就不那么拘束了。包大人问他什么，他就回答什么，把自己的经历也讲述了一遍，说到高兴之处，包大人捻髯大笑；说到悲伤之处，包大人是唉声叹气。在座的老少英雄也有同感。

等话说完了，包大人点点头："芸瑞啊，可盼着你长大成人了，有道是：学会文武艺，货卖帝王家，你受国家的栽培，学就了满身的武艺，理应报效国家，明日我上殿面见天子，为你请功。"

"多谢大人。"

包大人吩咐一声："摆酒！给各位接风。"在西华亭盛排筵宴，包大人居中落座，各位英雄按次序全都坐好，频频举杯，开怀畅饮。

吃完了酒饭，众人回房休息。徐良、艾虎、卢珍、韩天锦等人没心思睡觉，他们几个人出来，命人买了纸马香稞，先赶奔跨院去祭奠三位老人。跨院里搭着席棚，卢方、韩彰、徐庆三老的棺材都在这儿停着，就等着把紫面金刚王顺抓住，给三位老人家祭灵。哥儿几个提着烧纸到了院里头，一见棺材，眼泪就掉下来了。

徐良把纸马香稞准备好，点上蜡烧着了纸，手拍棺材，放声痛哭："爹爹，儿我回来了，二位伯父，我们把王顺抓来了，三位老人家在天之灵别散，过不了三日，就给你们三位报仇了。"他们几个一哭，惊动了开封府的其他人。芸瑞一看，有点儿失礼，急忙命人也买来纸马香稞，赶奔灵堂一祭，大家眼泪都掉下来了。哭罢多时，把眼泪擦净，烧完了纸，众人回奔校尉所。

次日天刚见亮，包相爷就起来了，漱洗完毕，吃罢早点，命手下人顺轿。因为今天是皇上升殿议事的日子，包大人要赶奔朝房伺候。八班六房各位校尉身穿官衣，到队恭候。包大人身着官服，升坐大轿，铜锣开道，赶奔八宝金殿。等到了午朝门外，大轿沾尘，包大人从轿中出来，三班文官、四班武将全都围拢过来见过包相爷。包大人逐个打了招呼，大家落座闲谈。

时间不长，就听殿头官高声喊喝："各位大人，万岁升殿啦！"随后传来三声金钟响，六声御鼓敲，皇帝仁宗赵祯升坐宝位，文武百官各抱象牙笏板，跪倒在金角之下，三呼万岁。

礼毕，归班站位，仁宗道："各位爱卿，有本奏来。"

包大人高擎象牙笏板道："臣有本上奏。"

"包卿家，有何本章，当面奏来。"

"给陛下贺喜。"

"噢？喜从何来？"

"回万岁，徐良、蒋平等人离开东京前去剿匪，现在已经把闹皇宫院的贼寇假徐良王顺捉拿归案，臣业已修下本章，愿我主龙目御览。"包大人说完，从大袖子里取出本章，双手往上一递，殿头官接过来，然后转呈给天子。

皇帝仁宗打开本章，聚精会神地看。好半天，仁宗把本章看完，长出了一口气："好啊！徐良、蒋平又为大宋朝立下了大功，包爱卿，各位英雄现在何处？"

"回万岁，他们昨天刚回来，今天正在开封府候旨。"

"传朕旨意，让他等赶奔金殿，前来见驾，朕要亲自接见。"

"谢主隆恩。"

包大人退下金殿，回到朝房，让公孙策骑快马回开封府，让蒋平、徐良、白芸瑞等众人急忙更换衣服，前来见驾。公孙先生骑着马一溜风回到开封府，进屋就喊："给各位道喜，万岁升殿了，要亲自接见各位，赶紧准备准备，赶奔八宝金殿。"大家一听，皇上召见，那高兴劲儿还用说吗？所有老少英雄更换衣服，一阵风似的就到了朝房，包大人让蒋平、徐良把队伍组织好，由包大人在前面引路，老少英雄排了三大队，来到金殿外，包大人叫他们在金角下等着，亲自到殿上面见仁宗，说明经过。

仁宗大喜："传朕旨意，让蒋平、徐良等上殿见驾。"

殿头官高声喊喝："万岁有旨，宣蒋平、徐良、白芸瑞等人见驾。"说着话把拂尘一甩，引导着蒋平、徐良、白芸瑞等人顺着金角走进八宝金殿，然后这个太监用拂尘一指，那意思是让他们跪下，众人连头都不敢抬，“呼啦”都跪倒了：“我等拜见圣主，万岁、万岁、万万岁！”

仁宗手扶龙书案探身往下观瞧，就见下面跪着五六十人，不由得心中大喜：“各位卿家抬起头来。”

“是，谢万岁。”众人往上一看，九龙口中端坐着仁宗，头戴嵌宝金冠，身披赭黄袍，仁宗现在不到四十岁，留着三绺墨髯，神采奕奕，众人不敢多看，又把头低下了。

皇帝仁宗见这些人黑的、白的、丑的、俊的、高的、矮的，一个个相貌不同，但都威风凛凛。仁宗大喜道：“各位卿家，方才包卿所奏，朕尽知内情，你等奉旨捉贼，立下汗马功劳，朕心中大悦，于明日光禄寺大排筵宴，与卿等贺功。”

“多谢万岁。”

“另外，各位卿家听封：蒋平、展昭等晋升一级为三品带刀御前护卫。”

两人跪倒叩头：“谢万岁。”

“加封徐良二品将军之职，领总兵俸禄。”徐良惊呆了，真像平地的一声雷啊，一个绿林人出身，加封二品官，吃总兵的俸禄，这真是空前绝后，登峰造极，徐良感动得涕泪横流，往上叩头道：“臣谢恩，万岁、万岁、万万岁！”山西雁徐良谢恩已毕，心里十分高兴，但是，他也挺难过。如果爹爹在世，知道自己又升了官，他老人家得多高兴呀。可叹老人家故去了，而且还死得那么惨，怎叫人不痛心？因此，徐良在高兴之余，眼泪掉下来了。

再说皇帝仁宗，按着本章指名点姓：“哪个叫钟林？”

日月飞行小太保闻听皇上叫自己，往前跪爬半步道：“臣就是钟林。”

“噢，你爹就是飞叉太保钟雄？”

“正是。”

“嗯，听说你为国家也出了不少力，很好。朕加封你为六品带刀校尉，在开封府效力当差，日后如若再立战功，仍加官晋级。”

“谢主隆恩。”钟林十分高兴，心想：我这是刚出世啊，就做了个六品校尉，将来要是再立新功，还能升官，我爹必然高兴，往后，我可得好好干。

皇帝仁宗又往下看了看问道：“谁叫蒋昭蒋小义？”

“臣在。”

仁宗让他抬起头来，仔细端详了一会儿，问道："蒋平，他就是你侄儿吗？"

"回万岁，他就是我的亲侄。"

"很好，这孩子很有出息啊，朕加封你为六品带刀校尉，在开封府效力。"

"谢主隆恩。"

又叫到房书安，房书安一着急说不出话来，他这鼻子不兜风，"嗯……"，把皇上逗乐了，说道："你就是房书安？"

"嗯。"

"好，虽说你失身于贼，却能改恶向善，帮着开封府屡立大功，朕加封你为五品带刀校尉。"房书安大脑袋碰金砖，"咚咚"直响，"谢主隆恩。我可担待不起，我扫地就行，用不着当官，我不是那材料。"文武百官闻听此言无不掩口而笑，连仁宗都笑得直不起腰来。

"房书安，不必多说，旨意已下，哪有更改之理。"

"那我就谢谢皇上，多谢皇上的栽培和赏识，多谢各位，多谢。"房书安这个高兴劲儿就别提了，心想：姓房的我是个贼啊，偷鸡摸狗，不干正事。开封府的人能收留我，成了个体体面面的人，我也就心满意足啦，比钟林、蒋昭他们还高着一级，这太好了。难道说我们家的祖坟冒青气啦？老房家还有这份德行。

皇帝仁宗封来封去，眼光就落到白芸瑞的名字上了，仁宗不是滋味啊！"芸瑞见驾。"

白芸瑞闻听叫自己，往前跪爬两步道："臣见驾。"

仁宗仔细看了看白芸瑞，不由得想起了当年的白玉堂："孩子，你就是白玉堂之子？"

"正是。"

"哎呀！"仁宗往椅子上一靠，把脸仰起来，眼泪围着眼圈一转说道："孩儿啊，当初你爹死在冲霄楼，朕难过了一月挂零啊。我还记得你娘领着你赶奔八宝金殿前来辞行，朕加封你娘一品益烈夫人，加封你四品荫生。屈指算来，十几年过去啦，你如今也长大成人了，看着你能为国家出力，朕十分高兴。"

白芸瑞眼泪掉下来了，一句话也说不出来。

仁宗用龙袍将眼角擦了擦，说道："白芸瑞听封。"

白芸瑞把头低下了，等着皇上封官。仁宗稍微思索了片刻，道："芸瑞啊，朕加封你二品将军之职，在开封府效力当差，不得有误。”

“臣谢主隆恩。”这白芸瑞刚出世，一下就升到二品正印的将军之职，跟山西雁并驾齐驱，这是什么原因呢？要没有白玉堂的功劳，他也不至于如此。可以说他是鹤立鸡群，一举成名。在场的人都封了官，有的保持原职务不变；有的往上升迁一级，有的给金银赏赐，就不必一一细说了。

封完官之后，皇上问包拯：“包卿家，那王顺押在何处？”

“启奏圣上，暂押开封府。”

“很好，朕传旨命你为监斩官，将王顺处决，给死者报仇。”

“谢主隆恩。”

皇上又传旨，处决王顺之后，于光禄寺盛排筵宴，给各位英雄洗尘。众人下了殿，皇上回了内宫。

各位英雄到了开封府相互祝贺，人人脸上都放出光彩。包大人到了书房，把公孙策找来，拟定王顺的罪状。第二天把王顺从死牢里提出来，扒光了膀子，五花大绑，就带到跨院的灵堂。开封府的跨院，纸幡高挑，挽联高挂，众人一个个身披重孝，包大人也系了根白带子，在正中央一坐，吩咐一声，把王顺开膛摘心，给死者祭灵，由徐良亲自掌刀，结果了王顺的性命。人头砍下，挂在大街示众，张贴布告。一时之间，京城震动，家喻户晓。

灵已经祭完，目的达到，就准备把棺材运回原籍。徐良、卢珍、韩天锦三人面见包大人，提出请假的要求，要护送灵柩回原籍安葬。包大人一听，这在情理之中，不能阻拦。因此，大笔一挥，给每个人百日的假期，回家安葬。到了第二天，三人告辞起身，用车拉着棺材，奔不同的方向。

包大人命公孙策率领老少英雄到外边相送，白芸瑞手拉着徐良道：“三哥，小弟有公务在身，不能远送，望三哥一路保重。”徐良拍拍白芸瑞的肩膀说道：“兄弟，我离开开封府，千斤重担就落在你身上了，你要好好辅佐包大人，注意开封府的安全。”

“三哥，您放心，全包在我身上，我们就等着您回来。”

“好，咱们回头再见吧。”徐良上了马，护送着灵柩回山西太原府；韩天锦、卢珍护送车辆赶奔松江府陷空岛。

第二天，光禄寺大排筵宴，给众人贺功。又忙活了三天，过后，一切恢复正常，众人按部就班地到开封府任职。白芸瑞第一次穿上官衣，觉得挺拘束。闲着没事儿，就在校尉所坐着跟大家闲谈。

房书安在旁边坐着，用手摸着官服，看着绿裤子、腰刀，一边看，一边乐，他这一笑把大家也逗乐了。正在这时，值班的差人走进校尉所，冲白芸瑞一抱拳："白将军，有人送来一份请帖，请白将军过目。"

芸瑞接过来一看，是一份大红烫金的请帖，展开一看，是太师府来的，太师庞吉的三儿子叫庞虎，明日要完婚，特请二品将军白芸瑞出席。

白芸瑞一愣，心想：我初到京师，跟各官府没什么走动，怎么单请我参加呢？芸瑞犹豫不决。

蒋平一看，说道："孩子，看来树大招风啊！这也没什么奇怪的，如今满园的花果数你红啊，你爹又有名声。因此，你就显得格外引人注目，所以人家才请你参加。"

"四爷，您说我是去好，还是不去好？"

蒋平说道："孩子，这事我也拿不准主意，咱们跟庞吉是面和心不和，别看同殿称臣，他是卖官求荣的货，跟咱们包大人不对头，要从这方面说呢，还是不去为妙。但话又说回来了，既然人家搭了个请字，要不去就显得却之不恭，要从这方面说还是去好。我看这样吧，请示请示相爷，然后再说。"

"好。"白芸瑞拿着这份请帖，赶奔内宅见包大人。包大人听完之后，看了看请帖，沉吟不语。心想：庞吉被罢官三年，皇上念其女儿陪王伴驾有功，又将他官复原职。自从他复职之后，跟当初已经不一样了，气焰也收敛多了。但是这个人究竟想什么很难猜透，如今请芸瑞赴席，这究竟是为什么呢？不去吧，从礼字上讲不通，况且，开封府与太师府一向不和，包大人思前想后，打定主意说道："芸瑞啊，我看你还是去吧，到那儿以后，见机行事，早去早回，送上一份厚礼也就是了。"

"遵命。"芸瑞一听包大人同意了，不敢不去。回到校尉所见到大家，把经过一说。

房书安过来说道："嗯，老叔啊，我说这么办得了，您一个人去怪孤单的，我陪您去。别看他没请我，也没关系，您是堂堂的二品将军，哪能不带个跟班呢？我就是您的跟班，暗地之中还能帮您参谋参谋，您看如何？"

芸瑞一听挺好，他知道房书安足智多谋，多一个人总比少一个人灵活得多："好吧，那就一言为定，明天咱俩一块儿去。"

第二天，白芸瑞没穿官服，跟房书安从账房支了二百两纹银，又买了不少礼物，让仆人拎着，赶奔太师府。这座太师府在棋盘大街的最南头，一拐弯儿就是。那太师府金碧辉煌，今天是张灯结彩，鼓乐喧天。门前围满了看热闹的老百姓，府两边车马盈门，喧喧闹闹。芸瑞领着房书安挤过人群，来到府门前。再看府门外头，搭着两溜凉棚，凉棚下边有账桌，十几个先生在这儿收礼，芸瑞和房书安也挤过去，把名片往上一递，二百两银子和礼物往上一献，这记账先生赶紧站起来连声说道："多谢，多谢，您是？"

芸瑞一指这名片，"哎哟，您就是白大将军，失敬失敬，众位，这就是白大将军——白芸瑞。"众人一听深感惊奇，纷纷跟白芸瑞打招呼，就连各府派来的人，也都伸着脖子，看着芸瑞，一个个交头接耳。

这位账房先生把礼物收下，登记在册，亲自陪着芸瑞和房书安进了太师府。进府里一看，里面熙熙攘攘，大多是紫袍金带，个个咬文嚼字，威风凛凛。账房先生领着芸瑞和房书安径直赶奔书斋先见太师庞吉。按理说用不着，本身你是来贺喜的，等一会儿开席就行了。为什么这个先生独出心裁，非这么办呢？原来太师庞吉吩咐过，如果开封府的白大将军来了，要领他见我，我就在小书斋等候。因此，这位账房先生径直把芸瑞、房书安让到书斋的门外说道："白大将军，您留步，容小的到里头打个招呼。"

说着话，他一挑帘进去了，时间不长，转身出来说："白大将军，太师爷听说您来了，非常高兴，让您里边儿见。"说着高高挑起帘子，白芸瑞整冠抖袍，跟房书安走进书斋。

一看，这书斋虽然不大，却富丽堂皇。对面的椅子上坐着一位老者。再看这老头儿又胖又大，头上戴着金翅象雕，身穿紫缎蟒袍，腰束金带，带子上镶的全是宝珠。面如铜盆，大抹子眉，三角眼，狮子鼻子，菱角口，花白须髯撒满前心，大概是爵位的关系，显得那么威风和气派。芸瑞知道这就是大名鼎鼎的太师庞吉，心中暗想：他的女儿庞赛花身为西宫贵人，陪王伴驾。他有个儿子叫庞煜，想当年做过扫北元帅安乐侯，听说被包大人用铡刀铡了。从那以后，庞吉与包大人是面和心不和。庞吉曾经设毒计三番五次陷害包大人，结果包大人都能化险为夷，识破他的诡计。为此，皇上大怒，把他的官职一撸到底，削职为民，后来他又官复原职。

芸瑞想到这儿，本能地产生了反感，但是又一想：包大人曾经吩咐过，要礼貌一些。白芸瑞想罢多时，撩衣服跪倒说道："太师在上，卑职白芸瑞给太师爷问安。"

房书安也在后面跪下了，说："太师爷在上，卑职有礼了！"

老庞吉亲自站起来：“哎呀，白将军免礼平身，快请起，哈哈。”他拉着白芸瑞，满面是笑，看了半天说道：“芸瑞啊，当年你爹在世的时候，跟我可不错呀，光阴似箭，一晃你都这么大了，见着你，我就想起你爹来了，孩儿啊！你能到我老庞家来，我是非常的高兴啊，来来来，坐下谈话，看座，献茶。”他虽然是一品太师，可对白芸瑞这么热情，真是出乎白芸瑞的意料。

芸瑞坐好，老太师又说：“芸瑞啊，咱爷儿俩没相处过，大概你也听说过，想当初，我跟开封府的包大人发生点不睦，归根结底，不怪人家包相爷，全怪我不对，到现在想起来还后悔莫及。你呢，可别往心里去，你这一进京，我是发自内心的高兴，咱们大宋朝又多了一根擎天白玉柱，架海紫金梁，你要有什么事情只管找我，我尽力帮忙。”

芸瑞一听，无非客气话罢了，芸瑞急忙站起来，一抱拳：“多谢太师爷。”

“哈哈，那位姓什么呢？”

房书安站起来自我介绍：“嗯，在下姓房，叫房书安，也是新到开封府的，万岁加封五品带刀御前校尉。”

“噢！原来是房将军，欢迎，欢迎。”老太师又陪着说了会儿话。

芸瑞一想：人家身为太师，那多忙啊，我别久留，芸瑞急忙站起来说道：“太师爷，您忙着，晚辈告退。”

“好，好，我不送了，有机会咱们再长谈，来呀，送客，到外面好好安排。”

“是。”有人把白芸瑞、房书安引出书斋，让到大客厅里头，找了两个座位让他们坐下，芸瑞一边喝着水，一边往两旁看，来的除了文官就是武将，大家是欢声笑语。芸瑞不想多说话，因此低着头喝茶。房书安怀着好奇心，晃着大脑袋，这边看看，那边瞅瞅，觉得什么都新鲜。他长这么大也没到过这种地方，被眼前富丽堂皇的景色迷住了。房书安心中暗想：人家可结婚了，我还没尝过结婚的滋味呢，这回当了官，最好多攒几个钱，往后也娶个媳妇，尝尝拜天地的滋味。房书安光想美事了，哪儿知道乐极生悲，眼前就是一场大祸。

第六十三回 乐极生悲国舅被杀 冒名顶替忠良受辱

白芸瑞应太师庞吉的邀请，到太师府来参加婚礼，受到热情的接待。婚礼还没有举行，芸瑞只好耐着性子在这儿等着，和房书安一边品茶一边观赏大厅里的摆设。好不容易盼到了时候，新郎和新娘在伴郎、伴娘的陪同下出现在众人面前，刹那间鼓乐喧天，大厅里就像开了锅，白芸瑞和房书安也站起来挤到人群里伸着脖子看热闹。

新郎就是太师庞吉的三儿子庞虎，人称三国舅。庞虎长得像他爹，大块头，身高一丈挂零，膀阔腰圆，一张大脸好像铜锣，浓眉毛铜铃眼，狮子鼻火盆嘴，黄黄的连鬓络腮胡须。今年他已经三十一岁。怎么才结婚？算卦的说他命硬，原来已娶过三房夫人，结果一个个都死了，这是第四房，是户部尚书李天祥的三姑娘，名叫李玉秋。这姑娘模样还拿得出手，庞吉跟李天祥交情莫逆，就这样结上儿女亲家。

庞虎帽插红花十字披红，身穿箭袖袍褂，腰横玉带，神采奕奕，满脸的笑容。李玉秋因为头顶盖头，什么模样看不清，头戴凤冠，身披龙凤裙，光彩夺目，新人拜了天地，又给双方老人、媒人、中证人见过礼，又酬谢过来宾，在掌声中婚礼结束。新娘被伴娘搀到新房去坐床，新郎开始酬谢来宾。

有人高喊："酒宴开始，请诸位入席。"手下人出来进去张张罗罗，大厅里一片沸腾，这时太师府的总管庞福亲自来到芸瑞面前："白将军、房大老爷请这边坐。"把芸瑞、房书安让到上席。

这上席在正厅里边，芸瑞他们坐下一看，在这张桌上的都是京城武官，最小的是九城兵马司，除了人家之外数芸瑞、房书安的官职低。时间不长，罗列杯盘摆上酒席，书安提鼻一闻，心里说：真丰盛，还得说是太师府啊！很多菜自己从来都没见过，更不知叫什么名字，反正吃着非常好吃。白芸瑞也不例外，一边看着一边皱眉，心说：这一盘菜就值几十两、上百两银子，太师府哪来的钱？还不是搜刮百姓的血汗钱把他给养肥的？想到这就吃不下去了，只想在这应酬着，准备喝两杯酒就告辞回开封府。

正在这时听到有人喊："太师和新郎给各位来宾敬酒啦！"

"哗！"众人全站起来了。不大会儿，庞吉让到白芸瑞这张桌。他手里提着一把银壶，后边仆人们端着托盘，上头放着银杯，新郎庞虎在他爹身后站着。就见太师腆着大肚子，手捻须髯，满脸带笑，冲着大家一抱拳："各位，欢迎！欢迎各位赏脸，老夫非常高兴。来！我给每位敬酒一杯。"说着亲自给大家敬酒，然后转过脸来盯着白芸瑞："白将军，你可得多喝点。别人我敬一杯，唯独你我要敬三杯！"

芸瑞赶紧施礼："太师爷，我酒量不好，实在不敢当。"

"咦，人常说英雄海量，你哪会不能喝呢？再说今天是我儿大喜的日子，你能喝也得喝，不能喝也得喝！难道你还驳老夫的面子不成？"

众人都说："白将军，太师爷敬酒你可不能推辞！"芸瑞一想：可不是吗，当着这么多人驳了太师的面子实在说不过去，没办法接过头一杯一饮而尽。庞吉大喜，接连又满了两次，白芸瑞一咬牙都喝了。

庞吉拍拍芸瑞的肩头："行，你算瞧得起老夫。白将军，咱们往后还得多亲近。"

说完他往旁边一闪，新郎过来了："白将军，我看得出你跟我爹投缘，你这一来我爹格外高兴。我没别的要说，白将军能参加我的婚礼我感到无比荣幸，我也敬你三杯。"

芸瑞本来不想喝了，庞虎端着酒杯紧往前送。芸瑞一想人家是三国舅，能端着酒杯给我敬酒是瞧得起我，我要不喝显得礼貌不周。没办法又连饮了三杯，庞虎特别高兴："多谢白将军赏脸，各位多吃多喝，我可失陪了。"说着一抱拳转身到别的桌敬酒去了。

芸瑞一口气连喝了六盅酒，觉得头有点昏昏沉沉，脸上泛起了红晕，房书安在旁边就乐。芸瑞问他："你乐什么？"

房书安压低声音凑到白芸瑞耳朵上说："老叔，你这脸一红跟三月桃花差不多，简直是个大美人。"

芸瑞瞪了他一眼，房书安做个鬼脸不说了。

爷儿俩吃着，芸瑞就想走，正这时值宾的又喊上了："各位来宾注意，一会儿残席撤下之后，请赶奔花园听戏！太师爷有话，谁也不准退席。看完戏之后还有消夜，请各位赏脸！"在场的人闻听鼓掌喝彩，都称赞太师爷安排得周到，又吃喝又看戏，还有顿消夜，这点银子算没白花。可芸瑞同他们不一样，他一皱眉，心说：真麻烦，要这样得耽误到后半夜，这怎么能行？

他跟房书安商议："书安，我看还是你留下我先回去。"

"别，老叔你怎么说糊涂话，人家请的是你不是我，你走了这算怎么回事儿呀！再说回去也没事儿，你就多坐一会儿。太师对你多热诚，你要半道一走这不驳人家的面子吗？"

芸瑞一想：也罢，既然来了耽误就耽误吧。于是，耐着性子又坐下。直盼到大掌灯以后，酒宴才结束，仆人们把残席撤下又摆上茶水。跟着，值宾的又高喊："各位来宾请到花园，桌椅都准备好了。请！"大家列队从两个月亮门拥进去，赶奔太师府的后花园。

芸瑞一看这花园可真够大的，方圆没有十亩地也差不多少，地下除甬路就是草坪，根本露不出地面。甬路上铺的卵石，被灯光一照光彩夺目。再看整个花园里有四季不落之花，八节常青之草，阵阵花香沁人肺腑，顿时感到心旷神怡。至于楼台殿阁，假山小桥，参差错落布局严谨，置身在这座花园之中就像到了世外桃源。芸瑞精神顿时一振，心里挺高兴。再观看，正中央有一座牡丹亭，八面有八个犄角，高有三层，周围有五色栏杆。这座亭子作为临时戏台，亭子前摆着桌椅。白芸瑞、房书安爷儿俩把着个边坐下了。时间不长，戏就开场了，紧锣密鼓幕布拉开，京城名伶纷纷登台献技。

时间接近定更，芸瑞一边喝水一边看戏，就觉得身边来了个人。他仰起脸来一看不认识，只见这人个头儿不高，长得尖嘴猴腮，一对小黑眼珠倍儿亮，头戴甩头疙瘩，青罩帽，身穿青袍，腰里系根带子，稀稀的有点黄胡须，看年纪三十岁挂零，笑嘻嘻地冲芸瑞一龇牙："请问您是白大将军吗？"

"是我，什么事？"

这人又一笑："白将军，府门外有个人找您，说有急事相商，请您到外边去一趟。"

芸瑞稍微沉思一下，心说：这么晚了谁找我？说不定开封府有事？"书安，你先看戏，我去去就来。"老房点点头，芸瑞站起身，哈着腰从人丛中穿过去，跟着那人走了。

房书安在这等着，一边看戏一边琢磨：都这么晚了谁找我老叔？要是开封府有事的话不能光找他一个人，也得叫上我呀？可是他左等不回来右等也不回来，心里就着急了，心说：老叔你可不对呀，不管有什么事儿得告诉我一声，怎么把我扔在这儿啦？房书安正胡思乱想，忽然听洞房那边开了锅："了不得啦！新郎被杀啦！"

"别让凶手跑了！"这一喊真好像晴天一个霹雳，把人们全惊呆了，刹那间一阵大乱，把桌椅也碰倒了。房书安也吓坏了，心说：这是谁干的？大伙儿都赶奔出事地点。房书安想看个究竟，也赶了去。

这是怎么回事？新娘子李玉秋拜完天地之后被伴娘、喜婆搀着到了新房。新房在后院的一座跨院里，小院不大，布局严谨，一色青砖铺地、两旁是花池，正中央是五间房，一明四暗。他们把新娘搀进东里间，这就是新房。屋里点着一对龙凤红蜡，还点着一盒檩香，靠北面是一张床，床上挂着丝帐子，用金钩把两边挂起来，床上铺着闪缎被褥，豪华阔气劲不言而喻。她们让新娘坐在床边，然后退出去把门轻轻带好。

李玉秋心里甜丝丝的。因为李天祥和太师是莫逆之交，同殿称臣，这两家结亲可以说是门当户对。虽然说自己过门来属于续房，但吃喝不愁，听说三国舅满身武艺又有一定的文采，所以李玉秋比较满意。她在这儿坐着，低着头等丈夫归来。不知什么原因新郎迟迟不来。她的心里就有点儿急，有心把盖头撩起来活动活动又怕不行。这叫坐床，盖头非得新郎给掀不可，她不敢越雷池一步，只好耐住性子。到了二更天，姑娘正等着，只听门外响起脚步声，她心里一动：大概新郎来了。听着门微微一响，有一个人走进新房，反手把门关上，又把门插好，轻手轻脚来到新房，还先在地上转了两圈。玉秋看不见，心想：准是三国舅。那人一屁股挨着玉秋坐下，肩靠着肩，腿挨着腿，一只手拢住玉秋的腰肢。玉秋心里就不太高兴，心说：三国舅你怎么这么轻佻，这被闹洞房的看见多不好，她的身子很自然地往旁边躲了一下，那人很快又跟过来了，坐得比刚才还近，搂得比刚才还紧，另外把那只手伸出来抚摸玉秋姑娘的胸膛。李玉秋脸"腾"就红了，心说：国舅你越来越不像话，虽然咱们是夫妻，没什么可说的，但现在这屋里灯明蜡亮，成何体统？倘若被外人看见岂不耻笑咱们？所以她身子又往旁边一扭，就听那人一阵冷笑："美人，你躲什么？好好看看我是谁？"

啊？玉秋一听这话有点不对茬儿，你说你是谁，你不是三国舅吗？又感觉不对劲儿，一着急把盖头撩开，侧脸一看，大吃一惊，闹了半天挨着她坐的那人不是三国舅。就见此人身高九尺左右，宽宽的肩膀，细细的腰梁，面白如玉，头戴月白缎扎巾，身穿月白缎箭袖，外披灰色英雄氅，袍子上绣大朵牡丹花，干净利落，从身上发出阵阵香味。看此人剑眉大眼，鼓鼻梁方海口，没有胡须，至多也就二十岁左右。玉秋一想：这是什么人？闹洞房的？但闹洞房也没这么闹的，动手动脚实在过分！难道是歹徒？也说不定。

想到这"噌"就站起来了："什么人？你赶紧给我退出去！"

"别，美人，我想你不是一天了，我打算明媒正娶让你做我的夫人，没想到让庞虎给撬走了，我岂能善罢甘休？俗语说杀父之仇夺妻之恨不共戴天。故此我报复来了。美人，趁着他在前厅没回，来来！咱们二人成其好事，这洞房花烛岂能错过？"说着一把将玉秋搂住按到床上就扒衣服。

玉秋想喊，被那人把鼻子、嘴给堵上了，"哧啦"一声把前心衣服给撕开，两人就滚到一块儿了。新娘虽是弱小女子，但现在她豁出去了，把鞋子也甩掉了，有时能喊出一嗓子有时喊不出。可两人这一挣扎，玉秋戴的凤钗、手镯、钻戒，都被那人利用这个机会给撸去，用块白绸子手绢包好揣到怀里了。正这时外边脚步声响，新郎来了。

三国舅庞虎早就想入洞房，无奈被一些同僚把他给缠住了。今天二十几个年轻人轮流给他敬酒，他怎么也摆脱不开。有个人还说风凉话："怎么？三国舅，娶了媳妇忘了朋友，多留你一会儿都不赏脸。你就这么没出息？难道长这么大都没见过女人吗？"这小子拿这话一将庞虎，他没办法只好应酬，一直被拖到定更天后花园开戏，还是走不脱。有几个醉鬼还拖着他不放，一直等到几个醉鬼睡着，才摆脱出来。庞虎离开后花园就觉得头重脚轻，瞅谁都是俩脑袋，他知道酒喝多了，尽管如此，好事他还是没忘，一边往洞房走一边心里琢磨：我这小媳妇真不错，两个月前我到户部尚书府去相亲，我们两个见过一面，还说了半天话，她长得玲珑剔透，楚楚动人，比过去那三个强得多，我人到中年能娶个娇妻真是艳福不浅。这样想着，脚下加紧就来到了新房。

因为时间耽误的太长了，人们都在后花园看戏，他身边也没有人陪着，来到新房用手一推门，里边插着，很不痛快，心说：插门干什么？一是大喜的日子，二这是太师府，层层护卫还能丢了东西？哪有插门之理！又一想大概我回来得太晚了，新娘担心有人闯入，所以把门插上，这也情有可原。于是他扬起大手“啪啪”叩打门环：“开门哪！美人！”

这时新娘已经说不出话来了，又气又怕，四肢无力。那狂徒正要撒野，听着外边有人砸门，把他吓一跳，一伸手他把刀拽出来，迅速来到堂屋，闪身躲到门后，稍加合计，把门闩拨开。庞虎往里一推差点儿摔个跟头。他一头就扎进来了，还没等弄清是怎么回事儿，就见那人把刀一顺，对准庞虎的腰“噗！”就是一刀。由于这一刀用力过猛，从后腰扎进去，刀尖从小肚子钻出来，庞虎惨叫一声“咕咚”摔倒在地。这一下惊动了新娘，她就深感不妙，一看新郎倒在血泊之中，手脚正在抽搐，那人手中的刀上全是血，就大声喊道：“来人啊！新郎被人杀死了！”顿时昏迷不醒。

这时候正好有几个打更的走到房后，闻讯赶到：“怎么了？”全都赶奔新房。那歹徒再想做坏事已经失掉机会，便一脚把窗户蹬开跑了。等众人赶到出事地点，一瞅三国舅早已经咽气了。……太师府一片慌乱，一场喜事变成丧事。

庞吉因为岁数大了精力有限，为了儿子这门婚事日夜操劳，今天勉强应酬，大戏一开始他就回屋躺下了。妻妾一大群给他捶腿、按摩，正在闭目养神，冷不丁听见这种喊声，真把他吓得魂飞天外，一骨碌身坐起来：“怎么回事？听听！”

妻妾侧耳一听全明白了：“太师爷，可坏啦！新房出事了，说三国舅被杀啦！”

“啊！”老家伙闻听此言连鞋都没顾得穿，率人赶奔新房。等他冲进来往地上一看，他儿子庞虎龇着牙，咧着嘴，一手伸着，一手蜷着，在地上躺着，早已气绝身亡，鲜血把地都染红了。庞吉一看，真好比油煎肺腑，箭穿五脏：“哎哟，我的儿！”趴到庞虎身上就没气儿了。

这个乱哪，人们抢救太师，丫头们抢救新娘，一个个急得搓手跺脚，忙乱了好半天才把太师、新娘抢救过来。人们唯恐太师触景伤情，便把他架到自己的房间。老太师明白过来之后，顿足捶胸放声痛哭：“儿啊，你死得好惨！这是什么人干的？我跟你何冤何恨，你下此毒手？老夫岂能与你善罢甘休！”说完他又哭。他的妻妾都在他身边围着，屋里院里挤的都是来宾。

有几个比较明智的人挤到屋里来劝：“太师爷保重贵体，既然已经出了事儿，您就是哭死也没用，望您老人家想想办法把事情查清，好捉拿凶手给三国舅报仇，难道就叫凶手跑了，逍遥法外不成？”庞吉这才止住悲声。

因为事情来得突然，他茫然不知头绪，只得询问新娘。李玉秋在几个婆子丫鬟的搀扶下走进太师的书房，人们发现新娘脸色灰白，眼睛发直，都有点精神失常了。再看衣服被撕得一条一条，前胸露着斑斑血迹，是方才跟那个歹徒厮打挣扎的痕迹。

太师庞吉把脸背过去，不住地摇头叹息："儿媳，究竟怎么回事？你不要怕，慢慢讲来。"

太师的妻妾用斗篷把新娘包上，把她的头发往后拢了拢，低声细语地劝道："新娘子，别害怕，有什么你就说什么，咱好捉拿凶手。"

新娘如梦方醒"哇"地一声哭出来，哭得上气不接下气，把老庞吉急得直跺脚："别哭了，快说说怎么回事？！"

李玉秋止住悲声，抽抽搭搭把方才的经过讲述了一遍，屋里院里的人一听，一个个大惊失色：是谁干的？太师庞吉把眼珠子瞪得老大，盯着儿媳的脸："你记得清楚？"

"我记得很清楚。"

"那小子长得什么模样？"

"长得倒不错，细条的身材，五官端正，眉清目秀，二十岁左右，穿白挂素。"

"哦？他叫什么名字？"

"他在调戏我的时候说：'你嫁给庞虎干什么？你瞅他那样儿，像个没毛的大狗熊，你要嫁给我岂不比他强万倍？'他还说，'庞虎没能耐，主要靠着他爹的势力。我有能耐，我本身就是御封的二品将军，父亲是大名鼎鼎的白玉堂，我乃开封府的红人白芸瑞。'"

"啊！儿媳，此事非同儿戏，他真是这么说的？"

"这我还敢胡说吗？他说了不止一遍，我记得清清楚楚。"

屋里屋外上上下下的人都听见了，闹了半天凶手是白芸瑞！谁不知白芸瑞是白玉堂之子，前些日子进京，万岁在龙楼亲自接见，加封二品将军之职，在开封府效力当差，在光禄寺大排盛宴，皇上亲自给他洗尘。白芸瑞还代表开封府来祝贺呢，方才太师还给他敬了酒，怎么刹那之间就成了凶手？竟敢搅弄新房杀死三国舅？简直不敢想象！人们全被惊呆了！这个消息也传到房书安耳朵里了。听说新房出了事他要看个究竟，在人们扑向新房的时候他也去了，他看得清清楚楚，一瞅三国舅庞虎果然死得凄惨，那一刀从后腰扎进去从前边露出尖，肠子都出来了，满地是血。

新娘披头散发被调戏的样子也看见了，他还挺生气，心说：这凶手也太残忍了，如果这案子报到开封府，我一定带头把他抓住，可他无论如何也没想到新娘说那人是白芸瑞，方才述说的五官相貌还真像白芸瑞。房书安这脑袋本来就大，听见这个消息"嗡"的一声，比原来又大了三圈。房书安在院里直拉鼻儿，心中暗想：老叔啊，难道这事儿真是你干的？哎哟我的娘，画龙画虎难画骨，知人知面不知心，瞅你一本正经，闹了半天你是个贪淫好色的无耻之徒！你未曾做这事之前你考虑过没有，你们老白家是什么人？你爹是什么人？你这样做缺德不缺德，犯法不犯法？你豁得出去豁不出去是小事，你给你的三亲六故想过没有？你做出这种事儿简直禽兽不如，是个畜生！气死我也！

房书安头脑清醒清醒仔细一琢磨，不对！我哪能这么想？这不是人云亦云，犯了大错了吗？有道是人品素常，我跟白芸瑞虽没深交，但从接触的这段时间来看，白芸瑞走得正行得端，正大光明，根本没有奸盗邪淫那一套，如果他是贪淫好色之辈，就不可能有今天这么大的能耐，也没有这种进取心。退一步说，他若是贪淫好色在女孩儿身上下功夫，不有的是吗？车拉船载要多少好媳妇没有？他们家要钱有钱，要势有势，要漂亮劲儿有漂亮劲儿，娶媳妇实在不成问题，而且他练的是童子真功，根本不近女色，这是尽人皆知的，他怎么会无缘无故干这种事呢？

房书安，别人这么想行，你怎么也这么想呢？真是糊涂至极，差一点儿上了当！但房书安不明白究竟那个凶手是谁？为什么要用借刀杀人的办法？另外，事情相当复杂，新娘一口咬定是我老叔，太师爷也坚信不疑，要人证有人证，要物证有物证，我老叔就是浑身是嘴也难以辩解，这场官司恐怕不好打。哎呀，老叔，你命运太不济了，怎么刚当官儿就遇上这事儿，看来今天这喜事不应该参加。可我老叔为什么一走就不回来了呢？上哪去了呢？谁找你有事儿呢？房书安的心里七上八下的。

正在这时就听太师庞吉把桌子一拍："白芸瑞欺我太甚，我指名点姓把你请到太师府待如上宾，为什么？我觉得想当初我跟你爹之间有不睦之处，如今我愿意从我这开始把咱们两家的宿怨解除，没想到你小子是野兽，竟敢做出这种惨无人道的事儿，老朽岂能容你！来呀！外边给我顺轿！我要赶奔八宝金殿去奏明天子！"说话间天已放亮，众人不欢而散，房书安也回了开封府。

太师庞吉哭得眼睛都肿了，坐八抬大轿，带着李玉秋赶奔八宝金殿。李家的人也得着信儿了，户部尚书李天祥也坐轿赶到。人们凑到一起赶奔朝房。等进了午门来到朝房下轿，太师庞吉往里头一走，三班文官、四班武将都过来贺喜："太师大喜了！"老太师哀叹一声，无话可回。人们不明白是怎么回事儿，一个个交头接耳，议论纷纷。

日出卯时，天子升殿，文官武将参拜已毕，分立两厢。还没等皇上说话，太师庞吉就撩袍出班跪倒："吾皇万岁，万万岁，替老臣报仇啊！"

皇帝仁宗大吃一惊，心里很不高兴，心说：国丈啊，你身为掌朝太师，位极人臣，官居一品，怎么能这么失礼，还没等朕说话，你就先说了？按律你犯的是大不敬的罪，应当要你的脑袋。但是，仁宗也是个明白人，他发现太师有些失常，可见受了很大刺激，所以也没怪罪于他，反而安慰他："太师休要难过，有什么委屈尽管奏来。"

"多谢陛下。陛下知道，昨天是三国舅喜庆佳期娶亲的日子，哪知晚上有人大闹洞房把他给杀了！"

仁宗颜色一变，半天才说出话："太师，你可知那凶手他是何人？"

"凶手现在仍在逍遥法外。据我所知他……"

"尽管奏来，他是谁？"

"他、他就是新任的将军，开封府的白芸瑞！"

"啊？"仁宗闻听脑袋"嗡"的一声，龙颜更变沉默不语。仁宗的心像让猫爪子挠了一下，心说：这怎么可能呢？简直是笑话！但看太师说的那么肯定，不像是没有根据，沉默多时他又问，"太师，事关重大，说话可得有分寸，你说白芸瑞是凶手，可有凭据？"

"陛下圣明，像这等大事臣有天大的胆子也不敢信口胡说，现有人证有物证，证明就是那白芸瑞所为。"

"证据何在？谁是人证？"

"我儿媳亲眼所见，她就是人证。"

"来呀，把你儿媳宣上金殿。"按规定皇上的八宝金殿是议国事之所，像这种事根本不能在这儿问。另外，皇上也没必要见太师的儿媳，但因事情特殊，为维护国法的尊严，为弄清是非，仁宗决定亲自问一问。

太师谢恩站起来，迈步下了金殿，来到朝房，他儿媳李玉秋正等着。庞吉说："儿媳，万岁升殿正问此事，让我前来带你，到了殿上不要害怕，要据实禀明皇上。"

“是。”李玉秋低着头来到八宝金殿，跪下往上叩头不敢仰视。

仁宗往下看了看，轻声问道：“下跪何人？”

“小女子李玉秋。”

“你父是何人？”

“回陛下，我爹就是户部尚书李天祥。”

“原来是李爱卿之女。玉秋姑娘，你把昨夜洞房发生的事情据实奏来。”

“是！”

庞吉也紧安慰：“孩子，别害怕，有什么你就说。”

玉秋闻听所言，往上叩头：“万岁，我有天大的冤屈，请万岁做主，那凶手就是玉面小达摩白芸瑞。”

第六十四回 包青天奉旨审命案 白芸瑞公堂诉曲直

仁宗听李玉秋说三国舅是白芸瑞杀死的，心情十分沉重。他问李玉秋："你怎知凶手就是白芸瑞？"

李玉秋往上叩头："陛下圣明，那是凶手自己说的，我不认识白芸瑞。"

"噢！此人长得什么模样？"

李玉秋一说，仁宗一想：长相差不多，年岁也相符。又细问她洞房的经过，李玉秋开始有点害臊，又一想：不实说不行啊，就这么吞吞吐吐把经过如实讲述了一遍。另外，她把两只胳膊伸出来，再看胳膊上全是紫色的伤痕，首饰都被那个人给撸走了。

仁宗听明白之后，一皱眉："下殿去吧。"李玉秋下殿。

皇上想，这事怎么办呢？捉拿白芸瑞？现在看来事实还不那么充分，另外也没见着白芸瑞的面，此事不能操之过急。心中说：白芸瑞呀，要果真是你，休怪孤家对你无情了，又一想：这个案子最好交给包拯去审问，第一，白芸瑞是开封府的人；第二，东京地面的安全都归开封府管辖；第三，皇上也想赏包大人一个面子，如果让别的衙门过问，似乎于包大人脸上无光。于是，打定主意："来呀，宣包拯上殿！"

包大人从早晨起来就得到了这个消息，但是内情究竟是怎样他一无所知。天亮之后包大人上朝陪王伴驾，就见文武百官议论纷纷，包大人也不便寻问，正在此时，皇上旨意下来。包大人整冠抖袍，迈大步走上八宝金殿，叩见皇上："臣包拯参见吾皇万岁，万万岁。"

"包卿，你可知京中发生了案件？那三国舅在新房之中被人所杀，有一人自称叫白芸瑞，抢走新娘的首饰二十一件，堪称罪大恶极！包卿，朕命你奉旨查办此案，务必审清问明。切记不能放掉坏人，也不能屈枉好人！”

“臣遵旨！”

包大人十分为难，心说：皇上的意思我明白，这是对我信任，赏我脸，但是也难免有考验自己的成分在内，白芸瑞是我的人，我是否能一碗水端平，从公处置这件事，大家都看着我，三班文官四班武将都盯着我，庞吉、李天祥对我更得注意。本来我们之间就不和，再有这件事，如果处理不当更会引起非议。

包大人领旨下殿回到开封府，到了书房里长吁短叹。为了慎重起见，他把房书安叫进来。大脑袋给相爷施完礼垂手往旁边一站，包大人细问了他跟白芸瑞到太师府赴宴的经过。房书安知道事情重大，不敢有半字虚假，据实回禀了。当他说到白芸瑞在看戏的时候，被一个人给叫走了，打那一去就没回来，包大人听完就是一愣：这是为什么？

“房书安！”

“大人。”

“那个人你可认识？”

“不认识，是哪儿的我都不知道。”

“白芸瑞究竟到何处去了？你可知道？”

“回大人，我一点都不知道，方才我在府里还打听，他到现在也没回来，真叫人难猜难解。”包大人一想，现在就得升堂审问，如果白芸瑞再不回来就得撒飞签火票追捕他了。

想到这儿包大人刚要升堂，张龙进来了：“回相爷，太师庞吉、户部尚书李天祥，还有他女儿李玉秋奉旨前来听堂。”

“现在何处？”

“府门外等候。”

“迎接。”包大人列队迎接，把庞吉、李天祥、李玉秋接进书房，仆人献茶。

太师庞吉一拱手：“包相爷，老夫是奉旨前来听堂的，我儿死得太惨，望相爷公断。”

包大人赶紧还礼：“老太师放心，我一定竭尽全力不使坏人漏网！”

“多谢包相爷！”

李天祥也说："包大人，都知道你清似水明如镜，请包大人务必给死者报仇，以正王纲！"

包大人点点头："你就放心吧，只要有人证物证，审清问明，不管是什么人必定以王法从事，本阁绝不徇私！"

包大人明白，他们两个人这是在拿话敲自己，言外之意是说如果凶手就是白芸瑞，你可要秉公处置，别包庇你的人！包大人让他们坐了一会儿，吩咐一声："来呀，击鼓升堂。"

"是！"差人站在外面高声喊喝，"包相爷堂谕点鼓升堂！"

"点鼓升堂喽！""咚、咚……"堂鼓响如爆豆，"吱呀呀"三道衙门大开，开封府的校尉、护尉、差官、八班六房、刑名师爷全部出动。另外，在大堂公案的旁边设了两套桌椅，上首给太师，下首给李天祥，在屏风的后面准备一把椅子，给受害人李玉秋。众人先请太师和李尚书归座，又安置被害人坐在屏风后面。其他的人全都各就各位站好。

就见堂口的上首站的是翻江鼠蒋平，下首南侠御猫展熊飞，左边站立小五义，右边站立小七杰，下边站日月飞行小太保钟林、小侠龙天彪、圣手秀士冯渊、震八方雷英、蒋昭蒋小义、张龙、赵虎、王朝、马汉、董平、薛霸、李贵、娄青、耿春、杜顺、蒋番，再往下就是勇金刚张豹、双刀将马龙、开路鬼乔宾等人，一个个威风凛凛，相貌堂堂，各佩腰刀伺立两旁。在堂口的下边站着一百二十名站堂军，一个个金盔金甲、银盔银甲、铜盔铜甲、铁盔铁甲，手中擎着大刀长枪，一个个好不威严。在堂上陈列着三口铜铡：龙头铡、虎头铡、狗头铡。三口铡刀之外摆着各式各样的刑具，让人望而生畏，毛骨悚然。因为开封府是倒坐南衙不见阳光，所以就是白天升堂也得点着蜡灯，大堂左右点着十八支胳膊那么粗的大蜡，堂口两边是对对气死风灯，让人一看真好比五帝阎罗殿一般。

这时，二十名站堂差员往两旁一闪，包大人满身官服，咳嗽一声升坐公位。刹那间大堂上鸦雀无声。包大人刚坐好，赵虎从下边上来，匆匆地来到包大人身边，趴在包大人的耳朵上说："回相爷，白芸瑞回来了。"

"哦？现在何处？"

"回屋更换官服去了。"

"好吧，既然如此，暂叫他归班伺候。"

"是！"

包大人心里想：天到这般时候白芸瑞才回来，你上哪去了？我还以为你畏罪潜逃了呢。赵虎下去了，时间不长，包大人往下一看，就见白芸瑞身穿二品副将的衣着，挎着宝剑走上大堂，意思是想要见包大人。就见包大人冲他一摆手，那意思是先别说话，白芸瑞心领神会，一句话没说，低着头闪退到旁边，庞吉、李天祥和堂上的人看得清清楚楚，老庞吉一咬牙心说：白芸瑞，你小子躲到哪儿去了？有道是跑得了和尚跑不了庙，你还真回来了，我看包黑头怎么处理这件事，稍微不公我就告他的御状！李天祥也持此想法。

再说包大人稳了稳心神，“啪”把虎案一拍：“来呀，带原告李玉秋。”

“是！带原告！”

新娘李玉秋从屏风后边站起来浑身颤抖往前挪步，刚走到太师庞吉近前，老太师庞吉站起身来告诉她：“孩子，这是讲理的地方，别害怕，有什么就说什么。”

李玉秋点点头，道过万福跪在堂口之下。包大人看了看她：“下跪何人？”

“小女子李玉秋。”

“抬起头来。”

“是！”李玉秋往上一仰面吓了一哆嗦，就见包大人在堂口上端坐，稳如泰山一般，头戴金翅象雕，身穿青缎子烈蟒袍，上绣蟒翻身龙探爪，边绣灵芝草，下绣海水来潮，中间绣着晴天捧日，腰横玉带，脚下蹬着厚底斑头灶，真好比五帝阎罗。李玉秋不敢多看，又把头低下了。包大人先给她相了相面，看看她是刁顽之徒，还是善良之辈。包大人居官多年，审问的案子不计其数，跟形形色色的犯人打过交道，他察言观色就能断定这案子八九分。包大人一看李玉秋面带忠厚，是个好姑娘，不像说瞎话的人，心里越发感觉到沉重。

“李玉秋！”

“在！”

“还不把洞房发生的一切据实讲来，不准虚掩搪塞。”

“小女子不敢，大人容禀。”李玉秋又把昨天晚上的经过详详细细地讲了一遍。旁边记录的先生全给记下，包大人把不明的地方又问了几遍，李玉秋作了补充，包大人点点头：“来呀，画供。”记录的先生把记录单给李玉秋又念一遍，新娘一听一点儿都不错，这才画了供。

包大人一摆手，记录先生退到一旁。

包大人又问：“李玉秋，你口口声声说凶手是白芸瑞，还记得此人的相貌吗？”

“记得。”

“假如白芸瑞在你的眼前你能认得出？”

“能！我们厮打了多时，他的五官相貌我记得非常清楚。”

“好！我告诉你白芸瑞就在我大堂之上，你分辨一下哪个是他。”

“遵命。”

包大人叫张龙、赵虎陪着她挨个儿相面找白芸瑞。李玉秋擦擦眼睛挨着个儿地看，先瞅瞅蒋平再看看展南侠，一边看一边摇晃脑袋，意思说这都不是。又来到小五义面前又晃晃头。然后又来到小七杰的面前，她待的时间稍微长点，因为小七杰长得都挺俊，岁数比白芸瑞也大不了多少，她怕看错所以都仔细地看了看，然后摇摇头。张龙、赵虎领着她又往下走看这看那，最后一眼就看见小达摩白芸瑞，李玉秋像疯了似的“嗷”的一声，一把抓住白芸瑞的前心：“相爷，就是他！”

包大人的脑袋“嗡”的一声，心说：坏了！这个案子白芸瑞算抖搂不清了。连包大人这会儿心里也没了底儿，把虎案一拍：“白芸瑞！”

芸瑞赶紧出班跪倒：“参见相爷。”

“来呀！摘掉他的帽子，扒了他的官服。”

帽子一摘，功名没了；官服一扒二品的副将没了，就成了无职的白人，白芸瑞头发披散。

“相爷，卑职不知身犯何律，法犯哪条？”

“嗯！白芸瑞，只因有人把你告了，你到太师府，酒后无德，大闹新房调戏新娘，抢走宝物二十一件。最不能容忍的是你刀杀三国舅庞虎，还不从实招来！”

芸瑞大吃一惊：“相爷，卑职没做过此事，一点都不知道，小人冤枉，求相爷做主！”

老庞吉一听把桌子一拍：“白芸瑞，人证在此你还敢抵赖？”

“包相爷，他是个刁民，不打他怎能招供？请相爷用刑。”

“是啊！包大人你赶紧用刑吧，对这种人绝不能心慈手软。”户部尚书李天祥也说。

包大人没有用刑，他还得往深里问：“白芸瑞，既然你口称冤枉，我且问你，昨夜晚间你到哪儿去了？为何这般时候才回开封府？”

“相爷容禀。”白芸瑞就把经过讲述一遍。特别是大脑袋房书安支棱着耳朵在旁边仔细听着。

白芸瑞一去到现在才回来，谁能不画问号呢？这里的事情很复杂呀！

昨天他跟房书安在太师府的花园正看戏，来了个小个子找他，口口声声说白芸瑞的一个好朋友有紧要的事情找他商议，让芸瑞出去一趟。白芸瑞告诉房书安等着，就跟着那个人出了太师府，结果到太师府门外一看没人，芸瑞就问那个人：“谁找我？”

他说：“太师府门前讲话不便，人在四喜堂等着您。”

“四喜堂是什么地方？”

“四喜堂是京城有名的取乐的地方。”

白芸瑞一听十分不悦，心想：说不定是窑场妓院吧。我身为堂堂的将军岂能到那种地方！芸瑞在这就愣住了。小个子一笑：“白大将军，你别介意，这不是请您去寻花问柳，确实有重要的事情，那位在那儿等着您。至于为什么到四喜堂我也不清楚，请您跟我去一趟吧。”

“你是谁？”

“在下姓庚，我叫庚四。是那人花钱雇来的。”

“你是干什么的？”

“我是四喜堂的伙计。”白芸瑞想把这件事弄清楚，便跟着庚四来到了四喜堂。

四喜堂在裤衩胡同，这地方属于下九流的地方，但四喜堂还是金字牌匾的买卖，所以在这儿是首屈一指的，就在胡同口。白芸瑞跟着庚四进了四喜堂，有不少窑姐上前打招呼，芸瑞理也没理直奔二楼，来到一间房前，庚四挑起帘来让芸瑞进去：“白大将军您请坐。”

白芸瑞看看屋里摆得倒挺阔气，但是没人：“庚四，找我的那个人现在何处？”

“大概他等的时间长了去外头转一圈，也说不定上茅房了，我去找找。”结果这个自称庚四的人走了之后一直也没回来。

白芸瑞一直等到三更天也不见人影，他心中怀疑：“哟！难道说我上当了？”又等了一会儿还不见庚四回来，他就坐不住了，把四喜堂掌班的找来：“我且问你，你们四喜堂的伙计庚四哪儿去了？”

“我们这儿的伙计庚四？哎呀，大爷您记错了吧？咱这儿就没有叫庚四的。”

“啊？就是刚才陪我一块儿来的那个人。”

“噢，那个大爷不是我们这儿的伙计。这房间是他包的不假，他给了我们二十两银子。”

“哦？”芸瑞一听更怀疑了，这是个什么人？他为什么要骗我？芸瑞就感觉到事情复杂，不能在这待着，这才离开四喜堂，起身要回开封府。刚到半道，大街上静静悄悄，他突然发现眼前“欻！”黑影一晃，芸瑞眼尖，就发现这条黑影还冲着自己点了点手，芸瑞知道深更半夜绝非好人，在后头就追。这人的腿脚还挺快，走大街穿胡同，其快如飞。芸瑞还没撵上他，跑来跑去这人上城了，往城垛口上一坐，鸭子腿一拧，等着白芸瑞，等芸瑞追到快近前了，那人一扭头，跳出城外，站在城根儿底下还点手唤芸瑞。芸瑞这火就更不打一处来了，心说：你是谁？你跟刚才那庚四有什么关系？你这是斗气还是找我真有事儿？怎么连话都不说？我非要弄个水落石出不可。故此芸瑞也跳到城外，那人转身就跑，芸瑞紧追不舍。前边这个人跑得可真不慢，等到了城外头顺着大道尽钻树林，芸瑞在后头撵相当费劲儿。因为追着追着找不着了，就耽误了很长时间，一直追到天光大亮也没把这人找着，白芸瑞只得作罢。

白芸瑞往回走，这才发现不知不觉之中追出来四十多里地，再回到城里都什么时候了他不知，只觉得饥肠辘辘，等进了风丘门，靠着十字街不远有个马家茶汤馆，他就喝了两碗茶汤，吃了点早点歇了歇脚，这才回到开封府。哪知道一到开封府包大人正升堂，白芸瑞心里真不是滋味，进开封府头一次升堂自己就迟到了。他打算跟包大人解释一下，但包大人冲他一摆手，没让他说话，芸瑞就退在一旁。他也没想到一个女人过来就一把将他抓住硬说他是凶手，弄得他丈二的和尚摸不着头脑，这才跪倒在堂上直呼冤枉，把昨夜的经过讲说了一遍。

包大人静静地听着，大堂上的人也都注意听着，等芸瑞说完，旁边记录的把芸瑞所说的也都记了下来。

包大人用眼睛盯着他：“白芸瑞！”

“在！”

“你说的是事实吗？”

“回相爷，没有半字虚假。倘若我隐瞒实情，相爷您就用铡刀铡了我。被害人所说的事儿我是一字不知半字不晓！”

“画供。”记录先生跟白芸瑞念完供词，然后让他画供。

老太师庞吉在旁边一听："相爷，我看白芸瑞纯粹是胡说八道，故意编造。为什么那庚四要找他？为什么他等到半夜？他跟他有什么交情？又无缘无故蹦出条黑影把他领到城外，这简直是满口胡诌，他这是为了掩盖事实，望求包相爷严刑审问，叫他吐露真情！"

包大人听完挺不高兴，心说：这是开封府，我是主审官，你何必在旁边三番五次地插嘴？可又一想：他是当朝太师奉旨听堂，对他还不能申斥。包大人把脸往下一沉："太师放心，包拯自有主张。"言下之意我有我的主意，你就不必插嘴了。

包大人看着白芸瑞画完供，才接着审问："白芸瑞，被害人自称丢了首饰二十一件，你拿没拿？"

"回相爷，这事儿与我一点儿关系都没有，我怎么会拿她的首饰呢？"

李玉秋在旁边插言："相爷，就是他，一点都不错，他把我值钱的首饰全部抢走了。我看得清清楚楚，他掏出一块白绫手帕把那东西包好塞到怀里了。"

包大人点点头："搜！"

蒋平和展熊飞过来让白芸瑞把手抬起来，前后一搜没有："回相爷，搜完了，没有。"

庞吉又站起来了："包大人，这么重要的赃物他怎么能带在身上？一定藏起来了，也可能就藏在他的住处，焉能在他身上搜得出来？"

"嗯。刘士杰、艾虎！"

"在！"

"在！"

"你们领着几个人去搜查白芸瑞的住处，不得有误！"

"遵命！"

艾虎、刘士杰带着张龙、赵虎、王朝、马汉、勇金刚张豹、双刀将马龙、开路鬼乔宾等十五人到了白芸瑞的住处。白芸瑞住在差官棚校尉所的后院，独门独户。张龙、赵虎他们进了院子，把锁全都打掉，把房门撬开往屋里一看，芸瑞独身住在这儿，被褥非常干净，幔幛床单也非常讲究，屋里摆着应用之物。因为家具不多比较好搜查，赵虎他们哈下腰就动开手了，翻箱倒柜时间不长，刘士杰一拿白芸瑞的行李："哟！"在行李下面压着个包，正是白绸子包！刘士杰的心从嗓子眼儿里都要跳出来了，把包拿过来打开一看，光彩夺目，全是值钱的首饰，正好是二十一件。刘士杰汗冒出来了，心里说：芸瑞呀，真是你干的。这回你还说什么？人证物证俱全，你就是浑身是嘴也难以辩解。唉，真没想到你居然是这么一个人！刘士杰把赃物往手上一托，让十五个人全都过了目。大伙儿也傻眼了，不敢隐瞒直接赶奔大堂，把赃物往桌上一放说明经过。

包大人一看，顿时火撞顶梁，他断定这事就是白芸瑞做的了。怎么那么巧，赃物就在你的行李底下？难道说还有另外一个人跑到开封府来栽赃给你吗？你怎么能自圆其说呢？包大人把桌子一拍："白芸瑞，你来看这是什么？刚才在你屋里搜出来的！难道这还有假吗？你又作何解释？"

"这，相爷，肯定有人栽赃陷害。我是一点儿都不知道。我冤枉啊！"太师庞吉跟户部尚书李天祥一看心里落了底，知道这案子翻不了了，人证物证俱在，你还有什么说的！两人心中得意。

包大人火往上撞，把桌子拍得山响："白芸瑞，你胆大妄为，无视国法王纲，做出此等惨不忍睹、令人发指的事来，实在是国法难容！本阁奉皇上圣旨审理此案，必定秉公处治。既然你杀害了三国舅，又盗取了新娘的珠宝，犯下不赦之罪！来呀，狗头铡伺候！铡！"

"是！"

"哐啷！"张龙、赵虎、王朝、马汉把狗头铡扔到白芸瑞面前，过来把白芸瑞给按住。赵虎心里说：白芸瑞，你小子真不是东西！我跟你爹相处多年，你看你爹那人多正，骄傲归骄傲，但人家是一团正气，一步俩脚印，斜的半点儿没有！可你呢？刚出世两天半就干了这种没出息的事儿！老白家缺了哪辈的德，出了你这么个败家子？你不仅给老白家丢人，也把开封府的脸都丢尽了，今天把你铡了都不解恨！不但赵四爷这么想，连张龙、王朝、马汉也都这么想，咬着牙把白芸瑞捆上用芦席卷起来。白芸瑞口喊冤枉，但谁还听他的？被几个人抬到堂下的狗头铡旁边。赵虎身披大红，光着一条膀臂，伸手把狗尾巴抓起来——这狗头铡就像条狗在刀床上趴着，狗尾巴就是铡刀把，楠木刀床二指多高的马牙钉，一尺多高的铡刀两寸多厚，刃子十分锋利。赵虎"哧啦"一声提起铡刀把，王朝、马汉把白芸瑞塞到里头，作好一切准备，四个人单腿点地："请相爷验刑。"

包大人浑身颤抖，面对下面的白芸瑞和狗头铡感到头晕目眩。这件事太出乎意料了，心里说：芸瑞，你喊什么冤枉，喊冤你得提出证据来，现在什么证据都没有，而你的罪证一点都不少，叫我怎么断这个案子，尤其是太师、户部尚书在这听堂，名曰听堂实则是监督我……包大人想到这站起身躯，把袍袖一甩：“来呀！”

下一句就是“铡”字，这铡字一出口，白芸瑞这条命就没了，蒋平、南侠众人急得把脸一背眼一闭，看都不想看。

正在这时候听得堂下有人喊了一声：“刀下留人，铡不得，我有话说！”

包大人一看说话的正是细脖大头鬼房书安，把脸往下一沉：“房书安，你有何话说？”

房书安跑到大堂上双膝跪倒：“回相爷，我老叔白芸瑞确实冤枉，我可以给他提供证据。”

包大人一听心里感到宽慰，白芸瑞本人提不出什么，房书安想起来了。大伙儿一听心神方定，都注意听着房书安的陈述。包大人就问：“你为他提供什么证据？”

“回相爷，昨天我跟白芸瑞到太师府赴宴，我们俩形影不离，我敢说在前一段时间我老叔白芸瑞什么犯法的事儿都没做。在定更天吃完酒宴我陪着他赶奔后花园听戏，正这时来了个人，个头儿不高，长得尖嘴猴腮，两个溜圆的小黑眼睛，看年纪在三十岁左右，他说门外有一人是白芸瑞的好朋友，有重要的事情请他出去一趟，我老叔这才起身外出，临走之时叫我等着，说他一会儿就回来，结果一直没回来。在说这话前，我敢保证白芸瑞没做犯法的事儿。故此我为他提出人证。”

包大人一听泄气了：都是废话！谁也没说他在这以前犯法呀。包大人把脸往下一沉：“房书安，你要说的就是这些？”

“不是，还没说完呢！相爷，白芸瑞说他被一个自称庚四者领到四喜堂，一直等到三更天之后他发现可疑，曾经问过掌班的，掌班的说没有此人，白芸瑞觉得奇怪才离开四喜堂。方才他口供是这么说的吗？”

“对呀！”

“好！既然如此，现在相爷就撒下传票把四喜堂掌班的以及伙计找上几个来验证白芸瑞说没说瞎话。倘若不对，就是他编造，心中有鬼，相爷再铡他也不迟，这是一。第二，白芸瑞自称追那黑影追到天亮，后来断线了，他跑出四十里，回来进风丘门之后，在小十字街到老马家茶汤馆吃的早点，吃完才回来。您再撒传票把老马家茶汤馆掌柜的给找来问问有没有这事儿？如果有，他就没瞎说。如果是瞎编，相爷再动刑也不迟。”

包大人一听这话有道理，至关重要。于是马上传下堂谕，让张龙、赵虎赶奔四喜堂传讯掌柜的；让王朝、马汉赶奔老马家茶汤馆去带人。而后，暂时退堂等候。

包大人回归书房，心里翻来覆去思索这件事儿，考虑下一步应该如何审讯。包大人等了好长一段时间，赵虎进来了："回相爷，证人全都带到了。"

"升堂！"

包大人二次升堂，庞吉、李天祥都坐好，三班人役、各位小弟兄站立两厢，包大人吩咐一声把他们带上堂来。四喜堂女掌班的、当头伙计一共来了三个，老马家茶汤馆就来个老头儿，他们都没打过官司，一到开封府大堂上，吓得抖衣而站，犹如筛糠。包大人告诉他们不要害怕，没有他们什么事儿，只叫他们提供个证据。"谁是四喜堂掌班的？"

"回相爷，小妇人就是。"

"我且问你，昨天晚上我这有个叫白芸瑞的可曾到过四喜堂？"

"到过。"

"什么时候去的？"

"定更天以后。"

"何时离开？"

"三更天以后，快四更天时才离开。"

包大人一听有门儿。"他在四喜堂都与哪些人接触，干了些什么勾当？"

"回相爷，白大将军在三号那屋坐着喝水，也没叫姑娘陪着，也没找别人谈心，就自己。"

"你好好想想，没与什么人接触吗？"

"没有。"

"据白芸瑞所说是有人把他请去的。请的这人自称庚四，是你们院中的伙计，这是怎么回事？"

"相爷，是这么回事：中午我们那儿来了个人，就是您说的那人，小个儿不高，脸挺黑，一对小圆眼睛，长得尖嘴猴腮。他问我们有没有闲房间，我们说三号房间闲着。他给了二十两银子把房间包下了，说不管他来还是不来，这房间不准给旁人，如果第二天再不来人，才可以给别人用。小妇人收了他的银子自然照办。到了定更天以后他回来了，陪着那位白将军。他把白将军让进屋，两人谈什么我就不知道了，我也不知那庚四什么时候走的，也不知他是谁。后来白大将军问我，我才知他姓庚。也不知为什么他说是我们院里的伙计，真叫人难猜难解。”

掌班的说得挺清楚，包公看看庞吉、李天祥，心说：听见没？这里边可有文章，白芸瑞没说瞎话，果然是定更天到的三更天以后走的。在此期间你儿子被人杀了，白芸瑞早已不在太师府了，他怎么能杀得了你儿子呢？这个证据最有说服力。“掌班的，你敢为你的话负责吗？”

“那怎么不敢，我说的是真的。”

“好！画供。”画完供让他们下去。

又问茶汤馆掌柜的：“白芸瑞可到你那喝过两碗茶汤？什么时候？”

“日头刚升起的时候，白大将军路过我们十字街，看样子挺疲乏，满脸是尘土汗水，坐在凳子上喝了几碗茶汤，还吃了几个糖包，休息了片刻就走了。”

“画供。”画完供把他也打发走了，虽然这个证据无关紧要，但足以证明白芸瑞没说瞎话。

包大人听完这两份证词感觉到里边有文章，方才觉得自己有点武断性急，差一点儿枉杀了白芸瑞。但案子相当复杂，想弄个水落石出，看来不是一时半会儿能办到的，只有从长计议。因此，包大人当堂宣布：“来呀，把白芸瑞收监，等待调查。”

“是！”

又把白芸瑞从铡刀里抬出来，给他砸上刑具押到开封府大牢。

包大人甩袖刚要退堂，庞吉不干了：“且慢！包大人，你处理不公！”

“哦？本阁哪点不公？”

“包大人，白芸瑞犯罪已有事实，人证也有物证也有，包大人因何不将他铡了给我儿报仇？反倒听信无关紧要的证词，岂有此理！”

“嘿！太师，你要明白这个案子是包拯受理，太师无非旁观之人，请你不要插手。请你耐心等待，早晚有了结果，你看我哪点不公再当面指责，或者到万岁面前告我的御状。现在说我不公还为时过早！来人，退堂！”

第六十五回 闹金殿八贤王力保忠良 查凶手赵德芳便服私访

太师庞吉满指望包大人升堂问案，把白芸瑞的口供要出来，当堂把他腰断两截，用铡刀铡了，给儿子庞虎报仇雪恨。哪料想包大人经过一番审问，把白芸瑞押起来，要从长计议，仔细调查。这下老家伙可就不干了，用手指着包大人："包拯啊包拯，都说你铁面无私，不徇私情，今天这么一看，你也是空有虚名啊，你是想方设法袒护罪犯白芸瑞，老夫岂能与你善罢甘休？我非到皇上面前去告你不可，来人哪！顺轿！"庞吉气得浑身发抖，带着儿媳李玉秋，后面跟着户部尚书李天祥，出开封府，上大轿，赶奔八宝金殿。来到午门外，庞吉下轿，一边掉着眼泪，一边往里走，亲自鸣钟击鼓，"咚、咚、咚……"把当班的太监吓得魂不附体，赶紧跑过来阻拦："太师，您这是怎么啦？私动景阳钟凤阳鼓是犯罪的。现在不是皇上登殿的时刻，您犯了惊驾之罪。""哎呀，各位公公，老夫冤沉海底，哪顾得了许多，我即刻要见万岁。"

皇帝仁宗早朝退罢，回宫休息，感觉到身体不太舒服，他躺在安乐椅上，双手捂着心口，闭目养神。一边躺着，一边合计心事，他很自然地就想到白芸瑞身上。心说：白芸瑞呀，你父乃是卫国的忠良，为大宋朝立下血汗战功，中外闻名，朕看在你父的分儿上，加封你四品荫生，培养你十多年，加封你母亲为一品诰命夫人，也由国家赡养，朕对你们老白家已经很够意思了，你小小年纪，初入开封，应该为国效力尽忠才是，可你竟敢做出这样无理的事儿，如果此案落实，朕岂能容你？！

但是又一想：白芸瑞怎么能做这种荒唐事呢？难道其中另有原因？既然交给包卿家了，相信他一定能把此案问明。皇上想着想着就睡着了，刚打一个盹儿，就听景阳钟凤阳鼓响起来了，皇帝仁宗睁开二目，心中大为不悦，心说：现在不是朕登朝的日子，什么人私动钟鼓？

“来人！”

皇上一喊，值班的太监慌忙走进来跪在驾前：“参见圣驾！”

“到外面看看，什么人私动钟鼓。”

“是！”太监转身到午门问明了情况，然后又回来跪倒在仁宗脚下，“启奏陛下，是太师庞吉鸣钟击鼓，他有急事，请陛下登殿。”

庞吉？仁宗心说：他不是奉旨到开封府听堂去了吗？怎么又跑到这儿让我升殿？难道发生了意外不成？皇上一想：太师是知道礼节的人，没有重要事情绝不敢惊动钟鼓。

想到这儿，就吩咐一声：“来呀！伺候朕登殿。”皇上这一句话，底下的可就忙乎开了，太监服侍皇上穿龙袍系玉带，外边备好简舆，抬着他赶奔八宝金殿。这时候也忙坏了满朝文武，大家赶紧更换朝服，文官上轿，武将上马，急匆匆赶奔朝房候旨。时间不长，王登宝殿，文武朝贺已毕，分班站立。仁宗高坐九龙口，轻轻把龙案一拍：“宣太师庞吉。”

“万岁有旨，宣太师庞吉觐见。”

“臣遵旨。”庞吉正正乌纱，抖抖蟒袍，提着带子，抱着象牙笏板，大步流星，走上金殿，跪倒在金阶之下：“臣庞吉参见陛下，吾皇万岁，万万岁。”

皇上闪目往下观瞧，就见庞吉满脸泪痕，双眉紧锁，狼狈不堪，仁宗一愣：“庞吉，朕命你赶奔开封府前去听堂，你怎么又到了八宝金殿急着见朕，有何本章？速速奏来。”

“吾皇万岁，臣冤枉啊！”

“庞吉，不必悲伤，从速奏来。”

“万岁，容奏直言，只因白芸瑞杀了我儿庞虎，调戏我儿媳李玉秋，臣奏明当今天子，蒙皇上圣明，让包卿审理此案，命臣前去听堂。臣以为包拯一定大公无私，按律处置罪犯，哪知那包拯无视国法王纲，竟公开包庇罪犯白芸瑞，不但不要他的性命，反而找出百般借口，包庇纵容于他，只把白芸瑞押进大牢，说是要从长计议。臣发现包拯不公，与他当面议论，哪知包拯口出狂言，根本不加理会。臣心中不服，故此在陛下面前告他的御状，请陛下圣裁。”

仁宗一愣，心说：包卿家，朕百般相信于你，让你审问白芸瑞一案，难道你真辜负了朕的心意，包庇白芸瑞不成？如果没有根据，庞吉怎敢在大庭广众之下告你的御状呢？又一想：包公不是那种人啊，他绝不会无缘无故包庇罪犯。仁宗心里头想事儿，没有立即表态。

这可急坏了户部尚书李天祥，他跟太师是一个鼻孔出气，赶紧出班跪倒："吾皇万岁，万万岁。臣有本启奏。"

"讲。"

"臣奉旨陪伴太师赶奔开封府听堂，那包拯果然无视国法，找出种种借口，包庇罪犯，方才太师所奏均属事实，愿万岁圣裁。"

仁宗一听，将信将疑："来人，宣包拯上殿！"

"宣包拯上殿！"

包大人闻听，出班跪倒："参见万岁。"

其实，太师庞吉前脚走，包大人后脚就带上证词、口供和所有的材料上轿赶奔朝房，他料到庞吉非得告他不可，因此作了充分的准备。万岁一宣他，包大人就跪倒在金阶之下，三呼万岁。

仁宗沉着脸，看了看："包卿！"

"臣在！"

"刚才太师庞吉和户部尚书李天祥，告你包庇罪犯，可有此事？"

包大人往上叩头："陛下圣明，臣怎敢包庇罪犯，太师和李天祥所奏不实。"

"嗯，既然你说他们所奏不实，那就把你的理由向朕奏来。"

"陛下，臣奉旨审问白芸瑞，现已从各方面取证，请陛下龙目御览。"说着，包大人把各方面证词往上一递，殿头官接过来放在龙书案上，仁宗仔细翻阅了一遍。

"嗯！"一边看着一边点头，看完了，把供词全部合上："包卿！"

"臣在。"

"这点证词，怎么能说明白芸瑞不是凶手呢？被害人李玉秋亲眼看见他行凶，而且受了他的侮辱，这是人证。从白芸瑞的卧室之中搜出珠宝二十一件，这是物证。可以说铁证如山，怎么就不能定案？你取的这几份证词能说明什么？朕怎么就看不出来呢？"

包大人二次往上叩头："陛下圣明，容臣启奏。这第一份证词乃是四喜堂掌班的提供的，那上面说得很清楚，证明白芸瑞从定更天就在四喜堂，直到三更天才离开，而三国舅庞虎恰恰就死在这个时间，证明白芸瑞不在太师府，难道他会分身术不成？另一份证词说明白芸瑞说话没有虚假，他追一条黑影追到城外，天亮返回城中，到小十字街老马家茶汤铺喝了两碗茶汤，此事虽然无关轻重，但足以证明白芸瑞没说瞎话。陛下！臣以为此案相当复杂，很可能有人借刀杀人，作案后给白芸瑞栽赃。因此，臣要慎重处理此案，既不放过坏人，也不冤枉好人。只有这样才能维护国法之尊严，体现天子之圣明，不知何错之有？请陛下圣裁。”

“这个……”皇帝仁宗不是昏君，这个人相当聪明，他静静地听完了包大人的启奏，又分析了案情，觉得不是没有道理，就要点头。

庞吉闻听此言，急忙往上叩头：“陛下，难道我儿媳会看错了吗？在开封府大堂上，包拯让我儿媳李玉秋当场找凶手，我儿媳没费吹灰之力便在那么多人中一眼认出了白芸瑞，这事儿能假得了吗？而且，那赃物就在白芸瑞卧室之中，到那儿起赃的时候，不费吹灰之力就找到了，这能错得了吗？说他喝了两碗茶汤、到过四喜堂又如何，难道他就不能买通人替他取假证吗？总而言之，我儿确实死于白芸瑞之手，请陛下为我儿报仇！”庞吉说完，文官之中出来二十四人，武将之中出来九人，加到一块儿是三十三人，这三十三人全是太师一党，三十三个大奸臣，“呼啦”一下全跪下了：“吾皇万岁，万万岁。我等有本上奏。”

皇上一看，跪倒了这么多大臣，便问：“卿等所奏何事？”

“吾皇万岁，方才太师所奏均属事实，李天祥所奏毫无虚假，包大人果然是徇了私情，给白芸瑞找借口，目的就是要袒护罪犯，请求陛下圣裁，将白芸瑞处以极刑。”跪倒的这些人，最小的是二品将军，余者皆是九卿、四相、五府六部、八大朝臣，在朝堂之上举足轻重，他们异口同声，都说包大人处理不公，要求万岁处置白芸瑞。

“这……”还没等皇帝仁宗表态，就见有一人，出班跪倒在地：“吾皇万岁，万万岁。臣有本上奏。”

皇上闪目一看，此人头带嵌宝金冠，身披鹅黄色衮龙袍，腰束八宝金带，面如冠玉，花白须髯，一看此人正是八王千岁赵德芳，皇上的亲叔叔。这赵德芳一个人吃八个王子的俸禄：一天王，二地王，三才王，四喜王，五德王，六进王，七贤王，八大王。他一个人等于八个王子，这是受了太祖的皇封，代代世袭，见官大三级，国家二号天子，除了皇帝仁宗之外，就属八王千岁。皇帝仁宗还非常孝顺，对这位王叔敬如太上皇。

仁宗一看是王叔，赶紧欠身离座："皇叔免礼平身。"

"臣谢恩。"

早有太监搬过绣龙墩，八王千岁坐下，皇上满脸赔笑："皇叔，有何本章，从速奏来。"

"陛下，臣一时心血来潮，赶奔八宝金殿陪王伴驾，听说京都发生了一件血案，三国舅庞虎在新房被杀，那贼子还调戏新娘，抢走财物。此人罪恶滔天，可杀而不可留。臣也盼早日完案，把凶手查明，以正国法。但我听说，太师告的是二品将军白芸瑞。对此我十分关心，这才赶到八宝金殿要听一个原委。方才太师和李天祥所奏有一定的道理，但是包大人所奏，也不是没有原因。我想这大宋朝以孝治天下，从来不冤枉一个好人，况且老白家是卫国忠良，对他的后人更不能马虎从事。包大人说要从长计议，认真调查，这乃是维护国法之根本。而众位大臣不容，本参包拯，我认为有点儿过分了。臣斗胆启奏，臣同意包大人所说，望陛下裁决。"

皇上一听，八王爷已表态公开站在包大人的立场上，这事该怎么办？是听庞吉这些人的还是听皇叔的？毫无疑问，不能驳八王千岁的面子，仁宗立刻就表了态："皇叔所奏正合朕意，朕也有此想法，既然如此，就容缓期限，暂把白芸瑞羁押在开封府，此事交给包拯认真调查也就是了。"

八王闻听大喜，站起谢恩，回过头来看看包大人："包拯，还不领旨谢恩？"

包大人往上叩头："臣遵旨，谢陛下，万万岁。"

这一下可急坏了太师以及他的同党，庞吉往前跪爬了半步："哎哟！万岁，使不得，使不得呀！我儿死得冤枉，请陛下给我儿报仇啊！"那些奸臣也不起来。

仁宗大怒，把龙案一拍："庞吉你真是不知好歹，张口给你儿报仇，闭口给你儿雪恨，难道朕就不着急吗？我现在在干什么？这不告诉包拯认真调查此案了吗，调查的目的还不是缉拿凶手给你儿报仇雪恨吗？你还在这儿胡说什么，还不给我退下！"

庞吉碰了一鼻子灰，没办法，站起来："臣谢恩。"

但是这庞吉心里不服气，眼珠一转想了个主意："万岁，臣还有本上奏。"

"讲！"

"万岁，既然让包拯调查，也该有个期限，没有期限，凶手岂不逍遥法外？有道是迟则生变，凶手要是跑了不就没有报仇的机会了？请陛下限定一个日期才是。再说如果罪犯真是白芸瑞，那白芸瑞要跑了怎么办？臣十分担心这件事情。”

皇上一听，老庞吉说的也不是一点儿道理没有，今天驳了他的面子，就够他受的了，如果他提的这个要求还不答复，显得有点儿过分，便说：“包拯！”

“在！”

“方才太师所奏也有道理。在调查此案的时候，假如白芸瑞跑了，唯你是问。”言下之意是白芸瑞要跑了，让你顶账。

包大人明白，赶紧施礼：“臣记下。”

“另外此案不能拖得日子太长，朕给你一月期限，这一月之内把案情调查清楚便罢，超过一月，你就不必调查了，白芸瑞就是罪犯，按律处置。”

“臣遵旨。”

老太师这才长出了一口气，这次上殿总算没有白来。

皇帝仁宗问大家：“卿等还有何本章？”文武互相看看全都摇摇头。皇上一看，没事了，把龙袍一抖，这才退殿。

文武百官目送皇上起驾走后，这才退下八宝金殿，纷纷回府。八王千岁赵德芳把包大人给留下了，君臣二人来到东朝房，八王千岁拉着包大人的手，推心置腹地问：“包爱卿，我且问你，你看白芸瑞到底是不是凶手？”

包大人闻听一皱眉：“回千岁，现在还很难断定，我认为芸瑞不可能干这种事儿。”

“这就好了。包大人，你看得很清楚，方才我奏上一本，实际上就是在保你和白芸瑞，无形中我就成了保人，将来如果调查出来真是白芸瑞，我也会名声扫地。因此，我非常关心此事，望包大人抓紧调查才是。”

“千岁放心，臣一定尽心竭力去做。”

“好！别忘了，随时随地派人给我送信儿，不然，我连觉都睡不好。”

“臣记住了。”八王说完，起驾回安庆宫。

包大人回到开封府，在府门外下轿，径直赶奔书房，稍坐片刻，吩咐一声：“请各位校尉。”

时间不长，蒋平、展熊飞、房书安等人纷纷来到。大伙儿一看包大人的气色，就知道遇上不愉快的事儿了，蒋平斗着胆子躬身施礼：“请问相爷，万岁开殿所问何事？”

“哼，还用问吗！太师庞吉把我给告了。”

“是吗？告您什么？”

“说我寻找借口，包庇白芸瑞。”

“万岁怎么说？”

“万岁圣明，给我一个月期限调查此事，如果一个月之后仍然找不出凶手，那白芸瑞就得掉脑袋。”

“啊？”众人听完无不吃惊。展熊飞往前走了一步：“相爷，那您打算怎么办？”

“有什么办法呀，只能认真追查。你们下去之后把人分派一下，清查户口，捉拿可疑之人，务必在一月之内破获此案，不得有误。”

“嗻，谨遵大人堂谕！”

众人从书房退出来，回到校尉所，由蒋平和展昭主持召开了一个紧急会议。蒋平根据案情，下达了命令：一、寻找貌似白芸瑞的人，只要是白脸堂，二十岁左右，穿白挂素者，你们要留神注意；二、吩咐众人，化装改扮，到酒馆茶舍、庵观寺院、相国寺等热闹地方去调查情况。蒋平和展昭也没闲着，一人领着一拨，众人离开开封府就分散开了。这帮护尉不管是黑夜白天还是晌午半夜，东跑西颠，认真调查，光嫌疑犯就抓了二十多人，结果经过审讯，一个都不是，只得把人家给放了。这案子真像大海捞针一样不容易破。光阴似箭，日月如梭，包大人越来越忧心，他一算计再过五天要是还调查不出结果来，白芸瑞的小命就保不住了。为此，他忧心忡忡，茶饭不思，每天背着手在书房来回转悠，随时随地都盼望有好消息，无奈，盼了一天又一天，都是毫无结果。

除了包大人着急之外，八王千岁赵德芳也着急。八王千岁心说：包拯，你可不对，那天散朝，我在朝房里，亲自向你交代，要不断给我送信儿，怎么二十多天你也不派人给我送信儿呢？究竟案情发展到什么程度了？他实在忍不住了，就让安庆宫的一名总管，上开封府去打听此事。这位总管骑着马，一阵风来到开封府，见到包大人，把来意说明。包大人无可奈何，怕跟这总管说不清楚，不如当面向八王启奏。

他问身旁的李才：“校尉所何人值班？”

“奴才去看看。”李才出去时间不长就回来了：“回相爷，今天值班的是房书安房校尉。”

“让他进来。”

"是！"不一会儿，李才把房书安给领来了。

细脖大头鬼满身官服，挂着绿裤子腰刀，来到书房里，向包大人躬身施礼："卑职参见相爷。"

"书安，今天是你值班？其他校尉哪去了？"

"奉大人堂谕，都分头调查凶犯去了。"

"好，书安，我命你跟随李总管赶奔安庆宫，面见八王千岁，把连日来所调查的情况奏明八王，不得有误。"

"遵大人的堂谕，我什么时候去？"

"现在就去吧。"

"是！李总管，咱二人走吧。"这位太监带着房书安就来到了安庆宫。太监先到里面送信儿，八王一听，开封府派来人了，心里安定了一些，就在御书房接见了房书安。房书安这是头一次进安庆宫，他一看，五步一楼，十步一阁，楼台殿阁，金碧辉煌，心想：这王府太气派了，这不就是皇宫大内吗？因此，肃然起敬，连大气儿都不敢出，跟着李太监来到御书房跟前。

等人家叫他进去，房书安正正帽子，抖抖衣服，挑帘，到里边就跪下了。他看上面坐着个人，这老头儿能有五十多岁，面如冠玉，五官端正。他想这大概就是八王赵德芳，于是急忙往上叩头："卑职参见王驾千岁，千千岁。"

"嗯？"八王一听，怎么这个味儿？鼻子堵着什么东西？"抬起头来。"

"谢王爷。"房书安一扬脸，把八王逗乐了。你想想，要是一般人能把八王逗乐吗？这也有失体统。但实在是忍不住了，八王一瞅这主儿，脖子细得像擀面杖，脑袋大得像倭瓜，饼子脸，杠子眉毛，菱角口，小母猪眼睛，还没鼻子，光剩下两个小黑窟窿。怪不得说话那么难听呢，心中暗想：就这种人，五官不全，怎么能在开封府当官呢？又一想大概此人有特殊的本领，不然包大人也不会用他。

八王千岁点点头："下跪何人？身居何职？"

"卑职房书安，万岁亲口加封五品带刀御前校尉。"

"免礼平身，看座！"

"在王驾面前，卑职焉敢坐下？"

"不必多礼，坐下好讲话。"

有太监把椅子搬过来，房书安这才坐下，把头一低，两手放在膝盖上，大气儿都不敢出。

八王千岁微微一笑："房校尉，你不必拘束，我们不是在朝堂上议事，这是在私下里闲谈，越随便越好。"

"谢千岁！"房书安偷眼一看，这八王千岁挺随和，所以他就不那么紧张了。八王千岁吩咐一声，太监又给房书安端来茶水，他就感觉到更自在了。

八王千岁问他："房校尉，依你看，这凶手究竟是谁？难道说白芸瑞真能干出此事吗？"

房书安一想：在这个场合有话不能不说，因为八王千岁在大宋朝举足轻重，有时说话比皇上还算数。于是他壮了壮胆子，站了起来："回千岁的话，小人斗胆，谈谈我自己的看法。"

"好！你要说真话。"

"千岁，玉面小达摩白芸瑞绝不可能杀人。他绝不是凶手，我敢以人头担保。他不会干那种缺德事儿。"

"理由是什么？"

"理由多了。一是他人品好，我跟白芸瑞打交道半年多了，我发现他一举一动，一言一行，都是光明磊落，尤其是他不近女色，一团正气。如果说他是伪装的，也可能，但猫盖屎的事儿，早晚他得露馅儿。我们这号人闯荡绿林几十年，眼睫毛都是空的，见着人一看就能猜个八九不离十，所谓见其外观其内，见其面知其心。白芸瑞素日端正，他不可能干那种缺德的事儿。二是时间不对，白芸瑞跟我赶奔太师府赴宴，参加三国舅的婚礼，我俩形影不离，白芸瑞根本就没看见新娘是什么模样，他怎么能顿起歹意，跑到新房去调戏她呢？最重要的是，我们在后花园看戏的时候，来了个人自称庚四，把白芸瑞领到四喜堂，一直待到三更天才离开，就是在这段时间，有人大闹新房，三国舅被杀，这怎么可能是白芸瑞呢？他又不会分身术。依我看肯定另有其人，那人的五官相貌可能长得极像白芸瑞，李玉秋也没说瞎话。可长得像不等于是啊！故此，我们包相爷才要从长计议，认真调查，这有什么不对？要是到了一个月期限，把白芸瑞一杀，连我都不服气，开封府的差官也都不会服气，那就叫错杀了好人，漏掉了坏蛋。"

八王听完，心里十分痛快，但他一算计日子，已经过去了二十五天，这案子还是没有头绪，便心情沉重地打个咳声，说道："书安啊，既然你认为白芸瑞受了冤枉，可能有第二者插手，那这第二者是谁呢？他在哪里？我们怎么才能把他抓到？你有什么好办法没有？"

“这事难啊，您想，他刀伤人命，多半远走高飞了，即使没走，那也是不放心，藏在什么地方探听消息，等白芸瑞死了，他的心才能放下，要真是这样，还能把他抓住。不然的话，那真是大海捞针，谁也没招儿。”

“书安，据我所知，很多清官善于私访，据说在私访中能破奇案，你们包大人年轻时做过定远县的知县，那时他多次私访，每次外出都有收获，有这个事吧？”

“那是有的，不光是我们包大人，历代清官大多如此。”

“只因还有五天期限，孤坐立不安，我也打算便衣私访，你能陪我一起去吗？”

“嗯？我？”房书安一愣，心想：这事儿可不同一般，八王千岁是皇上的亲叔叔，相当于一国的太上皇，他老人家私访要我陪着，万一有个马高蹬短，出点儿意外，我受得起吗？就算把我的骨头碾碎了，也负不起这个责任呀！故此，房书安没敢表态。

八王明白他的心思，就说：“你放心，不会有什么差错，咱们头上既没贴签儿，也没写字儿，外人怎会知道我是八王？即使认出我来，他敢对我下毒手吗？即使遇上个不怕死的亡命徒，你武艺高强，我也会安然无事。”

房书安一听，心想：我的娘呀，八王把我捧得也太高了，我的能耐在哪儿呢？在开封府就数我饭桶。可他还不愿意这么说，就琢磨着说道：“那好吧，不过，王驾千岁，咱们可出去一会儿就回来，耽搁时间长了可不好办。”

“好，就依你的话办。”八王千岁让房书安等着，自己转身奔内宫去了。时间不长，他化了装，头戴一字冠巾，顶梁门安着块美玉，脑后飘着两根飘带，身穿灰袍，白护领，白水袖，腰系蓝丝绦，白布袜子，千层底儿布鞋，手里还拿着一把折扇，怎么看怎么像个教书先生，跟刚才大不相同。

房书安看罢，拍手叫绝：“哎呀，王爷，您还真有两下子，您这一化装，连我都认不出您了，这样走到街上，我还能放心点儿。不过王爷，您等着，我也回去换换衣裳，这官服太显眼，等我换上便服，再来接您。”

八王一再嘱咐他向谁也别吐露一个字，房书安离开安庆宫，一溜烟跑回开封府，他把箱子打开，取出便装，脱下官服，装扮完毕，把自己那把一尺二寸的片刀背在背后，跟谁也没打招呼就又要走。临走时，两个衙役看到他问：“房爷，你这是……”

“我去调查案子，有人找我，就说我一会儿就回来。”房书安晃着大脑袋二次来到安庆宫，君臣二人接上头儿，就从后院的角门出了安庆宫。

只有安庆宫的大总管宁总管知道这事儿，但他也不敢阻拦，只说了句："掌灯前，王爷一定回宫。"于是八王和房书安就这样出了安庆宫，转过红十字大街，来到了棋盘大街。

当时的东京繁华得很，那真是天子脚下，大邦之地，三街六市。这棋盘大街是热闹的商业中心，买卖都集中于此，街道两旁全是金字牌匾的买卖、酒楼、饭庄、浴池、戏园子、珠宝店。但八王没心思看这些，只是跟房书安转悠来转悠去，寻找那个长相跟白芸瑞相似的人。他们看见了不少漂亮小伙子，但没有一个像的。

走出棋盘街时，房书安见身边没人，就压低声音说："王驾千岁，您该回去休息了，这趟街八里地，咱来回一趟就是十六里啊！"

"我这会儿正在兴头儿上，并不觉得累，咱们再往前溜达溜达，陪我到相国寺走走，我听说那里三教九流、市农工商、回汉两教、僧门两道样样俱全，那个地方最为复杂，咱到那里去调查调查。"

房书安心说：看来八王还挺内行，对相国寺还挺了解："好吧，咱再去那儿转转。"

君臣二人就又溜达到相国寺。这相国寺是东京第一名胜，最热闹，也最复杂，曾多次发生过命案和抢劫案，什么人都在这里出出进进，房书安为此倍加警惕。

第六十六回　相国寺八王白日失踪　开封府包公深夜审案

赵德芳在房书安的陪同下来到相国寺。这相国寺在当时是京城最大的一处名胜，也是最热闹、最繁华的一个场所，市农工商、三教九流的人都来这里溜达。相国寺不仅庙宇建筑得宏伟、气派，也是一个五方杂地，什么说书的、唱戏的、要把式的、卖艺的、卖大力丸的、算卦测字的、卖各种吃喝的应有尽有。

八王千岁曾多次到相国寺进香，对庙宇和神像他已经不感兴趣，就在正殿的前面绕着庙宇来回溜达，主要是看往来的行人中有没有可疑分子。房书安暗中捏着把汗，在后边紧跟不舍，恐怕八王出一点儿差错。他们正溜达着，就见前面围了一伙人，还不住地鼓掌喝彩。

八王千岁想看看是怎么回事，就挤进了人群观看，原来里边有一个练功的，正在练气功和硬功，地下堆着不少条石和鹅卵石，还有几块砖。这条汉子身高八尺左右，三尺多宽，人前一站就像一座石碑，长得是敦敦实实。此人光头没戴帽子，挽着牛心发髻，由于练功练得天庭有些发秃，只有转圈有头发，面如青蟹盖儿，两道刷子眉，一对环眼，大鼻子头，鲢鱼嘴，满嘴的大黄板牙，光着膀子，露着一拃多长的护心毛，胳膊粗的像房顶的椽子，大腿粗得像房梁，穿着多爪麻鞋，打着鱼鳞裹腿，大衩蹲裆滚裤，腰里扎着一巴掌宽的犀牛皮带，在人群里嚷嚷着："诸位，方才我练的不算什么，凡是学艺的人几乎都会，称不上绝艺，只要大伙给我赞好助威，我还会练几手绝活儿。学得好您给我叫个好，不好就拉倒。假如您有闲钱的话，给我两个打酒喝，那当然是再好不过了。没有就算了，咱们只当开开心，取取乐啊！说练就练，众位赏脸。"

说着话，他从石头堆里挑出一块鹅卵石，好像大鹅蛋似的。他拿在手里掂了掂，“众位看见了吗？这块石头没有二斤重也差不多，哪位不信来掂量掂量。”

有个年轻人跑进去接过来把石头掂了掂：“我看二斤还多。”

“众位，我要拿这石头砸我的脑门儿，这就叫油锤贯顶啊。你们光听说过，不见得都见过，可我练的就是这种功，看看我的脑袋硬还是这块石头硬。大家上眼，嘿！——”这家伙说着话，又晃脑袋又甩胳膊，骑马蹲裆式站好了，拿着鹅卵石对准脑门子，抡开胳膊“啪”就是一下。吓得八王千岁一闭眼，再看脑袋上一点损伤也没有，鹅卵石却被砸成六瓣！众人是一阵喝彩：“好啊！”

“真是好功夫！”连八王千岁都给他鼓了两下掌。

房书安一看，这小子还真有本领，可他是哪来的呢？看这人满面凶气和奸诈，绝非善类，房书安就对他注意了。

再说这人拿块布把脑门子擦了擦，仰面大笑。“哈哈哈，各位，我可献丑了。那位说你就练这些吗？不！刚才我说了，练几手绝活儿，但是我先喘喘气，顺便求几个茶钱。如果您方便的话，就赏给我俩钱儿，哪位赏脸呢？”还真有给钱的，“哗”把钱扔到里边，有扔两个铜钱的，有扔五六个的，也有扔大钱的，眨眼之间就扔了一地。这人一看，咧着大嘴乐了，“谢谢！谢谢！谢谢！”说着话就哈腰捡钱。房书安一看，捡了竟有一小箩筐。这位把铜钱搁在口袋里，然后一笑：“各位，我是从山东过来的，初次进京都，这京都乃是天子脚下霸王之地，藏龙卧虎啊，全国有钱的人都集中到这儿了，我就猜到看热闹的各位当中，百万富翁不少，怎么光给铜钱，没人给银子呢？可能是我没练好。这么着吧，我再练练，我这是拼着命练呢，一下气没运好，就能要了我的小命儿，您看在这个分儿上，也应当多给点儿钱。”

说着话，他一哈腰又捡起两块鹅卵石，比刚才的大了一倍，一手抓一个，照着他的脑袋和两肋就拍开了。“嘿！”“啪、啪、啪、啪、啪！”足足拍了一百多下，最后终于把这两块石头打酥了，变成了碎渣。人们一看，又是一阵喝彩声。这位乐呵呵地冲周围一抱拳：“这回没说的了吧？请您赏个方便吧。”

“嘿，我这给了。”

“给，接着！”

“吧嗒、吧嗒、吧嗒！”这一回观众给的钱比刚才增多了一倍。八王千岁一看，确实挺好，往兜里伸手一摸钱，傻眼了，心说：我只顾访案子，急于化装，出门连钱都没带。您说这奇怪吗？不奇怪，八王千岁乃是一国的太上皇，轻易不离开安庆宫，吃现成的，喝现成的，用不着他伸手拿钱买东西，所以他今天没带钱。他回过头来问房书安：“带钱了吗？”

房书安伸手一摸兜，把大脑袋一晃：“没有，我换衣裳着急，把钱落到府里了。”

八王心说：咱俩一对穷鬼。八王苦笑了一下，摇摇头，拉着房书安就想走，可刚要走，被里边练功的人看见了，这人瞅瞅八王，把嘴一撇：“老先生，您留步。”

八王一看叫自己，就没动：“什么事？”

“我说老先生，您可不对呀，您看了半天不但不给钱还要走，有点不仗义了吧？！要说您没钱我可不相信，瞧您穿绸裹缎的，这气派绝不像没钱的主儿，说不定是哪个买卖的东家，常跟人打交道，哪能连个人情都不懂呢？老先生，怎么着您也得给我留两个茶钱吧？”

他一伸手要钱，把八王千岁给难住了。赵德芳脸一红：“壮士，实在对不起，今天我出门办点急事儿，一时疏忽没带钱，如果我要带了，最少得给你二十两银子。对不起，对不起。”

“啐！众位听见没有，这老头儿瞎话说得挺好，许了个空头人情，我就不信你挺大个活人出门不带钱，我翻翻。”过来伸手动脚的就要翻八王。

八王千岁身上别的没带，只带着一个贵重的东西，就是玉玺。说是玉玺，不是玉的，是颗金印，上边有安庆宫的字样，这要被他摸了去，不就暴露身份了吗？八王就左躲右闪，不让他搜。可这位伸手把八王的带子给抓住了，非搜不可。

哪有这么办事儿的，人家有就给，没有就拉倒，哪有伸手掏人家钱的？房书安在旁边急眼了，过来把巴掌抡开，不容分说，照这位后脑勺“啪”就是一掌。可那位没怎么样，倒把老房震的手像火烧似的：“哎哟，哎哟哟！”

那位被打得一愣，转过头来怒目而视：“哎，你为什么打人？”

“我打你，打你是轻的，你小子吃过人饭吗？有道是家有万贯还有一时的不便，我们掌柜的出门办事，一着急没带钱，我也没带，把道理都跟你说了。我们给你钱是人情，不给你钱是本分，哪有你这么伸手要钱的？我看你快赶上强盗了，你再无理取闹，我送你到衙门按律治罪。”

房书安一说这话，把这小子给气急了：“呵，到底是京城的人啊，张嘴衙门，闭嘴法律，我犯法的不做，犯病的不吃，你凭什么动手呢？今天我打你个王八蛋。”说着，照房书安就来了个通天炮。

房书安往旁边一闪身，使了个金丝缠腕，抓住他的手腕子，底下使了个扫堂腿，再看这位练功的，“扑通”一下摔了个嘴吃屎，周围的人全乐了。房书安一看愣了，心说：瞎猫撞个死耗子，我记得我从来没打过胜仗，今天这是怎么回事？对了，长能耐了。自从我到了开封府，老跟我干老儿徐良在一起，现在又跟我老叔白芸瑞在一起，常言道：鸟随凤飞，人拜贤良品格高，这话一点儿不假，我跟侠家在一块儿，不是侠家也差不多了。

房书安美了，可这位摔了跟头的不干了，站起来“哇哇”咆哮：“好小子，我跟你拼了！”伸出两手就抓房书安的肩膀。

房书安来了劲儿，也不知从哪儿想起来的绝招儿，使了个黑狗钻裆，从这位裆下钻了过去之后，房书安把大脑袋一晃，对准这位的屁股一顶，那位站立不稳，“扑通”又摔了一个跟头。把房书安乐的双手都拍不在一块儿了。他只顾高兴，没想到的一场大祸就在眼前，就见人群中蹿出七八个人来，从袖筒里摸出哨棒短刀，过来就把房书安围住，抡棒就砸，举刀就刺。

原来他们和练功人是一伙的。他们从山东来到东京汴梁，恐遭人欺负，就结帮成伙。一个练功的，其他人就混杂在观众之中叫好助威。这伙人一看领头的挨了打，“呼啦”一下就把房书安给围住了。老房一看要吃亏，便把片刀拿出来：“你们要造反怎么的？我看你们哪个敢动我？”这伙人不理睬，一个劲儿地往上冲，房书安使了个缩颈藏头，又使了个反背藏花，飞起一脚蹬倒了一个，抡起一拳打倒一个，用刀背打伤一个。

正打着，巡逻的小队过来了，这是五城兵马司派出的队伍，专管维持治安。看到前边出了事，他们就奔这边来了。一看官兵来了，这帮亡命徒四外奔逃，如鸟兽散，官兵一个也没抓着。有个官兵眼不好使，过来把房书安给抓住了：“好小子，你在这儿带头起哄，扰乱治安，把他带走！”

房书安用手一推：“你把眼睛翻开看看我是谁？”

“你是谁？”

“瞎了你的狗眼！”房书安说着话，把怀里的开封府龙边信票拿出来，往前一递，“你瞅瞅这个。”

当兵的接过来一看傻眼了，原来是开封府的校尉老爷，五品带刀御前校尉房书安，吓得他赶紧把信票交还，冲着房书安一乐：“对不起，闹了半天是房大老爷。”

“我在这儿抓差办案呢，让你们给搅了，这还了得，往后可得注意！”

“是！是！是！”小头目不住地向房书安道歉。房书安一想：他们是吃这碗饭的，再说他们也不知道我是谁呀？因此冲他们一摆手，把巡逻的小队放走了。转回身对八王说：“我……”就见八王千岁是踪迹全无！房书安的脑袋“嗡”的一声，顿感天旋地转。他东瞅瞅西看看，都没有，他就东一头西一头地找开了。一会儿的工夫，他围着相国寺转了八圈，也没见着八王千岁的影子。房书安心说：可要了我的命了，我的老爷子，您怎么不打个招呼就溜了，大概是回安庆宫了。房书安一边擦汗，一边向安庆宫飞奔。

房书安没敢走正门，从角门进去，宁总管一见他这样儿，愣了：“这不是房爷吗？您怎么回来了？我们王爷呢？”

“你们王爷没回来？”

“没有啊，不是跟你一块儿走的吗？”

“哎哟，可要了我的命了！”房书安二话没说，又回到了相国寺，里里外外连喊带叫，结果日头西转，也没找见八王。房书安回到了安庆宫，他知道此事不能隐瞒，就如实地向宁总管讲了一遍。

宁总管一听：“哎哟，可坏了！八王失踪，肯定是凶多吉少，你我都活不成了。”

“谁说不是？我得赶快回开封府送信儿。”房书安跑进开封府，进门就喊：“诸位，坏了！八王失踪了！”这一喊惊动了开封府的各位校尉。

小五义、小七杰、各位英雄都从校尉所跑了出来。蒋平过来“啪”地就是一巴掌：“我说你吵什么，不怕惊动包相爷吗？”

“哎哟，我的爷爷，可了不得了，八王千岁丢了！”

“八王丢了，你怎么知道的？”

房书安就如此这般地把一天的经过说了一遍。蒋平一跺脚：“嗨！这才叫一波未平一波又起呀！白芸瑞的案子未破，八王又丢了，真是火上浇油啊！房书安你可坑死我们了，你逞什么能耐？谁让你保八王千岁出门，你有那本领吗？王爷要是有个三长两短，你要负全责！”

这一喊也惊动了包大人。包大人把房书安叫进书房，房书安往地上一跪，一边说一边哭。包大人埋怨八王千岁：“八王爷，这可是您的不对了，您是什么身份，怎么能私离安庆宫，连个招呼也不和我们打呢！这事房书安有不可推卸的责任，但不是主要的。事到如今，只有寻找八王，然后启奏圣驾。”开封府的人一晚上也没睡觉，清查户口一直折腾到天亮，结果也没找见八王的下落。

到了第二天，包大人感到事情非常严重，上轿赶到八宝金殿，见了皇帝仁宗，说明了事情的经过。仁宗一听大吃一惊，心说：王叔啊王叔，千不该万不该，您也不该去私访呀！我手下要文有文，要武有武，用得着您吗？但事到如今再急也没有用了，皇上马上降旨：命文武衙门紧急调查，务必在三天之内把八王找着。

包大人领旨下殿，回到开封府往书房一坐，愁肠百转，心说：按倒葫芦瓢又起，白芸瑞的案子还没有完，现在八王又失踪，这叫我怎么查找呢！包大人把蒋平、展熊飞、小五义、小七杰、办差官找进书房，开了个紧急碰头会，让他们白天到酒馆茶舍听大伙说些什么，找嫌疑犯，晚上加班巡逻，清查户口。两天过去了，连个贼影儿也没见着。到了第三天的晚上，包大人睡不着觉了，心想：明天又是万岁早朝的日子，我去见驾，干脆把乌纱帽一摘请罪吧，我已竭尽全力，实在是无能为力了。包大人下了决心，就坐在书房两眼发直，各位差官也急得团团转。蒋平、展熊飞看见包大人的样子，心如刀绞，有心过去安慰几句，又找不到恰当的言辞，我们这伙人闯荡江湖几十年，专门捕盗抓贼，现在还没有抓住贼，有什么脸见包大人呢？

房书安比别人还着急，他想我要是劝劝八王，就不会出这种事了，虽说皇上没怪罪我，包大人也没审问我，那是时候不到，明天是最后的期限，倘若找不着八王千岁，皇上动怒，我还活的了吗？房书安心里的懊悔就甭提了。不行，还有个腻烦事儿，这两天他因为着急上火，吃不好，睡不好，肚子也不好了，一天跑八回厕所，拉得他腰都直不起来了。这阵儿，他感到肚子拧着疼，就提着裤子往后院跑，到了厕所蹲着正方便呢，突然发现眼前有个黑影一晃，他怀疑是自己眼花了，“唰”又一个黑影过来了。房书安这回可看清楚了，心说：放着道不走，跑房上干什么，肯定是外来人。他赶紧把裤子提上，顺着胡同跑出来，站在东房坡上，仰着脸往房上看。就见两条黑影在房上爬了一会儿，“腾，腾，腾！”就直奔前厅。

房书安眼前一亮，心说：这两个贼跑来干什么呢？最好把他们抓住，只要撬开他们的牙关，准能审出实情来。想到这儿，房书安见这两条黑影到了包大人的书房，趴在房上不动了。房书安没露声色，假装系裤带，一边走一边念叨着：“人吃五谷杂粮，不知哪口不对就闹肚子，哎哟，疼死我了！”说着进了书房。

屋里静悄悄的，包大人仍然两眼发直望着南墙，别的人都垂手站立低头不语。蒋平一看房书安进来了，就狠狠地瞪了他一眼。房书安没有理会，凑到南侠身旁，南侠刚想开口，就被房书安拽到了耳房。南侠问："什么事儿？"

"我说展爷，来贼了！"

"啊，在哪儿？"

"就在咱头顶上呢！"

"你看清了？"

"一点儿都不错。还是两个人呢，正在房上听咱们说话，可别让他们跑了。"

南侠心里猛地一颤，心说：现在我们是找不着贼，没想到贼自己来了，岂能让你逃走。南侠到了前屋，一拽日月飞行小太保钟林和蒋昭蒋小义，把他俩叫进耳房耳语了一番。

小哥儿俩一听，把眼睛都瞪圆了："您说咋办？"

"马上就去抓贼，你哥儿俩现在就出去，先把他们稳住，从房上把他们踢下来，我在底下领人抓他们。"

蒋昭心想：房书安是上厕所发现的，我们也上厕所。蒋昭回到前厅，待了一会儿，冷不丁用手一捂肚子："哎哟，坏了，我这两天怎么也闹肚子啊，我去个厕所。"

钟林一听，也一捂肚子："我跟你做个伴儿。"俩人出了书房，到了厕所没脱裤子就蹲下了，蹲了一会儿估摸着把贼稳住了，俩人就出来了。来到后墙，小哥儿俩甩掉英雄氅，脚尖点地"噌"就蹿上包大人的书房，俩人蹑手蹑脚，爬到房脊上探身往前房坡一看，房书安说的不错，趴着两个黑影，正在房檐上往屋里看，两个贼的距离不到五尺。钟林和蒋昭一换眼色，钟林奔左，蒋昭奔右，脚踹房脊把身子射出来，这招叫"狸猫捕鼠"，伸手冲着两个贼的脖子掐过来。说时迟，那时快，正好掐着，房顶有下坡，一人掐一个"啪、啪"就从房上摔下来了。摔下来后，就在他们撒手护五官的时候，这两个贼真是厉害，使了个"鲤鱼打挺"，跳起来就跑。这时南侠跳到天井，抬脚就踹倒了一个。蒋平上来抱住了那个小子的腿："站住！""扑通"那个小子也摔倒了。紧接着各路英雄全部冲出，不由分说拳打脚踢，把两个贼反膀臂绑起来，南侠和蒋平进屋禀报包大人。

包大人听见院里"扑通、扑通"打了起来，不知是怎么回事，蒋平、展熊飞进屋来向相爷说明经过，包大人点点头："快把他们带来！"借着灯光一看，两人并不大，大的有二十二三岁，小的二十岁左右；大的红脸，面如晚霞，两道刷子眉，一对大环眼，通贯鼻梁，方海阔口，头上是绢帕罩头，身穿夜行衣，打着丝板带，斜挎百宝囊，背后背着刀鞘，看上去鼻青脸肿。小的是白脸，也是一身青色夜行衣，绢帕裹头，发髻蓬松，再仔细看，已成了独眼龙了。两人满身是土，胸脯一起一伏的，在包大人面前怒目而视。

包大人一看，这两个人事关紧要。倘若他们与八王失踪有关系或和白芸瑞一案有关，那我们就抓着了，必须撬开他们的嘴。包大人向来稳重，可今天有点激动。只见相爷把茶几一拍："听着，你们是什么人？谁让你们来的，黑夜之间赶奔开封府偷听我等谈话是何用意，从实招来！"

"说！"

"说！"

"你哑巴了吗？"

艾虎蹦过来冲他们就是几脚，把两人踹趴下了。有人架起他们又是几巴掌，这俩小子还挺硬，把脑袋一甩什么也不说。

包大人第二次拍茶几："我问的话听明白了没有，为什么不回答？"俩小子一扭脸，仍不说话。刘士杰一看："相爷，这种人都是贱骨头，你跟他说没用，就得揍！"刘士杰拿一条鞭子，沈明杰拿一条，"啪啪啪……"把这俩小子打得皮开肉绽，鲜血直流。

开始这俩小子还咬牙顶着挺英雄，到后来可就受不住了。包大人心想：揍死就问不出口供了，所以相爷摆手制止："你们两个说不说？为何夜探开封府？你们如果不说，本阁可要动大刑了！"

两个人还是不言语，死也不开口。

包大人一看这两个东西刁蛮、顽固，顿时火了，叫来三班人马动大刑，给两人压杠子，这一压两人就昏过去了。包大人一看，这可怎么办呢？这事不能隐瞒皇上，赶紧换了朝服，赶奔八宝金殿，见皇帝仁宗述说经过。

皇上一听，虽说期限到了，可抓住了贼，正在审讯中，可以缓期一下，这才降旨让包大人务必撬开他们的嘴，问个水落石出。包大人领旨下殿。

第二天晚上继续审讯。这两个小子真够横的，从昨晚挨揍至今就是一字不说，把蒋平急得真魂出窍。这时，房书安过来了："四爷，您过来一下，我有事儿跟您说。"

蒋平就跟他到了没人的地方："什么事儿？"

"我有一个办法能撬开他俩的嘴巴，不知四爷乐意不？"

"说吧，小子，我知道你鬼点子多，你说怎么办吧？"

"看来，得演苦肉计，不用苦肉计不行，我想这么办……"

四爷一听，这招儿还真高："不过你小子可要受苦了。"

"看四爷说的，我的罪大了，要是能把八王找回来，把我老叔白芸瑞救了，就是搭上我的命也值得。"

"好吧！我得和相爷商量商量。"

"我是下决心这么干了，请四爷在包大人面前美言几句。"

"好，你等等。"蒋平对包大人把房书安的苦肉计说了一番。包大人先是皱眉，经过考虑也就同意了。

这天晚上，包大人升堂把两个贼人提上来，继续审讯，二人就是不言语。蒋平喝道："打！往死里打！"顿时鞭子、棒子全上来了，打得二人是头破血流。

房书安一看从旁边过来了："众位，抬抬手，哪能这样打人呢？这也太残忍了。"

蒋平一愣："房书安，审问犯人理所应当，要是他们说了实话，我们自然不打，从昨天到今天他们如此刁蛮，不打能老实吗？少管闲事，滚开！"

"四爷，我并不是包庇他们，这人有怕打的，有不怕打的，我看这两个人就不怕打，您打死也没用。看这两个人年纪轻轻的，弄个断胳膊断腿的多可怜呀，您高抬贵手吧，别这么打了。"

"放屁！"蒋平回手就给房书安一巴掌，"你插什么嘴，当初你还不是个贼吗？后来才投靠开封府，不管你现在当什么官儿，你也是拆了茅房盖楼——臭底儿，滚开！"

"蒋平，你是开封府的官儿，我房大爷也是呀，张口贼长，闭口贼短，当初你不也是贼吗？你比姓房的强不到哪儿去。"

"好小子，你想以下犯上啊，把他吊起来给我打！"

众人上来把房书安吊起这顿打啊，两个贼看见把眼都闭上了。眨眼之间把房书安的衣服就抽开花了，房书安一声没哼，最后背过气去了。包大人急得直拍桌子，吩咐道："退堂，把他们一起收监。"

两个贼寇被打入开封府的死牢，往草地上一坐，想想刚才的事情，真是触目惊心！心想：房书安啊房书安，你真没意思，要当绿林就当到底，何必半道改行呢，别看你到了开封府，人家还是瞧不起你，结果不是吃亏了吗？活该，谁让你背叛绿林，这是叛徒的可耻下场。他们正想着，就听外面一阵杂乱的脚步声，狱卒把门打开，拖进一个人来，往地上一扔，两个贼人上前一看，正是房书安，只是满脸是血，呼吸急促，痛苦不堪，好半天才喘过气来，睁开小眼睛，往左右看看这两个贼人，就往墙上一靠，摇头不语。两个贼人也没理他，这天晚上就这么过去了。

第二天天刚亮，蒋平来查监，进了门往房书安面前一蹲："房书安，你要承认昨晚你以下犯上罪有应得，我可以到包大人那里给你美言几句，你可以官复原职，如果你坚持不改，那可有你的亏吃，你想得怎么样？"

房书安一晃脑袋："房大爷早就后悔背叛绿林，到开封府给你当了狗，我还没说什么，就挨你们一通揍，我房大爷活了这些年活够了，杀剐存留任其自便，要让我认错，没门儿！要想让我官复原职，就叫包黑子亲自来请，你蒋平还得给我磕一百个响头，不然，没完！"

"好！你等着，今天晚上扒你的皮！"蒋平一跺脚走了。

这时，该吃饭了，给两个贼人的饭还不错，房书安喝了一口菜汤，就把碗搁下了。那红脸的贼人把自己带肉的碗递给房书安，房书安看了看没动。"吃点吧，肚子好有底儿，挨打的时候能挺住。"

房书安勉强喝了一口，这两个贼人实在忍不住了，凑到房书安面前："哎，如果我们没认错的话，你是细脖大头鬼房书安，对不对？"

"是啊！"

"当年你还占过叠云峰青松狼牙涧，当过四寨主，对吧？"

"一点儿不差，你们怎么知道？"

"我们是听师父说的。"

"你们师父是谁？"

"那你就甭问了，现在不是谈这个的时候。"

"好啦，好啦，我这人喜欢干脆利索，别吞吞吐吐的，我懒得和你们说话，我要睡觉了。"说完房书安倒头就睡。

到了晚上，三个人正靠墙坐着，就听外面一阵响动，蒋平又来查监了。那狱卒一声高喊："罪犯听着，四爷查监，你们作好准备！"

第六十七回 翻江鼠演苦肉计 房书安探莲花观

大头鬼房书安正在受苦，蒋平领人来探监了。借着昏暗的灯光，房书安看了他一眼，脑袋一歪，“哼！”两个贼人在一旁看得真切，瞪眼看着不知蒋平今晚来有什么事。

蒋平没理那两个贼，径直来到房书安面前：“房书安，想得怎么样了？”

房书安看看他：“我想什么？”

“想什么？叫你想想你犯了哪些罪，只要你给包大人和校尉官们认个错，就可以从轻发落，现在就给我答复，你是愿坐牢，还是愿出去？”

就见房书安坐直了身子，狠狠地啐了一口：“姓蒋的，少在我面前卖乖，我早就看出你们三侠五义不是东西，你们抱成团排斥外来人，自从我来到这里，为你们办了多少事，你们全拿我当狗使。我就说了那么两句话，你们一伙就串通起来给我上酷刑。你们这些豺狼之辈，房爷我怎能和你们共事？我早就不想干了，你们想怎样就怎样，我这一百多斤也豁出去了，让我认错，没门儿！除非日出西头。”

“好小子，看来你是贼性难改呀，这么劝你你也无动于衷，今儿我先出出这口恶气，拿鞭子来！”蒋平接过狱卒的鞭子，照着房书安“啪、啪、啪”一阵乱抽，把房书安打得就地翻滚，一阵乱叫。“小子，服不服？不服，还打！”

后来把房书安打得实在没法了：“好，我服了！我服了！我现在就认错怎么样？”

“好小子，你到底认错了，你认错，我就不打了。”

蒋平把鞭子交给狱卒，带着房书安就要走，房书安站起来没动地方：“哎，姓蒋的，你把我打完了还不解绳？这么着我可不走。”

“好，解开你也跑不了。”蒋平亲自给他解了绳，房书安擦了擦血迹，跟着蒋平就往外走。两个贼仍被绑着，靠墙而坐。就见房书安突然从蒋平背上抽出腰刀来，蒋平猛一回头：“你要干什么？”

“爷爷今天要宰了你！”只见房书安恶狠狠地照蒋平就是一刀，蒋平躲闪不及，正砍在肚子上，“哎哟”摔倒在地，鲜血一涌而出。狱卒一看转身就跑：“了不得了，房书安把四爷给杀了！”房书安提着血淋淋的大刀，来到两个贼人面前，把他们的绳子砍断，说道：“哥们儿，快随我逃命，走晚了就走不成了。”这两个贼人如梦初醒，赶紧从地上爬起来，跟着房书安转身就往外逃。牢头送信儿去了，牢门也开着，他们没费气力就逃出了大牢。房书安在前边领路，很快他们就跑到了西北角狱墙这儿。

房书安问他们：“你们能上去这墙吗？”

“差不多。”

“那你们可得帮帮我。”

“好吧！”说着两个贼一边一个架起房书安，同时一用劲儿，“唰”就蹿上墙头。

三人翻过狱墙，撒腿就跑，没等出了胡同，就听见后面人叫锣响：“坏了，有人越狱了！快追呀！房书安他们跑了！”吓得三人恨不得再有一条腿才好。他们使足了劲儿，转过棋盘大街，直奔风丘门，到这儿一看，城门已经关了，顺着马道上了城墙，往外一看黑乎乎的，就见那个红脸把腿一跨：“二位，我先下。”

接着那个白脸又下去了，两人在下边招呼房书安：“房爷，快下来吧，有我们呢！”

房书安是头一回干这事儿，他把眼一闭就下来了，幸亏有两人在下边接着，他没有摔着。三人游过护城河，撒腿就跑。

房书安紧跟着这两个人，跑出京城，直奔西头。一口气跑了二十多里，听不见后面的喊杀声了，这才喘了口气。往两边一看，左面是树林，右面是庄稼地，还有一片水塘，这三位也顾不得水脏不脏了，趴下“咕咚咕咚”喝了个饱，三人转身又进了树林，仰面躺在地上，闭眼在这儿休息。

昏昏沉沉过了一会儿，房书安一打猛坐起来：“二位，此地不宜久留，要是官兵追来，我们三人可就跑不了了，好不容易逃出龙潭，可别再进入虎穴，起来！快起来！”

这两个人慢慢站起来，看看后面没有追兵，俩人心里安定了，忽然想起一件事儿，还没谢谢救命恩人。就见二人把汗擦擦，往房书安面前一跪：“房爷，多谢您救命之恩，您就是我俩的再生父母，恩公请受我二人一拜！”说着话趴地上就磕头。

房书安连忙把两位扶起：“起来，起来，何必呢，咱们是同病相怜，我怎能不救你们呢？希望二位别往心里去。”

“哎哟，房爷，我们绝不能忘了您，我们的命都是您恩赐的。房爷，没想到，您跟开封府闹翻了。”

“嗐！有苦难言哪！只因一时脑袋发热进了开封府，我后悔极了。咱们先别说闲话了，你们二位赶快逃命吧！”

“那您呢？”

“我也溜达溜达呗，要让开封府的人把我抓住，非扒了我的皮不可，我得找个保险的地方躲躲。”房书安说完转身就要走。

这两个人互相看了一眼，小声说了几句，然后追上去：“房爷留步！”

“什么事儿？”

“我们问一句不该问的话，您有投奔的地方没有？”

“我一入开封府把原来的朋友全得罪了，恐怕没有容身之地了。”

“这话不假，那么房爷，您准备上哪儿？”

“没底儿，我想离东京越远越好。瞎溜达呗！”

“别！房爷，您听我们哥俩儿的，跟我们走算了。”

“跟你们走？上哪儿？”

“上我们那儿呗！保您平安无事，享受荣华富贵。”

“拉倒吧！你们是什么地方，就那么保险？”

“恩公，您先听我们说完，乐意去您就去，不乐意去我们也不勉强您，怎么样？”

“那你们二位就说说吧！”

“房爷，从这儿往西再有二十里就进山了，那地方叫西山坳，山坳里有一座古刹，叫莲花观，咱们就到那儿去。”

“莲花观？我倒是听说过，那儿你们有熟人吗？”

“当然有了，我们的人都在莲花观呢！”

房书安假装不懂：“你们的人？都是什么人？”

“房爷，您糊涂了，我们是绿林人，都是开封府的仇人，您到莲花观还有问题吗？”

“那儿都有谁呢？”

“恩公啊，咱们是一家人了，您别往外说，我们把底细告诉您。”

“你们要是相信我，就说吧！”

“好。莲花观有个观主，是我们哥儿俩的亲师爷。大概您听说过，此人人送绰号飞云道长，叫郭长达，是我们莲花门的总门长。除他之外，还有不少了不起的人，飞剑仙朱亮您知道吗？”

“老打交道。”

“朱亮就在莲花观。金掌佛禅听说过吗？”

“听说过。”

“也在莲花观，另外，白莲花晏风、八宝叠云峰青松狼牙涧的各位豪杰、阎王寨的各位好汉、陆家堡的各路英雄都在莲花观，凑起来有好几百人呢！难道还怕开封府不成？”

“你说的可是真的？”

“房爷，这可不是开玩笑，不信您跟我们去看看。”

老房心中暗喜，但脸上不露声色，反而一皱眉：“二位呀，我还是不去为妙。这么办吧，将军不下马，各自奔前程。你们走你们的，我走我的。”说着就要走。

这俩人把房书安拦住：“您有什么顾虑可以和我们说，您是恩公，有什么条件提出来，我们俩尽量满足。”

“你们是谁？能不能把名姓告诉我？”

“当然可以了。”那个红脸的一指自己，“我的绰号是陆地鲲鹏，叫刘天林，这是我的亲兄弟，叫小猿刘天亮，我们是陕西二间岭人，也是莲花门的弟子，郭长达就是我们的亲师爷。”

“啊，刘氏昆仲，幸会！幸会！我跟你们说，我想去又不想去。想去，但有顾虑。你们二位知道，我已投靠了开封府，就是咱们绿林人的死对头，这些绿林人把我恨透了，恨不能吃我的肉、喝我的血。你想想，他们能相信我吗？”

刘氏哥儿俩点了点头：“恩人哪，您说的有一定道理，我俩要不是亲眼看见您的所作所为，真是把您吃了都不解恨。但是通过这件事儿，您有悔悟的表现，这就是万金难买的。何况，您又在虎口之中把我们哥儿俩救出来，他们不相信没关系，我们哥儿俩可以介绍，另外，我们俩可以担保，一定会平安无事的，相反，您还会得到重用。”

“我看得出，你们哥儿俩都是老实厚道之人，也是英雄，就冲开封府那帮小子那样收拾你们，你们哥儿俩一字不吐，算有骨气的汉子，佩服！佩服！不过，我还是有点不放心，就凭你们的身份能保得了我？”

“恩公，您放心。郭长达是我们的亲师爷，我们是他老人家的亲徒孙，现在莲花观人虽多，但是我师爷说了算，只要把我们师爷说服了，别人不乐意也只能干瞪眼。恩公，您要乐意就快跟我们走吧！此地非讲话之所，咱们不能久待。”

“嗯，好吧！咱们就试试。不过，咱们丑话说在前面，人有脸，树有皮，我姓房的也是红脸好汉，绝不吃下眼食！要是到了莲花观他们小瞧我，说个不字，我转身就走，你们哥儿俩别说我不够义气。”

“房爷，他们不敢。哪个小瞧您，就是小瞧我们哥儿俩，我们也不答应。”

“好了，我感谢，那就走吧！”说着话，他们三人起身奔莲花观。可这两个贼哪里知道，他们三人走出树林不远，后面就有人跟上了，正是蒋平派来的。

刘天林、刘天亮带着房书安来到了西山坳莲花观。在东京汴梁开封府有两大名胜，一是东京大相国寺，二是这所莲花观。据说莲花观始建于东汉光武十二年，是道教的圣地。近年来，由于佛教盛行，把道教给顶了，一般的人也就很少到莲花观来了，就连房书安都没到过莲花观。

房书安他们来到莲花观前，抬头一看，正中央是一条山路，在眼前闪出石头排垒。从石头排垒过去，就是古刹庙宇莲花观。这庙已年深日久，但建筑十分宏伟，也极其坚固。正中央的山门上挂着一块横匾，蓝底儿烫金大字“刺剑莲花观”。观前还有两大排石碑，周围是原始森林，郁郁葱葱。他们转过山来到角门这儿，刘氏弟兄上前“啪啪啪”打了几下门环，就听里面有人高声问：“谁呀？”

“我，刘天林、刘天亮。”

“哎哟，二位回来了，听说你们摊上官司了，真没想到回来了。刘氏兄弟回来了！”一边喊，一边把角门打开。

里面出来一伙小贼，过来把刘氏兄弟给围住了，问长问短："你们二位怎么样？怎么回来的？"

"嗨！一言难尽。有话里边说，我师爷呢？"

"正着急呢！跟各位英雄议论你们哥儿俩如果今晚你们不回来，明天就采取行动，宁愿劫牢反狱，也要把你们救出来。"

刘天林、刘天亮一听，心里挺高兴，冲众位抱拳："各位，劳驾给我们禀报师爷一声，就说我们回来了。"

这些人一听就乐了："二位，还用禀报什么，就进来吧。"

"不，我们是没说的，身后这位是救命恩人，这得招呼一声。"这下，众人才看清，后边还有一位。有人往里报信儿，一会儿便出来了："二位，总门长有话，请二位和这位恩人进去。"

刘氏兄弟一回头："房爷，跟我们进去吧！"

房书安有些迟疑："二位，我心里可没底儿，二位能保证我的生命安全吗？"

"房爷，您放心，我们以人头作保，保证您的生命安全。"

"好嘞！"刘氏兄弟陪着房书安走进了莲花观。转过前殿来到二殿，旁边是跨院，他们进了跨院。房书安跟着刘氏兄弟走进屋里，抬头一看，正中央有一座云床，床上放着蒲团，团上坐着一个出家老道。这老道要是站起来，平顶身高足有一丈挂零，宽宽的肩膀，细细的腰身，面如淡金，两道红眉飞通二鬓，丹凤眼，鹰钩鼻子，菱角口，颏下一撮银髯飘动，足有三尺多长。头上柳木道冠，顶梁门儿装着块无瑕美玉，金簪别顶。身穿蓝绸道袍、圆领大袖，腰系杏黄色水火丝绦，身后背着一对兵刃叫量天尺。这老道坐在中央，飘飘然如神仙降世一般。

在上首处坐着个和尚，这和尚长得挺难看，大个子、小脑袋，脖子脑袋一般粗，小鼻子小眼儿，五官萎缩在一块儿，两片扇风耳朵。他身穿黄色僧衣，外罩棋子布毗卢褂，手中端着一对钢弹。房书安一看，正是紫面金刚王顺的老师——金掌佛禅僧。

下首有一人，无尾巾，英雄氅，面似银盆，一部银髯飘洒前胸，面带奸诈，背背五金拐杖，穿白挂素。房书安吓得一缩脖，此人正是飞剑仙——朱亮。

两旁的人就更多了，房书安认得几个：白莲花晏风、小美人尉迟善、小粉蝶田环、小韩信张大连，小灵官赵光、双头蛇胡震甲等，但大多数他不认识。

房书安在这种场合不能先说话，刘天林、刘天亮往前紧走两步，跪倒在云床前："师爷，我们哥儿俩回来了。"

这老道正是莲花观的总门长郭长达。他睁开眼睛看了看："这不是天林、天亮吗？"

"正是。"

"听说你们夜探开封府不幸被人拿获，受了不少罪，吃了不少苦吧？"

"是啊，师爷，您看看我们的伤。"

说着俩人把衣服脱了，众人上前一看，身上是伤痕条条，血肉模糊，郭长达一皱眉："好狠的官差，迟早要报仇雪恨！天林啊，你们是怎么逃生的呢？他们为什么没杀你们？"

"师爷容禀。您想想，我们落到他们手中哪有活的道理！只是为了要得口供，才留下我们的，我们是闭口不谈，他们什么也没问出来。"

"好，有骨气！那么你们是怎么出来的呢？"

"哎，我们就是神仙也出不来呀！幸亏有个朋友相救。房爷，请过来，给您介绍介绍。"

房书安晃着大脑袋过来了，没等说话，群贼一看可就开锅了，一个个甩大氅，亮兵刃，把眼睛都瞪圆了。

"这不是大脑袋房书安吗！"

"宰了他！"

"这小子跑这儿来了，非杀了他不可！"

飞剑仙朱亮上来照房书安就是一脚，把他踹了个仰面朝天。白莲花晏风抽刀就要下手，刘氏兄弟一看，赶忙拦住了："各位弟兄且慢，都不准动手！"哥俩儿这一喊，众人愣住了，盯着天林、天亮。

刘天林的脸涨得由红变紫："各位，太欺负人了，我还没说完，你们就亮家伙，难道不许我们说话了！这是我们的救命恩人！对他怎么能如此无礼呢？"

飞剑仙朱亮一笑："二位少侠客，不是我扫你们的兴，你们上当了。房书安说人话不办人事儿，吃人饭不拉人屎，鬼点子很多，恐怕他救你们是假，探听咱们去处是真。"

"老剑客，您也别疑心太重，对任何人都怀疑，那是您的看法，我们俩可不那么看。您等我们说完就明白是怎么回事儿了。"

郭长达点点头："各位，各回各座，听他哥儿俩说。"

"是！"

众人退到两旁。刘氏弟兄把房书安扶起来，掸了掸土，房书安把大脑袋一晃："我说不来，你们偏让我来，一进门就挨一脚，真晦气！"

"恩公，对不起。您放心，等我们说完矛盾就解决了。"说着，刘天林冲郭长达一抱拳："师爷，您千万别误会，房书安是天大的好人，如果没有人家帮忙，我们哥儿俩是万无生还的可能。"

说着，刘天林把事情的经过讲述了一遍。当他说到房书安怎么刺死蒋平，领着他兄弟二人越狱潜逃时，更是讲得绘声绘色，听得众人闭口不言。

刘天亮补充："各位，听明白了？房爷冒着生命危险救了我们，人家不图金银、名利，他本不愿来，是我们哥儿俩死活把他拽来的。人家怕发生误会，还真说对了，咱们这伙人可太不够义气了。房爷过去是投奔了开封府，成了绿林人的叛徒，但现在悔悟了，能将功补过，这不也就完了。再者说，人非圣贤，孰能无过？你们就没做过错事？为什么对别人就要求这么严呢？"

这么一说，大厅里沉默多时。刘氏兄弟紧走两步，向郭长达一抱拳："师爷，您看这事儿怎么办？"

"天林，你们说的都是实话吗？"

"师爷，上有天，下有地，如有半句假话，临危不得善终！"

"好，我相信。"

郭长达从云床上站起，径直走到老房跟前，满脸赔笑："房爷，多谢了。刚才是误会，我代表各位英雄向房爷赔礼认罪。"

房书安忙回礼："道爷，不算什么，话不说不知，木不钻不透，砂锅不打不漏。不怪各位英雄误解我，谁让我当初误奔了开封府呢？扪心自问，我真后悔，利用这个机会我重回绿林，不知老人家肯收留否？如各位见我别扭，我转身就走，尘土不沾！"

"哈哈哈哈！房爷，别误会。我看你是个实在人，对我徒孙有救命之恩，我岂有不收留之理！不仅如此，我还要让你参与大事呢！来呀！请坐！"说着，给房书安准备了把椅子。

一般说，房书安是根本无座的，只因为他救了刘氏弟兄，受到了郭长达的看重。房书安坐下，刘氏兄弟又说："师爷，房爷为救弟兄，没少受苦，浑身是伤，最好先给他上点儿药。”

“噢？待我来看。”郭长达亲自一看，身上果然条条血痕，于是命人取来活血散、七星丹给房书安服下，外面又上了最好的止疼药、消炎药，并且包扎好，还给房书安换了套新衣服，刘氏兄弟也是如此，这下，仨人精神了不少。

郭长达吩咐一声：“来呀！摆饭。”很快就摆上了一桌酒席。

他们仨狼吞虎咽，不多时便吃了个风卷残云。待人撤下残席，日头西落，灯光昏暗，房书安三人感到昏昏欲睡，郭长达一看：“房爷，你们三个先去休息休息，待睡足了，恢复了精神，咱们有话再慢慢说。”

“多谢道长，您想得真周道。”

郭长达命人收拾好一处房子，要刘氏兄弟陪房书安先去休息，老房昏昏沉沉倒头就睡，一直睡到日过晌午才醒。刘氏兄弟也醒了。

“房爷，您睡好了？”

“精神了不少。”

“我们仙长正等您呢！给您准备了丰盛的酒宴，为您接风。”

说话之间，刘氏兄弟梳洗已毕，陪着房书安来到大厅。郭长达正在门外等候，看他们来了，便笑脸相迎，携手让进大厅。房书安挨着郭长达坐下，就见各位英雄分头两旁陪坐。

“房爷，贫道为您摆酒席接风，望房爷赏脸。”

“多谢道爷！”

说着大家归座。房书安绰起筷子往旁边一看，就见飞剑仙朱亮瞪着眼，把牙齿咬得咯咯直响，金掌佛禅脑袋直晃，房书安明白，这帮人把他恨透了！心想：你们不相信有什么用！有郭长达和刘氏兄弟相信就行了。想到这儿，他是谈笑风生，坦然自在，跟郭长达边说边吃。

酒过三巡，菜过五味，郭长达把酒杯放下，问：“房爷，您打算背叛开封，重回绿林有多长时间了？”

“哎哟，两个多月。”

“那么，您在开封府感觉怎么样？”

“别提了，我骂他们八辈祖宗！他们一个鼻孔出气，穿一条裤子，对外来人排斥打击，像我这种人到了开封府还不如一条狗！那包黑子对那伙人是言听计从，对外来人则瞧不起，冲这一点，我可是寒了心啊！”

“好，有道是苦海无边，回头是岸。我们欢迎房爷回归绿林，人在矮檐下，怎敢不低头。吃人家的下眼饭有什么味儿！大秤分金、小秤分银，房爷，我看您就在这儿待着，别想其他的了。”

“是，只要仙长关照，我哪儿也不去，愿为仙长赴汤蹈火，万死不辞！”

“好，干！”

“干！”房书安把酒干了，别人就是动动筷子，沾沾嘴。

房书安心想：光吃不行，有两件事需要摸清，头一件，八王千岁是否在这儿？这伙人知不知道？第二件，谁是杀害三国舅的凶手，这事儿我也要摸个清楚，才不虚此行。房书安眼珠一转，来了主意：“仙长，我这人是直性子，有什么说什么，说对说错您别在意。我有句话不知当讲不当讲？”

“说吧！”

“我说仙长，我看莲花观离京城就四十来里地，近在咫尺，那大宋朝要兵有兵，要将有将，还有开封府的爪牙、帮凶，对你们实在不利，要是被开封府知道了，领兵一来，那你们可怎么办呢？”

“噢，房爷问得好！不过我们不怕！”

“为什么呢？”

“一则我们人多，全有武艺，没把宋朝的兵放在眼里，再者说，我们有把柄，他们也不敢来。”

“您说的把柄是什么？”

“房爷，既然咱是自己人，就打开天窗说亮话，我们有人质，就是八王千岁赵德芳。”

房书安一听，心里“腾”地一下，果然不出所料，我得弄个明白。想到这儿，他咽下口中的肉：“仙长，我不明白，八王千岁怎么能落到你们手里呢？”

“哈哈哈哈！我们原来并没有打算抓他，但他吃饱了撑得化装假扮来私访，想打听那个假白芸瑞的消息，哪知出来他就转向了，恰巧被本门的一个徒侄马天元看见，给他贴上迷魂药，使他不省人事，装进口袋，扛到了莲花观。”

“噢！那么请问马天元是哪位呢？”

“天元哪！跟房爷认识认识。”

就见群贼中走出一个道人。这道人长得可太难看了：阔口咧腮，大蛤蟆嘴，金鱼眼珠，脸面一抹黑，穿着道装、背着宝剑。他走出人群来到桌案前。“来，我给你介绍介绍，这是房爷。这是马王庙的庙主马天元。”

“失敬！失敬！马道爷，您没费吹灰之力就为莲花观立下大功，佩服！佩服！”房书安嘴上这么说，心中却想：王八蛋！你小子可把我们坑苦了！自从八王失踪后，把我们折腾得日夜不安，你小子罪大恶极！一定不能放过你！先瞅准你的模样，到时候再抓你算账！

这小子没说什么，转身回归本队。房书安心想：头一件事完了，还得问问八王千岁的现状呀！

“请问门长，把赵德芳吓坏了吧？您把他杀了还是剐了？”

“房爷，杀他有什么用？他是懦弱之夫，自打被抓进莲花观，他就吓得面无人色了。那是怕死鬼，别看在安庆宫趾高气扬，落到咱手里还不如个老百姓。”

“留他有何用？”

“当然有用。正因为有赵德芳在咱手中，大宋朝才不敢发兵攻打莲花观。一旦情况不妙，就先把赵德芳宰了，有了把柄，我们就不怕开封府来报复。”

“那是好主意。可你们得把他关在保险的地方，别让他溜了。”

“我把他关在最保险的地方了，叫九兽朝天亭。不用捆绑他也出不来，别人想救还救不了，那地方保险透了。”

房书安心想：适可而止，别再细问了，要不让人家更为疑心。于是，他话头一转：“仙长，还有一事我不太明白，打算向您请教。”

“好，有话请讲。”

第六十八回 不亲假亲房书安套近 将计就计大头鬼被拿

房书安使用苦肉计，打入匪窟莲花观，取得了莲花门总门长郭长达的信任。为了把底细摸清，他在酒席上大夸郭长达：“仙长，最近京城上出了位英雄，到太师庞吉的府上，大闹彩房，杀死三国舅庞虎，还巧妙地给白芸瑞栽了赃。结果，白芸瑞下了大牢，吃了官司，替我出了气。您不知道，我恨透了白芸瑞，他在包黑子面前是说一不二，刚当两天半官儿，眼里就没人了。我想知道知道这位替我出气的是谁？”

“哈哈哈！房爷，您算问对了，我正想给您介绍，来人哪，请张小溪到这儿来。”

房书安一听，张小溪的名字他不熟悉。时间不长，就见门一开，小老道领进一个年轻人。只见他个头儿和芸瑞相差无几，面白如玉，剑眉大眼，鼓梁方口，白色扎巾，月白缎剑袖，外面披着灰缎英雄氅，上绣牡丹花，腰里挎着宝刀，长得确实挺像白芸瑞，年岁也差不多。但有一点不同，芸瑞满脸正气，而这人长得两眼发贼，眼圈发青，让人一看就知是贪淫好色的采花贼。小老道领着他到了案前，这主儿向郭长达一抱拳：“总门长，您找我？”

“对，小溪呀，我给你介绍个朋友，这位就是江夏三鬼的细脖大头鬼房书安——我的朋友；这位就是张小溪，人送绰号玉面小如来，你们见见。”

张小溪先是一愣，而后苦笑着说：“房爷，有礼了。”

房书安抓住他的手，仔细打量了半天，心里这个恨就甭提了。心说：臭贼，你坏透了！你杀了庞虎，调戏了三国舅的媳妇，抢走金银首饰，还栽赃给我老叔白芸瑞，为此，白芸瑞才坐了大牢，差点儿丢了脑袋，至今官司还没了结，你却跑到外面来消遣，真是屈死好人笑死贼！我好好瞧瞧你的模样，将来非抓住你不可。

房书安心里想着，脸上却笑容满面，嘴上说："小溪兄弟了不起！了不起！你替我出了气，是咱们绿林人的后起之秀。佩服！佩服！"

张小溪没说什么，郭长达接着说："张小溪你不一定认识，可他叔叔你准认识。"

"他叔叔是谁？"

"他叔叔就是当年保过襄阳王赵珏、人送绰号病太岁的张华呀！"

"哎呀，闹了半天，张华是他叔叔呀，真是大水冲了龙王庙，一家人不认一家人啊。我和他还是磕过头的把兄弟呢！要这么说，小溪，你还比我矮一辈，还得叫我声伯父。我和你叔叔是有交情的，当年在一起不分彼此地混了好多年呢！"

"是！是！是！"

房书安为了把事情弄清，弄了把椅子叫张小溪坐下。张小溪不敢坐，用眼瞅瞅郭长达，郭长达点点头："小溪，既然房爷一片盛情，你就坐下吧！"

"谢总门长！"

房书安给他满上一杯酒："哎，小溪，你是怎么想出这么个主意的呀？"

张小溪苦笑了一声："房爷若问，听我道来。有道是水有源、树有根，我叔叔病太岁张华跟白家结下不解之仇。当年的白玉堂就跟咱绿林人作对，死在他刀下的绿林人不知有多少，我们张家有五位弟兄都死在白玉堂的刀下。虽说白玉堂死了，人死不结仇，可这口气还得出，有道是父账子还，白芸瑞长大了，应由他顶账。我听叔叔说后，本想找白芸瑞公开动手，但听说他受了高人的指教，有绝艺在身，我不是他的对手。后来，我决定暗中给他使绊子，没想到前些天，这机会还真来了。几天前，白芸瑞到太师府参加三国舅的婚礼，我和盟兄飞天虎庚四就暗中跟随，白芸瑞一点儿都没察觉。他前脚进了太师府，我们后脚就到，自称是京城镇北镖局的两位镖师，特来太师府祝贺。虽然门上的人感到有点儿新鲜，可官不打送礼的，送上五十两银子的贺礼，就被门卫领进了太师府的小花厅。白芸瑞在明处，我们在暗处监视他的行动，这时，我们想出个好主意，在后花园看戏的时候，由庚四用调虎离山之计把白芸瑞调到四喜堂，把他稳在那儿；我赶到新房，调戏新娘，杀死三国舅，抢走了珠宝。这叫借刀杀人，白芸瑞说不清、道不明才身陷大牢。遗憾的是，白芸瑞至今未死，包黑子似乎在庇护他。不过，此案不破，白芸瑞是非死不可。”

“高！实在是高！没想到老张家的后人这么了不起，好个借刀杀人，我可长了不少知识。小溪，你那位盟兄我也想认识认识。”

“好，盟兄请过来！”

只见群贼中走出个小个子，黑瘦黑瘦的，一看就不是好东西，两眼直转，身着一身青色衣，来到桌案前。“房爷，这就是飞天虎庚四；四哥，这是房爷。”

“房爷，往后您多栽培。”

“刚才小溪说了，主意是你给出的。实在是高！真比当初的孙武还高，移花接木，借刀杀人。但不知你是怎样稳住白芸瑞的？”

庚四一笑：“房爷，这有什么难的？我把白芸瑞叫出太师府，说有个人找他有要事商量。开始他有点儿疑惑，后来看我挺诚恳，就跟我来到了四喜堂。那屋子我早交定金包下了，四喜堂的人也不知道我是干什么的。几句话后，白芸瑞急了，问我朋友在哪儿，怎么还不来？我说出来找找，就溜了。把白芸瑞稳到三更天后，我就藏到四喜堂门外监视他。一看时间尚早，他要是回去还挺麻烦，我就领他转圈。我故意在他眼前晃了几晃，被他发现，他就紧追，我从城里转了几圈，又跑到城外，他就跟着跑到城外，一直把他领出四十多里，看天亮了，估摸我兄弟把事情办完了，我就回到了莲花观。听说白芸瑞回去就被拿了，满指望这家伙被拿后就会掉脑袋，没想到经过曲折反复，至今他也没死，包黑子还在左右调查，怎样处理我们不得而知。”

郭长达在一旁说：“房爷，正因如此，我们不摸底，这才叫两个徒孙夜探开封府，哪知这两个饭桶就被捉拿了。要不是你，哪有他们的活路。”

“明白了，明白了。咱们绿林人真有两下子，什么人都有，我长了不少知识。多谢了！”

“别客气。”郭长达一摆手，让张小溪、庚四退在一旁。

吃完了饭，撤了残席，上了茶水，又闲谈了一阵。房书安跟郭长达貌合神离，暗想心事。他想：我已摸了八成的底，就是不知八王的近况，不管怎么说，我得亲眼看看他，不看见我是不放心啊！想到这儿，房书安笑着问郭长达：“仙长，我不是长人家的威风，灭咱的志气，开封府那帮小子有两下子，逢山必破，逢草必拔，咱可不能掉以轻心呀！我想看看这个九兽朝天亭保险不保险。不知道仙长可允许否？”

“可以，房爷。贫道也有此打算。我陪你去看看。”

房书安大喜，跟着郭长达离开厅堂，赶奔后院。后面跟着刘氏兄弟、朱亮、金掌佛禅等人。过了五层院子，来到第六层院，房书安觉着眼前豁然开朗，好大的院啊！占地足有十亩大小，中央有座亭子。亭子高大宏伟、分为两层，下面有青条石砸的地基，转圈有玉色石头栏杆，分东西南北，四面八方八个门，门都关着，院里有小老道值班。

郭长达领着房书安走的是东面，顺着台阶来到门前。郭长达把门上左面的铜环抓住，往外拧了三扣，然后把手一松，就见门自己开了。他们进去，里面光线比较暗，靠墙壁上的灯光可看清道路，一直走到正中心的戊己土，郭长达站住了。房书安一看，地上空荡荡的，上面是天花板，下面是方砖铺地，屋里一无桌椅，二无摆设，是一间空房，房顶是八角形的。房书安问："这是什么地方？"

"这就是九兽朝天亭。"

"你不说八王在这儿押着吗？为什么没人？"

"哈哈哈！你稍等片刻。"郭长达说着一转身，奔右面那根大柱子去了，这柱子是红油漆的，有两个人粗，外面看光溜溜的，什么也没有，其实里面大有名堂。就见郭长达把柱子抱住，使劲儿往外一拧，"咯吱"一声，这柱子转了。拧了一下之后，郭长达把手松开，拉着房书安倒退了好几步，就听房顶上天花板响，老房抬头一看，天花板往左右一分，从里面下来个笼子。这笼子像一座小房子，眨眼间就落到了地上。

郭长达一指："房爷，你看看，笼子里那是谁？"房书安擦擦眼，往里一看，里面有把椅子，上面捆了个人，正是八王千岁赵德芳。再看八王，身着便装，帽子也没了，发髻披散，两个胳膊被反绑在椅子上，低着头，闭着眼，眼窝深陷，嘴唇干裂，已经不成样子了。房书安心如刀绞，眼中含泪。心想：这样下去，没几天您的老命儿可就交待了，我一定想法儿把您救出去。心里这么想，可表面上他还得假装一番。

他抓住铁笼子，冲里面高喊："喂！我说里面的人，你是赵德芳吗？你认不认得我？"

八王一愣，猛地把眼睛睁开，隔着笼子一看，啊？这不是开封府的五品府官房书安吗？"书安是你？快来救孤。"

房书安把脑袋一晃："赵德芳，闭上你的臭嘴！你是白日做梦！告诉你，我已背叛开封府重返绿林了。我救你？恨不得杀你才解恨呢！你们这些人高高在上，吃尽穿绝，使奴唤婢，我们替你们卖命。怎么这么不公平？也该换换世道了！让我们当当主人，你们受点罪吧。我说仙长，给我把刀，我给他两下。”

说着房书安就要下手，郭长达把他拦住了：“别！别！别！房爷，消消气，先让他活两天，到时候杀他有您的份儿。”

“到时可要告诉我，我得亲自杀他，出出气。”

八王千岁信以为真，目瞪口呆，眼泪都掉下来了，心说：画虎画龙难画骨，知人知面不知心啊！房书安曾与我那样好，对大宋朝是一片忠心。没想到几天的工夫就变化这么大，又当贼了！我真没想到。只见郭长达又把柱子一拧，那笼子就向上升起，进了天花板。天花板“啪”的一声自动关闭。

郭长达领着房书安从九兽朝天亭出来。他们一出门，朝天亭的东门就关闭了。一边往外走，郭长达一边说：“房爷，您看怎么样？这地方保险吗？”

“嗯！挺保险。全是自动的消息儿埋伏。”

“这都是贫道我设计的。咱们自己人都知道这个埋伏，要是外人来了，想进朝天亭比登天还难。除非他把亭子拆了，可要是拆亭子，也就自动引爆了火炮，把亭子炸成粉碎，连里面的人带救八王的人，一个也活不了。”

房书安一听，打了个冷战。心说：老道，你够歹毒的啊！别看你现在得意，可没有过不去的火焰山，我们一定能设法把八王救出来。他表面不动声色，谈笑自然。回到前厅坐了一会儿，郭长达伸伸懒腰，房书安看郭长达有点儿乏了，便抱拳退出，和刘氏兄弟回到了自己屋里躺下。这心里可就翻腾上了，怎么救八王呢？怎么把消息送到开封府呢？他翻来覆去地思考这事儿。正在这时，他听到门外一声尖嗓子：“烧饼，大个儿的烧饼！”

房书安心里一惊，哟，蒋平来了。临行之时我们约定好他以卖烧饼为名和我接头，还真来了啊！想到这儿，大脑袋从床上站起来：“哎，听见了吗？卖烧饼的，吃几个烧饼挺不错，我去买几个。”说着，他一边晃，一边往外走。

刘氏兄弟也起来了：“房爷，我们陪您去。”

“不用，都怪累的，你们歇着吧！”

房书安摆脱了尾巴，来到院里。过来几个小老道：“房爷，你要什么，请吩咐。”

“不要，我到门口买点东西，顺便透透气。”说着，房书安直奔角门。

房书安让小老道躲开，打开角门，来到庙前。莲花观的门前是个小广场，周围全是原始森林，这地方比较荒僻，杂草一人多高，很便于隐蔽。他往道上一看，有一人头带开花帽，身着蓝布袍，腰系围裙，肩担挑子，前是石盆，后是竹箩，一边走一边喊着："卖烧饼了，谁吃烧饼，刚出炉的烧饼！"

房书安知道这是蒋平，便喊道："喂！过来，卖烧饼的。"

蒋四爷走到房书安近前："怎么，吃烧饼？"

"嗯，打开我挑挑。"

蒋平放下挑子，房书安假装挑烧饼。看看身后没人，蒋平这才问："怎么样，摸清了吗？"

"回四爷的话，全摸清了，八王爷被押在第六层院里的九兽朝天亭。那里面尽是消息埋伏，八王爷被关在一个笼子里，而且假白芸瑞我也弄清楚了，他姓张，叫张小溪，人送绰号玉面小如来，他的帮凶叫飞天虎庚四，都在莲花观。这地方有飞剑仙朱亮、金掌佛禅、飞云道长总门长郭长达，约有好几百人。四爷，你们千万要小心。"

"孩子，你怎么样？"

"我先在这儿待着，咱们定好，什么时候来救人？"

"今晚三更天。"

"好，咱们一言为定。我给你们接应，越快越好，迟则生变。"

"知道。您看这烧饼怎么样？"

"味道还不错，来十个吧！"

"好吧！"蒋平把烧饼装进纸口袋，房书安假装付钱，接过烧饼往回走，蒋平也担起挑子，一阵风似的赶奔开封府。

蒋平不是让房书安给刺死了吗？怎么又卖烧饼了呢？原来蒋平和房书安定了苦肉计，又作了具体安排。那晚蒋平前去探监，腰里面围了个水袋，里面盛着的血都是假的。为预防万一，最里面还围了块铁皮，怕房书安一刀扎过劲儿，捅在肚子上。房书安假意夺刀扎在蒋平肚子上，"噗"血就出来了，不知道的人看着还以为是真的。房书安逃走后，蒋平立刻派笑面郎君沈明杰、义侠太保刘士杰跟踪，看他们去什么地方，就这样，他们一直跟到莲花观看着房书安他们进去，然后回去报告了蒋平。蒋平按计划次日化装成买卖人，来到莲花观，提高嗓音高声叫唤，把房书安喊出来，终于和房书安接上了头。

房书安托着十个烧饼回到屋里，他笑着招呼刘氏兄弟："来，来，吃烧饼。一天到晚吃宴席，反倒觉得没滋味儿，吃点小食正好。"

这哥儿俩一人拿起一个烧饼，就着杯茶水，边吃边谈，十分开心。他们问房书安："房爷，您觉着怎么样？还不错吧！"

"哎，总门长对我挺信任，我十分高兴。"

"是吧？我师爷别看武艺高强，待人可随和了，待我们兄弟也不错，所以才把你推荐给他。我们师爷拿你当心腹，形影不离。房爷，我们给您祝贺！"

"二位，我得谢谢你们。没有你们的推荐，我房书安也没有现在啊！"

"房爷，您这是什么话，您是我们的救命恩人，这是我们应该办的事儿。"

"好！好！"吃完烧饼，三个人就又休息了。到了掌灯的时候，郭长达派人送信儿，让吃饭去。大厅宴席上，房书安吃了个酒足饭饱，坐着闲谈了一会儿，又开始休息。

回到屋里，躺在床上，他心里怎么也不能平静。因为三更天蒋平将要率人来救八王爷，到那时必有一场血战，到底能不能救出八王爷，能不能取胜，他心里一点儿底都没有。心想：四爷呀，因时间紧迫不容我多说，最好您能跟包大人要求把我老叔白芸瑞先保出来，今晚这事儿如若没有他，恐怕什么也办不成。又一想，四爷比我精明得多，我想不到的事他都能想到。于是他假意睡了。刘氏兄弟在外面转了一会儿，也进来躺下了。

等到了三更天，房书安起来，周身上下收拾利落，再看刘氏弟兄睡得正香。房书安一看刘天林的刀、百宝囊正在墙上挂着，心想：临行之时，我也没带家伙，干脆就拿上它吧！房书安把刀摘下挎上了，推门出屋。

他们住的是个小院，挺宽敞、僻静，他开门到外院，也是寂静无声，他踮着脚尖走，飞身上树，施展飞檐走壁的本领直奔后大厅。等到了后大厅厢房的房顶上，往下一看，就见厅里灯火辉煌，门窗开着。飞云道长郭长达和那帮人在商量事儿，但听不清在说什么。房书安也没心思听，就在这儿等着蒋平。他等了好一会儿，也不见蒋平他们来，不由得心中焦急，心说：四爷您这人怎么这么慢？说好了咱们三更天准时见面，怎么到现在还没来？真是急煞我也！又等了一会儿，还不见来，他有点沉不住气了，仔细一分析，可能我四爷提出保白芸瑞，包大人做不了主，启奏皇上，皇上再商量商量，这不就费周折了吗？要不就是半道出了麻烦？突然，一个念头涌上了他的心头，我这人光依靠别人办事，自己独当一面的时候很少，从今以后我该自己锻炼锻炼，八王爷就在九兽朝天亭，那套机关我也看清了，难道我自己不能救八王爷吗？要是我能救出八王爷，四爷他们来了一看该多高兴，假如他们不来，我救八王爷回开封府，那更是人前显胜、鳌里夺尊啊！想到这儿，房书安自己问自己：房书安，你有胆子吗？有！问完之后，他的胆子也就壮起来了。“好！就这么办！”只见他飞檐走壁，一拐弯儿直奔第六层院。

因为他来过一次，而且记得非常清楚。往院里一看，正是九兽朝天亭。借着朦胧的月色，院子显得更加空旷，一片漆黑，只有黄绿琉璃瓦还多少闪着点儿光辉。房书安双腿一骗，跳到院中，往下一哈腰，直奔正东，就按郭长达领的路走，顺台阶来到东门一看，是东厢房，门上一块横匾“甲乙木”。房书安回头看看没人盯梢，放心了，伸手把门上的铜环抓住，往外拧了三扣“咯吱、咯吱、咯吱”，然后把手松开，往后一退，时间不长，就见两扇门左右一分，自动打开了。他往里一看，灯还挺亮。为以防万一，他把刀抽出来，刀鞘扔在地上，高抬腿，轻落足，屏息凝神一直往里走去。他走一步，摸索一步，恐怕中了埋伏。很快他就顺利地来到中央戊己土。他喘了口气，回头一看，还是没人，这胆子就更大了，他把刀交到左手，走向左面这根红柱子。抱住柱子，使劲一拧，“咯吱吱——”柱子一转，他松了手，往后退了五步，仰脸往天花板上看，果然像白天一样，天花板裂开了，铁链子系着一个笼子眨眼间就落到地上。房书安借灯光往里一看，正是八王千岁赵德芳。

房书安隔着笼子低声呼唤：“王驾千岁！王驾千岁！”八王爷迷迷糊糊地听见有人在喊，强打精神睁开眼，看外面有个人，仔细辨认了半天，认出是房书安，不由得怒火中烧。

八王把眼一瞪：“你来干什么？”

“八王爷，您别恨我。白天我说的那些话全是假的，在贼人面前我不得不演戏。实际上我是来这儿摸底的，为的就是救您老人家，请您谅解！”

“书安，这是真的？”

“哎呀！这儿不是讲话的地方，等咱们君臣脱险后再细说吧！”

“书安，快来救孤！”

“我这就下手！”房书安说着，就想打开笼子。这笼子是铁的，每根的距离有四寸，粗细和鸡脖子差不多，有个小门，门上有个象鼻子大锁。房书安赶紧从百宝囊中拿出万能钥匙，捅到眼儿里，准备打锁，结果是白费力气，怎么也弄不开。闹了半天，这是把保险锁。房书安急得汗珠子直往下淌，他赶紧把小刀、小剪、小钩等夜行人使用的器械都拿出来，还是捅不开。

八王爷急了：“书安，快点儿！”

“哎呀，八王爷，我比您还急，您看这汗珠子，可怎么就打不开呢？”他心想：要是有把宝刀就好办了。倘若徐良或白芸瑞在，人家的刀多快呀！弄不开，"嚓嚓"两刀就得，可我怎么这么笨呢？哎，有主意了，事到如今我豁出去了，干脆我拿刀背把锁震开得了。想到这儿，他把刀背冲下，对准大锁"咔、咔、咔！"连着猛击六刀，再看大锁，纹丝未动，却把他的手腕儿震得酸疼。

正当他着急的时候，身后有人发话了："无量天尊！房书安，弄不开没关系，我这有钥匙。"我的娘呀！把房书安吓得真魂出窍，回头一看，正是飞云道长郭长达！郭长达身后站着飞剑仙朱亮、金掌佛禅、玉面小如来张小溪、飞天虎庚四等一帮群贼，一个个面带狞笑，目露凶光，盯着房书安。

细脖子大头鬼的脑袋"嗡"的一声，心说：完了！我的一切都暴露无遗了，可事到如今，房书安仍不甘心，他假意赔笑："仙长来了，您把钥匙给我吧！我要打开，亲手杀死这个昏君不可！我太恨他了，晚上睡不着觉，越想越恨，就到这儿来了，想把他整死！"

郭长达冷笑一声："姓房的，别演了。你的戏法儿早就暴露了，你以为我郭长达就这么好上当吗？你错打了算盘。你和蒋平定的是苦肉计，你名义上救了我两个徒孙，实质上是来这儿摸底的。你小子一进莲花观，我就猜透了你打的什么主意，你自作聪明，问我这个，问我那个，想套出实情，我全满足了你，没说瞎话。你又假装买烧饼，和开封府的人接了头，跟你接头的是谁？是蒋矮子吧！明知是他，我们没惊动，我们知道他回去调兵了，今晚就来莲花观。贫道早就作好了准备，就怕他们不来，今晚要把开封府的爪牙一网打尽！你小子迫不及待地跑这儿救人来了！嗯？现在你还有什么话可说？姓房的，你打算怎么办吧？"

房书安没词儿了，他知道郭长达十分狡猾。他把心一横，脑瓜一晃："郭长达，既然话已说到这儿，我就对你实说了吧！我就是来摸底的，我的目的达到了。郭长达，你别自以为了不起，告诉你，我四爷回去搬兵了，用不了一会儿，天兵天将就到，把你们小小的莲花观围住，到时来个瓮中捉鳖，把你们全抓了去。郭长达！可惜你这么高的身份，早晚也要落个刀下之鬼。"

"姓房的，你还敢在我面前胡言，来呀！还不给我拿下。"

金掌佛禅上来就是一脚，把房书安踹了个跟头，没费吹灰之力就把他捆上了。郭长达冲着笼子一乐："赵德芳，你空欢喜一场。哈哈哈哈！贫道就拿你做引鱼食，谁想救你准倒霉。"说着，他转动柱子，笼子又升回天花板内，一切恢复正常。

郭长达来到前庭。金掌佛禅也命人把房书安押到了前厅。群贼归座，郭长达一笑："房书安，其实我不想杀你，你是无名小辈，杀你把刀都玷污了。不过，你做的事太可恶，留着你对绿林人、对莲花门的人威胁极大，我不得不下狠心，来呀！把房书安给我杀了！"话音未落，旁边跳出一个人，离远看这人好像两个脑袋，正是双头蛇胡震甲，原来也是阎王寨的一个小贼。

胡震甲提着鬼头刀过来了："总门长，交给我了！"说着，提起房书安的领子就往外拖。

房书安一看就骂声不绝，一边骂还一边喊："救命呀！要杀人了！房书安要归西了！"

胡震甲气得照房书安屁股上就是一脚："男子汉大丈夫，生而何欢，死而何惧！你喊什么？再喊，我把你的舌头割了。"

房书安照旧喊着："救命啊！房书安要归西了！"

胡震甲把房书安按在台阶上，脚踩着他的脖子，这下他喊不出来了。胡震甲提起鬼头刀，往空中一举，还没等动手，就觉着背后生风，有人对他下了手。胡震甲摸不清怎么回事，脚尖点地，从房书安身上就蹦过去，回头定睛瞧看："什么人？"一看，正是刘天林、刘天亮。这哥儿俩在睡梦中被喊声惊醒，这是怎么回事？这不是我的恩公吗？他犯了什么罪要砍他的脑袋？刘天林照着胡震甲就是一拳。胡震甲跳过去没打着。

刘天林问："这是怎么回事？"

胡震甲冷笑一声："二位，你们知道这房书安是什么人吗？他是咱们庙里的奸细，跑这儿摸底来了，方才他救赵德芳被我们给堵上了。我们奉总门长所差，前来杀他，你还不知道内情呢！"

"噢？房爷，他说的是真的吗？"

房书安一听把脑袋一晃："他纯粹胡说八道，血口喷人。二位，根本就没这事儿。我冤枉！快点儿助我一臂之力吧！"

刘氏兄弟闻听，把牙齿咬得山响："好哇，你们这是成心跟我们哥儿俩过不去，拿我的恩人当成仇人，我岂能善罢甘休，只要有我们哥儿俩在，谁要敢动房书安一根头发，那是难上加难！房爷，你在此稍等片刻，我们哥儿俩前去求情，解救于你！实在不行，我们就反了，咱们三人一块儿走！"

第六十九回 狗咬狗房书安渔利 官护官小达摩剿贼

刘天林、刘天亮一看双头蛇胡震甲要杀房书安就不干了。在他们心中，房书安是最值得信赖的人，又是救命的恩公，怎么能这样对待人家呢？所以，他们没问青红皂白，就要找郭长达辩理。房书安一想：等他们问明白了，还能救自己吗？他眼珠一转，计上心来，晃着脑袋就喊上了："先别着急，把我放了再说。你俩走了，我就活不成了。"

刘氏兄弟一听，对呀，于是过来把绳子砍断，救了房书安，并且安慰道："房爷，您别怕，我们找师爷评理去，保您平安无事。"说着，二人转身就走了。

房书安一看，你俩走了，我也得赶紧溜啊！只见他"噌噌噌"几步就溜到山门，脚尖点地，飞身上墙，逃之夭夭了。

刘氏兄弟转身进了大厅，群贼正在屋中落座，就等着胡震甲把房书安杀了，但听外面一阵骚乱，不知发生了什么事。郭长达急忙叫白莲花晏风出去看看，晏风刚要站起来，就见刘氏兄弟走了进来，气色不正，俩人往云床前一站，躬身施礼："师爷，我们有一事不明，想当面请教！"

"无量天尊，什么事儿？"

"师爷，为什么要杀房书安？这是谁的主意？他犯了什么罪？"

郭长达一听，火往上蹿："啐！你们两个无用的东西！还来问我，还是先问问你们自己吧！"

"师爷，这是什么意思？"

"实话告诉你们吧，房书安救你们是假，上这儿摸底是真，他和蒋平定的是苦肉计，你们俩上当了，把奸细给领回家来了。房书安胆大包天，竟敢去九兽朝天亭救赵德芳，被我堵上了，这才当场拿获，因此要将他开刀问斩。你们问什么？”

“嗯？”哥儿俩一听，闹了半天是这么回事！要真是这样，我们可不该放他呀！

正在这时，胡震甲提着刀进来了：“各位，可了不得了，房书安跑了！”

一句话激怒了郭长达：“怎么跑的？”

“是、是他们俩放的。”

郭长达闻听，眼珠都瞪圆了，在云床上一晃身，跳到刘氏兄弟面前，把巴掌往空中一举，高声喝道：“混账！你们坏了我的大事！真是死有余辜！”“啪啪”两掌就把这哥儿俩的脑袋给打碎了。

郭长达飞身跳到院里，一看，可不，地上光有绳子，没有房书安，知道他跑不远，便吩咐一声：“来呀，追！无论如何要把他给我抓回来！”

“是！”众人领命，飞身上墙，一直追去。

房书安逃出莲花观，急急如丧家之犬，忙忙似漏网之鱼，恨不能生双翅飞回开封府。他一边跑一边想：四爷，你可真不守信用，说好三更天你必到莲花观，现在都四更天了，你怎么还不来？真是急死人呀！要是他们把我追上，岂有我的命在？还没跑出半里地，回头一看，郭长达领人已追上来了。房书安的脚哪能跑得过人家！只见郭长达把手一挥，众贼分两路把房书安围住了。

“别让他跑了！”

房书安一看，我这回算完了，他心想：有一线希望也要活下去，只见他把双手拢在嘴边，大声地喊着：“来人呀，救命啊！房书安要归西了！快来吧！”

夜深人静，四周都是山，因此声音传得很远。房书安这一喊，还真喊对了，他的喊声刚落，就听山坡上有人高喊：“哎，书安，不要担惊，莫要害怕！贼寇休得猖狂！我等在此！”

众贼一愣，借着朦胧的月光往山坡上一看，只见黑压压的来了几十人，手里拿着兵刃，似离弦之箭来到了现场。郭长达怕有埋伏，把手一摆，众贼撤回，就地拉开战场，做出进可攻、退可守的阵势。书安一看，心花怒放，揉揉眼，擦擦汗，仔细一瞅，为首的正是翻江鼠蒋平，后面跟着小五义、小七杰，日月飞行小太保钟林，还有玉面小达摩——白芸瑞。

蒋平他们怎么才来呢？白芸瑞被押着，怎么也跑来了？原来，时间就耽误在白芸瑞身上了。蒋平在莲花观门前以卖烧饼为名和房书安接了头，一溜烟就回到了开封府，把事情向老少英雄说了一遍。大家听了，都赞成房书安的主意。蒋平赶忙又禀明了包大人。包大人一听，心里终于有点儿底了，事情总算有头绪了。八王爷就在他们手中，杀三国舅的凶手也在莲花观。但怎样救八王、捉拿凶手可不是一件简单的事儿，包大人马上开了紧急会议，让大伙儿出主意。

霹雳鬼韩天锦头一个发言："诸位，这还有什么犹豫的？贼窝找到了，八王千岁的下落也知道了，那就打吧！咱们虽人手不够，但可请求皇上发兵，踏平莲花观。"他说的倒简单。

蒋四爷狠狠地瞪了他一眼："天锦，你是四肢发达，头脑简单。如果八王爷不在人家手中，咱们怎么干都行；人家手中有人质，而且是八王千岁，我们领兵一去，摇旗呐喊，先声夺人，那贼人非狗急跳墙不可，先下毒手，把八王爷给杀了。谁能负担起这责任？是你，还是我们？"

蒋平一番话，把韩天锦问得没词儿了。看样子带兵是不行："那么，四叔您说怎么办呢？"

"我说，应当先想方设法把八王爷救出来，然后再去攻打莲花观。"

大家一听直点头，可是，艾虎却问："四叔啊，我不是长人家威风，灭自己的锐气，现在咱的人手可不齐呀！开封府就指望我三哥白眉毛徐良和我兄弟玉面小达摩白芸瑞。这两人又都不在眼前，我三哥回原籍给我三叔治丧去了，白芸瑞又打了官司在大牢受苦。就剩咱们这伙人，四叔您说的那个飞剑仙朱亮、金掌佛禅、飞云道长郭长达，还有那些江洋大盗、海洋飞贼，都聚会在莲花观，我们哪是人家的对手呀？去了也是白送死。四叔，燃眉之急，咱们先解决人手的事儿，不打无把握之仗。"大家一听，有理。

蒋平问包大人："相爷，您看怎么办？"

包大人低头不语，他想：把徐良叫回来，恐怕来不及，白芸瑞的官司未了，怎么能把他放出来呢？又一想：有主意了。

"蒋平，我看人的事好办，快命人到大相国寺，请北侠欧阳春帮忙，欧阳老剑客出面，这事就好办多了。"大伙儿一听，对呀，目前唯一可靠的办法就是请北侠帮忙。派谁去呢？让南侠展熊飞去。

包大人拿了张名片，让展昭快点儿赶奔大相国寺。南侠办事十分认真、可靠，他准备了一匹快马，带了两名仆人，飞马来到相国寺。等下马来到了庙里，和小和尚一打听，小和尚乐了："展老爷，您白来了。"

“为什么？”

“他老人家前十天就赶奔辽东朝圣去了。据说一时半会儿回不来。”

南侠一听，如同当头一瓢凉水，一切希望都落空了。“哎，小师父，我是奉包大人堂谕来请北侠的，要是他回来，你把这张名片给他，请他赶奔开封府，我们有事请他帮助。”

小和尚听后，连连点头，说：“好吧。只要老侠客回来，没说的，把名片给我吧。”

南侠骑马回到开封府，把事情一说，众人当时就没了精神。包大人实在没办法，赶忙提笔给徐良写信，叫他赶紧回开封府。先公后私，丧事以后再办。他加盖了大印，把信交给黑旋风邢如龙、黄旋风邢如虎，让邢氏兄弟赶奔山西太原府。

邢氏兄弟带好书信，骑快马走了。可远水难解近渴，蒋平和房书安约好了，今天晚上就得救人。房书安还在那听信儿呢！这可怎么解决？蒋四爷挠挠后脑勺儿，跟包大人商量：“相爷，我斗胆说一句，您就破例把白芸瑞放了吧！虽说他官司未了，可事有例外，这是个特殊情况，我想，您把他放了，别人也无可指责。再说，究竟他杀没杀人，我们心里都清楚，他是受人陷害，何必把他押起来呢？现在芸瑞有用武之地，我们正缺人手，求相爷听我一句，把芸瑞放了吧。”

“众位，本阁怎不想放人？我也明知这孩子屈，但手中无凭。如果抓住那栽赃的人，在皇上、太师、文武百官面前都好交代。现在我们说他屈，拿不出证据来，再者说，白芸瑞是犯了大罪的，是皇上下旨把他下狱的，我怎能抗旨不遵呢？将来万岁怪罪下来，我怎么回答呢？”

蒋平一笑：“大人，您说的当然有理。可这是特殊情况，就得特殊对待。您不是无缘无故地放了他，是为了救八王千岁。就是白芸瑞犯了法，让他戴罪立功有何不可呢？相爷，事情紧急，不能再犹豫了。”

大伙也全都施礼：“相爷，您就答应了吧。此事非芸瑞不可，要不，救不出八王千岁呀。”

包大人沉默了好一会儿，最后终于下定了决心。心说：我就来个抗旨不遵，先斩后奏。他马上命蒋平奔大牢，去提白芸瑞。蒋平喜出望外，来到大牢，把芸瑞放了出来。

芸瑞还不知是怎么回事，提出后，刑具撤掉，白芸瑞吃惊地问：“四爷，这是怎么回事儿？”

“孩子，你受委屈了，这不是讲话的地方，快跟我去见相爷，有事儿和你商量。”

白芸瑞跟着蒋平进了包大人的书房。挑帘一看，老少英雄全在，包大人在上端坐。白芸瑞腿一软，跪倒在地：“罪民参见相爷。”

包大人心里很不是滋味儿：“芸瑞，平身免礼”。

“谢相爷！”包大人一看，几天的工夫，白芸瑞眼窝深陷，两腮缩了回去，人瘦了不少，包大人想安慰一下，可一肚子话没法说，干脆单刀直入：“芸瑞，你可知为何放你出来？”

“小人不知。”

“芸瑞，我先告诉你。你的官司并未了结，那凶手还仍然逍遥法外。上至天子，下至太师乃至一般人，都以为你是凶手，要想官司了结，除非捉拿到真正的凶手。”

“那为什么放我？”

“据我们查知，离京城四五十里的西山坳莲花观是个贼窝，八王千岁赵德芳为了你的事儿，化装私访竟被贼人拿获，现押在莲花观，随时都有生命危险。房书安为了你，同蒋平定下苦肉计，打入匪窟，正在摸底。我们双方商量好了，今晚三更天赶奔莲花观救出八王。因开封府人手不够，所以暂时把你释放出来。芸瑞，如果能把八王救回，把真正的凶手捉住，你的官司就完结了。假如这两件事办不成，孩子，你还得接着受委屈，本阁也是无能为力呀。”

蒋平赶紧补充道：“芸瑞，相爷的话你听懂了没有？”

“我听懂了。”

“现在我们是有求于你，你不要想别的，拍拍良心，咱有愧没有？”

“四叔，姓白的向来光明磊落，问心无愧。”

“好孩子，这我就放心了。既然如此，你就不要想其他的事儿了，包大人让干什么你就干什么，和从前一样，保你平安无事。”

白芸瑞一想：八王千岁还不是为了我吗？不但给我担保，而且化装私访，不然怎能落入魔掌？看眼前的形势，非我出面不可，这是包大人对我的器重。事到如今，自己不能推托了，如果不去，就是敬酒不吃吃罚酒。想到这儿，他跪倒在包大人面前：“相爷，您对我恩重如山，就冲您和大伙儿对我的信任，我是肝脑涂地，万死不辞！救八王也好，抓贼寇也罢，我责无旁贷。您叫我怎么干，我就怎么干。”

包大人一听，把大拇指一挑：“芸瑞，既然话说到这儿，你赶快更换衣服，准备好兵器，和蒋平、展昭商量怎样搭救八王才是。”

“遵命！”芸瑞连愣都没打，马上净面更衣。收拾完了，来见包大人。

包大人一看，心中暗喜：“芸瑞，今晚要靠你出力了。”

白芸瑞一笑：“相爷，您还客气！我本身就是抓差办案的官员，抓贼捕盗是我应尽之责，何况还救八王千岁，我就是脑袋掉了，也责无旁贷。”

大伙儿饱餐了一顿，蒋平作了布置，把南侠留下，让他率领勇金刚张豹、双刀将马龙、开路鬼乔宾、小侠龙天彪等人看守开封府，保护相爷，其余的人都赶奔莲花观。他们出了城，赶奔西山坳。众人正往前走着，就见眼前“唰”地一条黑影，紧接着很快就进了树林。这条黑影引起了大家的怀疑，蒋平一摆手，队伍停住了。蒋平心想：坏了，一定是莲花观派的暗探，发现我们来了，得抓住他，不然，坏我们的大事儿。他冲艾虎、白芸瑞一摆手，俩人各提单刀“噌噌”就窜进树林。找了半天，什么也没找着。

大家继续往前走，没走二里路，黑影又出现了。

“抓住他！抓住他！”只见飞行小太保钟林、义侠太保刘士杰追了上去，又什么也没抓着。就这样反复了五六次，也没抓住这个黑影。蒋平一算，现在都过三更天了，这样下去一会儿天就亮了。管他是谁，我们不理他，还是按原计划行动要紧。于是他命令道：“赶快加速，赶奔莲花观！甭管他是谁，不理他！”

大家赶紧赶路，继续往前走。说也奇怪，那条黑影再也没有出现。正走在山坡这儿，突然听见房书安在喊救命。蒋平、白芸瑞大喊一声，冲下山坡，来到现场。蒋平急匆匆来到房书安面前：“孩子，你怎么在这儿？”

房书安一看：“哎呀！四爷，您可来了！我这小命差点儿就交待了。”

“为什么？”

“我露馅儿了。等你不来，我着急去救八王爷，被这帮贼堵住了，当场将我拿获。”

“那你怎么跑出来的呢？”

“我能耐大，横冲四面，力挡八方冲出来的。”

蒋平半信半疑，没有细问，他说：“书安，你先归队歇歇，看我的。”

“四爷，你可注意，这帮小子很厉害。”

房书安归队见到了白芸瑞："老叔，咱俩又见面了。"

芸瑞拉着房书安，有一肚子话想说，又说不出来。总而言之给他的感觉，房书安不错，有胆子，有主意，就是能耐差点儿，但人哪有十全十美的呢？因此，他对房书安印象挺好。

蒋平手擎分水峨眉刺，来到群贼面前，把双刺一碰："杀不尽的毛贼草寇、狗胆包天！你们想造反吗？可知道翻江鼠蒋平在此，让你们贼头过来，跟我搭话。"

别看蒋平奔六十岁的人了，但相当精神，声音清脆，一嗓子传出很远。

飞云道长郭长达迈大步来到蒋平面前，上下打量多时："无量天尊，贫道在此。"

四爷借月光一看，这老道是个大个头儿，身高过丈，肩宽腰细，身穿道袍，飘飘然如同神仙降世一般。背后背着兵刃量天尺，手中拿着拂尘，眼似金灯，气度不俗！蒋平看罢，用刺一点："你是谁？"

"贫道乃莲花门总门长郭长达是也。"

"噢，闹了半天，您就是飞云道长、道天真人郭老剑客。"

"不错，正是贫道。"

"我说老剑客，您身为剑客，又是三清弟子，怎能做这种荒唐事儿呢？您就没想过这是冒犯王法吗？被抓住了是要千刀万剐的。我想，就凭您的岁数和经验，绝不会干这种糊涂事儿，可能您听信了谗言，一步走错。老剑客，话又说回来，人非圣贤，孰能无过？您要听我良言相劝，咱们用不着兵刃相见。您要做到四件事，咱们双方就罢兵，绝不给您找麻烦，您看怎样？"

"但不知哪四件？"

"第一，您把八王千岁放了，把人交给我们。您想，不管咱有什么仇，不能拿八王爷撒气。那是一国之君皇上的亲叔叔，跟咱们井水不犯河水，你何必揪住他不放呢？这样做未免太过分了，您放心，别看你们把八王千岁囚在莲花观，等把他放出来后，我必多进美言，让他不追究此事。第二，您必须交出杀三国舅的凶手。我听说是病太岁张华的侄子，叫玉面小如来张小溪。你们把这人交给我，他给白芸瑞栽赃，没有他，这官司不能了结，所以必须交人。第三，您得向我们保证，今后再不与开封府为敌作对，咱们化干戈为玉帛，永修盟好。第四，您马上传话，遣散群贼，让他们放下屠刀，变成良民。除此四个条件，我没有更多的要求，不知老剑客答应否？"

郭长达听完，一阵冷笑：“哈！哈！哈！蒋平，都说你伶牙俐齿，今日一见，果真不错，不过，你的美事儿想得太多了。你说的这四件事一样也行不通：八王千岁就是我们的仇人，他是你们的总后台，你们借他的力量来和绿林人作对，我们恨谁他救谁，怎能说和我们没关系呢？我们抓的就是他，杀的也是他。关于玉面小如来张小溪，那是绿林人的后起之秀，莲花派的宠儿。我们认为他做得对，像这种人能交给你们吗？真是岂有此理！再往下说，让我和你们永结盟好，这不是万难吗？你们开封府专门跟我们莲花门的人作对，见山平山，见岛灭岛，见人不是抓就是杀，咱们怎么能盟好得了呢？还有让我把大伙遣散，去当良民，这更是废话。我认为他们都挺好，做的事都不错，只是跟你们水火不相容罢了。蒋矮子，咱们少废话，今天咱们比试比试。要是胜了我，你们救八王、要张小溪都可以。”

蒋四爷点点头：“好吧，既然你顽固不化，我和你说了半天，也是对牛弹琴。开封府的人已是仁至义尽，利害关系都和你讲清了，你不听，至于武力相斗，这不是现成的吗？你的兵刃能杀人，我们的兵刃也不是吃素的！漫说你郭长达，就是再比你能耐大的人，他也不敢说手大能捂天。既然如此，你就把脖子洗净等着吧！”蒋平说到此，倒提峨眉刺，回归本队。

回到本队之后，蒋平左右看看：“你们都听见没？既然老匹夫郭长达不识抬举，就得给他点儿颜色看看！你们谁去捉拿这个老匹夫？”

玉面小达摩白芸瑞头一个过来说：“四叔，看我的。”

“好孩子，多加谨慎。”

“知道了。”

白芸瑞甩大氅直奔郭长达。等俩人一见面，芸瑞把胸脯一挺：“妖道，可认识某家？”

郭长达借月光一看，是个漂亮的小伙子，就猜到了八九分。

“如果我没猜错的话，你就是白玉堂之子——白芸瑞吧？”

“正是！郭长达，可惜你的身份和这把胡子，你竟敢公开对抗国法，陷害某家，囚禁八王千岁，真是十恶不赦！你想武力解决，来，来，来！某家陪你大战三百回合！”

郭长达一笑：“行，就冲你小子敢说这番大话，证明你有点横劲儿。我还真没遇上一个在我面前能过三百回合的，今天，贫道就看看你有什么本领。”说着，把拂尘卷了卷，插在大衣后面，挽袖子，拽出量天双尺。

这双尺，长三尺三，左手的三十二斤，右手的三十八斤，加在一起是七十斤，这在当时就够重的了，全是纯钢铸的，外面用金水过了十六遍，月光一照，金辉耀目。只见他“嗖嗖嗖”地晃动了几圈，拉架子就要向白芸瑞出手。

就在这时，从他背后过来仨人：“总门长，您这是何苦？杀鸡焉用宰牛刀，有事弟子服其劳，小小白芸瑞还用您亲自动手？”

郭长达转身一看，说话的正是自己的三个徒弟，在江湖上号称三翁，头一个长寿翁公冶良，第二个长禄翁公冶治，第三个长福翁公冶山。这三人本领出众，跟随郭长达多年，是他的心腹，左膀右臂。

郭长达点点头：“好吧，既然你们哥儿仨愿意会会白芸瑞，我也就放心了，你们看着办吧。”

“遵命！”郭长达把量天尺背好，回归本队，在后面观战。

这哥儿仨商量之后，老大公冶良先过来了：“白芸瑞，知道我是谁吗？”

白芸瑞一看，来者身材不高，脑袋挺大，瘪脸，面如紫羊肝，山羊胡子往前撅着，短衣裳，小打扮，打着半截鱼鳞裹腿，蹬着一双耳鞋，干净利落，两眼像金灯，赤手空拳没拿兵器。

白芸瑞不认识：“你是何人？”

“要问我是谁，人送绰号长寿翁公冶良是也。白芸瑞，你小子乳臭未干，有什么能耐？怎么这么狂妄？无非靠着朝廷八王、包黑子给你撑腰，我看不出你有什么特殊的本领。要是不服气，就过来，跟老朽我大战八百回合。”

芸瑞一阵冷笑：“哼，老匹夫，我今儿斗的是郭长达，是朱亮，是金掌佛禅，像你这无名鼠辈，不值得我动手，赶紧逃命去吧。”

“啊？”把公冶良气得胡子翘起，“姓白的，你的口气也太大了！我叫你知道知道爷的厉害，看掌！”他抡起掌来，照白芸瑞面门就砸，白芸瑞转身一闪，躲开了这一掌，大拇指一推，就拽出宝刀金丝龙鳞闪电劈。

按理说，白芸瑞不该拽刀，因为对方赤手空拳，可今晚上情况例外，芸瑞心中着急，恨不能把贼人斩尽杀绝，救出八王千岁。要凭双掌，那要战到何时？他是力求胜战、速战，这才把宝刀拽出。白芸瑞手提宝刀，大战公冶良，待交上手后，公冶良大吃一惊：哟，白芸瑞这小子岁数不大，功夫不软啊！就见这宝刀上下飞舞，眼花缭乱，寒气逼人。公冶良有点儿后悔，要知道这样，我应该带家伙来，我犯了轻敌的错误。他这一迟疑，加上本来就不是白芸瑞的对手，吃了大亏，让白芸瑞使了个盖劈三刀，正劈他脑门上，就听“噗”的一声，把公冶良劈为两半儿。

白芸瑞飞身跳出，把刀尖朝下，刀把儿朝天一顺，鲜血顺着流了下来。芸瑞抬靴“噌噌”擦擦鲜血，高声断喝：“哪个还来？”

公冶良这一死，可疼坏了那哥儿俩。老二公冶治“哇哇”大叫，伸手拿过一个大棒子，直奔白芸瑞。“姓白的，我和你拼了！给我哥哥报仇雪恨！接棍！”这家伙似疯狗一般，一棍紧接一棍，一棍快似一棍，恨不得把白芸瑞砸成肉泥，但他的能耐比起白芸瑞可差多了，斗了几个照面，白芸瑞身随刀转，刀随人转，使了个末秋斩，“噗”地一下，把公冶治人头砍落。老三公冶山气得“嗷嗷”怪叫，奔芸瑞就来了：“姓白的，拿命来！”他晃着双拳，就来夺刀。白芸瑞没问是谁，今晚他眼珠都红了，晃着宝刀就大战公冶山。也就十几个照面，芸瑞大吼一声，使了个拦腰锁玉带，把公冶山劈为两截儿。

开封府的人见了，全都竖起大拇指：“好！这刀使得真漂亮！”

白芸瑞心里暗想：今晚就照这个来，把他们斩尽杀绝！

第七十回 白芸瑞活捉张小溪 邹化昌大战郭长达

白芸瑞刀斩三翁，威震群寇。这儿招儿干净利落，果然不俗，但却疼坏了郭长达。因为死的这哥儿仨都是他亲自培养的。只见这妖道哇哇号叫，口诵佛号：“无量天尊！白芸瑞，好小子！杀人偿命，你拿命来！”说着，晃动量天双尺，奔向小达摩。白芸瑞毫不示弱，亮了个夜战八方藏刀式准备大战郭长达。

翻江鼠蒋平一看，有点儿放心不下，他知道郭长达是剑客身份，武林高手，且不说他为人的品质多么恶劣，单说他的能耐肯定在白芸瑞之上。他们二人相争，如两虎相斗，必有一伤。倘若白芸瑞有个三长两短，我对不起兄弟玉堂，也使开封府折断了一根擎天柱。想到这儿，他大声地喊起来：“芸瑞，你先歇会儿，让别人替替你。”

白芸瑞明白四叔的用意，知道他心疼自己，又一想：四叔，您真糊涂！谁能取代我呢？换了别人不是白送死吗？干脆自己豁出去了。所以他也大喊着：“四叔，我一点儿也不累，这些日子蹲监坐狱，坐得我腰酸腿疼，肌肉都有些发紧，这儿仗打得还真痛快，我正在兴头上，谁也不用换我。”

白芸瑞拒绝了蒋平的意见。

但他一想：郭长达肯定不是好惹的，跟他动手之前，我得先办一件大事儿，把凶手张小溪生擒活捉，好洗清自己，了结这官司，倘若他趁乱逃走了，我这官司可就没头了。想到这儿，他冲郭长达高声喝道：“妖道！别看你是莲花观的总门长，盛气凌人，我根本就不怕你！你我一定要分个高低。不过先别着急，我有个要求，不知你肯听否？”

“白芸瑞，有话请说。”

"谁叫张小溪，你叫这小子过来！他杀死三国舅报我的名字，害得我差点儿没了性命。他的品质太恶劣，手段太毒辣，我跟他没完，你让他过来！他要不过来，我骂他八辈祖宗！"

房书安一听，对呀，这可是件大事儿。他认识这个张小溪，所以用手一指，说："老叔啊，靠左边第四位就是张小溪，人称玉面小如来。哎，姓张的，有本事你就出来！在人群中待着不算英雄好汉！要是你爹娘给你胆子，你就出来跟我老叔比比，这才叫英雄呢！光在后面使绊子，不算豪杰，小子，你出不出来？你还等我们揪你不成？"

房书安说的话可激怒了张小溪，本来他不想出来，可白芸瑞点名叫他，房书安又指名骂他，他感到脸上无光，如果装聋作哑，以后怎么在众人面前抬头！想到这儿，他"噌"就蹿到郭长达面前："总门长，您先歇着。杀鸡焉用宰牛刀，在下为您效其劳。白芸瑞交给我了。"

郭长达点点头："小溪，你要多加谨慎。"

"总门长放心，他没什么了不起的。"郭长达倒提量天尺，回归本队，给张小溪观阵。

张小溪提单刀，杀到白芸瑞面前，把刀一横："啐，姓白的，你睁眼看看，我就是玉面小如来！"

芸瑞借月光一看，这小子的个头、长相果然和自己相似。仇人相见，分外眼红，芸瑞剑眉倒竖、虎目圆睁："张小溪，你小子太损了！你与我白家有仇，可以和我约个地点时间，公开见个高低。可你不敢，竟暗中使绊子，给我栽赃，嫁祸于人，算什么东西！可惜堂堂八尺之躯，男子汉大丈夫，做出此事，真是禽兽不如！"

"白芸瑞，你别说了！我栽赃也罢，使绊子也罢，就是想要你的命，给绿林人报仇，给我老张家出口气！废话少说，有能耐，今儿你要了我的命；没能耐，今儿我宰了你！看刀！"他蹦起来，照芸瑞就是一刀。

芸瑞上步闪身把单刀躲过，手腕一翻，用宝刀把张小溪的刀压住，使了个顺水推舟，"唰"，贴耳擦腮，奔张小溪的脖子就来了。张小溪一看，赶紧来了个缩颈藏头，往下一蹲，"嗨！"这刀从他头上掠过。张小溪刚直了身子，芸瑞手腕一翻，刀又抽回，这一招叫回光返照，是绝命刀，像一阵风似的，冷森森、凉嗖嗖，透人寒胆。张小溪一看不好，"哎呀"，再躲已来不及了，他用掌中的刀往外一拨，正碰在白芸瑞的刀上。芸瑞使的金丝龙鳞闪电劈，是一把宝刀，削铁如泥，而张小溪使得是普通的钢刀，两刀碰在一起，就听“当啷啷”，张小溪的刀折成两段儿。“完了！”张小溪吓得一闭眼，哪知芸瑞的刀没往里递，眼看到张小溪脖子了，他把刀往下一压，“坐下吧！”“啪！”张小溪没站稳，坐在了地上。他刚想来个鲤鱼打挺去逃命，白芸瑞已到近前，照他飞起一脚，正踢在后腰上，这小子当时就动不了了。芸瑞腾出一只手，拽住他的脖领，像拖死狗似的，拖回本队。

房书安头一个跳出来，照着张小溪就是一顿嘴巴：“兔崽子，缺德损透了！你小子是恶贯满盈。”张小溪瞪了房书安两眼，房书安气了，又是两巴掌，然后把张小溪绑上了。这是为了要他的口供，到公堂三头对案，那样就可以洗清白芸瑞的冤情。

蒋平一看挺高兴，心想：芸瑞这孩子，有心计、有脑子，我还差点儿把这事儿忘了。蒋平告诉义侠太保刘士杰、笑面郎君沈明杰专门负责看好张小溪：“你们俩什么也别干，专门看着这小子，把家伙拽出来放他脖子上，倘若他不老实，或者万一有情况，先把他给我废了。要是他跑了，我唯你们是问！”

“四叔，您放心吧！他还跑得了吗？谁要是想抢他，或者发生意外，我们手腕儿一紧，先要了他的命。”

“这就对了。”

白芸瑞一看目的达到了，长出一口气，心想：这官司总算结束了，心中暗自高兴。他大喊：“姓郭的，请过来呀！我不是怕你，我先把我的事儿办完了再跟你接手。”

郭长达一看，今天真是出师不利，先死了我三个徒弟，又让他们捉了一个俘虏，要是我这个总门长再支持不住，我们莲花门户就要一败涂地了。想到这儿，他一晃量天双尺，喊了声：“看兵刃！”左手尺砸白芸瑞的左肩，右手尺砸白芸瑞的天灵盖儿。芸瑞知道他的双尺是宝家伙，如果硬用刀往外架，恐怕把刃锛了，于是格外留神，看量天尺到了他跟前，“噌”地蹿出八尺远，把手腕一翻，刀尖朝里，直奔郭长达的两肋就刺过去。郭长达急忙抬左腿，手往后扫，找芸瑞的兵刃。芸瑞不敢动人家的家伙，所以“唰”地把刀撤回，直奔郭长达的后脑勺儿。郭长达往下一哈腰，晃动双尺猛扫芸瑞双腿。芸瑞脚尖点地，往空中一纵，躲过双尺，接着又双手捧刀连人带刀直奔郭长达。郭长达用双尺一架，芸瑞扫刀献掌，砸郭长达的面门，郭长达甩脸，身子往旁边一纵闪过。芸瑞一掌砸空，赶紧转回捧刀进攻，就这样俩人战在一处。郭长达边战边偷眼观瞧，就见白芸瑞一招儿紧似一招儿，一招儿快似一招儿，这刀是上下翻飞，果然厉害，郭长达暗想：要是过个十年八载，通过锻炼，他的功夫只不定多高呢！到时成了气候，就不好办了，今天我非要了这娃娃的性命，为我们绿林人出气。想到这儿，把双天尺摆开，“呼呼”地生风，二人打了三十多个回合，没分上下。可是明眼人却看得很清楚，时间要长了，芸瑞绝不是郭长达的对手。现在芸瑞是有股冲劲儿，等这股劲儿过去了，恐怕就不行了。蒋平也看出了这一点，有心过去助芸瑞，又想：我这不是白搭吗？上去就得趴下。他回头向后看，找不出个能替他的人来，便不由得想起了徐良，良子，你怎么还不回来呀？现在正是开封府用你的时候，你却给你爹治丧去了，唉！蒋平心里着急，脸上的汗就不由得下来了。

果不出所料，四十多个回合过去了，芸瑞渐渐不支，刀也慢了，汗也出来了，步步往下退。再看郭长达银髯飘摆，双尺挂风，比刚才还勇。大家一看都急了，沈明杰走到蒋平跟前：“四叔，这不是玩儿命吗？不能让我兄弟一人受罪，让我们大家都过去，决一死战吧！”

蒋平心想：你这孩子懂什么？对方的人不少，我们一冲，他们非上不可。从人数上我们不如人家多，能力也不如人家壮，岂不是干吃亏？我看这样打，倒能坚持一会儿，真要混战，咱们当时就得现原形。蒋平不表态，大伙儿都不敢过去。就在这紧急关头，就听山坡上锪锣响亮，有人一边敲锣一边往下走，嘴里还念念有词：“算灵卦、算灵卦，大流运卦未卜先知，哪位算卦？哪位算卦？”

四爷和众人一看，来者不是别人，正是诙谐老人老剑客邹瑞——邹化昌。邹老剑客曾暗中帮助白芸瑞大闹少华山，制服了冯魁章，活捉了紫面金刚“假徐良”王顺，又挫败了朱亮等的劫囚车阴谋，打那以后，老头子飘然而去，没想到今儿他溜达到这儿来了。他很想念开封府的英雄，想看看他们，到了东京在小店住下，一打听，才知道开封府的现状。八王丢了，芸瑞坐了大牢，老人家大吃一惊，开封府这帮人时运不济，按倒葫芦瓢又起，既然我赶上了，岂有不救之理！偏赶今晚蒋平率人赶奔莲花观，救八王，捉张小溪，邹老剑客就一直暗中跟着，战场上的事儿，他是一目了然。老头儿手捻须髯，不住称赞白芸瑞：真有两套，不愧是白云剑客的门徒，也不愧是上三门的继承人。芸瑞活捉张小溪后，力战郭长达，他就耐着性子观看，想看看芸瑞究竟有多高的能耐，能够支持多久。但他知道，芸瑞不是郭长达的对手，平心而论，他还差郭长达一大截儿呢！所以邹老剑客作好了充分的准备，当他发现芸瑞出了汗，招数也散乱了，就知道自己该露面儿了，所以敲锣来到了现场。

蒋平和众人都过来了，跪在地上：“剑客爷您好，您来了！”

“起来！起来！哎哟，恕我没眼睛，光能听声，看不到各位的模样。众位请起，芸瑞在哪儿？”

“在那边动武呢！”

“我去替换替换他。”

蒋平一听，大喊道：“芸瑞！你还不撤回来，有人替换你了！”芸瑞也听见了锣声，心里一动，莫非是邹老先生来了？这可太好了！想到这儿，他虚晃一刀，跳出战圈，回归本队。

芸瑞抬头一看，正是邹老剑客，赶忙施礼：“老剑客可好？老人家，您来得太好了，真不亚于旱苗遇上了春雨啊！”

“哈哈哈，过奖了，我是残疾人，无非给你打个下手，让你喘喘气，歇一会儿，主要还得靠你唱主角。闲话少说，芸瑞，咱爷儿俩一会儿再谈，我去会会郭长达。”

敲着锣他就过去了，往郭长达面前一站：“算卦！算卦！算一卦！道长，您算一卦不？哎哟，道长，我虽看不见却会闻味儿，您是大难当头、凶多吉少啊！您要不要想法儿转危为安呢？残疾人可以替您出点儿主意。”

郭长达把双天尺上下一分，打量来人，一眼看出：“无量天尊！老伙计，你和我开什么玩笑？别人我不认识，还不认识你吗？来者可是诙谐老人邹瑞——邹化昌？”

“总门长，你还真认出我来了，不错，正是老朽！”

“邹老剑客，你怎么来得这么巧呢？难道你也站在开封府一边，与本道为敌不成？”

“总门长，话可不这么说，有道是有理走遍天下，无理寸步难行。老朽主张一个‘理’字，谁有理，老朽就向着谁！总门长，别看我不在开封府，你的所作所为我却略有所闻，你做得不对。拿你自身而论，你是莲花门的总门长，又是三清弟子，出家人跳出三界外，不在五行中，要谨记杀、盗、淫、妄、酒。杀字是头一个，这是清规戒律，任何人不得违反。可你口中念佛号，却做杀人违法行径，心口不一，本身就违反了道规，论罪应当把你烧死。再者说，你帮的是什么人？那白莲花晏风是个十恶不赦的采花淫徒，奸淫妇女，刀伤人命，罪行累累，法网难逃！结果受你包庇，仍然逍遥法外。试问，三清教下的弟子应该干这种事吗？你这是和他同流合污啊！再说这个张小溪，嫁祸于人，不择手段，你也包庇他。看看你身后那些人，光采花贼、江洋大盗有多少！哪一个是正经人？只要你叫出一个光明磊落、奉公守法、侠肝义胆的正人君子，我也服你，恐怕你找不出来吧！你把这些山猫、野兽、杀人的凶犯、滚了马的强盗、奸淫好色之徒全给保护起来，你成了什么人？你就是大窝主、大贼头，你犯的法比谁都重！因此，老朽不得不向着开封府，要替天行道，除暴安良。不过话又说回来了，你也是七八十岁的人了，练就一身绝艺不是件容易的事儿，这些犯法的事儿也不是你直接干的，只要你现在认错，抬脚一走，不管这些事儿，我敢保证，官府也不会追究你的责任，倘若你忠言逆耳，非要在这儿叫号，郭长达呀！我警告你，后果是可悲的。”

郭长达实在听不下去了。“无量天尊！老匹夫！我看你是乌鸦落在猪身上，只看到别人黑，看不到自己黑，开封府是什么东西？徐良、白芸瑞更是可杀不可留。他们出身绿林却背叛绿林，胳膊肘往外拐，找各种借口和莲花门的弟子为敌作对，一个巴掌拍不响。老匹夫，你不要袒护开封府，你就这么给他们溜须，包黑子也不会给你个官儿当，我劝你少管闲事，上哪儿溜达都行。如果你不听我良言相劝，执意与我为敌，你的后果比我还可悲。”

“是吗？好啊，既然忠言逆耳，我说了半天只是对牛弹琴。郭长达，我就要帮助开封府，你看咋办？”

“那只好以武相斗！”

“好！老朽奉陪！我就会会你的量天尺有多么厉害！”说着话，只见邹化昌两眼一翻，露出了黑眼仁儿。其实他一点儿都不瞎，这是一种功夫，能使瞳仁反背，他不但不瞎，而且两眼铮亮，放出两道寒光。因为郭长达不是好惹的，再装盲人无用，他这才显出本来面目。只见老人放下铜锣，挽了挽破袖头，手中拿着根竹竿，晃了三晃，颤了三颤。这其实是一把宝兵刃，叫子午盘龙梢，用时一按绷簧，竹竿尖儿上能出来个枪尖，这枪尖三寸半长，三棱透甲锥，就是钢板也能扎透，专打金钟罩，善破铁布衫，多硬的硬功也避不住它。老剑客把子午盘龙梢在手中一压，“嘿嘿……”一阵冷笑：“郭长达，请过来吧！”

郭长达不搭话，晃起量天尺就砸。邹化昌横着竹竿往上招架，“嘿！”三件兵刃碰在一起，把量天尺崩起三尺多高。郭长达的两臂被震得酸麻，他才知道邹化昌有把力气。邹化昌也感到虎口酸痛，知道郭长达不好对付，要多加谨慎。两人就这样战在了一处。

白芸瑞在人群中观看，觉得邹化昌不愧是人中剑客，掌中的那把宝兵刃是“呼呼”挂风，上下翻飞，神出鬼没。再看郭长达也不示弱，那对量天尺金光闪闪，“呼呼”挂风。两人打得是棋逢对手，将遇良才，五十多个回合没分胜负。两旁的人都聚精会神地在一旁观战，蒋平不放心，凑到芸瑞身边，低声问道：“我看不出来，他们二人谁能耐高，究竟谁能胜，谁会败？”

芸瑞一皱眉，晃晃脑袋：“现在还看不出，打长了胜负难料！”话音刚落，战场上就分出了胜负。

飞云道长郭长达打着打着，偷眼看看邹化昌，心说：这邹化昌真是不好惹，今儿我要不战胜他，莲花门就要一败涂地。这妖道想了条毒计。原来这量天尺可扳手当暗器使用，他打算用飞尺砸邹化昌。只见他加紧进攻，邹化昌也连挥子午盘龙梢，冷不丁，郭长达往圈外一跳，“噌！”看那意思有点儿招架不住了，邹化昌一愣，就在这瞬间，郭长达把左手量天尺扔出来，“唰”就奔邹老先生打来。邹化昌往旁边一甩头，这支量天尺打空，与此同时，右手的量天尺也扔出来，直冲邹老先生的前心。邹化昌使了个大哈腰，往地上一趴，量天尺从头上掠过。邹老先生心中不悦：郭长达，凭你的身份，竟使撒手量天尺，好歹毒啊！这回你兵刃没了，我岂能和你善罢甘休！想到这儿，邹老先生马上站起来，哪知郭长达双尺扔出，还有两手，这小子使了个快速猛击，往前一蹿，扬起单掌就砸。邹老先生没防他这一手，一个躲闪不及，郭长达的一掌正砸到邹老先生的后背上，就听“啪！”邹老剑客“哎哟”一声，往前跑了十六七步，一个跟头摔倒在地，就见他“噗”地一口鲜血涌了出来。这当儿，郭长达把双天尺拿起，举双手就要下毒手，白芸瑞抡宝刀过来，把他拦住。

白芸瑞大战郭长达，蒋平众人救邹化昌回归本队。他看见邹老先生鼻子、嘴直淌血，就问：“邹老先生，您觉得怎么样？”

“疼死我也！蒋平，我身上带着药，快快帮我服下。”

蒋平从他身上摸出两个瓷瓶，一白一绿，问道：“吃哪个？”

“白瓶是止疼药。”蒋四爷倒出药，给邹化昌含到口中，用唾沫咽了，就见邹老先生血是止住了，但容颜更变、脸如白纸，浑身直抖，“可打死我了。”老头儿坐那儿起不来了。

蒋平挥手叫柳金杰、柳玉杰过来，扶住他，在地上休息。心想：这可咋办？白芸瑞本不是郭长达的对手，邹化昌又遭了暗算，看来，今天我们是非输不可，八王千岁是救不了了。

正在这紧要关头，就听山坡上有人高诵法号：“阿弥陀佛！阿弥陀佛！”随声从山坡上闯下两位高僧。

前面这位身材高大，肚子突出，紫脸蛋、光头顶，身着灰布僧衣，肩扛日月方便连环铲，来人正是保宋罗汉北侠紫髯伯欧阳春。欧阳春身后是一个和尚，这和尚也是光头顶，新剃的脑袋锃亮，个头不高，穿着一身破僧衣，趿拉着破僧鞋，腰间系着破丝套，肩背兜子，皱纹堆累、满面寿斑，但大耳垂肩，二目如灯，来人正是少林寺第三位名僧疯僧醉菩提凌空长老。就听凌空老和尚高声喝道：“芸瑞，徒儿退在一旁，为师到了。”

白芸瑞虚晃一招，跳出圈子，回头一看，原来是师父。他紧跑几步，跪倒在地：“师父，您这是从哪儿来？弟子叩头了！”

“起来，起来！芸瑞，来早不如来巧，师父晚来一步，焉有你的命在！”

“师父说的是，您来得太巧了。”

“孩子，你在后面替为师观敌，我来会会这个郭长达。”说着话，凌空长老大步赶奔战场。

这两位老和尚为何碰在一起？为何来到莲花观的郊外？前面说过，南侠拿着包大人的名片去大相国寺找北侠，没有找到，北侠去朝圣了。话说北侠朝拜走到山海关，碰巧遇到了疯僧醉菩提凌空，凌空老和尚周游四方，想看看万里长城，也来到了山海关。两人在县城相遇，北侠问：“老人家上哪儿？”

“我打算看看山海关的名胜，你上哪儿？”

“我赶奔边北门朝圣。”

两人晚上闲谈时扯到了白芸瑞，可巧，遇到同住店的一个开寿面铺的马三爷。包大人逢年过节经常在马三这儿定点心、寿桃、寿面等。因此，马三爷对开封府的事很了解，白芸瑞摊官司的事儿他都知道。他认识欧阳春，就亲自过来拜见，一进门，冲着欧阳春一抱拳，介绍自己的姓名。欧阳春对他挺客气，问他干什么来了？他把情况说了一遍。谈来谈去，马三问道：“老侠客，您出来多少天了？”

“半个来月。”

“哎呀！京城发生的事儿，您知道吗？”

“什么事儿？”

“呵，这么大的事儿您还不知道？白芸瑞摊上官司了，现在性命难保，我离京时听说已押监入狱了。”

欧阳春听罢大吃一惊，凌空更是吃惊，拉住马掌柜问究竟是为什么？马掌柜说："我也不大清楚。听说是三国舅结亲那天，有人调戏了新娘，又杀死新郎，据说这杀人凶手就是小达摩白芸瑞。太师庞吉到八宝金殿告了一状，皇上得知下旨让包大人调查此事。不知是不是芸瑞干的这损事，现在正押在开封府，京城都轰动了。"两人一听，呆住了。北侠欧阳春跟三侠五义是血肉相连，因此决心赶回东京看看究竟是怎么回事儿。凌空更是着急，芸瑞是他的徒弟，出了事，他不能不管。于是两人连夜起身赶奔东京。

晚间，他们赶到京城，城门已关。俩人施展了飞檐走壁的本领，越城而过，来到开封府，一阵砸门，南侠开了门，把事情说了一遍。两人一听，蒋平带芸瑞赶奔莲花观了，凌空知道莲花观的总门长郭长达，芸瑞是战胜不了的，此去看来是凶多吉少。二老连水都没顾上喝就急匆匆赶奔莲花观，来到山坡一看，正见白芸瑞大战郭长达，所以念着佛号，赶奔战场。

凌空前去迎战郭长达，欧阳春问蒋平，蒋平把刚才的经过讲了一遍，又说："老剑客邹化昌遭了暗算，伤势不轻。"欧阳春亲自过来验伤，拿出最好的止疼药、止血丹给他灌下。北侠施展气功，给邹老剑客按摩，还真顶用，这样一折腾，老剑客的伤好了一半儿，不但气喘过来了，还站起来活动了一阵子。谢过欧阳春，老人是咬牙切齿，心说：郭长达，你小子不算人，暗箭伤人，我和你没完。有心过去再较量一番，但一是身负重伤，二是凌空长老去了，就用不着自己了，还是耐心观战吧。

就见疯僧醉菩提来到郭长达面前："阿弥陀佛！郭长达可识得贫僧？"

郭长达一看是凌空长老，不由得魂飞天外，心说：我今儿命太不济了，怎么对面来的都是高人？眼前这和尚是少林八大名僧的第三位，身怀绝艺，我怎么是他的对手！郭长达心里畏惧，脸上却装得满不在乎："无量天尊！这不是凌空老罗汉吗？"

"正是贫僧！郭长达，你是出家之人，竟敢贪恋红尘，为非作歹，贫僧岂能与你善罢甘休！"

郭长达一笑："老和尚，你别上戒喊捉贼，我贪恋红尘不假，你呢？开封府花了多少钱把你请来的？你何必仨鼻子孔，多出这口气！"

凌空冷笑一声："郭长达，你大概不知道吧？白芸瑞乃是我徒弟，你欺负我徒弟如同欺负老僧，我岂能与你善罢甘休！闲话少说！拿命来！"

凌空老僧要力会郭长达。

第七十一回 冤案昭雪元凶正国法 打赌击掌南郑请高士

郭长达正在发威的时候凌空和欧阳春赶到，凌空和尚要大战于他，郭长达心里就有点儿没底了，因为他清楚，凌空乃是少林正宗，属于少林八大名僧的第三位，就凭郭长达的能耐，怎么能敌得住他呢？倘若一伸手，自己被战败，或者受伤，莲花门岂不名声扫地。他翻来覆去琢磨，觉得还是不动手的好，可是思前想后，不动手又怎么能解决问题呢？郭长达老奸巨猾，突然，心生一计，有了。

他往下一撤身，作揖道："无量天尊，哈哈哈哈，凌空且慢动手，贫道有话要讲。你不要仗势欺人，以为你是少林八大名僧，又有开封府做后盾我就怕你。奉劝你别错打主意，我郭长达也不是好惹的，咱俩真要是当场动手，谁胜谁败还很难预料；再者一说，方才你劝我，说我是三清的门人弟子，不该杀生害命，那么你呢？你是和尚，是三宝弟子，也不该杀生害命，倘若咱俩交手，岂不被他人耻笑？贫道倒有个和解之法，不知道你答应不答应？"

凌空一听，既然有其他办法，不动手也好，他点了点头："贫僧愿闻高见。"

"好，你知道蒋平他们来是为什么吗？为的是八王千岁赵德芳，为的是玉面小如来张小溪，而今，张小溪遭擒，他们已经达到了目的，之所以这样玩儿命，就是为了赵德芳。我实话告诉你，赵德芳就在我的莲花观押着呢，我要把他给了你们，怕招人耻笑，大伙儿肯定会说，开封府的人一到，凌空和尚一露面，郭长达就吓酥了骨，乖乖地把八王给献出去了，要真落下这种话柄，我怎样见人啊？怎么办呢？我打算请你和你身后那帮人跟我赶奔莲花观，看看赵德芳押在什么地方，你若有能耐把八王救出去，我服输认罪，甚至要我这条老命也行，如果你们救不出八王，说明你们学艺不高，特别是你凌空，那就空为少林名僧，纯属欺人之谈。凌空，你敢不敢跟我打这个赌？”

“阿弥陀佛！”老和尚一听就是一愣，真没想到郭长达能想出这个办法来，有心不答应，那就说明自己没能耐搭救八王千岁；要答应，现在还不知道八王押在什么地方，究竟能否救出来心中也没底。故此，凌空和尚没有马上回答。

郭长达哈哈大笑：“凌空，这么说你是害怕了，像你这种人怎么配跟我交手啊，我看你还是少管闲事儿，逃命去吧！”

郭长达说出讥讽的话，白芸瑞闻听，迈步过来了：“郭长达，刚才你说的话我听得很清楚，那好，我师父不答应我答应，我们要救不出八王千岁，杀剐存留任凭你自便，你看怎么样？”

“好！”郭长达这个乐呀，当时就把话抓住了：“白芸瑞，你说话算数不？你对天盟誓我听听，你敢不敢？”

白芸瑞冷笑一声：“大丈夫说话，一言既出，驷马难追，板上钉钉，岂有妄谈之理？”

“好，我相信，一言为定了。”两人把手伸出来三击掌，这件事就定下来了。

这一打赌可急坏了凌空和尚，连北侠、蒋平等众人全着急了，都埋怨白芸瑞性子太急，你打了赌，说话就得算数，真要救不出人来，难道我们就不要八王了，你拿八王千岁当赌注。但是埋怨已经晚了，白芸瑞这话说出去，就像一盆水泼出去了，事到如今只有硬着头皮挺着了。

白芸瑞说：“郭长达，赌，咱俩是打了，我说话是算数的，不过我有个要求，你必须领我们看一看八王千岁被囚禁在何处，我们也好搭救。”

“这是自然，刚才贫道交代得非常清楚，我可以领你们去看看八王，你们把地址记在心里，以便动手啊。哈哈哈哈！请！”

白芸瑞众人起身赶奔莲花观。蒋平一看，我们去可以，但是还押着个俘虏，带着个伤员，多有不便，倘若这张小溪再跑了，不就麻烦了吗？邹化昌大口吐鲜血，身子骨特别虚弱，不便劳神啊。蒋平一想：不如兵分两路，一部分人去看八王千岁被押之处，另一部分人押着张小溪，保着邹化昌回开封。

蒋平料事周全，他与欧阳春一商量，欧阳春说：“这里离京城四五十里，别中了人家的埋伏，这事你交给我，我领着一伙人把他们送回开封，你跟芸瑞他们赶奔莲花观。"

蒋平一个劲儿地作揖："老哥哥，您真说到我心里去了，您就辛苦一趟吧！"于是，北侠欧阳春带着小七杰，背着邹化昌，押着张小溪，提前一步回京，余者数人跟着白芸瑞赶奔莲花观。

郭长达在往回走的路上一句话没说，两只三角眼不住地转动，想着他的心事。这家伙一肚子鬼点子，走了这一道他也把主意打定了。每步应该怎么做，他都有安排。白芸瑞、凌空、蒋平众人也想着自己的心事。

芸瑞想：郭长达既然提出来了，他肯定有阴谋诡计，不然他不能想这么个主意，我可别中了他的烟泡鬼吹灯。因为这里离莲花观仅有一里地，说话就到了。郭长达把手一摆，山门大开，守门的小道士掌起灯球火把亮脂油松，把路照得雪白刷亮，然后他把手一摆："各位，请吧！"他在前边引路，众人在后边相随，转过正殿，穿过二殿，来到了第六层院里。

这时郭长达用手一指："请上走，八王就囚禁于此。"房书安来过两次，第一次是郭长达领他来的，第二次是晚上他打算把八王救走，这次算是第三次了，可以说是轻车熟路。房书安提心吊胆，紧跟在白芸瑞身后："老叔啊，看见没有，这亭子叫九兽朝天亭，八王爷就在里边关着呢，这里边都是机关埋伏，你要留神。"白芸瑞点了点头。

房书安勤快劲儿来了，他在前边领着大伙儿来到九兽朝天亭的东门，就是东方甲乙木，因为这个亭子按着天地人三才、金木水火土五行八卦修建而成。换句话说，就是三才五行八卦亭，完全按照八八六十四卦、五行相克制修建的，一步一个消息儿，一步一个埋伏，稍微走错一步，就粉身碎骨。白芸瑞学过，故此他心里有点儿底。

大家来到东门，东门叫甲乙木，西门叫庚辛金，南门叫丙丁火，北门叫寅癸水。芸瑞掐指一算，今天这日子走东门正合适。郭长达上了台级，让众人也上了台级，在东门外一站，郭长达乐了："恕我不恭，诸位到此留步，只能站在这儿往里看，可不能进这九兽朝天亭。"众人点了点头。他仍按以前的办法，先把门上的铜环抓住，往外拧了三扣，就见两扇门往左右一分，因为是半夜，亭子里的灯显得格外亮，众人往里一看，空荡荡的一条缝子直接通到中央戊己土，中间地带有八根柱子，柱子是红油漆的，等距离摆成八卦形，从外表看是支撑这个亭子的八根大柱子，实则这也是消息儿埋伏。

郭长达迈步进了九兽朝天亭，来到中央戊己土。他搂住左面这根柱子，往左拧了几扣，就听见“嘎巴”一声，天花板往左右一分，从里边下来一个笼子，稳当当地落在中心。郭长达从明柱上摘下一盏猪油灯，照得四周刷亮，他冲着白芸瑞他们说：“各位，看见没有，赵德芳在这儿。”

白芸瑞仔细一瞧，见里边有个大笼子，大小好像一间房子，笼子是铁的，每根铁条都有鸭蛋粗细，旁边有门，却用象鼻子大锁锁着。笼子里摆着一把安乐椅，八王千岁在椅子上捆着。就见他披头散发，昏昏沉沉，双目无神，面容消瘦，已经走了相。蒋四爷的心恨不能从嗓子眼儿跳出来，颤抖着声音跪在门外：“王驾千岁，千千岁！恕臣不忠，我罪该万死，臣蒋平、白芸瑞等参见千岁！”众人全跪倒了。

八王这些日子心似油煎，没想到一朝的人王地主，大宋朝的二号君主，居然落到这般光景，如今被人家困到笼子里，跟野兽相似，求生不得，求死不能，这算什么事啊！八王度日如年，也不知外面是黑天还是白天，整日里昏昏沉沉。这帮贼寇每日只给他一顿饭吃，八王吃不下去，焉有不瘦之理。

笼子落下来一震动，八王把眼睛睁开了，恍惚听见外面有亲切的声音，口称千岁，八王吃了一惊，好像在梦中惊醒了一般，尽量拢目光，顺声音观瞧，啊！就见亭子外面跪倒了一片，他分不清谁是谁，只能听说是蒋平、白芸瑞众人。

八王强打精神，晃了晃身子：“外面可是蒋平、白芸瑞？”

“不错，正是微臣。”

“啊呀，卿家，快些救孤，我可受不了这个罪啦！”听到八王这句话，众人的眼泪就掉了下来。凌空和尚眼睛也湿润了。

芸瑞往上磕头：“王驾千岁，恕臣等无能，没把您老人家保护好，才有今日的灾难，不过，请王驾放心，臣管保在三日之内把您救出虎口。”

“芸瑞，我就指望你们了，越快越好，不然恐怕咱们君臣就难以见面了。”八王哭得连气都喘上不来了。

郭长达一听，袍袖一甩：“行了！行了！哭也没用，他们得把你救走才行。赵德芳，告诉你，我跟白芸瑞已经打了赌，他说一准儿能把你救出去，倘若救不出去，到时候对你杀剐存留全在我，就看你这条命是长还是短了。”说着话，他一按消息儿，笼子一下子升起来，天花板就封闭了。

郭长达转身从里边出来了：“你们都看清楚没有，赵德芳就在这儿押着，你们什么时候救八王，这得交代清楚。”

芸瑞说:“刚才打赌的事情，说话算数，三天之内我们必破此亭。”

“三天破不了呢?”

“你们想怎么办就怎么办。”

“好嘞，咱们一言为定。”

蒋平过来了:“郭长达，我还得说几句，人得有良心，你可不能虐待八王，在没杀他之前，要给他吃好喝好。”

“你放心吧，我比你想得还周到，这些事贫道自然能安排。”众人擦了擦眼泪，转身出了莲花观。

郭长达送到门口，冷笑一声:“后会有期!”

白芸瑞率领老少英雄返回开封府。

他们到达开封府，已经是第二天的辰时了。展昭众人列队迎接，把凌空大和尚接进校尉所。老和尚一摆手:“芸瑞，休息是小事，咱们得商量大事啊，最好先碰碰头，想个主意，能尽快破朝天亭，救出八王爷。”大家赶紧回府向包大人把事情的来龙去脉交代清楚。包大人听完紧锁双眉，可事到如今也只好听天由命了。

在碰头会上，大家议论的中心话题，就是如何破这个亭子。房书安首先发言:“各位，我三次到九兽朝天亭，对里边的事比较清楚，这里边全是消息儿埋伏，一步走错，就得粉身碎骨，不然的话，郭长达也不敢跟咱们打赌，咱们必须得懂消息儿埋伏，然后救人才有把握。”大家一听房书安说得有理，包括白芸瑞在内。

芸瑞也学过消息儿埋伏这些东西，但不是那么精通，所以不敢大包大揽，凌空和尚一听:“对呀，知己知彼，百战不殆。那妖道既然敢跟咱们打赌，说明这是龙潭虎穴，里边有奥妙之处，想把咱们一网打尽，所以咱们绝不能掉以轻心，大家死伤是小事儿，救不出八王那才是大事儿。”

大家一听是这样。可怎么办呢?要说破这种亭子，有两个大行家，那就是西洋剑客夏玉奇和想当年破冲霄楼的那位老彭起，但这二人都不在眼前，远水解不了近渴。现在是燃眉之急，时间只有三天，到第四天就不灵了，但是除这两位之外，谁能有把握呢?大家一想都犯了愁，埋怨白芸瑞不该跟郭长达打赌。芸瑞也觉得自己太急躁了，当时脑子一热想得挺简单，可现在头脑冷静下来一考虑，不是那么简单的事情，不然的话郭长达能拿九兽朝天亭打赌吗?芸瑞的汗水直流。

正在大家手足无措的时候有人说话了："阿弥陀佛，大家不必着急，我倒想起一个人来，此人要破九兽朝天亭我看有把握。"大家一听，把眼光全集中到北侠身上了。

"老兄，快说，究竟这人是谁？"

"此人远在天边，近在眼前。出了东京的西门往西去，在南郑县的西昌里，有个福寿堂药店，此人是药店的掌柜，江湖人称妙手先生刘世奇，大家想起来了吗？想当年在南阳府大破藏珍楼就是刘世奇先生给咱帮的忙，人家亲手给描绘的楼图。两个月前，我因事到南郑县，遇上这位刘老先生，我在他的药铺还坐了半天。我知道刘世奇和彭起、夏玉奇他们之间亲密无间，能耐也相差无几，所以只要刘老先生肯帮忙，我看破朝天亭是万无一失。"

欧阳春一说，凌空和尚首先鼓掌称赞："阿弥陀佛，对！此人精通玄妙之术，对于五行八卦更有研究，听说他亲手绘制过各种各样的楼图，一般的消息儿埋伏都在他心里装着。此人就在眼前，这可是天赐啊。事不宜迟，我们马上去请刘老先生。"

大伙儿一听，谁去请呢？眼下开封府正在用人之际，有大能耐的人还得留下看家，以防万一，但是去请的人还得有身份，办事可靠，谁合适呢？南侠展熊飞站起来了；"四哥，我去怎么样？"

蒋平鼓掌称赞："大兄弟，你去最好，谁不知道你南侠的名望，你这一去更显示出我们开封府对他老人家的重视，同时你还能代表包相爷和我们大伙儿，就这样，你们看怎么样？"

大家异口同声地赞成南侠去，可是事情太大，南侠一个人觉着不方便，还得找个帮手。言还未尽，站起一个人："我跟着去你看怎么样？"

蒋平一看，正是臭豆腐冯渊。大家觉着他能耐不大，鬼点子极多，正是开封府的智囊，他办过几件大事。想当年在五里屯捉拿过晏飞，破藏珍楼他也没少出力，所以蒋平点头说："好吧，你陪你展大叔去一趟吧。"

"好嘞，遵命！"

南侠问凌空和北侠："就凭我们爷儿俩空口说白话，恐怕不方便吧，最好老哥哥能给写封信。"

欧阳春点头，他提起笔来，给刘世奇写了封信。他俩的关系密切，欧阳春德高望重，他交的朋友都是过密的，相信刘老先生见了北侠的信不来也得来。为了把握起见，开封府包大人也写了封信，恳请刘老先生出力帮忙。这封信的分量当然更大了，这是往药铺掌柜的脸上贴金啊。两封信交给展昭揣在怀里。事不宜迟，他们爷儿俩骑两匹快马，带着两个仆人，一溜烟赶往南郑县。

他们走后，剩下的人只好听信儿了，包大人利用这个机会修下本章，赶奔八宝金殿，面见仁宗，偏赶今天是皇帝升朝的日子，文武百官朝拜鹤立，包大人出班跪奏，把以往的经过讲述一遍。皇上一听，八王爷被押在莲花观九兽朝天亭，差点儿没气死，把龙书案拍得山响："反了！反了！这还了得，在朕的眼皮之下竟出了这帮江洋大盗，无视国法，囚禁八王，真是死有余辜。朕岂能容饶？岳横卿何在？"

五军督提府大元帅岳横出班跪倒："参见陛下。"

"岳爱卿，朕给你一道旨意，秘密到教军场点一万人，赶紧给我兵发莲花观，踏平庙宇，把这帮贼寇全给我捉来问罪。"

"臣遵旨！"

岳横站起来刚要走，被包大人拦住了："老元帅且慢。"

皇上把脸往下一沉："包卿，这是何意？"

"回禀万岁，请息雷霆之怒，臣有下情禀奏。八王千岁虽然身陷魔掌之中，但是我们也不能操之过急呀！假如岳老元帅兵发莲花观，那时贼人必先下手，要把八王爷给杀了，您说怎么办？因为人质在人家手中，所以不宜发兵。"仁宗一听对呀："包卿，既然发兵不行，你可有办法救我的王叔？""陛下休急，臣等已想出救八王的计策。芸瑞已经跟他们打了赌，三天之内破九兽朝天亭，救出八王爷。如今我们已派人去请高手，明日高手就能进京，到那时就能把王爷请回来了。"

"唉！现在也只能如此了。"把仁宗急得又摇头又叹息。

在文官队伍之中，老太师庞吉一听，心说：包黑子说什么？白芸瑞跟贼人打赌，他的官司还没结束呢，怎么把他给放出来了，难道是皇上传的旨意吗？那我儿子就算白死了吗？他出班跪倒："万岁，臣有本上奏。"

"太师有本奏来。"

"适才包大人说，白芸瑞跟姓郭的打赌，臣不明白，白芸瑞是杀我儿子的凶手，是谁出的主意把他给放了？这是怎么回事儿？请万岁示下。"

仁宗转过脸来问："包卿，放白芸瑞是谁出的主意？"

"万岁，这是臣的主意。"

"啊！包拯，你胆子也太大了，没有朕的旨意，怎能做这个主，岂不犯下欺君之罪吗？”

包大人一笑：“万岁，是这么回事儿。八王千岁落入魔掌，臣听到后，心似油煎，要想救八王，臣手中无人啊，徐良回山西给他爹治丧，除了芸瑞之外没有一个人能对付得了这些贼寇，救八王的事大，白芸瑞的事小，因此未请示旨意先把白芸瑞放了。白芸瑞戴罪赶奔莲花观，刀斩三寇，活捉了一个人叫张小溪，诨号玉面小如来。此人已经供出，他就是杀人凶手，并陷害了白芸瑞。这个犯人现在开封府大牢关押，万岁不信可派专人审讯。芸瑞的官司实属冤枉，难道我放错了不成？”

仁宗听后问：“这么说杀人凶犯抓住了？”

“抓住了，而且臣全审问明白了，有他的供词为证。”

仁宗转过脸来对庞吉说：“太师，你听明白没有？你儿子是死在张小溪之手，容孤传旨，把张小溪正法，替你儿子报仇。”

老太师一听，哑口无言，但他还有点儿不相信：“万岁，您不能只听包拯一面之词，臣要讨旨审讯。”

“好，那朕给你旨意。等包卿赶奔开封，重新审理此事，把审讯结果速报朕。”

“遵旨。”

包大人马上回开封，老太师庞吉、六部尚书全都来到开封大堂。包大人立刻升堂，带上张小溪，当着众人的面让他招供。

张小溪自从进了开封之后，在重刑之下，他挺刑不过，便把陷害白芸瑞的原因和手段一五一十全招了出来，大伙儿一听明白了，原来是这么回事儿。

包大人让人把张小溪押下去，问庞吉：“老太师，您听明白没有？”

“老夫听清楚了，原来是这小子从中捣的鬼，改日我要向芸瑞赔礼才是。”

包大人点头称是，修下本章，奏明皇上。皇上一看，传旨将张小溪推到云阳市口，乱刃分尸，人头砍下，挂在狮子街示众。白芸瑞官复原职，并奖给他三千两黄金，这官司才算正式结束。

按下他们先不说，再说南侠展熊飞带了几个人飞马前进，当天下午就赶到南郑县城。

这小县城还挺热闹，街上行人往来不断，南侠先打听福寿堂在哪儿。他从马上跳下来，擦了擦脸上的汗，跟一个老者询问：“老人家借光，请问福寿堂药铺在什么地方？”

"往前走门外挂着金字牌匾的就是。"

冯渊抬头一看就在眼前，跟展昭说明白了。展昭说："等等，咱们初次请人家，必须得礼貌一些。"他把两个仆人叫了过来，拿出二十两纹银，让他们找个点心铺、水果铺，买点礼品。时间不长，他们把礼物买回来，南侠让他们拎上礼物牵着马，来到福寿堂药铺。

到这一看！药铺像新开的样子，油漆彩画还挺新鲜的，正中间挂着一块横匾，上写"福寿堂"三个大字。抓药的人出来进去的不少，南侠他们进来了，一看迎门是大拦柜，站着几个小伙计，有的打算盘，有的招待顾客，旁边还坐着一个先生，另外把门的旁边还有两张桌子，坐着几个看病先生正给病人号脉。南侠直奔账房来了。

他一抱手："先生请！"

这位账房正低着头写账，听见有人说话赶紧把头抬起来，一看，眼前站着一个人，这人长得面似银盆，剑眉虎目，三绺儿黑胡，腰悬宝剑，一表人才。先生站起来了："唉哟，不敢当！您有事儿吗？"

"我想借问一声，这是福寿堂药铺吗？"

"一点儿不错。"

"请问，药铺东家刘世奇老先生在家吗？"

"这可不巧，刘老先生不在。"

"哪儿去了？"

"两天前来人接他，上洛阳看病去了。"

南侠听了一跺脚："怎么这么倒霉！"马上又问，"什么时候能回来？"

"今天就应当到家了，可到这会儿还没回来，这得看掌灯以后了，要是还不回来，那就得明天了。"

南侠耐着性子又问："先生，刘老先生肯定能回来吗？"

"方才我没说吗，今晚上不回来，明天一早肯定到家，因为家里离不开他，就这几天的工夫，看病的人就已多得推不开门了。"

"先生贵姓？"

"免贵姓赵。"

"赵先生，我是从开封府来的，在下姓展，叫展昭。"

"啊！您就是展老爷展熊飞？"

"不错，是我。我们奉包大人之命，还有北侠欧阳春的推荐，特来见刘老先生，可惜他不在，不见到他本人我们不能离开南郑。这里买了些礼物，不成敬意，但愿您先留下，等刘老先生回来，请您说明我们的来意，我怀里还有两封信，务必亲自交给他，辛苦您代为转达。”

“听明白了。你们上哪儿休息？”

“我们随便找个店房，掌灯以后我们再来一趟。”

“好，既然你们有急事儿，那就麻烦你们再跑一趟。”

南侠点头，从药店退出来，跟冯渊一说，冯渊也觉着挺堵心，可事到如今也只好等待。大家出了福寿堂药铺，往对面一看，有个胡同，里边就有一家店房，这家店房悬的匾上写着“贾家老店”。展昭一看，这里离药铺近，就住在这里吧。主仆四人进了贾家店，叫了账房，登上记，包了个跨院，众人到屋休息，他们一直盼到掌灯，这才二访刘世奇。

第七十二回　臭豆腐南郑遇险　白眉毛严惩贼寇

南侠和冯渊尽管心如火烧，也得耐着性子等。爷儿俩住到贾家老店，好不容易盼到掌灯了，爷儿俩二次起身赶奔福寿堂药店。这时候街上已经没有行人了，买卖铺户大部分都关了门，这药铺也不例外。南侠紧走两步，"啪啪啪"叩打门环。栅栏板上有个小门开了，从里边露出一张脸来，借灯光一看，正是那个账房先生，他还没回家。

南侠冲他一笑："赵先生，请问刘老先生回来了没有？"

赵先生晃晃头："对不起，还没回来呢，看来得明天了。"

南侠一皱眉："好好好，打搅了，明天我再来。"

南侠说着话转身要走，账房先生忽然想起件事儿来："哎，我说这位，刚才也来了三个人，打听刘先生在没在家，那三位跟你们是一块儿的？"

南侠听完了就一愣，心说：不能吧，我蒋四哥把我们派出来了，难道不放心，又派出几个人来？为了把这事儿弄清楚，南侠问账房先生："这三个人叫什么名字？"

"不知道，他们没报名。"

"先生可记得他们的相貌？"

赵先生想了想："记的，为首的是个出家的僧人，看样子有七八十岁吧，还有一个漂亮小伙，有三十岁左右，穿一身白衣服，挎着口宝剑，还有一个人长得挺难看，大连鬓胡子，两眼往外鼓着，说话瓮声瓮气的，挎着把刀，就这么仨人。"

南侠想，这仨人是谁呢？他怎么猜也猜不出来，也就不再追问了："先生，我们回去了，明天再来。”

说话间爷儿俩回到贾家店，真是乘兴而来，败兴而回。爷儿俩往床上一躺，谁也不说话，连灯也没点。那两个仆人替南侠把外衣脱了，把灯点着，然后又给沏上茶。这两个仆人不敢多问，收拾完这一切之后，便悄悄退到外屋。

好一阵，南侠才翻身坐起来，打了个唉声：“唉，人要倒霉，喝口凉水都塞牙，刘老先生要是不回来，这事儿可就麻烦了。”

冯渊一听，也坐起来了：“可不是吗，莫说他老不回来，就是晚回来三天五日也坑了咱们。展大叔，如果他明天还不回来，你看怎么办？”

南侠晃晃头：“倘若他明天不回来，咱就不能等了，就得回开封府送信儿，赶紧另想办法。”

冯渊把头也低下了：“嗯，但愿老人家明天能回来。”

爷儿俩说了会儿话，南侠伸手拿壶，打算倒碗水喝。他的手触到壶把儿上，往桌上一瞧就一愣：“冯渊，你看这是什么？”

冯渊急忙到桌前一看，也是一愣，只见一把锋利的匕首插着个纸条，在桌子上钉着。南侠看看左右没人，把匕首撬起来，拿过纸条借灯光一看，上边有四句话，十六个字：虎穴龙潭，处境凶险，多加小心，防止暗算。啊，这是什么意思？冯渊也从头到尾念了一遍。这一定是有人警告我们爷儿俩，有人要暗算我们，这是谁干的？

南侠把俩仆人叫进来：“你们知道这纸条是谁留下的吗？”

仆人一看傻眼了：“哦，这……不知道啊，这是从哪儿来的？”仆人吓得魂不附体。南侠知道，留字笺的这个人一定是世外高人，不然的话，身手不能这么快，屋里有俩大活人愣没看见。

南侠跟冯渊咬耳朵：“这个人很可能了解内情，向咱们发出警告，咱爷儿俩可得注意啊。头一句说得明白，虎穴龙潭，一定是指这店房，莫非是贼店不成？”

冯渊点点头：“我听着有理。”

“好吧，我到院里看看。”南侠到了院里，把院门插上，围着他们的房转了一圈，没发现什么可疑的痕迹。他又回到屋，把门插上，把俩伙计叫进来，让他们把灯光掌亮点儿，里屋外屋，开始检查。从外表上看，什么也发现不了，但是怕就怕认真二字，这爷儿俩仔细一翻腾，真找着问题了。在南侠的床铺底下有个地道，上头铺着方砖，把方砖弄开，里面是个地道口，黑洞洞的深不见底，南侠立刻就明白了，不管我们的门插得多结实，人家晚上从这儿就上来了，没想到这弹丸之地的南郑县也有贼店，幸亏有高人提示，不然我们爷儿几个非遭暗算不可。南侠跟冯渊商量了一阵，晚上睡觉可要留神。冯渊点头，又把这盖照着原样盖好了，告诉两个伙计，不管我们怎么打，你们也不要动弹，恐怕把你们伤着。这俩伙计一听，脖子冒凉气，腿肚子吓得直转筋。

南侠跟冯渊爷儿俩周身上下紧衬利落，南侠提剑，冯渊抡刀，把地道口守住了。边守着边闭目养神，靠着耳朵分辨声音。一直盼到二更天，就听这地道里头发出了“唰唰”的声音，好像耗子盗洞。南侠用手指指冯渊，然后又指指这地道口，意思是说，来了。这爷儿俩顿时提高了警惕，把家伙都撸好了，可底下又没声了，等了半天也没有动静。冯渊不由得心里骂着，你们做这事以前，也不先问问我们爷儿俩是干什么的，我们专门抓贼，这真是飞蛾扑火，自己送死。可也不错，这些日子满肚子都是火，杀俩贼撒撒气，也许能好受一些。

冯渊正想着，就见这块假方砖动弹了，动来动去往旁边一蹭，就露出了地洞口，紧跟着，从里边挑上个帽子。冯渊和南侠都有经验，这是试探性的。南侠和冯渊屏气凝神，爷儿俩谁也没动，就见这帽子晃了几晃，挺了一会儿，又缩回去了，从里边爬上一个人来，这人青纱罩面，周身上下也穿着黑衣服，手中提着明晃晃牛耳尖刀。这小子从地道里边爬边往床上看，还没等他看清楚，南侠探出三个手指头，正好掐在他的脖子上，这位手刨脚蹬，眼珠子就翻上来了，差点儿把他掐死。南侠把他拎到床边，轻轻地放到地上，另一只手把他的刀按住了，避免钢刀落地发出声音，这一招干得干净漂亮。

南侠刚一回头，地道里又爬出一个人，这位站起身来，刚一直腰，臭豆腐冯渊一看，我展大叔玩儿得这一招挺漂亮，我也跟他学学，冯渊把仨手指头也伸出来了，“嘎嘎嘎”，再看这小贼手刨脚蹬，眼睛同样翻上来了，冯渊把他拎到床边，也轻轻往地上一放，把刀接住，避免发出声音。刚一转身，第三个上来了，南侠用同样的办法把他抓住了，放到旁边，一口气抓上仨来。第四个又上来了，冯渊一想：这又是我的事儿了，爷儿俩一人抓俩，这有多好。他心里一激动，有些慌张，掐脖子一下没掐住，正好掐到这位腮帮子上了，可把这贼吓坏了，“啊”一嗓子，冯渊吓得一撒手，这家伙又掉到地道里，只听得嗷嗷直叫，转身就跑。

南侠一看坏了，用手一指：“冯渊，你真是饭桶。”

冯渊气得给了自己俩嘴巴："我怎么这么笨，我这不是手，是脚丫子。"

南侠说："你骂也没用，甭问，他回去送信儿去了，一会儿人家来了，把咱们围住，咱就被动了，不如在后面追。"

"对！"冯渊点头。

说在后边追，他俩人可不能下地道，因为不知道底下什么情况，遭到暗算怎么办。爷儿俩把门拉开，抖身上房，沿着这个方向奔贾家店的后院，等他们来到第三道院，脚踏瓦垄往下观看，院内灯火通明。院中放着一张八仙桌，两边摆着几盏灯，见围着八仙桌坐着几个人，正中央那把椅子上坐着个出家的和尚，个头儿不算高，脑袋溜光锃亮，小饼子脸，杠子眉毛，皱纹堆累，塌鼻子，蛤蟆嘴，看年纪七旬挂零，身穿古铜色的僧衣，南侠和冯渊不看便罢，一看真魂出窍。这和尚正是开封府的死对头紫面金刚、假徐良王顺的受业恩师金掌佛禅。

南侠心中一翻个儿，暗道不好，这个佛禅不是在莲花观吗，怎么跑到这儿来了？

再看佛禅的上首有一人，穿白挂素腰配宝剑，贴金脸，尖下颏儿，剑眉，大豹子眼，凹鼻梁，方海口，三十岁左右，南侠一眼就看出来了，是白莲花晏风。下首有一人，满脸疙瘩，黄胡须，头上六棱帽，上穿青色的短靠，背后背着巨齿狼牙刀。冯渊认识他，此人叫杜风春，人送绰号武瘟神，是朝天岭漏网的贼寇。再看这仨人的对面，横坐着一人，矮墩墩，像一口盛酒的大缸，没有脖子，肉乎乎的脑袋往腔子上一放，脑门子上长着一块黄癣，大塌鼻子鲇鱼嘴，沿口的黑胡，看样子三十岁左右，背后背着一对钢鞭。这人旁边坐着一个女人，头发拢到脑瓜顶上，用头绳系着，外披红色斗篷，下穿绿色彩裤，穿着一双弯弯的战鞋，一张大饼子脸，独头儿蒜的鼻子，小菱角口，满嘴的小白牙，弯弯的两道细眉，满脸搽着厚厚的官粉，活像个丑八怪。这女人的腰中挎着双刀，身边还站着几个彪形大汉，在这里倒水、掌灯，来回伺候这几个人。

这一男一女是谁呢？是贾家店的掌柜，他们是两口子，男的叫金头虎贾正，女的叫母夜叉邹燕春，十年前他们结为夫妻，手头颇有积蓄。他们的老家就在南郑县。这个邹氏很有眼光，他们俩完婚之后，就劝金头虎："算了，咱们夫妻够过了，别再过刀口舔血的日子了，不如回原籍做个买卖，金盆洗手，改恶向善，咱的后半辈子落个好结果。"贾正一听有理，就向众人声明金盆洗手不干了，就这样带着妻子回到南郑县，开了家店房，叫贾家老店。

这店房自从开业之后，他们还没干过坏事，因为要钱有钱，要东西有东西，何必冒那个风险呢？况且已经表示不干了，所以他们就凭着正经的营业收入生活。为什么修地道呢？为以防万一，贾正想：我以前没少干坏事儿，一旦被人举发了怎么办？把我们两口子堵在屋里往哪儿跑啊？有道是狡兔三窟，所以他在屋里修了三条地道，一条通到南侠那屋，一条通到后院水沟的旁边，另一条通到十字街那眼井帮上头。这是预防有事儿顺着地道好逃跑，如堵上了他俩，他们还可以选择另一条通道逃跑，这就叫狡兔三窟。贾正和邹氏既然已经起了誓，怎么又干坏事儿了呢？

这件事儿就发生在郭长达身上。前面咱们说了，郭长达跟白芸瑞打赌击掌，白芸瑞表示三天之内搭救八王千岁，三天救不出来，你们随便杀剐。郭长达打赌之后，开封府的人撤了，他领着他的弟子徒孙回到莲花观，往大厅里一坐，手捻须髯，扬扬得意，他认为，白芸瑞就是累死，也破不了他的九兽朝天亭，别说三天，就是三十天三百天也破不了，也救不出赵德芳。

郭长达想到这儿，不住地傻笑。飞剑仙朱亮就问："老门长，您乐什么？"

"哈……朱老剑客，我笑的是白芸瑞和蒋平，他们竟敢跟贫道打赌，真是自找没趣。"

朱亮问："您认为他们破不了九兽朝天亭吗？"

"正是，我这座九兽朝天亭是用心血研究出来的，里边的消息儿埋伏神出鬼没，漫说是白芸瑞，就是他爹白玉堂在世也破不了，他不是自找倒霉吗？故此贫道发笑。"

朱亮听完了，晃了晃脑袋："老门长，我有句话说出来您可别不痛快。"

"请讲吧。"

朱亮说："您可别小瞧开封府这帮人，真可谓庙小妖风大，这帮人什么特殊的能耐都有，没有破不了的消息儿埋伏，想当初我占据阎王寨，十条绝户计，满以为能大获全胜，一旦十条绝户计不行，还能炮打狮子林，把他们全废了，结果却是枉费心机，不但丢了山寨，还栽到了人家手底下，这个教训我是不能忘的，因此我想告诉老门长，千万不可掉以轻心。为什么白芸瑞提出三天时间，这里肯定有阴谋，他们利用这三天时间，请高人破九兽朝天亭，您还是不要太高兴了。"

郭长达先是不痛快，后来一玩味，觉得朱亮说的有一定道理。忽然他想起一个人来，九兽朝天亭唯有这个人能破，此人就是南郑县开药铺的妙手先生刘世奇。他知道，刘世奇一共师兄弟三人，他的大师兄就是百岁白头翁彭起，想当年帮助开封府大破冲霄楼铜网阵；他的二师兄就是西洋剑客夏玉奇，专门研究西洋八宝转心螺丝；这个刘世奇是老三。刘世奇的能耐超过他的两位师兄。倘若他们把刘世奇搬出来破九兽朝天亭，岂不是易如反掌吗？想到这儿，他心中有点儿没底了。

郭长达拍拍朱亮的肩头："老剑客，您这句话点醒我这梦中人，我忽然想起一件事来。"

他把刚才的想法一说，朱亮说："这刘世奇就住在南郑县，离开封府不远，骑快马半天的工夫就能到，他们要把刘世奇请来怎么办？咱们得提前下手啊。"

"对。"郭长达马上下了命令，决定派人去请刘世奇，把他软禁起来，不让他帮开封府的忙，等开封府认输了，再放刘世奇；如果老刘头儿不识抬举，就把他干掉。这种事叫谁去合适呢？就派金掌佛禅、晏风、杜风春。金掌佛禅一听，干这事太容易了，问明了地点，带足了盘缠就要起身。

郭长达告诉他："慢着，南郑县西关里有个贾家店房，开店的掌柜叫贾正，妻子是邹氏，他夫妻二人都是咱莲花门的门人，虽然他们已经不干了，但求到他们名下，他们也得鼎力相助，你们三位一去就住到他店里，先把刘世奇请来，他要不识抬举就把他干掉。"三人起身，骑快马直奔南郑县。

他们进了南郑县西关里，天快黑时，找着贾家店。晏风认识贾正，进了店房一找这两口子，两口子大吃一惊："我说晏大兄弟，你们这是从哪儿来？"

晏风一乐："我给你们介绍两个人，这位是金掌佛禅。"

"啊，老前辈，久闻大名。"

"这位姓杜，是我磕头的把兄弟。"

"兄弟，来了有事吗？咱们到屋里谈。"贾正两口子把他们仨人让到后院，一问来历，晏风把郭长达所指示的事向他们说了一遍，两口子一听，不敢不帮忙，得罪了总门主还得了？这两人明白了，原来是奔刘世奇来的："刘世奇就住在我们对面，离这不到二百步远，老刘头儿还会这么两下子我们倒不知道，不过我们听说老刘头儿到洛阳给人家看病去了。"

"没在家？"

金老和尚不放心，跟晏风一商议，咱们得看看去，他要真不在家，算让他拣了个便宜。就这样，他们仨人起身，到了福寿堂药铺，找掌柜的不在，他们就找账房先生去了。一问，账房赵先生就告诉他们了："老先生赶到洛阳给人看病去了，今天晚上不回来，兴许明天；明天再不回来，就不知道什么时候了。”

这三个人一听，看样子还不能走啊，只好在这等着，明天再走。想到这儿，他们仨人又回到贾家店。他们仨回到贾家店之后，贾正和邹氏热情款待，一听刘老头儿没在家，他们便在院里摆了张八仙桌，在这里吃吃喝喝。

这时，伙计蔡老五进来报告：“掌柜的，咱们店房里来了四个人，据我观察，这四人并非等闲之辈。”

贾正问：“什么样的人？”

“二主二仆，那俩仆人没什么说的，唯独这俩主人，其中有个人一说话唔呀唔呀的，身上还带着武器，另外一个人有五十多岁，面如银盆，三绺儿黑胡，挎口宝剑，俩眼睛倍儿亮，我把他们安顿在中跨院，听说他们也找刘世奇老先生。”

贾正听完就是一愣，晏风反应过来了：“诸位看见没？是开封府的人，如果我猜得不错，那蛮子就是圣手秀士冯渊，另一位可能就是南侠展熊飞，真不出朱老剑客所料，他们走到前边来了。”

这真是仇人相见分外眼红。怎么办呢？佛禅说：“这事好办，干脆把他们收拾了。”

老佛禅起身要结果了他们二人，被贾正拦住了：“且慢，老罗汉，杀鸡焉用宰牛刀，再者说，这里是店房，我们的买卖不错，哪儿来的客人都有，您说您要带着人去杀了他们，传扬出去，今后我就没法儿干了。您甭管这事儿，我略施小计就能要了他们的命。”

佛禅问：“你有什么小计？”

“他们住在跨院，有一条地道正通到他们床底下，等他们睡熟了，派几个弟兄去，把他们一宰不就完了。”

佛禅说：“也行。”就这样，他们几个打定了主意。晚上，他们在院子里听信儿，让蔡老五领着三个弟兄，顺着地道去杀展昭和冯渊。哪知道人家那边接着一封字笺，事先作了准备，行刺不行叫人抓住仨，蔡老五跑回来了，上气不接下气：“掌柜的，可了不得了，这买卖做坏了，他们事先有了准备。”在座的人听了就是一乱，贾正把手臂抡起来，给蔡老五一个嘴巴子！“饭桶！这么点儿小事儿你都干不了！”

蔡老五觉得挺委屈：“他们发现咱们了，作好了准备，上去的三个弟兄全被他们抓住了，连死活都不知道，后来那小子上来，正好掐我腮帮子上，我才逃回来。”

贾正“噌”地就站起来，“诸位，你们先在这儿休息，我去跨院把他们收拾了。”说着带上几个彪形大汉，转身就要走。

这时，南侠和冯渊都在房坡上趴着，爷儿俩看得清清楚楚，暗自庆幸没遭毒手。冯渊再一看这事儿怎么办啊？要打，不是人家的对手；不打，躲到什么地方去呢？他正在疑惑之时，他身后站着个人，两个人趴着不知道，这人也损点儿，伸出两手捉住冯渊脚脖子，从房上把他扔院里了。冯渊觉得“嗡”一声，天旋地转，不好！他这一下去不要紧，贾正全看见了：“怎么房上掉下个人来？”仗着冯渊有点儿气功，一个跟头，双脚落地，摔了个屁股蹲儿。

冯渊心说：这是谁干的事啊，这不是要我的命吗？可是现在已经被贼人发现了，怕也没用。冯渊是这么个人，没事儿的时候他胆子挺小，有事儿的时候，胆子还挺大。他从地上一个鲤鱼打挺站起来，抽出钢刀，把脑袋一扑棱，先练了趟刀，“嚓嚓嚓”，然后他把丹田高升，喊道：“唔呀！杀不尽的毛贼草寇，可认识开封府六品带刀校尉冯大老爷？”

众贼先是一怔，后来认出是冯渊，大伙儿就放心了，晏风大笑：“哈哈哈哈！各位都归座，我对付这个人。”说话间，只见他单手一提，一阵冷笑：“冯渊，你小子胆子有多大啊？敢跑到我们这里偷听闲话。我且问你，刚才顺着地道去的几个弟兄，现在何处？”

冯渊一阵冷笑：“这一对半全被我们掐死了。”

“好小子，绿林人的叛徒、开封府的走狗，我要杀了你给死去的三位报仇。”他拔出宝剑直奔冯渊。冯渊这两下子怎能打得过晏风呢？也就是六七个照面，就被人家的扫堂腿一扫，“扑通”，倒在地上。冯渊刚要跑，晏风一脚把他踩在脚下，上去就一拳，把冯渊打了个乌眼青，然后过来几个弟兄，把冯渊绑上。

冯渊喊起来了：“展大叔，我被捉住了，快来救命！”

其实咱们说得详细，事情发生的非常快，从冯渊掉下去直到被抓住也就是眨眼之间。

南侠站起身来，“噌”跳到当院：“晏风休要猖狂，展昭到了！”

晏风一点儿也不怕展昭，他们俩交手不是一回了，跟南侠比，他已经不含糊。晏风一阵冷笑：“展熊飞，你跟冯渊来干什么？噢，来请妙手先生刘世奇，你们的手伸得真够远的，是不是想请他破九兽朝天亭啊？我们总门长郭长达早就料到了这一步，打发我们三位来劫杀刘世奇。姓展的，话说清楚了，你还叫我费事儿吗？你自己服绑啊，还是叫我出手呢？”

南侠嘴不太利索，一生气着急，就嘴唇颤抖说不出话来。他挥宝剑就砍。晏风拽出宝剑，与展昭战在一处。要说晏风这小子是不含糊，但是想几下子就把南侠抓住，可没那么容易。正在这时，杜风春晃锯齿狼牙大刀也上来了：“晏大叔，咱们俩双战于他。”一个在先，一个在后，两个贼把南侠围住了。

南侠双拳难敌四手，好汉架不住人多，一个没注意，被杜风春一刀砍在扎巾上，头巾落地，南侠一害怕，被杜风春一脚踹倒在地，南侠也被抓住了。晏风飞身上房，四外观瞧，一看没别人，算计着还有两个伙计都是无能之辈，根本不在话下，先把他们俩收拾了再说。

晏风手提宝剑问：“佛禅师父，把他俩剁了算了！”

佛禅的想法跟他可不一样：“且慢，贫僧有话要问他们，等会儿再剁也不晚。”就这样，把他们俩押到八仙桌前面问话：“展昭，你们一共来了几个人？见着刘世奇了吗？你们究竟打算干什么？”

南侠冷笑一声：“凶僧，事到如今有何话谈，杀剐存留，任你们自便，我什么也不告诉你。”

“哎，展熊飞啊，事到如今你还挺横，晏风给我动手！”

晏风答应了一声，举宝剑就过来了：“展熊飞，今儿我扎你个透心凉！”宝剑一晃，一道寒光奔南侠的软肋就过来了，南侠把眼睛闭上，心说：完了，我没死在莲花观，却死在这小小的南郑县，家里人都不知道呢。哪知突然从房上飞起一块墨玉飞蝗石，直奔白莲花的手腕子，打得这个准劲儿就甭提了，“哎哟！”晏风一惊，抖搂手臂，宝剑落地，再看手腕子，起了个疙瘩，大小好像酸枣儿，疼得他“嗷嗷”直叫。他拣起宝剑，败归本队，抬头往房上看，群贼也都乱了。

什么人？展昭和冯渊也睁大眼睛往房上看，就见房上蹲着一个人，抱着膝盖，在那儿直乐，借着灯的光亮，就见此人两条白眉，手中擒着明晃晃金丝大环刀，这正是山西雁徐良，把冯渊乐得直蹦：“徐良，还不快下来搭救我们爷儿俩，还在那里装什么大瓣儿蒜。”

徐良点了点头：“哎，我说臭豆腐，你别着急，山西人来了。”徐良双腿一纵，落到天井中来。

除了金掌佛禅之外，晏风、杜风春等人一看是徐良，吓得魂不附体，一转身都躲到佛禅身后去了："老师父，风紧咱们快撤。"他们叫徐良吓破胆了。但佛禅压根儿没把徐良放在心上，所以没动弹。面对徐良，怒目而视，他只是猜不透，徐良怎么也蹦到这儿来了。

徐良从哪儿来呢？他从山西太原府徐家庄来。前面说了，钻天鼠卢方和穿山鼠徐庆全都命丧紫面金刚王顺之手，事情过后，徐良把王顺抓住，开膛破腹，给三老祭了灵，冤仇得报，后来徐良跟包大人请了一百天的假，护送爹爹的尸体，回家治丧。跟徐良同时回家的还有卢珍、韩天锦，这两人也是护送着父亲的尸体赶奔陷空岛。这两人离得比较近，回去几天把丧事就办完了。哥儿俩在家待着没事儿，很快就赶回开封府任职，所以这些战场俩人都参加了，唯独徐良例外。徐良路程太远，另外有一个缠手的事儿，回到家里，他母亲一听丈夫惨遭毒手，当时就昏过去了，老两口儿感情很好，三奶奶能不难过吗？等丧事办完，三奶奶也一病不起，徐良是个大孝子，母亲有病他能走吗？徐良亲自煎汤熬药侍奉老母。夫人迟迟不见好转，徐良也不能回开封。后来，三奶奶多少能吃一点儿东西了，就是不能下地，看样子得养。徐良除了亲自给母亲煎汤熬药之外，还利用时间天天练武。晚上母亲睡了，他轻轻把门关上，在院里把外衣脱了，开始练功，二五更的工夫从不间断。徐良练别的都现成，金丝大环刀、双镖双筒袖箭啊这都是家常便饭，唯独宝剑上他得下点功夫，填补这个空白，所以徐良天天练剑。原来他学过青龙剑剑招儿十八手，这会儿从头学起，徐良可下了功夫。为什么这个人名声这么大？因为他务于"勤"，下得"苦"，这勤苦二字跟他左右不离，所以徐良才得以成名露脸。说来也巧，这天，徐良正在院中练功，听见房上有人乐，还是个女子，乐的声音跟银铃似的，徐良想这是谁？他单手拿青龙剑，仰头一看，就见房上坐着个女子，这女子散发披肩，脑门儿上勒着个皮条子，浑身上下一身青，外面罩着青色半截斗篷，往脸上一瞅，面如白纸。老西儿徐良不由得大吃了一惊。

第七十三回 学剑术白眉识魔女 惩凶顽徐良伤佛禅

山西雁徐良再仔细一看，这人长得还挺俊，雪白的牙齿闪闪发亮，她乐的声音叫人发瘆，尤其是在半夜三更，让人听了寒毛都竖起来了。

别看徐良这个人很诙谐，爱开玩笑，唯独在女人面前一本正经，故此，徐良看后心中不悦。见这女人十分放荡、粗野，心说：这人绝非善良之辈，哪有良家妇女半夜跑人家房头上的，他想到这儿，单手提剑，高声断喝："呔！你是哪儿来的女子？为什么跑到我们家来？还不赶紧给我下来！"

这女人直笑，双腿一竖，飘落在地。徐良一看，这人功夫可真不浅啊，双脚沾地，声息皆无，就像一阵风似的，站在徐良面前，比徐良稍微矮点儿，身段苗条。她用手指着徐良："你就是白眼眉徐良吗？"

"不错，是我。"

"久闻大名，如雷贯耳啊！你问我为什么半夜到你们家来，跟你直说了吧，因为我在江湖上，所到之处都在谈论你的名字，说你年纪轻轻身手不凡，侠肝义胆，是真英雄，诸如此类的太多，简直把我耳朵都磨出膙子来了。所以我抱着好奇之心，特来访你，今晚来到这儿天已经黑了，我特地在房上瞅你练功。刚才看你练了一套青龙剑，练得不错，故此给你喝彩。"

噢，徐良明白了，听这意思，她也是个武林高手，是来欣赏我的武艺的，既然没有恶意，就得以礼相待。

徐良问："敢问您尊姓大名？此地并非讲话之所，请到屋中详谈。"

"哈哈哈，要是别人问我，我绝不说，你例外。"

"为什么？"

“我看你这个人长得虽然丑陋，可有人缘，是正人君子，再瞒着你就没有必要了。要问我的名字，人送绰号飞天魔女，我叫龙云凤。”这几个字一出口，徐良打了几个冷战，倒抽了一口冷气。因为徐良的师父梅良祖早就跟他介绍过，这个龙云凤乃是魔山斗母公魔山老母的徒弟。据说，这魔山老母有两个得意的高徒，一个是飞天魔女龙云凤，再一个就是九天玄姑夏八姑。这两个女子杀人不眨眼，究竟她们手上有多少条命案，无法统计。魔山老母领着这两个徒弟自成一派，称为“海派”，不在五大派八十一门户之中，人家另走一套，功夫也与众不同。

梅良祖曾经告诫徐良，一般人你能得罪，可那魔山三女万万得罪不得，他们师徒翻脸不认人，不管跟你交情多好，你一句话不投她的心思她就变脸。另外这娘仨心狠手黑，如果遇上，你可要多加小心。谈到她们的能耐，梅良祖赞不绝口，这娘仨全占着一个“魔”字，人家有特殊的本领。他们跟八十一门既不亲近，也不疏远，跟哪方面都联系，跟哪方面也都没有交情，这就是徐良掌握的情况。可他做梦也没想到，女侠客飞天魔女龙云凤，居然到了徐家庄，怎能不使他吃惊呢？徐良猜不透她刚才说的是真还是假，便先以老前辈相待。

为什么要以老前辈相待呢？别看这龙云凤长得挺少相，看上去跟徐良相差无几，实则不然，她今年快八十岁了，可看上去就像个俊俏的少妇，什么原因呢？就因为龙云凤练就了一种功夫——返老还童。她四十岁那年开始往回返，越来越年轻，又退到二十六七岁时的样子了，脸上没皱纹，光泽不减，体力不衰。这就是所谓的返老还童之法。

徐良拱手往屋里相让，龙云凤一扑棱脑袋：“不必，徐良。你在院里给我准备把椅子就可以了。”徐良遵命照办，给她搬了把椅子。

龙云凤四平八稳往上边一坐：“徐良，刚才我给你叫好，你知道为什么吗？”

徐良一乐：“不知道。”

“原因是你弃刀学剑，这就对了，十八般兵刃，二十四路外五行的家伙，样样都得精通，我听说你是练刀的，你光在刀上下功夫，那也太枯燥了，应该好好练剑，往往成名之人都是练剑起色，兵刃之中，宝剑最吃功夫，所以我给你喝彩。要说你练得好不好呢？说句良心话，谈不上咋好。我喜欢练宝剑，看见没有？我身上就背着宝家伙呢，这么着得了，我传授你一些剑法，不知你愿意学不？”

徐良一听，心花怒放："老人家，我真是求之不得，请受我一拜。"说着徐良跪下就磕头。

龙云凤用手抓住徐良的腕子相搀，仅使了三成劲儿："起来吧。"看似搀扶，实际上龙云凤使的是鹰爪力，要看看徐良的基本功怎么样。徐良觉着膀臂发麻，心说：这老剑客的劲儿可真够足的，我真是望尘莫及。徐良站起来了，没哼也没哈，只是脸红了那么一下。

龙云凤点点头："不错，基本功还挺扎实，方才我试探了一下，能禁住我这一掐的人不多。好，我就传授你剑法，你看我给你练练。"龙云凤把斗篷一闪，拽出宝剑，整个院子里顿时光彩夺目，宝剑放出的光把徐良的眼睛都照花了。哎哟，徐良把眼睛一捂，怎么这么亮啊，我这青龙剑就是宝家伙，乃是风尘三侠李药师所留，可和人家的一比就差远了。龙云凤把掌中宝剑一捧，院里就打了几道利闪："徐良，我给你练练你瞅瞅。"

徐良一乐："老剑客等一等，我打算请教请教。"

"什么事儿？"

"你使的是什么宝剑？叫什么名字？"

龙云凤二话没说把宝剑朝着徐良就扔过去了。徐良没想到龙云凤来这么一手，好在他反应够快，脚尖一点地飞身接过宝剑，用手一掂量，这把宝剑的分量比自己那把剑要重一倍，沉甸甸的，尺寸差不了多少，剑身上造着篆字，有那么一大溜，颇像甲骨文，徐良一个也不认识。徐良把宝剑还回去说："老人家，恕我才疏学浅，我看不出来。"

"没看上面有四个字吗？闭月羞光，此剑的名字叫闭月羞光扫魔剑，乃是剑中之冠，在宝刃当中它已为尊了。跟我这把宝剑并驾齐驱的还有一把刀，叫九耳八环刀，只有那把刀的钢口才能和我这把宝剑相比。这乃是我师父魔山老母的镇洞之宝，传授给我了。"徐良这才知道是怎么回事儿。

龙云凤交代完了，让徐良退在一旁，她单手"唰唰"，一瞬间走行门迈过步就练开了。徐良傻了，直着脖子瞪着眼，伸出舌头，脚尖沾地，脚后跟都悬起来了，看傻了眼。龙云凤不仅练得神出鬼没，而且招数自己从来都没见过，当然更叫不出名来了。整个院里光华闪烁，冷气逼人，一直练到完，把招儿收住。再看龙云凤，气不长出，面不更色，把宝剑还匣，往椅子上一坐："哈哈哈哈，徐良啊，你看我的剑术如何？"

"好！实在是好！太好了！太好了！就是个好！"徐良赞不绝口。

龙云凤挺高兴，眼眉一挑，问徐良："想学不？"

"自然想学，请老剑客指教。"

"好，不过我得跟你交代清楚，你想把这剑术全都学去，急于求成是不可能的，方才我练的这套剑法叫魔山剑，路是四路，要说这路，一路还可以分出八路来，你算算还有多少路？你要想学，只能学上个二十几路。这么着吧，我把这套剑法拆开，教给你二十四手魔山剑，找出精华的东西传授给你，你看如何啊？"

"多谢老剑客。"徐良行完了礼，龙云凤开始教给他剑招。从站桩、定架，怎么使宝剑，宝剑的秘诀在哪儿，这套魔山剑应当怎么使，从头到尾连讲带示范，然后教给徐良。徐良聪明绝顶，眼睛一看便牢记在心，同时还能举一反三。这女剑客教徐良一直教到东方见亮，徐良算把这套剑招记住了。

徐良一看天都亮了："老剑客，您该休息了，请到屋里。"

"不，明天晚上我再来。"

"您到哪里去？"

"别问，我还有点儿事情要办。说走咱就走，学剑的事儿可别跟别人说啊。"

徐良点头。

龙云凤用手一指："那是谁？"

徐良回头一看，没人，等他回过头来，龙云凤已踪迹不见。

徐良暗自佩服，这身法儿也太快了，我觉着我就不含糊，跟人家一比，真是天壤之别。

徐良把东西归置归置回了屋，院里发生的事情别人都不知道。他先到母亲房中看了看，母亲睡得挺安稳，然后又把早上这付药煎好了。时间不长三奶奶醒了，仆人们也来了，帮着母亲用完了药，娘儿俩说了会儿话，徐良回到屋中休息。这一晚上他也太乏了，一觉睡到晌午才起来，精神也恢复了，给母亲请过安，又煎第二副药，服侍母亲用了，娘儿俩说了会儿话，徐良回屋接着休息去了，为了晚上好有精神。一觉睡到日色西沉，精力充沛了，跟母亲又说了会儿话，服侍娘吃了药，回归自己房里。坐着没事儿，他脑子里想昨天魔山剑二十四路都是什么样子，一边想着，一边比量着，在屋里就练了六七遍。到晚上他打发仆人早点儿休息，服侍着娘睡下，把院里收拾干净了，摆好点心，沏好茶，桌椅板凳全准备了。看龙云凤没来，徐良先把青龙剑十八手练完了，又练魔山剑二十四路，练了一遍又一遍，一夜之间徐良的能耐就长了挺大一截儿，一直练到二更天了也没见着龙云凤，徐良心说：大概是不来了，这位可真是个魔女，干的这事真够绝的。他正在想，忽听身后有人直笑，他回头一看，哎哟，不知什么时候龙云凤已站在这儿了，因为她穿着黑衣服，又站在黑地方，徐良没看见。他急忙过去施礼，龙云凤一乐："徐良啊，大有进步，你最后练这两遍我都看见了，跟我教的一点儿不差，不过第九招儿和第十四招儿还欠点火候，来来来，我重新教你。"龙云凤从头至尾又教徐良练。一直到天色见亮，龙云凤告辞，徐良进屋休息，服侍老娘吃药，这一天过去了。

到第三天，二更天时龙云凤又到了，接着传授徐良。光阴似箭，一转眼就是十天，这十天的工夫徐良就把二十四路魔山剑学熟了。到十一天头上，龙云凤又来了，这天晚上没教徐良练功，俩人长谈："徐良，我教你这功夫你觉着怎么样？"

"太好了。"

"那好，功夫功夫，光学不行，还必须得练，至于怎么使用，你得去实际中锻炼，把路子记熟了就可以了。我看咱们学功夫到今天就算可以了。"

徐良谢过："老人家，萍水相逢，您天天不睡觉教我本领，真叫我于心不忍啊，我该怎样报答您老人家呢？"

"我正想问你呢。我教给你这么大的能耐，你想怎样报答我呀？"

徐良乐了："那您说怎么办呢？"

"哈哈哈哈！"龙云凤这一乐，乐得徐良寒毛根都发奓，等她乐完了，"唰"地脸就变白了，正言厉色，两道柳眉暴起来了："徐良，我这人极少往外传授武艺，如若传授，第一得是投缘的人，第二这个人得有用，得给我干活儿。现在头一件事儿达到了，咱们俩有缘我才教你；第二件事儿还没办到，你得给我干活儿，不然的话，我教给你武艺有什么用！"

徐良听了就一乐："老人家您就吩咐吧，叫我干什么我一定干。"

"好，有你这句话，我的精力就没白费。我不用你干别的，只叫你杀人。"

徐良一听，打了一个冷战："老人家，您叫我杀哪一个？"

"杀哪一个我现在还没算计好呢，反正跟我有仇的我是一个也不留，你要能办到，我就算没白教你。"

徐良一听，这是将来的事儿，干脆我现在先说个痛快话，省得她不高兴。徐良有主心骨儿，你叫我杀人，我得看看那人是谁，不该杀的，我不愿意杀的，那我是不能听的，我宁愿惹你生气，用别的办法补报也不能乱杀无辜。徐良心里是这么想的，嘴里可没这样说："好，等你想好了我随时听您的吩咐，您老人家点出名字来，我一定办到。"

"徐良，咱们可打开天窗说亮话，水贼过河，甭使狗刨，现在你答应了，到时候你不听我使唤了，那怎么办呢？我事先警告你，将来我叫你杀谁，你必须给我办到，如果你办不到，找种种借口拒绝我，到那时候可别怪我翻脸不认人！武艺我是收不回来了，要你这条命可是现成的，你记住了吗？"

徐良心里说：这多倒霉，学了点儿能耐不说，还把我这条命给搭上了。徐良多聪明，一笑："嘿嘿，我一切听您老人家的。"

"嗯，那将来咱们就验证一下吧，到时候你敢不听我的，嘿嘿，你可晓得我这闭月羞光扫魔剑的厉害。话咱们就说到这吧，我告辞了。"徐良想问问她上哪儿去，哪知道她说完这句话的工夫，用手往旁边一推徐良，等徐良站稳了，再回头一看，龙云凤已踪迹不见，这个人真是来无踪，去无影，只见首不见尾呀。徐良站在院里呆愣了半天，回到屋里往床上一坐，犯开心思了，他不知道学这点儿能耐是有好处还是有坏处，心想：龙云凤这人性情古怪，我要听她的，当然就没说的了；要不听她的，无形之中得罪个仇人，而且是个了不起的仇人，得罪了她，就等于把魔山这一派人给得罪了，这不是给自己走空中桥吗？他又一转念，事到如今，后悔也晚了，是福不是祸，是祸躲不过，将来再说吧。徐良就把这事抛开了。

徐良第二天起来，照样服侍母亲用药。三奶奶从这天开始，可以下地走动了，心情也开朗多了，徐良心里十分宽慰。他在家里多住了几天，等三奶奶彻底康复了，徐良这才跟母亲商议："母亲，恕孩儿不孝，我如今是开封府的官人，万岁亲口加封的二品将军，我不能总在家孝顺母亲，有道是忠孝不能两全，就得顾一头儿，我耽误的日子不短了，打算回开封任职。"

三奶奶一听，拉着儿子的手："徐良啊，娘不是糊涂人，而今你是国家的命官，朝廷对你如此器重，咱们娘儿俩应感恩戴德啊。孩子，现在娘的身体已经好了，你该回京任职，快点儿走吧！"

徐良一听，母亲这么明白，心中很高兴，给娘磕了仨头，头天晚上吃了顿团圆饭，徐良把家中的事作了安排，一切都安排完了，这才起身。

徐良从家走，没见着邢如龙、邢如虎。咱们上边说了，包大人写了封信，命邢氏兄弟骑快马来找徐良，徐良与他们走岔了。京城里发生的事儿，徐良一无所知，他既不知道白芸瑞摊了官司，也不知道八王千岁赵德芳被困莲花观，所以在路上走得也不那么着急。这一天走到南郑县，天黑了，他找个地方先住下，一算计，南郑离开封不远，明天一加紧后晌就可以到开封府，何必赶晚上进城呢？所以他就住在了南郑县。

事情也巧，他也住到了贾家老店，为了避免麻烦，徐良把帽子紧往下压，把白眼眉挡住，尽量不说山西话。到贾家店一登记，他说他叫徐三，说的是普通话，掌柜的、伙计也没发现他是谁，给他定了间房，他住下了。等徐良安排完，天已经黑了，无意之中他抬头往院里一看，冯渊和南侠从对面出来了，咦！徐良一看，这不是展大叔吗，还有臭豆腐，他们俩怎么上这儿来了？徐良是满腹的狐疑，在后边跟着，一直看他们进了福寿堂药铺，才明白是怎么回事儿：他们是请人来了。徐良一想：我得问问究竟是怎么回事儿，他先一步回到店房。

徐良回到屋里，用眼睛向四外一看，感觉气氛跟刚才不太一样，就知道住到黑店里了。起先他发现店房的伙计蔡老五两眼发贼，一见徐良就上上下下看了七十二眼，他就有点怀疑，但又一想也有可能是狗眼看人低，所以没太在意；但是他回来后仔细观察，发现这店房修造的也很古怪，他把屋子四外检查了一遍，发现有地道，不用想修地道的目的就是要图财害命。他心想：一会儿我展大叔他们回来遭了暗算怎么办？我先警告一下他们。这阵儿最好我不露面，看看这店家到底要干什么。

徐良借来文房四宝，给展昭他们留了个字笺，写了四句话，十六个字，写完了，他从后窗户进屋，把字笺用小刀插在桌子上，又从后窗户走了。俩伙计在外屋，根本就没听见。徐良放完字条，回到屋里，把灯吹灭，一边闭目养神，一边看冯渊和展大叔怎样安排。后来发现这爷儿俩上房了，徐良也跟出来了。爷儿俩趴到房坡上往后院窥视，徐良在后面看得清清楚楚！他爱跟臭豆腐冯渊开玩笑，两人见了面就斗嘴，要说这徐良也损，拎着脚脖子把冯渊扔下去了，这都是他干的事儿。眼瞅着这爷儿俩被抓了，他才现身救这爷儿俩，这就是前面的经过。

徐良从房坡上跳下来，把大环刀一晃，把南侠、冯渊的绑绳割断，救了他们。那帮贼怎么瞪眼不管呢？因为这群贼人早就领教过徐良的本事，知道自己都不是徐良的对手，谁没事闲的往枪口上撞啊，所以都躲得要多远有多远，徐良利用这功夫，把爷儿俩给救了。这爷儿俩死中得活，暗自庆幸。

冯渊叉着腰问："好小子，你怎么才来？我从房上掉下来是不是你扔的？"

“你尽血口喷人，你没能耐自己掉下来的，怎么还赖我？”

“就是你扔的，除了你这么损，没有第二个。”

徐良一乐：“好了，好了，这笔臭豆腐账都不再算，你先陪着我展大叔旁边歇会儿，看我怎么抓这帮贼人。”徐良说完了，往里边紧走了两步，用手指点金掌佛禅：“你又跑到这儿撒野来了，可曾认识我山西人！”

“阿弥陀佛！”这金掌佛禅跟徐良打交道可不止一次了，在大柳林的时候俩人就交过手，这是第二次相遇，别的贼人怕徐良，金掌佛禅可不怕。另外，他看见徐良就想起宝贝徒弟紫面金刚王顺惨死在开封府，被徐良亲手开膛摘心，老佛禅想到这里，五脏冒火，七窍生烟，一见面就分外眼红，一晃身就过来了。

“徐良啊！尔吃了熊心咽了豹子胆，竟敢跑到这儿显摆来了，贫僧要给我徒儿报仇，结果尔的狗命。看掌！”说着就是一掌，徐良往旁边一闪身，这一掌走空了；金掌佛禅竖起来就是一脚，徐良往旁边一蹦，脚蹬空了；佛禅“啪啪啪”又是三掌，徐良左晃右晃又闪开了。金掌佛禅就是一愣：“徐良跟我练什么戏法儿，为什么不还手？”

“我跟你有什么戏法儿可练？你要听我良言相劝，咱们俩不要打了，你是个出家人，我对出家人一向是尊重的，修行这么多年不容易，你又何必跟我交手呢？看来你是想你的徒弟王顺，但是王顺干了违法的事情，理应抵偿罪孽，你要是给他报仇就是非不明了，我奉劝你不要贪恋红尘，赶早回你的庙里念经，你要不听山西人的，到时候我把你一宰，你不就白活了吗？”

“臭老西儿，呸！你宰一个试试，贫僧倒要领教领教你的功夫有多高！今天不分个上下高低，我是绝不罢休！看掌！”“啪啪啪”，这老佛禅一掌紧似一掌，一掌快似一掌，恨不能一巴掌把徐良打成肉泥。

冯渊和展昭在旁边看着，提心吊胆，因为他们知道徐良的能耐，同时也知道佛禅不是好惹的，二虎相斗，必有一伤，究竟徐良能不能赢了人家，心里都没底。别看徐良学了好几回武艺，但要论年头、经验、基本功都不如佛禅，但是徐良聪明绝顶，他的武艺可以灵活运用。佛禅就不行了，怎么学的就怎么卖。徐良打量打量，心想：我别使刀了，看看二十四路魔山剑好使不好使。想到这儿，他“唰”的一声把大环刀背回，把青龙剑拽出来了，使出了二十四路魔山剑。可了不得了，这宝剑是立竿见影，金掌佛禅大吃一惊，啊！这是什么招儿啊？怎么没见过？就显得有些手忙脚乱了。徐良头一次使宝剑跟人动手，再用上功夫，所以那宝剑使的格外精彩，再加上招数特殊，如同彪虎生翼。

徐良频频发动进攻，南侠在一旁观看，不住地赞叹："我的宝贝孩子，才多少日子不见，功夫长了一大截儿啊！"看到徐良的宝剑练得这么精彩，他心想：我十四岁开始学宝剑，今年都五十多岁了，我以为自己的宝剑练的就够瞧的了，可跟徐良的剑招儿就没法比啊，这孩子跟谁学的这手怪剑啊？他哪知道，徐良是跟龙云凤学的能耐。再看徐良手上玩儿了个绝招儿，叫撒手剑，剑扔出去还能接着。这一招太厉害了，就见徐良蹦出圈外，转身抛剑——"唰"，宝剑转着个儿，一道寒光直奔佛禅扑来，佛禅无论如何没想到徐良能把宝剑抛出来，他光防备徐良打暗器了，没防备徐良这个暗器是大号的，耳轮中就听见"咔嚓"一声，青龙剑正砍在佛禅左臂上，宝剑和左臂双双落地。老佛禅"嗷"的一声摔躺在地，昏迷不醒。徐良过去把宝剑捡起来，一看这老佛禅太惨了，血流如注，五官抽搐。冯渊过来了，打算结果佛禅的性命，却被徐良拦住了："等等，你个臭豆腐，就知道杀现成的。"

"留下来是个祸害，还不要了他的命等什么！"

"算了，咱能容人处且容人，就因为他不听规劝才给他留点记号，往后他要是还不听的话，再要他的性命也不晚。"

南侠一听，点头称赞："良子说得对。"

不但没要佛禅的命还把他的僧衣撕开，把他的鲜血擦了擦，给他勒到胳膊根儿上，徐良又给他灌了最好的止血丹、止疼药。再看那几个贼早跑了个无影无踪，连金头虎贾正也带着他老婆逃跑了。徐良心中暗笑，真有意思，俩鸭子加一个鸭子——仨（撒）鸭子啦。徐良让冯渊进屋舀了一碗水，给金掌佛禅灌下去，好半天佛禅才明白过来。他疼痛难忍，睁开眼睛看看徐良，回忆刚才的事情，把牙齿咬得山响："阿弥陀佛，徐良啊，你快给我补一剑，别让我活不活死不死的。"

"我说佛禅，刚才是个误会，我没注意宝剑撒了手，你说怎么那么巧啊，正好碰到你胳膊上，你的胳膊没有宝剑硬，被碰掉了，怨你倒霉可不怨我，我怎能忍心要你的命呢？活这么大年纪也不容易，饶你这条命，你赶紧找个地方养伤去吧。你记住，要觉得这件事窝囊，非要报仇不可，只管来找我，我等着你；你要觉着过去做得不对，又损伤了左臂，能够痛改前非，找个深山老林前去修行，当然更好，两条路你可以自选。我话说完了，你请走吧！"南侠也规劝了几句。

老佛禅晃晃悠悠站起身来："好，徐良啊，咱们以后再见。"

他转身刚要走，冯渊把他的断胳膊捡起来了："老混蛋，这点儿零碎你还得拎着，找个皮匠给你缝缝。"

佛禅一看，可不是吗，父精母血我怎么能把他扔了呢，伸手把胳膊接过来，从角门出去，便逃之夭夭了。

徐良帮助南侠展熊飞、圣手秀士冯渊把两个仆人叫起来，对店房进行搜查，也没见其他违禁之物，但是店房没有主人了怎么办？徐良一想：这得报官，起码要跟南郑县的县衙打个招呼。盼到天亮，南侠亲自到县衙去了一趟，把信往上一递，县官一瞅吓了一跳，闹了半天是开封府的官人，堂堂的三品带刀护卫，得罪不起。问明南侠的来意，知县亲自坐着轿子赶奔贾家店。到贾家店检查完了，马上传堂役把黑店查封，一切充公。

展昭把事情办完，带着冯渊和两个仆人还有徐良，起身赶奔福寿堂。他们到那里是午时左右，药铺开板了。南侠迈步进屋，正好见到账房先生，还没等南侠说话，账房先生先说话了："哟，您是姓展吗？"

"不错。"

"您不是要找我们先生刘世奇吗？"

"是啊。"

"今儿早晨天刚放亮，老人家坐着车子回来了。实话跟您说，老人家刚一进屋，我们就把您到访的事跟老先生禀报了。老先生说了，你们来了，让我领着你们去见他。"

"啊，这太好了。"展昭非常高兴，跟着账房先生直奔后院，账房先生进屋送信儿。时间不长，刘世奇老先生亲自接出来了。

第七十四回 蒋则长调兵遣将 郭长达口是心非

徐良、展昭和冯渊来到刘先生家里，妙手先生亲自接出来，拱手把三个人让进客厅。南侠代表开封府先向老先生问候，然后从怀里取出北侠欧阳春和包大人的信，双手呈上。刘老先生把书信接过来，展开观瞧，时而皱眉，时而晃头，一直把信看完了放到桌子上。

南侠赶紧满面赔笑："老先生，您都看明白了吧？"

"都看明白了。"

"这次奉包大人及北侠的委托前来拜会您老人家，请您赶奔东京一趟，帮助我们大破九兽朝天亭，把八王爷救出来，不知老人家肯赏脸否？"

刘老先生轻轻打了个咳声："展老爷，我可不敢推托这个事儿，一则包相爷召见这是看得起我，我不能不识抬举；再者我跟老侠客欧阳春交情莫逆，他有书信就等于他亲自来了一样，于公于私我都应该前往，不过我有点儿顾虑。"

"噢，老人家请讲。"

"我就怕我无能为力呀，我是懂得一点消息儿埋伏，前半生也没少研究这东西，但是自从我回到南郑开了这家药房后，就把这东西放在一边儿了，年长日久，显得生疏了。是否像你们想的那样，我一去就能破得了朝天亭，这我可没底呀，尤其是解救八王千岁，事关重大，一旦因为我耽误了大事，我可担当不起呀。"

南侠一笑："老先生，您不要顾忌，这个事儿谁也不能把弓拉得太紧，只要您尽力帮忙，就算救不出八王爷来，我们对您也是感激不尽的。"

冯渊插话："老人家，您别再客气了，我们早就听说了，您被称为妙手先生，指的就是您懂得消息儿埋伏，现在开封府老少英雄全都仰仗您了，请老先生帮帮忙。”

刘老先生低头不语，他想了好一会儿：“好吧，既然大家看得起我，我也不能不识抬举，恭敬不如从命，我就跟着去一趟吧。”仨人大喜。

事不宜迟，马上备好了车辆。刘老先生有专车，他把应用之物都搬到车上，坐好。南侠他们都有马，徐良跨车辕儿。他们离开南郑县，起身奔开封。车子进了西门，一直到了开封府衙的门前。车老板把车子停住，展昭众人从马上跳下，把老先生扶下来，派人到里边送信儿。

开封府老少英雄们，包括包大人在内，心如火焚，坐立不安。南侠走了一天多没回来，不知道能不能成功，人们的心都提到嗓子眼儿，弟兄们轮流到府衙门前张望。这时，听人禀报：南侠回来了，还来了辆快车，看样子是把人请来了。大伙儿一听就开了锅：刘老先生来了，快迎接啊！北侠欧阳春、智化、蒋平，开封府的各路英雄列队迎接，展熊飞给大家指引：这就是刘老先生。

北侠头一个过来了：“阿弥陀佛！老人家一向可好？晚辈欧阳春有礼了。”

刘老先生一看：“不敢当，不敢当，侠客爷，你也挺好？”

“托老人家的福，贫僧还过得去，来来来，我给您介绍介绍。”欧阳春把蒋平、智化众人叫过来，挨个儿指引，刘老先生向大家频频致意，众星捧月一般，把他请到里面。

包大人在二堂门口恭候，刘世奇不敢怠慢，整理衣冠，抢步向前就要叩头，被包丞相两手搀住：“老先生，免礼！您可来了，我日思夜想，真是旱苗盼春雨呀！我们的一切希望可都寄托在您老人家身上了。”

“相爷，不敢当！我也恐怕难负此任，不过既然来了，我必当知无不言言无不尽。”包大人一笑，亲自搀扶刘世奇进了客室。

老少爷们都跟进来了，大伙儿一看，徐良也回来了，赶紧围过来，就见白芸瑞把徐良的手抓住：“三哥，我真没想到，咱哥儿俩还能见着。”

徐良在路上听南侠和冯渊向他介绍过，差点儿把徐良肚子气爆了，徐良对他深表同情：“兄弟，不要难过，人生一世，坎坷不平，好在我们问心无愧，这不逢凶化吉了吗？”芸瑞频频点头，跟徐良亲热得不得了。

这会儿，包大人问徐良给他父亲治丧的经过，徐良一一禀明，大家归座。众人把话题一转，就回到正事上来了。包大人把九鲁朝天亭的事向刘世奇说了一遍，欧阳春在旁插言：“老人家，方才相爷都说过了，我等把希望都寄托在您身上了。”

“没说的，不过九兽朝天亭我没见过，你们哪位能给我画个草图，我好心中有数。”

房书安过来了：“老人家，我曾三次赶奔朝天亭，闭上眼睛这亭子什么模样我都知道，我给您画一个。”

“好的。”

房书安在一间空房子里画图。老先生利用这个机会，洗脸漱口，吃了点儿东西，由于年岁大了，包大人特地叫人扶老先生到自己房中休息。房书安草图画好了，老少英雄又回到客室之中。房书安把草图放在长桌上，老少英雄把桌子团团围住，刘世奇手持胡须细看图纸。

别看房书安别的能耐不大，可画画儿还有两下子，把亭子画得跟真的似的。房书安用手指点着，给刘世奇介绍：“这就是九兽朝天亭的外貌，地基分三层，楼是两层，转圈儿是栏杆，分成八面，我们是从东方甲乙木进去的，里边是八根大柱子。”

众人静静地听着，刘老先生聚精会神地听完了，又问房书安：“这个亭子的转圈是什么形式？”

“是个院子，院墙有一丈二尺多高，院子又宽又大，亭子坐落在中间。”

“这院里除了亭子之外还有什么建筑没有？”

“我没看见。”

刘世奇闭眼琢磨，众人都盯着他，谁也不敢说话，恐怕打乱他的思路。刘老先生考虑了多时，跟北侠说：“现在我心里有点儿底了，这九兽朝天亭你别听它的名说十兽、六兽都是哄人的，其实里边的构造大同小异。想当初我帮助诸位破过藏珍楼，那楼的构造与这亭的构造相差无几，只是这座亭稍微复杂一点儿，没什么了不起的。”众人一听放心了，知道老先生心中有把握了。

欧阳春问：“老人家，这亭子怎么个破法？”

“我打算兵分四路，你们从东方甲乙木、西方庚辛金、北方寅癸水、南方丙丁火四个门进，杀到中央戊己土，四路汇齐，把总弦一破，这亭子的埋伏就全失败了。”

“请问老人家，如何避免消息儿埋伏？”

“我还没说完呢，现在我就画草图，然后详细跟大家讲。”

“好。”北侠点头。

老头儿拿着尺子等应用之物到屋里把门关上，边思考边绘草图。众人利用这个机会退到校尉所，把徐良围住，问他回家的经过，徐良都讲了，就是跟飞天魔女龙云凤学剑法的事没讲。这飞天魔女龙云凤以怪闻名，他怕大伙担心，所以不想提及此事。

徐良反过头来向芸瑞打听莲花观的事儿，大伙儿把实情一说，冯渊又把贾家店的事儿说了一遍，说到徐良砍掉金掌佛禅左臂的事情，众人大惊失色，原来我们这边去请人，莲花观的郭长达也下手了，幸亏遇上徐良，不然，南侠、冯渊一个也活不了，刘老先生也请不来，真是逢凶化吉啊，众人听完，惊喜交加。

不一会儿，刘老先生把图画好了，众人来到刘老先生那屋，刘老先生让大家在两边站好，用手指着图，详细向大家介绍哪有消息儿，哪有埋伏，应当怎么走法。众人听完，心中豁然开朗，没想到简简单单的一张草图，里边却奥妙无穷，里边有冲天刀、立天弩、自行车、自行人、脏坑、净坑、梅花坑、五雷开花炮，一不留神就会粉身碎骨，幸亏老先生全指点出来，大家心里这才有数。刘老先生非常细心，把东西南北四个门所要经过的地段，怎么走法，哪儿有消息儿埋伏，怎么破，又画了四张草图，这就更清楚了。

蒋平跟徐良一商议，决定兵分四路，分完了大伙儿就熟悉图纸，哪儿不明白就请示刘世奇。蒋平把所有的英雄都请来了，同时到大相国寺把凌空长老也请来了。凌空虽然不是破阵主角，但对付郭长达全指望他了。凌空先见过刘世奇，然后徐良拜见过凌空，让老和尚落座。

蒋平一拱手："诸位，我可不客气了，行军打仗有主帅，如今我就是主帅，诸位就是将官，听我的令箭伺候。"

众人一乐："四爷，您就分配吧！"

蒋四爷打量大伙儿："咱先说攻打东门，小良子，你回来的正好。东门的事儿就交给你们哥儿五个了，你率领白芸生、韩天锦、卢珍、小义士艾虎，从东方甲乙木打到中央戊己土，破了亭子救出八王，不得有误。"

"遵命！"

"好啦，这是东门的图，你们找个地方去熟悉熟悉，哪儿不明白，再去请教刘老先生。"

"遵命！"

他们走了之后，蒋平看了看："芸瑞听命！你率领小七杰攻打西门，这是图纸，拿去熟悉，不明白的地方去请老先生指教。”

“是！”白芸瑞带着刘士杰等八人下去了。

蒋平瞅着展熊飞一乐：“大兄弟，按理说你刚回来应当休息，不过事情紧急，你还得能者多劳啊。”

南侠一乐：“你就分派吧。”

“你带着钟林、冯渊等人从南门打到戊己土，解救八王爷，不得有误。”

“遵令！”

“这是图纸，拿去熟悉。”

蒋四爷说：“我亲自带队，攻打北门，余下的人跟我走，咱们找地方去熟悉图纸。”众人答应一声起身。

凌空老和尚问道：“蒋平，我干什么？”

蒋平一乐：“长老，您和北侠什么事都甭管，专门来对付郭长达和朱亮，到时候破亭子肯定是一场凶杀恶斗，你们就准备打仗。”

“好，那我们就在这儿闭目养神。”天已掌灯，白芸瑞与郭长达击掌打赌，三天破朝天亭，今天就是第三天，即天亮前必须把八王爷救出来。现在把图熟悉好了，得立刻动身。蒋平把四路人马招呼到面前，向大家叮咛了一遍，又把开封府的事情作了交代，然后率领四路人马、北侠、凌空老和尚直奔莲花观。

当天晚上，老少英雄精神抖擞，一个个摩拳擦掌等待着厮杀，大家都暗下决心，不破朝天亭、不救出八王爷，绝不罢休；然后抓住郭长达、朱亮，名正典刑，为民除害。大家走起来脚下生风，虽说东京汴梁离莲花观相距四十五里，可时间不长就到了。蒋平暗中传令：“诸位，作好准备！”

四路人马散开，各自扑奔朝天亭。刘世奇老先生也坚持来了。他想自己没见过朝天亭，光凭图纸和众人的介绍，心中还没把握，今晚四路人马按照自己的草图破朝天亭，一旦出了事儿怎么办？所以要跟着来，遇到麻烦也好就地解决。他跟在蒋平的队伍中，蒋四爷专门让智化保护老先生的安全。其实妙手先生有功夫，就算有十个八个人也到不了他眼前。

四路人马杀到第六道院子，到了九兽朝天亭。单说大侠白眉所率的东路，徐良五人从大墙跳入院中，他往空中观瞧，但见满天星斗，朦胧月色，气爽天高，十分透亮；又往院里一看，黑压压，雾沉沉，空旷旷，静悄悄，院中有一座楼拔地而起。借星光一照，别看它只有两层，因建筑宏伟壮观，台阶、亭顶却显得高大入云。徐良打量多时，向身后一摆手，哥儿五个奔东方甲乙木，脚下踩的步都是按照刘世奇老先生交代的，每往前迈三大步就退一步，然后再往前走，必须这样，不然就踩上消息儿了。若进了脏坑、净坑、梅花坑等，性命就保不住了。这哥儿五个除了韩天锦之外都挺精细，因此对韩天锦格外的留神，他也挺小心。

按照这个步子来到朝天亭的台阶上。这台阶有十三道，刘世奇告诉他们走单别走双，否则必然碰上消息儿，大家提着心走单数，平安地来到上边，又继续走三步退一步来到门前。就见东方甲乙木两扇红门紧闭，比一般的门高大得多，门上有两个虎头，嘴里叼着大铜环子，锃明发亮，门上钉着菊花钉，门上边有块横匾，上写甲乙木三个篆字，亭子上头吊着猪油灯，火苗儿足有半尺高。徐良单手提着金丝大环刀，向那哥儿四个一摆手，人们都列到两旁隐蔽好了，徐良一伸手，把左面的大铜环抓住，往怀里一拽，往外拧了三扣，拧完后徐良趴在地上，就见这两扇门突然往左右一分，从亭子里边打出一排毒箭，"吧吧吧"，韩天锦吓得一吐舌头，心说：真厉害呀，要是事先不知道，门一开我们哥儿五个可就都变成刺猬了，看来刘老先生真厉害。

等箭放完了，这哥儿五个站起来，知道头道关过去了，可是不敢进亭子。刘老先生交代得清楚，谁进亭子谁活不了，怎么办呢？甭着急，箭射完之后往里边观看，里边是过道，通到中央戊己土，过道两边是墙壁，墙壁每隔不远就有一盏猪油灯，大铜碗里边有猪油，棉花搓的捻儿有半尺多长，照得非常清楚。地面好像是方砖铺的，平整光滑，这全是埋伏。时间不长，就听见中央戊己土那儿销簧一响，从里边出来一匹马，这马跑到东方甲乙木门前一掉个儿，头朝里屁股朝外，但这不是真马，全是用草扎的，外边用马皮包着，大小和真马一样，也有马镫，辕辔，颜色挺新鲜，不注意就会以为是真的，马是红色的。

韩天锦一看："刘老先生不是说马管接管送吗？上吧。"

白芸生瞪了他一眼："刘老先生说黄马管接管送，别的颜色的马都不能骑，这是红的，如果是外行往上一纵，马浑身上下发出火球，就得把人活活烧死。"

"哟，我把这颜色忘了。"韩天锦一缩脖子。

马在这里不动，山西雁把大环刀一掉个儿，用刀柄捅一下马尾巴，碰动消息儿，再看这红马，"呱呱呱呱呱"回去了。时间不长，走轮销簧一响，又出来一匹青马，照旧往这一站等众人来骑。徐良明白，青马浑身上下带刀，谁骑谁也活不了，因此用刀柄一捅马尾巴，青马也回去了。最后，来了一匹黄马，往这儿一站，徐良明白，黄马主平安，管接管送，骑上它就可以直接到里边。徐良冲哥儿四个一点头：上！头一个是艾虎，“噌”就上去了，一抓马的丝缰，双脚点镫，就见这匹马的尾巴摇了摇，把艾虎驮进戊己土。艾虎一抬腿从马上跳下来，冲外边的人招手，众人这才放心。就见黄马“嗒嗒嗒”又转回来了。第二个是卢珍，他也平安到达中央戊己土，这黄马又回来接走那哥儿俩。最后剩下徐良，他心里非常痛快，“噌”蹿上黄马马背，这匹马又把他接到中央戊己土。徐良见到那哥儿四个，腿一飘，双脚落地，就见黄马一掉头“嘎嘎嘎”消失得无影无踪。它上哪儿去了？走到头，地上板盖一翻，马就下了地，没有了，徐良他们头一个到达终点。返回头再说那三路。

打西门的是白芸瑞，他率领小七杰。芸瑞是急性子，办事干净利落，几乎与徐良同时来到西门。他们的西门埋伏和东门正相反。在走路的时候要走三步退两步，所以时间就耽搁得长一些，走完这段路到了台阶前，台阶十三级，不能走单必须走双，他们踩着双数，平安来到门前。门是蓝色的，两个大虎头叼着铜环，门上有红匾——庚辛金。芸瑞先让小七杰埋伏好，他也用同样的办法，抓住铜环往外拧了三扣，再看两扇门往左右一分，从里边打出一团火球来。火球大小像拳头似的，连续打出一百多发，这要打在人身上得活活把人烧死。八位小弟兄站起来，在这儿等着。

这个门没有马接，是豹接，分红黄赤白黑，他们骑红豹，管接管送，也到了戊己土。芸瑞来后见徐良他们已到，彼此打招呼，脸上都露出笑容。又等了好一会儿，才见南侠展熊飞从南门丙丁火打进来，他们所遇的事情与这两路基本上大同小异。南侠刚到，蒋平率领部下也平安进驻北门。到此，四路人马汇齐。

刘世奇老先生一看，我的草图总算没白画，现在到了关键时刻，破亭子为的是救八王爷。这件事就交给蒋平了，蒋平按照刘世奇事先嘱咐的，看了看亭子中央转圈有八根红油漆的大柱子，这八根柱子都有消息儿埋伏。蒋四爷一观察，从正北数第七根柱子，回头问问刘世奇，刘世奇点头，就见蒋平站起来，一看这柱子下边有顶柱子的石头，是圆形的，好像一面大鼓，其实这石头上有埋伏，用手一摸，有个地方挡手，蒋平用峨眉刺的尖子轻轻一挑，结果有一块是活的，把它拿下来是个窟窿，四爷把手伸进去，里边冰凉梆硬，有个八棱的铜疙瘩，他把铜疙瘩握牢，攒足了力量，往外拧了三扣，拧完把手松开，站起来到刘世奇近前：“老先生，一切都按您教的办了。”

“好嘞，现在这八根柱子消息儿全拴死了。”

刘世奇告诉蒋平快点儿开天花板，往下放笼子，四爷点头。放笼子还有一道手续呢，必须得来到东面，这里有两根柱子，得动左边这一根。南侠把柱子抱住，往外拧了一扣，一转个儿，“嘎吱……”然后把手松开，众人仰起头来，就见天花板缓缓移动，裂开一道大缝，从里边系下个大铁笼子来，这笼子足有一间房子大小，缓缓地落到地上。人们随着笼子往下落，心往上提，因为八王爷赵德芳就在这笼子里囚禁着，众人舍生忘死就为的这事儿，焉有不紧张之理。就见笼子落地，众人“呼啦”一下子都围拢过来了。

白芸瑞头一个到笼子近前：“王驾千岁，臣等……啊！”白芸瑞一愣，大伙儿仔细一看，笼子是空的，里面根本没有八王爷。芸瑞扭头跟四爷说：“咱们上当了！”

蒋四爷把脚一跺：“呸！郭长达你个王八蛋，竟敢打赌哄老子，你把八王爷弄到哪儿去了，走，咱们找他拼命去！”老少英雄说完，闯出朝天亭，刚到台阶上，就见朝天亭的周围“呼啦啦”伏兵四起。这里的伏兵都是莲花观的小老道、大老道，别看是老道，平日经过严格训练，都有两下子。他们掌起灯球火把，把院子照得像白天，就见飞云道长郭长达、飞剑仙朱亮、白莲花晏风等所有群贼站在正东面，借着灯光看得清清楚楚。再看周围这些老道，手里张弓搭箭，把目标都对准老少英雄。他们居高临下，把整个院子都封死了。蒋四爷一看，吓得魂不附体，大将军不怕千军，就怕寸铁，人家一开弓射箭哪里还能活呢？

白芸瑞“腾”一下火冲上来了，因为郭长达就是跟他打赌击的掌，今天上了当，他能不上火吗？芸瑞用宝刀一指郭长达：“呔！妖道，你因何言而无信？八王爷现在何处？”

郭长达单手提着量天尺，手捋须髯，一阵冷笑：“哈哈哈哈，白芸瑞，别着急，实话告诉你，八王爷就在莲花观，只是改换了地方，为什么要改，这可别怨我，怪只怪白眼眉徐良。”

徐良一听，怎么怪到我头上来了？他“噌”就蹿过来了：“为什么怨山西人？”

“徐良，谁让你小子多管闲事，晏风跟我说，在南郑县贾家店，你跑到那儿发威撒野，竟敢把金掌佛禅的左臂砍下来，你小子也太狠了。晏风等逃回来，如实地向我说明经过，故此我才把八王爷挪地方了。你要不伤金掌佛禅我能改变主意吗？这事就得怪你。”

白芸瑞听完一阵冷笑：“郭长达，你少找借口，你说我三哥管闲事，那我问你，你为什么派金掌佛禅带着几个人去南郑陷害我展大伯父，还要害冯渊，你们要不先下手，我三哥焉能下手？看来你是强词夺理啊。”

郭长达一乐：“白芸瑞，我就是强词夺理了，我告诉你们，你们上当了，中了贫道的计策，如今被困在朝天亭的院里，看见没？这些弓弩都是给你们准备的，你们说怎么办吧，是愿意当刺猬呢还是愿意跪下投降？如果你们投降，我只要徐良、白芸瑞二人，给莲花观的门人报仇雪恨，就把八王爷放了。这叫货换货，两头乐。如果你们不答应这个条件，贫道就让你们一个也活不成，是死是活，立刻给我答复。”

群贼喊道：“快说！不然就开弓射箭！”

徐良一听，火往上撞：“你出尔反尔，拉屎往回坐，是什么东西！我告诉你，我跟我兄弟不怕死，来吧，有箭就往我身上射吧！”徐良说完，“噌”地一蹿，就到了天井中。

芸瑞一把没拉住，一看三哥的处境太危险，刚才人家指出来还有自己一个，岂能示弱，芸瑞“噌”地一蹿，也到了天井中，把胸脯一挺：“郭长达，你不是要我们哥儿俩吗？我们来了，请你先交出八王爷再开弓射箭！”

郭长达一乐：“小子，哪儿有那么便宜的事儿啊，得先射死你们，然后我才放八王爷！”